T. Greenwood vit avec sa famille à San Diego en Californie, où elle anime des ateliers d'écriture à l'université, étudie la photographie et travaille à ses prochains romans. Saluée par la critique, son œuvre lui a valu de nombreuses récompenses littéraires ainsi que des bourses d'écriture prestigieuses.

T. Greenwood

Mémoire d'elles

Traduit de l'anglais (États-Unis) par Emmanuelle Ghez

Milady

Milady est un label des éditions Bragelonne

Titre original : *Bodies of Water*

1re édition : novembre 2014
2e édition : juin 2015

ISBN : 978-2-8112-1463-0

Bragelonne-Milady
60-62, rue d'Hauteville – 75010 Paris

E-mail : info@milady.fr
Site Internet : www.milady.fr

Pour Carlene et Angela

Remerciements

Les histoires sont toujours des cadeaux.

La plupart du temps, elles arrivent simplement comme des offrandes de mon imagination. Mais parfois, elles me sont transmises par d'autres, présentées timidement, enveloppées dans un joli papier attaché par de petits nœuds sophistiqués. *Mémoire d'elles* fut ce genre de cadeau.

À l'été 2011, l'ouragan Irene dévasta une grande partie de ma région natale dans le Vermont. Le déluge emporta de vieilles granges, des habitations et des ponts. Nous venions de quitter notre résidence d'été de Newark Pond dans le Northeast Kingdom, où nous passons tous nos mois d'août, et rendions visite à de la famille sur le chemin du retour. Comme je conduisais, et à cause de la tempête qui frappait toute la côte est, nos hôtes nous ont gentiment proposé de rester une nuit supplémentaire. Et quelque chose dans la tempête, dans le fait d'être piégés à l'intérieur, terrés tous ensemble pendant une nuit de plus, nous invita à nous ouvrir. Comme je viens d'une famille de conteurs, nous commençâmes à partager des histoires. Mais ce fut cette histoire, cette magnifique histoire d'amour, qui me tint éveillée toute la nuit. Tandis que la pluie et le vent martelaient les fenêtres, je sentis presque les rubans glisser entre mes doigts quand je défis lentement ce paquet.

Ce roman est entièrement fictionnel, mais la graine de vérité qui fut plantée ce soir-là, nourrie par cette pluie effrénée, en est à l'origine. Ainsi, c'est toi que je remercie en premier, Irene, effroyable sorcière : voici une preuve qu'au moins une belle chose est née de ta fureur.

Je remercie mes cousines (au premier ou deuxième degré, qu'importe), Angela et Carlene Riccelli, qui ont partagé, partagé, partagé. Qui m'ont fait confiance et puis ont partagé encore. Ce livre est pour vous deux.

Je remercie ma mère, Cyndy Greenwood, d'avoir été là et de m'avoir encouragée à raconter cette histoire.

Je remercie mon père et ma sœur qui, pour une raison mystérieuse, continuent d'être mes plus grands fans. Je remercie également Esther Stewart pour sa première lecture.

Un grand merci à Patrick de m'avoir aidée dans les moments difficiles.

Mikaela et Esmée, merci à vous de m'avoir sans cesse rappelé pourquoi j'écris.

Toute ma reconnaissance va à Rich Farell pour sa lecture honnête et minutieuse, à chaque livre.

Mille mercis à Miranda Beverly-Whittemore pour son amitié, pour son titre parfait, et pour son talent insensé.

Je tiens à exprimer ma gratitude à Henry Dunow pour son enthousiasme farouche, qui tombe toujours à point nommé.
Je remercie enfin Peter Senftleben (comme toujours) de m'avoir aidée à chasser les nuages.

J'ai appris ceci : la mémoire est comme l'eau. Elle s'infiltre et inonde. Elle apaise, étanche la soif. Elle peut vous faire flotter ou vous aspirer dans ses tréfonds, vous rendre léger comme une plume ou vous noyer. Elle est tangible, mais fuyante. Ainsi sont mes souvenirs d'Eva : rêves liquides d'un passé aussi insaisissable qu'un morceau d'océan. Certains jours, ils me maintiennent à flot. À d'autres moments, leur courant redoutable menace de m'emporter. La mémoire. L'eau. Nos corps en sont faits ; elles nous fondent. Dorénavant, je ne suis plus dissociable de mes souvenirs. Dans mes meilleurs jours, dans mes *pires* jours, j'ai l'impression de m'être dissoute en eux.

C'est l'océan, la puissance de la marée, qui m'attira dans cette petite ville il y a quarante ans, puis plus tard dans cette maison cabossée perchée au bord de la colline et donnant sur la mer. C'est encore ce qui me retient ici. Et si je suis incapable de fuir mes souvenirs, je peux, en revanche, échapper aux saisons ici. C'est ce que je me dis lorsque l'été se fond dans l'automne sans crier gare, quand seule la disparition des touristes rappelle ce glissement. En été, les autres maisons à louer sont peuplées de familles et de couples, les vérandas jonchées de planches de surf et de jouets de plage, les balustrades recouvertes de maillots mouillés et de serviettes aux couleurs vives. Parfois, un enfant y aligne des coquillages comme un fier étalage de trésors. À la fin de l'été, les mères les plus attentionnées prennent soin de les ramasser avec le reste de leurs affaires, et de les glisser dans un sachet en plastique qui sera rangé dans une valise. Les autres mères les rejettent sur le sable, profitant d'un moment d'inattention de l'enfant, en tâchant d'oublier avec quel soin ces pépites ont été choisies. Je comprends ces deux tendances : s'accrocher et lâcher prise.

Mais à présent que nous sommes en septembre, tongs, seaux et coquillages ont disparu, les enfants sont rentrés chez eux, et l'inévitable automne, l'indiscutable automne détrône implacablement l'été sur le calendrier tandis que, pleins de lassitude, ils rejoignent leurs classes. Cependant, j'imagine qu'ils conservent dans un coin de leur mémoire cet endroit magique, et qu'à l'occasion ils convoquent leurs souvenirs, les examinent, s'en émerveillent comme de l'intérieur chatoyant d'un coquillage : un lieu affranchi des saisons, aussi lointain que la lune. Les mères sont retournées à leurs cuisines ou à leurs bureaux, les pères à leurs trajets solitaires. Il ne reste plus que moi, dans ma petite maison près de la plage, alors que l'été s'éclipse sans bruit et que l'automne arrive à pas de loup.

Les touristes partis, plus rien ne vient troubler la nuit automnale. Ni la lueur bleutée d'un écran de télévision aperçu à travers une fenêtre, ni le son étouffé d'une dispute ou les pleurs d'un bébé. Plus aucune porte ne claque, plus aucun adolescent rebelle ne fait le mur pour rejoindre des amis sur la plage autour d'un feu. Plus de rires, plus de radio grésillant ni de cette douce musique des couples faisant l'amour. Ne reste que le clapotis des vagues, la berceuse de l'océan. C'est si calme ici sans eux.

Je n'ai pas de ligne fixe. Lorsqu'on cherche à me joindre, on appelle le bureau du gérant et je rappelle mon correspondant avec mon téléphone portable, dont seules mes filles et ma sœur connaissent le numéro. Mon aînée, Francesca, m'appelle tous les dimanches pour me faire un rapport consciencieux de sa vie à Boston, me détailler les faits et gestes de mes petits-enfants. Mouse est moins prévisible, d'un caractère plus proche du mien, m'appelant seulement quand l'envie lui en prend. Elle m'envoie toutefois de magnifiques lettres, cartes et photographies, qui m'offrent un aperçu de sa vie de bohème. Sur le mur au-dessus de mon lit, un collage complexe retrace ses voyages. Seule ma sœur, Gussy, m'appelle quotidiennement. Elle s'appuie plus sur moi qu'autrefois. Nous sommes toutes deux veuves à présent, et la vieillesse isole. Nous avons besoin l'une de l'autre.

J'attends son appel tous les soirs comme j'attends le coucher du soleil. « Salut, Gus. Alors, quelles sont les nouvelles ? » Même s'il n'y a jamais rien de nouveau, de franchement inédit, du moins : un ennui de plomberie, une promotion sur la viande, une conversation anodine dans la file d'attente à la banque. Souvent, pour ne pas dire chaque fois, elle me lit l'avis de décès d'une de nos connaissances, lesquelles semblent disparaître les unes après les autres.

Ce soir, je me glisse dans mon lit avant notre conversation et contemple par la fenêtre le soleil qui se fond dans l'horizon. L'été fini, je ne prends plus la peine de fermer les volets, ma pudeur s'évaporant en même temps que les touristes.

— J'ai reçu une lettre aujourd'hui, m'annonce-t-elle. Des plus bizarres.

— Qui t'a écrit ?

Elle observe un silence à l'autre bout du fil. Je l'imagine, pelotonnée dans le vieux fauteuil relax de son mari Frank, coinçant le téléphone entre son menton et son épaule tout en tricotant un vêtement pour Zu-Zu ou pour Prune.

— Gus, tu es là ?

— C'est John Wilson. Johnny Wilson.

Je sens soudain un vide se creuser dans ma poitrine, et crains pendant une fraction de seconde que mon heure soit venue. Car je l'attends à présent : cette panne dans mon corps qui, au bout du compte, m'arrachera à jamais de ce monde. Mais non : mon cœur, ce vieux compagnon encore fiable, se remet à battre, il tambourine même, et son gong retentit dans tout mon être.

— Que veut-il ?

— Il te cherche, *toi*.

J'inspire profondément et observe le ciel à travers ma fenêtre, cherchant une réponse dans la confusion de couleurs, dans le mélange liquide d'orange et de bleu.

— Il vient de sortir de désintox, ou quelque chose comme ça. Pour être honnête, ça ne m'étonne pas du tout. Ça doit faire partie de son programme de rédemption. Une des douze étapes, ou je ne sais quoi.

Je ne suis pas surprise d'apprendre qu'il a connu ce genre de problèmes, mais le fait qu'il désire me parler reste un mystère. Johnny Wilson n'a rien à se faire pardonner à mon égard ; si quelqu'un doit s'excuser, ce serait même plutôt moi.

— Il dit qu'il veut te parler de sa mère. Mais il veut te voir en personne. Il s'est adressé à moi pour que je l'aide à te retrouver.

Les yeux me piquent. Soudain, la lumière du crépuscule me semble trop vive. Je me lève et tire les rideaux puis m'assieds sur le lit. Le souffle court.

— Je peux l'aider ? me demande-t-elle. À te retrouver ?

— Où est-il ?

— Il vit toujours à Boston. Mais il est prêt à venir dans le Vermont si tu es d'accord pour le recevoir. Apparemment, il ignore que tu vis en Californie.

Évidemment qu'il l'ignore. Je n'ai pas parlé à Johnny Wilson depuis des décennies.

— Tu pourrais venir, toi, tu sais, dit-elle. Ce serait l'occasion de faire un petit voyage. Francesca pourrait venir aussi, nous retrouver au lac, qu'en dis-tu ?

Le lac Gormlaith. Je n'y suis pas retournée depuis 1964. Johnny était encore un petit garçon à cette époque. Un enfant. Mon cœur – cette créature gonflée, affaiblie dans ma poitrine – se serre pour lui : pour l'enfant qu'il était et l'homme abîmé qu'il est devenu.

— Je ne sais pas, dis-je. Ça fait tellement longtemps que je n'ai pas pris l'avion. Il paraît que la sécurité t'oblige à enlever tes vêtements maintenant, c'est vrai ça ?

— Les *chaussures*, se moque Gussy. Tu dois seulement ôter tes *chaussures*. Rentre à la maison, viens me voir. Laisse Johnny te dire ce qu'il a à te dire. Et tu pourras voir Effie et les filles.

Ma petite-nièce et sa famille vivent depuis un an dans la maison près du lac. Je n'ai pas rencontré ses enfants, et la dernière fois que j'ai vue Effie, elle était encore adolescente. Cela fait même deux ans que je n'ai pas vu Gussy, et c'est la dernière à m'avoir rendu visite. J'ai bien conscience que c'est mon tour. Pourtant, je suis heureuse ici, en marge du monde, où aucune des règles, pas même celles régissant les changements de saisons, ne s'appliquent. Pourquoi partirais-je ?

— S'il te plaît, insiste Gus.

— Que dit-il dans sa lettre exactement ?

Je pose cette question dans l'unique but d'entendre son nom, espérant qu'elle le prononce.

— Il dit seulement qu'il voudrait te parler d'Eva.

Les voici, ces deux syllabes, aussi familières, aussi fragiles que les battements de mon cœur.

— Il dit qu'il y a des choses que tu dois savoir, ajoute-t-elle.

— De quoi peut-il bien s'agir, à ton avis ?

— Je ne sais pas, Billie. Rentre et tu verras bien.

Je balaie du regard mon petit intérieur, scrute de nouveau ce ciel prévisible. Dans le Vermont, les feuilles doivent rougir sous le feu automnal, tout le paysage doit être embrasé. On n'échappe pas aux saisons en Nouvelle-Angleterre.

— Laisse-moi y réfléchir, dis-je. Je ne suis pas enchantée à l'idée de me mettre nue devant quelqu'un qui brandit un badge.

Gussy se remet à rire.

— Réfléchis-y. Je t'appelle demain.

— Demain, dis-je, ne m'engageant à rien.

Le matin, je suis réveillée par la lumière aveuglante du jour perçant les rideaux pâles de ma chambre. Dehors, les vagues tapotent gentiment la plage, comme si elles rassuraient le sable. Les journées commencent toutes de la même façon. Seule la musique plaintive de la corne de brume m'indique que nous entrons dans l'automne, que le ciel est impénétrable.

Tout mon corps me fait mal, mais cela dure depuis si longtemps que la douleur ne m'inquiète plus. Je me lève quand même – que faire d'autre ? –, me glisse hors du lit puis enfile mon maillot de bain, toujours pendu à un crochet au dos de la porte. Je dors nue, ce qui facilite la transition : ni chemise de nuit encombrante et pénible à enlever, ni pyjama à déboutonner et dont se débarrasser. Il y a longtemps de cela, j'ai pris conscience que les vêtements de nuit, de toute façon, ne m'avaient servi que de barrière : une forteresse de flanelle ou de soie.

Le maillot de bain que je porte ces jours-ci est vert vif. Il met mes yeux en valeur ; il le ferait du moins, si la cataracte ne leur donnait pas cette teinte bleu glacier. Mes cheveux aussi ont perdu leur couleur d'origine. Pourtant, je me lève chaque matin, immanquablement, en pensant trouver dans le miroir la femme aux cheveux roux que j'étais autrefois ; au lieu de quoi j'aperçois une vieille femme aux yeux laiteux et à la crinière blanche en bataille. Il m'est arrivé, dans mes jours les plus sombres, de demander à cette personne qui elle était.

Parfois, j'essaie d'imaginer à quoi ressemblerait Eva aujourd'hui, mais elle reste gravée dans ma mémoire telle qu'elle m'est apparue, cet été de 1960 où nous nous sommes rencontrées pour la première fois. Je suis la seule de nous deux à avoir vieilli. La seule à avoir vu mon corps m'abandonner lentement. Je suis seule dans ce lent déclin. Malgré tout, j'imagine qu'elle est ici – son fantôme du moins –, et me demande à quoi elle occuperait sa matinée. Se glisserait-elle elle aussi dans son maillot de bain aux premières lueurs du jour ? Marcherait-elle avec moi de la maison à l'escalier de pierre menant à la plage ? Scruterait-elle l'épaisse couche marine drapant telle une étole blanche les épaules de l'océan, avant de m'adresser un clin d'œil, de rejeter ses cheveux en arrière et de courir à toute vitesse vers l'eau, pour disparaître dans la mer, me laissant là, à me demander si elle referait surface ? Me laisserait-elle sur la rive, inquiète – une vieille femme souffrant de cataracte et d'hypertension –, la cherchant dans le matin brumeux ? Émergerait-elle de l'eau, au dos d'une vague s'écrasant sur le sable ? Reviendrait-elle à moi, ou s'évanouirait-elle dans la nature ?

Je ne suis jamais vraiment seule sur la plage, même en automne, même à cette heure matinale. Les surfeurs y viennent dans leurs combinaisons mouillées, leur planche sous le bras. Ils s'éloignent en pagayant pour attendre la vague, flottant puis s'enfonçant dans l'eau comme des phoques noirs et brillants. Les vagabonds qui dorment sous la jetée émergent à leur tour, à la recherche de nourriture, de mégots de cigarettes jetés sur le sable. Des femmes d'une cinquantaine d'années, qui se lèvent elles aussi aux aurores, marchent sur la plage d'un pas décidé, dans leurs survêtements de velours, croyant encore pouvoir repousser l'inévitable, à défaut de l'interrompre définitivement. Elles me prêtent rarement attention ; je suis la preuve vivante de cette chose sur laquelle elles n'ont pas de prise, le rappel d'un avenir qu'elles refusent encore d'imaginer. Pourtant, si elles venaient à regarder, à vraiment regarder, voici ce qu'elles verraient : une femme âgée en maillot de bain vert, marchant lentement vers le bord de l'eau. Elle est vieille et maigre, mais on peut voir l'ombre d'une athlète dans ses épaules carrées et ses jambes vigoureuses, sous cette peau fripée. C'est une nageuse, sondant la surface du regard, comme si elle y cherchait quelqu'un. Mais au bout d'un court instant, elle disparaît dans l'eau froide, et ses bras se souviennent. Tout son corps se souvient, tout son corps est *mémoire*, tandis qu'elle nage vers on ne sait quoi, vers on ne sait qui, une personne qu'elle aurait aperçue au loin. Si elles venaient à écouter, à vraiment écouter, elles entendraient les vagues se fracasser sur la plage derrière cette femme, et battre comme un cœur : *Eva. Eva.*

J'avais déjà mon lot de secrets avant Eva. Des choses que je tenais cachées, enfouies, bien avant que Ted Wilson et elle emménagent de l'autre côté de la rue. Un millier de choses que je taisais, et davantage encore que j'osais à peine m'avouer. Mais l'été 1960, quand disparut la vieille Mme Macadam, notre voisine, et que s'installèrent les Wilson, représente pour moi le moment où tous ces secrets commencèrent à remonter à la surface. J'y pense aujourd'hui : ils scintillent comme des objets au fond de l'eau, tour à tour visibles puis invisibles, flous puis nets. Révélés puis cachés.

— On a des nouveaux voisins ! hurla Mouse en ouvrant grand la porte de la cuisine.

— Ne claque pas la porte, Mouse ! cria Francesca.

Elle marchait derrière sa sœur, secouant la tête en signe de désapprobation, une tendance qui lui avait valu, de la part de son père, le surnom de Miss sainte nitouche. À huit ans, Francesca était tout ce que je n'avais pas été enfant : ordonnée et polie, bonne élève, obéissante et gentille. Mouse, qui avait six ans, était secrètement ma préférée, mon âme sœur. Turbulente et indisciplinée. Sauvage, même.

C'était la première semaine de juillet, et il faisait une chaleur torride. Mes cheveux frisaient et rebiquaient sur ma nuque, la sueur perlait sur mon front. J'étais occupée à déboucher le tuyau d'évacuation à l'aide d'une ventouse, et l'odeur des épluchures de pommes de terre (ou de je ne sais quelle substance ayant bouché les entrailles délicates de notre maison) me donnait la nausée.

— Maman ! Maman ! Il y a une famille qui s'installe dans la maison de Mme Macadam. Ils ont un cheval à bascule et des lits superposés, et une voiture rouge vif ! s'exclama Mouse en tirant sur mon tablier et en me marchant sur les pieds. Tu crois qu'ils ont des filles ?

— Allons voir, dis-je en me dirigeant avec elle vers la fenêtre du salon.

Un camion de déménagement était garé devant la maison des Macadam, et derrière lui stationnait une Cadillac rouge vif.

Il y avait, en effet, un immense cheval à bascule, sur un support en métal, avec des suspensions, ainsi qu'un ensemble de lits superposés, et un stock impressionnant de hula-hoops.

— On dirait bien qu'ils ont des enfants, dis-je en hochant la tête.

Confirmant instantanément l'hypothèse, trois gamins surgirent soudain de la maison de Mme Macadam, suivis par une jeune femme très enceinte, qui s'arrêta sur le perron, les deux mains sur les hanches. Derrière elle apparut un homme imposant, en costume et chapeau mou.

J'observai la scène avec fascination : le benjamin de la fratrie, un garçon de quatre ou cinq ans coiffé d'un chapeau de cowboy et chaussé de bottes en caoutchouc, courait après les deux autres enfants – deux petites filles – et braquait son pistolet à quelques centimètres de leurs visages. Je continuai d'observer tandis que leur mère les réprimandait en silence par un mouvement de tête mais sans cesser de sourire. Je ne quittai toujours pas mon poste quand l'homme entoura de ses bras la large taille de la femme et frotta son nez contre sa nuque. Je me sentis rougir lorsqu'elle inclina la tête de côté, comme pour offrir plus de chair à ses lèvres affamées. Ensuite, elle fut prise de gloussements silencieux et le chassa en le fouettant avec la manique qu'elle tenait à la main. Il obéit, lui envoya des baisers puis souleva son couvre-chef en se dirigeant vers la rutilante voiture rouge, dans laquelle il s'engouffra avant de prendre la route.

Son mari parti, notre nouvelle voisine appuya une main dans le creux de son dos comme le font les femmes enceintes tout proches de leur terme, sans doute pour se dénouer. Un ouvrier émergea du camion avec un gros carton dans les bras. Elle sourit et lui adressa quelques mots en lui désignant la maison de sa main libre.

— Qu'est-ce que tu regardes ? demanda Frankie.

Il sortait de la salle de bains, en maillot de corps, et sentait l'Aqua Velva. Sans ses vêtements, Frankie avait toujours eu l'air d'un adolescent plus que d'un homme. Pesant 63 kg, il était à peine plus lourd que moi. Comme aucune de ses ceintures ne lui allait, il devait y faire des trous supplémentaires à l'aide d'une perforeuse. C'était « un petit homme à la personnalité imposante », s'amusait-il à dire, mais en accompagnant toujours sa remarque d'une légère grimace, car sa bravade s'était construite en réponse à des années de tourment – la méchanceté d'un père raillant son fils chétif. Ce trait de caractère, parmi beaucoup d'autres, me séduisit dès le début chez Frankie. Il était, par bien des aspects, semblable à un enfant. Ses joies étaient démesurées, mais ses déceptions et ses colères également.

— Une famille emménage de l'autre côté de la rue, lui expliqua Francesca. Et ils ont un fils. Il a l'air *méchant*.

— On dirait bien que la baraque de la vieille Macadam nous est passée sous le nez, dit Frankie en jetant un coup d'œil à la fenêtre tout en ôtant de la mousse à raser de son cou. Enfin, tout cet espace leur sera plus utile qu'à nous, visiblement.

La couvée venait en effet d'émerger de nouveau, cette fois-ci du petit espace situé sous la véranda. Tous étaient maculés d'herbe et de terre.

Mouse était en extase.

— Je peux aller jouer ? demanda-t-elle en se précipitant vers la porte, toujours vêtue de son pyjama.

— Va t'habiller d'abord. Et dis à leur maman que je passerai dans une heure avec un gâteau.

La maison que Frankie et moi possédions en 1960 était située à Hollyville, dans le Massachusetts, à une demi-heure de train de Boston. À cette époque, c'était encore une zone rurale. Nous vivions dans une petite allée ne comptant que quatre autres habitations. Il y avait les Baker, les Boucher, les Castillo. Enfin, de l'autre côté de la rue se trouvait la demeure où Mme Macadam avait vécu pendant cinquante ans avant de s'éteindre dans son sommeil.

Le fils de cette dernière et son épouse ne découvrirent le corps qu'une semaine après le décès, quand ils vinrent la chercher pour l'emmener chez le coiffeur. Frankie et moi eûmes alors le sentiment d'être d'horribles voisins. Cependant, la frontière est ténue entre la bonne voisine et la fouineuse. J'ai toujours péché par excès de prudence, en évitant de fourrer mon nez dans les affaires des autres. Même si nous partagions cette petite impasse et une ligne téléphonique, nous nous laissions tranquilles. Aucun autre enfant n'habitait notre rue, les autres résidents étant bien plus âgés que nous, de sorte que la proximité était notre unique lien. Frankie faisait bien plus d'efforts que moi : il saluait d'un geste chaleureux M. Boucher lorsque celui-ci tondait sa pelouse, ou Mme Castillo apportant des soins intensifs à ses rosiers en phase terminale. Il proposait à Mme Baker de l'aider à porter ses courses à l'intérieur. Mme Macadam, en revanche, quittait rarement sa maison. Sa véranda ne s'allumait que certains soirs. De plus, comme elle n'était abonnée ni au *Herald* ni au *Globe*, les journaux ne s'étaient pas amoncelés dans son allée après sa mort. Si j'avais été plus attentive, peut-être aurais-je remarqué qu'à la fin de la semaine, le facteur avait du mal à insérer son courrier dans sa boîte aux lettres déjà pleine à craquer. (Cela dit, si vous voulez mon avis, il aurait dû lui-même aller frapper à la porte de cette dame.) Quoi qu'il en soit, que nous fûmes attentifs ou pas, Mme Macadam se coucha par une nuit de printemps et ne sortit plus de sa chambre de toute la semaine, jusqu'au jour où le médecin légiste vint l'en extraire. Son fils et sa belle-fille passèrent une semaine à vider la maison, avant de planter un écriteau portant l'inscription « À VENDRE » dans le jardin, près du buisson de lilas en pleine floraison.

Frankie avait discuté avec le fils de Mme Macadam chaque fois qu'il l'avait croisé au cours de ce printemps, pour s'enquérir des offres qu'il avait reçues, savoir si ça avait mordu. Ils se tenaient dans l'allée, comme le font les hommes (bras croisés sur la poitrine, pieds et mains agités, dodelinant du chef). Mais le fils se contentait de faire non de la tête d'un air triste, regrettant sans doute que son héritage se limite à cette morne petite maison à la véranda inclinée et au toit délabré.

— Il y a *cinq* chambres, Billie, m'avait appris Frankie un matin.

Je m'étais figée et avais secoué la tête. Nous avions acquis cette maison à trois chambres plus de dix ans auparavant, lorsque nous étions jeunes mariés, et Frankie était alors persuadé que nous remplirions de gamins les deux pièces supplémentaires avant notre troisième anniversaire. Malheureusement, trois ans de tentatives n'engendrèrent que saignements, pleurs et grincements de dents et firent de ces deux chambres – que Frankie s'était acharné à peindre et à meubler – des sortes de mausolées pour nos enfants perdus. Finalement, en 1952, nous adoptâmes Francesca, et deux ans plus tard, Mary. Une fois toutes les chambres occupées, Frankie se calma. Il semblait s'être résigné à la petite famille que nous formions alors. Avoir un bébé ou adopter un nouvel enfant aurait signifié tout recommencer à zéro. Et même si Frankie avait toujours rêvé de fonder une famille nombreuse – lui-même avait grandi avec cinq sœurs –, je savais que les nuits blanches, la vigilance de tous les instants qu'exigent les nouveau-nés, l'inquiétude constante, ne lui manquaient pas.

Toutefois, ce qu'il ignorait en ce matin de fin mai, alors qu'il contemplait à travers la fenêtre de la cuisine l'écriteau « À VENDRE » penchant légèrement à droite, c'était que j'étais de nouveau enceinte. Ma grossesse débutait tout juste, ce qui ne signifiait qu'une chose : j'étais à quelques semaines de perdre un autre enfant. Cependant, j'avais l'intention de ne pas lui en parler cette fois, trouvant inutile de lui donner de faux espoirs. Frankie était le plus optimiste des hommes, un trait de caractère que je trouvais paradoxalement attachant et pathétique à la fois. Si je lui avais annoncé la nouvelle, il aurait couru à midi tapantes dans son atelier pour construire un berceau, condamné à rester inoccupé et sans vie au fond du garage.

— Avec un petit coup de peinture, elle pourrait être splendide, avait-il dit en désignant du menton la maison d'en face.

Un autre des talents de Frankie : il savait déceler le potentiel des choses. Je suis absolument certaine qu'il avait fini avec moi pour cette unique raison. Lorsqu'il m'aperçut pour la première fois, tapant mes ridicules quarante mots par minute – un exploit – chez *Simon & Monk*, une grande compagnie d'assurance de Cambridge, un crayon coincé dans ma tignasse rousse et m'obstinant à me passer de gaine, ce ne fut pas ma grande beauté qui le subjugua mais plutôt la perspective des transformations qu'il pourrait opérer en moi. J'étais « retapable » à ses yeux. Une fille dotée d'un réel potentiel.

Ayant grandi dans la ferme de mes parents dans le Vermont, je ne désirais qu'une chose : m'échapper une fois mon diplôme en poche. J'avais été admise à l'université de Wellesley, mais mes parents avaient insisté pour que je décline l'offre et intègre à la place une école de secrétariat de Boston, afin de faire quelque chose d'*utile* de ma vie. Ce qui sous-entendait : trouver un époux et fonder une famille. À Wellesley, j'aurais été entourée de filles, sans aucune perspective de mariage en vue. Ma mère ne rêvait pas d'une fille qui serait membre de l'équipe de natation de la fac, ni d'une intellectuelle, ni d'une bibliothécaire (ce qui était mon ambition). Elle rêvait plutôt de petits-enfants et de vacances passées autour d'un piano droit dont personne d'autre qu'elle ne savait jouer, à entonner des chants de Noël. Je serais allée à Wellesley malgré tout, mais n'avais aucun moyen de régler les frais d'inscription. De plus, le fait que Gussy venait d'épouser son propre Frank (Frank McInnes, son amour de lycée), ne jouait pas en ma faveur ; ma mère n'aurait pas été tranquille tant que ses deux filles n'étaient pas à l'abri du célibat.

Quand *mon* Frank entra dans le bureau où je martelais à deux doigts ce monstre de machine à écrire, il me considéra comme un projet, et je le vis comme un remède susceptible d'apaiser ma mère. Malheureusement, il n'avait rien d'un Frank McInnes. Tout d'abord, il était italien. Et pire encore, catholique. Mon Frank à moi était l'exact opposé de celui de Gussy, dont il n'avait ni l'intelligence ni le flegme, ni la classe ni les bonnes manières. Cela, ma mère ne me laisserait jamais l'oublier. Mais le mien était vivant, bruyant et drôle, et je l'aimais bien. Mieux encore, il m'aimait bien.

Voilà ce à quoi je pensais quand Frankie Valentine, du haut de son mètre soixante-cinq, entra dans la pièce où je travaillais en poussant son chariot de courrier et en chantant « *O Sole Mio* ». Quand il se pencha au-dessus du bureau où je tapais misérablement des formulaires de garantie et dit de sa voix nonchalante et espiègle : « Tiens, mais ce serait pas la petite nouvelle, ça ? Et encore plus mignonne qu'on le dit. » (Personne au monde ne m'avait jamais trouvée « mignonne ».)

Voilà ce à quoi je pensais lorsque Frankie m'emmena danser et me donna le sentiment, pour la première fois de ma vie, d'être gracieuse, en susurrant à mon oreille à la façon de Vic Damone, le souffle chaud, pieds et mains impatients. Lorsqu'il me ramena à mon appartement et m'embrassa devant la porte. (Un homme n'avait jamais posé les mains – encore moins les *lèvres* – sur moi auparavant, et ne m'avait certainement pas chanté des airs romantiques à l'oreille.)

Et voilà ce à quoi je pensais lorsque je dis oui à Frankie : qu'il était le seul homme qui m'ait jamais aimée ; que sans doute aucun autre ne pourrait m'aimer assez pour m'épouser, et que, avantage non négligeable, je n'aurais plus ma mère sur le dos, même si je m'exposais à une dernière pique. À ce stade de ma vie, j'avais toujours fonctionné de cette façon. Honnêtement, je n'avais en ligne de mire que ce moment où je marcherais vers l'autel de l'église Saint-Paul, et la verrais dans sa robe de mère de la mariée verser des larmes où se mêlaient le chagrin et le soulagement. Bien sûr, ce n'était pas juste envers Frankie, ce dont je me rendis compte dès la première fausse couche.

Nous n'étions mariés que depuis quelques mois quand je tombai enceinte la première fois. Mais à peine une ou deux semaines après la confirmation de ma grossesse par le docteur O'Malley, je me réveillai en sueur au milieu de la nuit, saignant si abondamment que je crus mourir. Frankie m'avait prise dans ses bras et avait murmuré à mon oreille, me rassurant fiévreusement : « On va réessayer. Ça va aller. On va continuer d'essayer. »

Ce que nous fîmes. Encore trois grossesses, chacune ne durant que quelques semaines de plus que la première, rendant la douleur de la perte plus violente chaque fois. Frankie pleura sincèrement ces bébés, et insista pour attribuer à chacun un prénom. Ce furent Rosa, Maria, Antonia, car il était convaincu que tous étaient des filles, même s'il avait été trop tôt pour en avoir le cœur net. À la messe du dimanche, il allumait un cierge pour chacune d'entre elles puis chuchotait des prières, les yeux clos et les mains jointes. Et même s'il ne me fit aucun reproche, et ne m'aurait jamais fait porter la faute, je me sentais responsable. J'en voulais à mon corps de me laisser tomber, de laisser tomber ces petites filles.

Peu de temps après, Frankie s'occupa de l'adoption de Francesca, qu'il m'offrit comme un cadeau. À mes yeux, c'était le père parfait : protecteur, affectueux, débordant d'amour. Mon propre géniteur avait traversé mon enfance comme une ombre : levé avant l'aube, travaillant jusqu'à la tombée de la nuit, arrivant à la table du dîner exténué et affamé. Il nous portait le même intérêt qu'à son bétail, sauf que, contrairement à sa précieuse génisse, nous n'avions rien d'utile à lui offrir en retour. Frankie, au contraire, se délectait de son rôle de père. Rendre Chessy heureuse était sa raison de vivre, il adorait lui chanter des chansons, lui chatouiller le ventre, montrer fièrement des photos d'elle à quiconque acceptait de regarder dans les profondeurs de son portefeuille en cuir craquelé. Et quand Francesca eut deux ans, je vis de nouveau cette envie dans ses yeux, ce désir viscéral devenu familier.

— Il lui faut une sœur, déclara-t-il. Toutes les fillettes en ont besoin.

Alors nous adoptâmes Mary, notre petite *Mouse*, et nous formions enfin une famille. Frankie se satisfaisait de ses filles, de ses *princesses*, comme il les appelait. Et je fis preuve de prudence, m'assurant qu'il n'y aurait pas d'autres grossesses, d'autres fausses couches.

Mais ce jour de juin 1960, le mois où Mme Macadam s'éteignit dans son sommeil, je compris au léger gonflement de mes seins, à cette pointe de douleur familière – ce glas que je connaissais si bien – que j'étais de nouveau enceinte et que ce bébé, comme les autres, ne serait bientôt plus qu'une prière murmurée, un cierge allumé, un nom sans visage.

Cependant, devant la maison de Mme Macadam, les lilas fleurirent avant de tomber au sol où ils se fanèrent en tas violets. Le printemps touchait à sa fin, l'été approchait, et le bébé tenait bon. Un mois passa, puis deux, et je sus qu'il serait bientôt difficile de cacher ma grossesse à Frankie. J'étais devenue une experte dans l'art de repousser ses avances au lit, de feindre le sommeil, les migraines ou le visiteur mensuel. Mais bientôt, je n'aurais d'autre choix que de capituler, et il remarquerait les changements de mon corps. Ses doigts se souviendraient ; ses mains sauraient.

Aussi affreux que cela puisse paraître, j'aurais voulu en avoir déjà fini, étant consciente qu'au bout de deux mois, une fausse couche serait plus difficile à dissimuler qu'une grossesse. La douleur serait trop vive. Je serais incapable de surmonter cette épreuve toute seule. La dernière s'était produite à presque trois mois, et je n'avais jamais rien connu d'aussi terrifiant de toute ma vie. J'avais eu l'impression que la douleur me possédait, que quelque chose de vivant s'insinuait en moi. Il aurait été impossible de faire comme si de rien n'était.

Le matin était le pire moment de la journée. Des violents effluves d'après-rasage et de bacon sucré au parfum écœurant des cigarettes Chesterfield de Frankie, en passant par l'odeur âcre de son café Maxwell, mon pauvre estomac pouvait tout juste supporter l'agression. La seule idée de préparer un gâteau pour les nouveaux voisins, du sucre brun et de la cannelle, me retournait le ventre, mais les convenances l'exigeaient, et cela m'offrait une excuse pour aller me présenter. Tout comme Mouse, j'étais d'une folle curiosité.

Une heure plus tard, après avoir enfin réussi à vidanger l'évier, je sortis le gâteau du four, me brûlant le doigt au passage sur la résistance électrique. Ce type d'accident semblait se produire chaque fois que j'utilisais le four, et j'avais souvent le sentiment d'être en guerre contre les appareils ménagers, qu'ils menaient une vendetta personnelle contre moi.

Frank était parti travailler en ville. Francesca boudait dans sa chambre. N'aimant les changements d'aucune sorte, elle regardait d'un œil sceptique l'arrivée de cette nouvelle famille de l'autre côté de la rue, et avait refusé de nous accompagner pour jouer avec Mouse. Je l'imaginais, assise sur son lit, le menton posé sur ses genoux fléchis, un exemplaire corné de *La Rivière secrète* ou de *Une petite fille de Brooklyn* dans les mains. C'était peut-être notre seul point commun : dès que la situation nous déplaisait, nous nous retranchions dans la lecture.

— Chessy ! hurlai-je au bas de l'escalier. Nous allons faire connaissance avec les nouveaux voisins.

J'avais appris que la seule façon d'obtenir ce que je voulais de Francesca était simplement de l'exiger. Il n'y avait pas de négociations entre nous, seulement des affirmations. Et son adhésion, bien que réticente, en résultait presque toujours.

— J'arrive, grommela-t-elle.

Elle apparut en haut des marches, faisant bien comprendre, par son pas lourd, ses épaules tombantes, que c'était un changement auquel elle opposerait une résistance. Elle avait adoré Mme Macadam, qui lui offrait de vieux bonbons à la menthe et des cookies industriels rassis et la laissait cueillir les fleurs de son jardin. Francesca avait particulièrement souffert de sa disparition, posant toutes sortes de questions embarrassantes sur Dieu et le paradis. Des questions que Frankie acceptait sans gêne, mais auxquelles, pour ma part, j'évitais de répondre. Dieu et moi avions des rapports difficiles, pour le dire gentiment.

Nous traversâmes donc la rue ensemble, le gâteau brûlant infligeant le coup de grâce à ma main déjà blessée, malgré le torchon dont je l'avais enveloppée. L'odeur qui s'élevait jusqu'à mes narines fit frémir mon estomac, et des sueurs froides gagnèrent ma nuque en dépit de la chaleur estivale.

Mouse et la plus jeune de la nouvelle famille, une petite fille aux cheveux noirs et à la peau diaphane qui semblait avoir le même âge qu'elle, jouaient déjà dans l'allée.

— Coucou, maman, dit Mouse.

Elle sautait à la corde, le visage marqué par la concentration. Ses cheveux étaient roux et bouclés comme les miens, à croire que j'étais sa mère biologique. Je pouvais presque m'imaginer, parfois, qu'elle était l'un de ces bébés disparus, qu'elle avait poussé en moi et non dans le ventre d'une autre. La deuxième petite fille avait l'air de s'ennuyer, elle frottait le pavé craquelé avec un bâton et ne fit pas attention à moi ni à Francesca tandis que nous montions les marches bancales de la véranda jonchée de cartons encore scellés.

Je tendis la main vers le heurtoir et frappai quelques coups contre la porte en bois. Francesca lissa instinctivement sa jupe, une de ses jupes écossaises semblable à celles qu'elle portait quotidiennement pour aller à l'école : son uniforme non officiel, été comme hiver.

— J'arrive ! cria une voix à l'intérieur.

Lorsqu'elle ouvrit la porte, elle était à bout de souffle.

Ce dont je me souviens à présent, c'était à quel point son visage était saisissant. Je ne l'avais pas remarqué en espionnant la rue depuis ma maison ; j'avais été trop occupée à contempler la famille comme un tout pour me concentrer sur une personne en particulier. Mais son visage était de ceux qui s'avèrent de plus en plus étonnants et singuliers à mesure que l'on s'en approche, comme si ses traits s'aiguisaient en lien direct avec la distance à laquelle on l'observe : tel un tableau impressionniste inversé.

— Je peux vous aider ? demanda-t-elle.

Son visage m'apparut alors d'une netteté délicieuse. Encadré de cheveux bruns et raides, dont l'implantation formait un V sur son front haut, il était petit et enfantin. Des sourcils bruns, comme de larges coups de pinceau, surmontaient de grands yeux noisette aux paupières lourdes et aux longs cils, pareils à ceux de la poupée de Mouse : ces yeux qui s'ouvrent et se ferment de façon très appuyée. Une peau sans défaut, une petite bouche en cœur, des lèvres pulpeuses, et une mâchoire à la fois douce et carrée. Même enceinte, elle était renversante : le genre de femme que Frankie aurait pu qualifier de « canon ».

— Bonjour, dis-je.

Soudain, je me sentis encore plus ordinaire et fruste que d'habitude. L'humidité faisait des ravages sur mes cheveux déjà frisottants. Si j'avais eu les mains libres, je les aurais tapotés d'un air gêné.

— Je m'appelle Billie, ajoutai-je. Billie Valentine. J'habite juste en face.

Je souris tandis qu'elle sortait sur le perron et remarquait, probablement pour la première fois, qu'un enfant qui n'était pas le sien se trouvait dans son jardin.

— Oh ! dit-elle en écarquillant ses grands yeux marron – ce qui éclaira tout son visage.

— Nous avons apporté un gâteau pour le café, dis-je. C'est la recette de ma mère.

J'avais encore du mal à m'accorder du mérite pour ma cuisine. Lorsque les choses se passaient bien dans ce domaine, je pensais que des forces supérieures étaient à l'œuvre, et non mon seul talent. En principe, il s'agissait des recettes de ma mère que celle-ci avait soigneusement rédigées sur des fiches qu'elle avait préparées pour moi et jointes à mon trousseau de mariage.

— Comme c'est gentil ! s'écria-t-elle en battant des mains. Je m'appelle Eva. Eva Wilson. Entrez, je vous en prie.

Elle accepta le gâteau et nous invita à franchir le seuil.

À l'intérieur, il faisait sombre et frais. Les cartons envahissaient le salon et une demi-douzaine de ventilateurs brassaient l'air immobile en bourdonnant. Le mobilier était rassemblé au centre de la pièce. En fait, je n'avais jamais pénétré dans cette maison auparavant, ni dans aucune des demeures de notre rue. Je ne dépassais jamais le seuil lorsque j'accompagnais mes filles qui vendaient leurs cookies au profit des scouts ou récoltaient des dons pour leur école.

— Veuillez nous excuser, nous n'avons encore rien déballé, dit Eva.

— Oh, non, ne vous excusez pas. Nous aurions sans doute dû attendre avant de passer. Vous laisser le temps de vous installer.

— Cela pourrait prendre une éternité si cette chaleur continue. Je me retrouve en nage rien qu'en déplaçant un seul carton. Est-ce qu'il fait toujours aussi chaud en été ?

demanda-t-elle en s'éventant vainement d'une main, la nuque luisante. Je suis à deux doigts de prendre feu.

— Pas toujours, répondis-je. Mais il peut faire très lourd en juillet et en août. C'est surtout l'humidité qui rend l'air irrespirable. Attendez le mois de janvier, et vous verrez, l'été vous manquera.

Les hivers étaient rudes dans la région. J'avais remarqué que leur Cadillac était immatriculée en Californie. De toute évidence, ils n'étaient pas au bout de leurs surprises.

L'autre fille que j'avais vue plus tôt, la grande aux cheveux cendrés et au visage chevalin, descendit l'escalier. Eva sourit et lui fit signe de se joindre à nous.

— Donna, je te présente Mme Valentine, de la maison d'en face, et sa fille… ?

— Francesca, précisai-je tandis que Chessy gardait les yeux au sol.

Donna toisa ma fille de la tête aux pieds.

— On va dans ma chambre, décida-t-elle enfin. J'ai une Barbie.

Francesca me regarda comme si elle attendait ma permission, que je lui accordai d'un hochement de tête.

— Vas-y, dis-je. Amuse-toi bien.

Elles disparurent à l'étage et je suivis l'odeur écœurante du gâteau de ma mère jusque dans la cuisine de Mme Macadam. Le petit garçon se cachait toujours.

La cuisine était lumineuse : des murs jaunes, un sol et des placards blancs immaculés. Il y avait des cartons partout, y compris sur la table en Formica, où un autre ventilateur portatif faisait de son mieux pour combattre l'impitoyable chaleur.

— Asseyez-vous, je vous prie, dit-elle en me désignant une chaise libre. Je vous sers un café ?

Je déclinai l'offre d'un signe de tête.

— Je n'aurais sans doute pas trouvé la cafetière de toute façon, ajouta-t-elle en soupirant avant de prendre place en face de moi.

— Alors comme ça, vous venez de Californie ? demandai-je.

— San Francisco, précisa-t-elle. Et puis Teddy a obtenu un poste chez *John Hancock*. Ted, c'est mon mari, il est du coin. Il a grandi à Boston.

— Et vous avez fait toute la route en voiture depuis San Francisco ? Avec trois enfants ?

Frankie et moi ne poussions jamais plus loin que le Vermont avec les enfants, pour retrouver Gussy et son Frank dans leur maison de vacances près du lac Gormlaith où les filles et moi passions tous nos mois d'août, et ces quatre heures de voiture dépassaient déjà notre seuil de tolérance. Après un trajet au cours duquel nous avions dû nous arrêter trois fois pour que Mouse sorte vomir, nous avions jeté l'éponge. Ainsi, la plupart des étés, les filles et moi prenions le train tandis que Frankie nous rejoignait en voiture un week-end sur deux.

— C'était infernal, m'avoua-t-elle en hochant la tête. Et ça nous a pris deux fois plus de temps que prévu parce que j'ai dû m'arrêter toutes les demi-heures pour aller aux toilettes. J'ai visité à peu près toutes les stations-service entre San Francisco et Somerville.

— À combien de mois êtes-vous ? demandai-je.

— D'après le docteur, c'est pour la fin août, mais j'aimerais mieux que ce soit pour demain. Après-demain à la rigueur, ajouta-t-elle en riant. Et vous ? C'est pour quand ?

Abasourdie, je retins mon souffle et me mis à secouer la tête en signe de déni.

Elle m'adressa un regard gêné.

— Vous êtes bien enceinte ?

Je n'étais pas *vraiment* enceinte. Une vraie grossesse impliquait un vrai bébé. De plus, cela ne se voyait pas encore ; et tant pis si les seules personnes au monde au courant de ma condition étaient mon docteur et moi.

— Comment avez-vous deviné ? demandai-je, sentant ma gorge se nouer. Je ne l'ai dit à personne. Pas même à mon mari.

— J'en ai déjà presque quatre. Je sais reconnaître une femme enceinte, dit-elle.

Je dus lui sembler folle, avec mes yeux écarquillés.

— Et vous aviez l'air sur le point de vomir quand vous m'avez tendu ce gâteau, s'amusa-t-elle. Je vous en proposerais bien une part, mais j'ai comme l'impression que vous la refuseriez. Je me trompe ?

J'acquiesçai de la tête. La panique me saisit. J'étais simplement venue offrir un gâteau, et me sentais soudain mise à nu. Vulnérable. Il ne fallait pas que Frankie sache pour le bébé. La nouvelle l'aurait terrassé. Et voilà que je venais de livrer mon secret à une parfaite étrangère. Pourquoi n'avais-je pas simplement nié ? Cela ne la regardait pas. Soudain, je n'avais plus qu'une envie : rentrer chez moi, me terrer dans ma maison, là où ma vie privée restait privée. C'était précisément la raison pour laquelle je gardais d'ordinaire mes distances avec mes voisins.

— Je ne suis qu'à deux mois, précisai-je en regardant la porte de la cuisine pour planifier mon évasion. Je n'ai pas eu beaucoup de… de chance jusque-là, comme qui dirait. Je préfère attendre pour l'annoncer, afin de ne pas donner de faux espoirs.

— Je comprends, dit-elle. Et je parie que c'est un garçon. C'est pour ça que vous avez si mal au cœur. Je vomissais tous les jours sans exception quand j'attendais Johnny. Les garçons, c'est du poison.

J'esquissai un sourire forcé et tentai de ne pas penser au poison qui me possédait. Lorsque soudain, en parlant du loup, Johnny apparut sur le seuil, tirant son pistolet de son étui et le pointant sur sa mère.

— Pan ! hurla-t-il.

Je crus que mon cœur allait bondir hors de ma poitrine.

Le visage d'Eva s'empourpra.

— Johnny Wilson, tu as cinq secondes pour me donner cette arme. Une…

À ces mots, Johnny le cowboy déguerpit, courant vers le jardin où je le vis chevaucher son gigantesque cheval à bascule en hurlant : « Hue, dada ! »

— Je suis désolée, je devrais y aller. J'ai des tonnes de linge sale sur les bras, dis-je.

— Je suis ravie que vous soyez passée, dit-elle, sa peau diaphane encore rougie. Je ne connais personne dans cette ville hormis Teddy. J'aurais bien besoin d'une amie.

Je fis une grimace.

— Et ne vous inquiétez pas, ajouta-t-elle. Je ne le dirai à personne. Votre secret sera bien gardé.

Quand je racontai à Frankie ma visite chez Eva Wilson, je pris soin d'éviter notre discussion sur les dates de terme, les nausées matinales et les bébés.

— Ils ont un petit garçon, dis-je. Une vraie terreur. Et son mari travaille pour *John Hancock*. C'est une sorte de représentant de commerce, si j'ai bien compris.

Frankie eut un petit ricanement.

— Ça explique la voiture de frimeur. *Représentant*, hein ?

Les deux hommes s'étaient garés dans nos allées respectives en même temps ce soir-là. J'avais regardé Frankie zyeuter la berline du nouveau voisin, à côté de laquelle notre Studebaker marron avait l'air d'une vieillerie.

Frankie donna soudain un coup sur la table.

— On devrait les inviter à un apéro. Un barbecue. Il aime boire, j'espère ?

— Je suppose, dis-je.

(Il s'avéra plus tard que la boisson était l'une des deux passions que partageaient Frankie et Ted. L'autre était les Red Sox : tous deux vouaient un culte inconditionnel à une équipe qui n'aurait de cesse de les décevoir.)

Toutefois, malgré l'intérêt de Frankie pour les Wilson, l'idée d'un barbecue ne m'enchantait pas vraiment. Après ma première visite chez Eva, je n'avais aucune envie de remettre les pieds dans leur maison. Ce matin-là, je l'avais quittée avec le sentiment d'avoir été disséquée comme une grenouille en cours d'anatomie : mise à plat, découpée au scalpel, étudiée de l'intérieur. L'idée de les inviter chez nous me semblait franchement dangereuse. Et si les mots échappaient à Eva ? Frankie serait furieux de savoir que je lui avais caché ma grossesse, et plus furieux encore de découvrir que j'avais partagé ce secret avec une parfaite étrangère. Ainsi, je concoctai une excuse et étudiai nos voisins depuis la sécurité de ma cuisine. Je n'avais pas encore rencontré Ted Wilson, même si je l'avais observé lorsqu'il sortait de chez lui tous les matins, arrangeant son chapeau et sa cravate avant d'entrer dans sa voiture. Je l'entendais aussi quand il se garait tous les soirs ; il klaxonnait toujours trois fois et les enfants arrivaient en courant de leurs perchoirs respectifs : la fenêtre d'une chambre, la balancelle de la véranda, et pour le petit Johnny, l'immense orme mourant de leur jardin. Lorsque Ted Wilson se garait dans son allée, le garçonnet s'agitait sur sa branche puis en descendait en se balançant comme un petit singe pour atteindre la branche la plus basse, de laquelle il tombait directement dans les bras grands ouverts de son père. Tout comme sa femme, Ted était une merveille de la nature : cheveux bruns, visage carré, larges épaules. Eva l'accueillait en passant ses bras autour de son cou puissant, l'embrassait même sur le perron, à la vue de tous. Ce spectacle me mettait curieusement mal à l'aise, et pourtant, je ne pouvais me résoudre à détourner le regard.

J'avais aussi assisté au ballet des cartons disparaissant progressivement de la véranda, vu les rideaux se lever sur les fenêtres nues afin que les planches branlantes puissent être réparées. Un jeune homme était arrivé avec une échelle, des seaux et des pinceaux, pour passer une couche de peinture fraîche sur la maison. Pendant les deux ou trois premières semaines, ce fut un défilé de plombiers et de réparateurs en tous genres. Et moi, excitée par ce changement de décor, j'observais leurs allées et venues depuis la fenêtre de ma cuisine, où je passais le plus clair de mon temps.

Malgré ma réticence à entamer une relation amicale avec Eva, Donna Wilson et Francesca se lièrent rapidement, s'éclipsant ensemble dans la maison d'en face ou dans la chambre de Chessy tous les jours, chuchotant et gloussant, trimballant partout avec elles mon vieux vanity-case rouge qu'elles avaient rempli de leur collection commune de poupées. Mouse et la petite brune, Sally, formèrent leur propre duo. Elles s'amusaient à faire la roue dans le jardin et à lancer leurs poupées sur le toit des Wilson, pour les regarder ensuite dégringoler, ce qui semblait leur procurer d'innombrables heures de distraction, chaque chute déclenchant d'irrépressibles crises de fous rires enfantins. Johnny, au contraire, était un loup solitaire. Notre rue ne comptant aucun autre petit garçon, il était contraint de faire cavalier seul. On ne savait jamais d'où il allait surgir, même s'il passait le plus clair de son temps à jouer au tireur d'élite, caché dans le feuillage de son arbre, pointant son fusil vers les cibles potentielles qui passaient au-dessous.

Je commençai à trouver ma réaction exagérée, à m'accuser de paranoïa. Au fond, Eva avait promis de ne pas divulguer mon secret, non ? Elle ne m'avait donné aucune raison de ne pas lui faire confiance. Et il fallait bien l'admettre, j'avais besoin d'une amie. Voir Ted et Frankie sympathiser, nos deux familles se lier d'amitié, était plutôt séduisant. Peut-être m'inquiétais-je pour rien. Ainsi, quand l'effervescence du déménagement retomba enfin dans la maison des Wilson, je renvoyai Donna chez elle juste avant l'heure du dîner avec un petit mot, invitant sa famille à se joindre à nous dans notre jardin pour des grillades le week-end suivant.

Elle revint presque immédiatement avec une jolie carte parfumée qui disait :

Nous en serions ravis.

Je regardai alors par la fenêtre et vis Eva, debout sur sa véranda, qui me faisait signe. Embarrassée, je lui rendis son salut en me demandant si je ne venais pas de commettre une grave erreur.

Les Wilson arrivèrent le samedi soir suivant après une virée en ville. Ils avaient emmené leurs enfants au zoo de Franklin, et Johnny s'adonnait à sa meilleure imitation de singe devant notre entrée, en se grattant les aisselles et en se balançant à la balustrade.

— Tiens-toi bien, mon garçon, dit Ted.

Sa voix était tonnante, de celles qui viennent des tripes plus que de la gorge. Une voix qui fit trembler le plancher sous mes pieds tandis que j'assistais au spectacle primitif offert par Johnny.

Eva se tenait derrière son mari, et les deux fillettes se dressaient comme des serre-livres de part et d'autre de leur mère. Elles avaient l'air gênées, à croire qu'elles n'avaient pas passé les trois dernières semaines à jouer sur cette même véranda. À croire que je n'avais pas passé tout le mois de juillet à leur servir cookies et sodas à foison.

— Vous devez être Ted, dis-je en lui tendant la main.

Au lieu de la serrer, il s'inclina et y déposa un délicat baiser.

— *Enchanté*, comme ils disent, gronda-t-il.

Je me sentis rougir.

— Oh, arrête ton cinéma, Ted ! Tu la mets mal à l'aise, le réprimanda Eva.

Elle poussa son mari de côté d'un geste taquin et s'avança vers moi. Elle me prit dans ses bras, une tâche difficile vu l'énormité de son ventre, puis m'embrassa sur la joue. Je sentis mon visage s'embraser et lui rendis maladroitement son étreinte, remarquant la puissance de son parfum et m'étonnant de ne pas être prise de haut-le-cœur. En réalité, cela faisait plusieurs jours que mon estomac avait cessé ses abominables acrobaties ; j'avais même pu manger des œufs au bacon au petit déjeuner, au lieu de mes habituelles biscottes trempées dans du lait chaud.

Eva s'écarta alors et fit entrer ses filles.

— Allez voir Chessy et Mouse, leur dit-elle.

Les petites lui obéirent volontiers en se précipitant dans l'escalier.

— Frankie est dans la cour en train de préparer le feu, fis-je savoir à Ted.

Il passa alors devant moi d'un pas lourd et traversa ma maison comme s'il connaissait le chemin lui aussi, puis j'entendis le claquement de la porte moustiquaire, suivi du bruit étouffé de la conversation masculine.

— Tenez, c'est pour le dîner, dit-elle en me tendant une gelée creusée en son centre et d'où pendaient des grains de raisin vert semblables à de minuscules planètes. Et ça, c'est pour vous, ajouta-t-elle en mettant dans ma main une petite fiole avant de refermer mes doigts dessus.

— Qu'est-ce que c'est ? demandai-je.

— Chut, fit-elle en me conduisant dans la maison et en regardant autour d'elle pour s'assurer que nous étions seules. C'est de la racine de fausse licorne. Une plante. J'ai un ami à San Francisco qui est herboriste. Je lui ai parlé après notre conversation et il m'a indiqué où en trouver à Boston. C'est une découverte des Indiens, ils l'utilisent pour prévenir… la *malchance*, ajouta-t-elle d'une voix douce en exerçant une pression sur mon bras. Dans les grossesses.

— Merci. C'est très gentil de votre part, répliquai-je en glissant la fiole dans la poche de mon tablier.

De toute évidence, elle n'avait rien dit à son mari, mais je sentis malgré tout mon estomac se nouer.

Dehors, vêtu de sa chemise de bowling préférée et de son bermuda, Frankie se tenait devant le grill, entouré d'un nuage de fumée. Son barbecue faisait sa fierté et sa joie. Il était gigantesque, constitué de pierres rondes qu'il avait récupérées en ville au moment du repavage des vieilles rues. C'était une merveille de maçonnerie, pourvue d'un gigantesque grill qu'il avait aussi fabriqué de ses mains. On aurait pu y cuire un bœuf entier.

Ted était assis sur une chaise de jardin à côté du grill, tel un contremaître supervisant l'un de ses ouvriers, tandis que Frankie retournait les steaks et en surveillait la cuisson. Notre voisin avait posé son verre à cocktail sur la glacière à côté de lui. Il était déjà presque vide. Frankie avait entamé un pichet de son chianti favori dont il s'était servi un grand verre à ras bord. Il ne raffolait pas des alcools forts, préférant son vin, dont il sifflait presque une demi-bouteille chaque soir. Ayant grandi dans une maison où le vin remplaçait l'eau, il maintenait que ce breuvage était à ranger dans les grands groupes alimentaires, et que le ministère de la santé ne tarderait pas à l'annoncer officiellement. *Una cena senza vino è come un giorno senza sole*, disait-il. Un repas sans vin est comme un jour sans soleil. Quant à moi, je n'étais pas amatrice de vin, surtout pas du chianti amer que Frankie affectionnait, mais je ne me refusais pas un petit Gansett bien frais de temps à autre. Ou un bon Dirty Martini pour les occasions exceptionnelles.

— Je vous sers un autre cocktail, Ted ? demandai-je en désignant son verre.

— J'ai apporté le mien, répondit-il en souriant avant de sortir une flasque de sa poche poitrine. Au cas où vous seriez du genre abstinents coincés, ajouta-t-il d'une voix forte en versant un liquide couleur ambre sur ses glaçons à demi fondus.

— Dans ce cas, permettez-moi au moins de vous resservir de la glace, proposai-je.

Le temps que j'étale la nappe de pique-nique brodée à la main de ma mère sur la table et pose la gelée jaune citron au centre comme une sorte de soleil luisant et tremblotant, Ted et Frankie avaient déjà l'œil vitreux ; ils étaient à moitié ivres. Ted avait vidé sa flasque, et Frankie avait fini son pichet de vin et s'était attaqué à la collection poussiéreuse de bouteilles que nous gardions pour les grandes occasions – lesquelles étaient rares.

— Dites-moi, Frankie, vous êtes dans quelle branche ? demanda Ted en déposant deux saucisses et un steak haché carbonisé dans son assiette en carton.

— Je travaille au bureau de poste de Boston. Employé philatélique en chef, répondit Frankie avec fierté.

Il avait débuté dans la salle du courrier de *Simon & Monk*, où nous nous étions rencontrés, puis avait passé l'examen postal quand j'étais tombée enceinte pour la première fois. Il avait lentement gravi les échelons, jusqu'à se retrouver responsable de tous les timbres commémoratifs. À présent, il traitait principalement avec les collectionneurs, et était impliqué dans le « premier jour d'émission ». Frankie aimait connaître l'histoire cachée derrière chaque timbre et partager ces informations avec ses clients. Son travail le remplissait d'orgueil.

— Vous n'avez pas peur des chiens ? demanda Ted.

— Je vous demande pardon ? s'étonna Frankie.

— Des chiens ! Des bergers allemands. Des rottweillers, insista Ted en cognant son verre contre la table et en faisant trembler la gelée. *Attention chien méchant* !

— Je ne suis pas sûr de comprendre, persista Frankie.

— Je vous demande si vous avez déjà eu des problèmes avec des chiens ! Quand on était à San Francisco, j'ai entendu parler d'un facteur qui s'est fait défigurer par un rottweiller, le pauvre gars venait juste apporter la facture d'électricité.

— Oh, non, je ne suis pas facteur, le corrigea Frankie en se raidissant.

Mon cœur fit un bond dans ma poitrine. Les épaules de Frankie se contractèrent. Il ferma les poings sur ses couverts.

— Vous êtes quoi alors ? s'esclaffa Ted.

— Teddy, l'arrêta Eva.

Elle lui prit la main avant qu'il saisisse son verre pour le remplir de nouveau. Il la repoussa comme une des innombrables mouches qui s'étaient posées sur la nourriture et la table tout l'après-midi.

Frankie virait à l'écarlate, serrait la mâchoire.

— Je vais vous dire ce que je ne suis pas…

— Mais dites-moi donc, se moqua Ted.

Eva lui tirait le bras.

Soudain, j'examinai Johnny à travers la gelée jaune. Il était assis pile en face de moi, et enfournait de la nourriture dans sa bouche à un rythme régulier depuis que nous nous étions installés. Il en était à quatre saucisses et deux steaks, en plus de deux épis de maïs selon mon calcul. Il me parut un peu vert derrière l'écran gélatineux. Et au moment précis où Frankie ouvrit la bouche pour répondre à Ted, le gamin se mit à vomir. Il se répandit sur les fraises et les vignes brodées de ma mère, arrosa les œufs mimosa, éclaboussa de viande non digérée la salade en gelée, aspergea le plateau de hot-dogs et de hamburgers.

— Bon sang, c'est pas vrai ! tonna Ted.

— Oh mon pauvre chéri, dis-je en me levant de ma chaise pour contourner la table.

Coincée par son gros ventre, Eva tenta tant bien que mal de s'extraire de son siège.

— Ne bougez pas, l'arrêtai-je. Je m'occupe de lui.

Je conduisis rapidement Johnny vers la salle de bains du rez-de-chaussée pour le débarbouiller, tout en priant pour que les deux hommes renoncent à s'étriper. J'avais tellement douté de la confiance à accorder ou non à Eva, j'avais tellement hésité à entamer une relation amicale avec elle, que je n'avais pas pensé au risque que le courant ne passe pas entre Frankie et Ted. Je ne tenais pas à ce qu'ils deviennent les meilleurs amis du monde, mais l'idée de partager de bons moments avec un autre couple – de fréquenter des gens de notre âge – me séduisait. Et nos enfants s'entendaient si bien. J'avais déjà si peu d'amis, si peu de personnes à qui parler. Soudain, alors que j'essuyais le visage de Johnny et lui enlevais sa chemise de cowboy souillée, j'en voulus furieusement à Frankie. *C'était* un postier après tout. Ce n'était pas gentil de la part de Ted de se moquer, mais c'était la vérité, non ? Il le taquinait, rien de plus.

— Comment va ton ventre ? demandai-je au petit garçon.

Ses yeux étaient rougis par les larmes et son haleine aigre. Je fouillai dans le tiroir à la recherche d'un flacon de bain de bouche, puis frottai son petit dos pendant qu'il faisait un gargarisme, les yeux humides. Je me mis alors à penser aux garçons. Ils étaient si pénibles, si primitifs. Si violents et si dangereux. Même un gamin comme celui-là : un enfant qui aurait été plus heureux dans un zoo au milieu d'autres animaux. Et si Eva avait raison ? Et si ce bébé *était* un garçon ? Brusquement, je me rendis compte que je m'autorisais pour la première fois à imaginer un bébé. Un être vivant, qui respirait, pleurait, avait faim. Cette révélation me coupa presque le souffle.

J'ignore encore quel tour de magie avait effectué Eva dans la cour en mon absence, mais les deux hommes plaisantaient à présent sur un ton plus poli : Ted parlait du jardin qu'il avait l'intention d'entretenir, et Frankie lui prodiguait des conseils pour éloigner les pucerons des roses et les cerfs des haricots verts. Il lui proposa même de lui faire faire le tour du jardin labyrinthique qu'il avait cultivé, et je m'assurai qu'ils n'emportent pas leurs verres avec eux.

Une fois les hommes partis, je me tournai vers Eva.

— Désolée pour l'incident. On dirait que Ted a touché le point sensible de Frankie.

Elle agita la main devant elle d'un air nonchalant et secoua la tête.

— Ne me parlez pas de points sensibles. Ted en possède toute une collection.

Malgré son aimable tentative pour me remonter le moral, j'avais du mal à la croire. Ted et Eva m'avaient semblé former un couple heureux et complice les quelques fois où je les avais vus ensemble. Il buvait, c'était évident, mais j'eus le sentiment qu'il aboyait plus qu'il ne mordait.

Quand nos époux émergèrent du jardin, Ted donnait une tape sur le dos de Frankie.

— Tiens, on dirait que ces deux-là se sont réconciliés, fis-je remarquer.

Eva acquiesça d'un signe de tête.

— Approche, Teddy, dit-elle.

Elle lui prit alors la main et l'attira vers elle, pressant son corps contre le sien.

Ted semblait s'adoucir en présence d'Eva, passer d'ours mal léché à gentil chiot. Les regarder flirter me gênait, tout comme la façon dont il répondait aux gestes de sa femme. J'avais passé tout l'après-midi à me dire qu'il y avait quelque chose de familier chez Eva. Sans parvenir à mettre le doigt dessus. Mais tandis qu'elle s'appuyait contre l'épaule de Ted et qu'il l'enlaçait en blottissant son grand visage carré dans son cou, je compris qu'elle me rappelait Marie Bilodeau de mon enfance. Marie vivait en bas de la rue, c'était la seule fille dans une fratrie de six garçons. Elle n'avait pas la beauté d'Eva mais affichait la même *aisance*, la même décontraction. La même façon de faire sentir à un homme que lui seul comptait. D'être pendue à ses mots, à son bras, tout en étant, indubitablement, aux commandes. De donner l'impression qu'elle s'offrait, qu'elle se rapprochait, tout en le désarmant d'une certaine façon. Tout en l'écrasant. Ce genre de filles m'avait toujours fascinée : celles qui savaient se servir de leur corps, user de leurs charmes pour contrôler les situations. Mon corps avait toujours été un objet purement fonctionnel, destiné uniquement à me porter d'un lieu à un autre. La différence entre notre Studebaker et la Cadillac des Wilson était du même ordre. Les filles comme ça, comme Eva, me captivaient et me donnaient en même temps le sentiment que j'étais gauche et inadaptée. Les filles comme ça n'avaient que faire des filles comme moi.

Au coucher du soleil, tandis que les enfants s'amusaient à chasser les lucioles, Eva m'aida à débarrasser la table. Pendant ce temps, assis près du feu, nos maris déploraient le début de saison des Red Sox et prévoyaient d'aller voir un match ensemble, d'emmener peut-être Johnny, un week-end. Et puis, quand l'air se rafraîchit et que les enfants eurent sommeil, la famille Wilson nous salua et traversa la rue pour retrouver sa maison.

J'envoyai Frankie au lit, lui disant que je ne me sentais pas dans mon assiette (une piètre excuse, aussi usée que le torchon que je tenais à la main, mais qu'il était forcé d'accepter). Et tandis qu'il montait l'escalier d'un pas lourd, je m'attardais devant l'évier, décollant des spatules et des plats les restes carbonisés de notre dîner tout en scrutant la maison d'en face.

De la vitre de ma cuisine, je vis les lumières du rez-de-chaussée s'éteindre une par une. Puis les silhouettes d'Eva et de Ted apparaître derrière les rideaux fermés de l'une des fenêtres éclairées de l'étage, leurs ombres distinctes se fondre l'une dans l'autre avant que cette dernière lueur ne s'éteigne. Je les imaginai faire l'amour, et une vague de chaleur me parcourut. Je me demandais s'ils le faisaient encore, avec le gros ventre d'Eva. Je me rappelais à peine la dernière fois où Frankie et moi avions fait l'amour : si j'en avais le moindre souvenir, c'était uniquement pour m'être creusé la tête en essayant de comprendre à quel moment j'avais pu tomber enceinte.

J'entrepris à mon tour d'éteindre la maison et montai rejoindre Frankie, qui, Dieu merci, s'était endormi. J'entrai dans la salle de bains et examinai la fiole qu'Eva m'avait apportée. Je fus soudain touchée en songeant au mal qu'elle s'était donné pour moi. Le flacon renfermait un liquide brunâtre ressemblant au mystérieux breuvage contenu dans la flasque de Ted. Je plaçai un doigt sur l'ouverture puis mon doigt sur ma lèvre. Le goût était amer. Je pris tout de même la dose prescrite, en me demandant ce qui arriverait, si cette grossesse atteignait vraiment son terme.

Je me dis aussi qu'il serait agréable d'avoir une amie avec qui partager cette expérience. Avec qui partager mes soucis. Mes secrets. Pour la première fois depuis longtemps, je me plus à penser que je n'étais peut-être pas si seule, tout compte fait.

Le matin, après avoir nagé, pris une douche chaude et déjeuné d'un café et d'un scone chez *Daybreak*, je me rends à la bibliothèque où je travaille comme bénévole pour la section jeunesse trois jours par semaine. J'avais toujours rêvé de travailler dans une bibliothèque, et mon rêve est devenu réalité. Ce n'est qu'une petite bibliothèque municipale, mais je l'adore. Notre minuscule communauté est autosuffisante ; nous avons un bureau de poste, trois banques, quatre églises et cet établissement. Je ne vais jamais en ville car c'est inutile. Ici, je dispose de tout ce dont j'ai besoin.

Comme dans toutes les petites villes, celle-ci compte des gens de qualité, et je me sens entourée. Je repense parfois à la pauvre Mme Macadam, à cette longue période durant laquelle son corps a reposé dans sa maison de l'autre côté de notre rue avant d'être découvert. Sans doute ai-je pris inconsciemment mes précautions, ces dernières années, pour que cela ne m'arrive jamais.

Je vis seule à présent, mais je ne suis pas isolée.

Mon existence n'est qu'habitudes, et chacun de mes rites implique des interactions quotidiennes avec mes voisins. Si l'on ne m'aperçoit pas au *Daybreak* pour mon café et mon scone aux myrtilles, ou à la bibliothèque, ou encore chez Theo – où je déjeune tous les jours d'une salade grecque –, on remarquera mon absence. Si j'omets mon escale au petit pub pour ma bière brune avant mon bain de minuit, Juan Gaddis, le barman, s'inquiétera de ne pas me voir, et peut-être même enverra-t-il quelqu'un chez moi pour être rassuré. Un soir, alors que j'avais fait l'impasse sur mon verre quotidien à cause d'une mauvaise grippe, il est venu en personne frapper à ma porte. Depuis la mort de Lou, ces gens-là sont les gardiens de mon bien-être. Mes amis.

Toutes les nuits, j'allume les guirlandes électriques que j'ai suspendues au-dessus de ma véranda comme des étoiles scintillantes, puis les éteins à mon réveil. Elles sont le signal silencieux, la preuve lumineuse que tout va bien, que j'ai survécu à une nuit supplémentaire. Et le matin, Pete, le propriétaire et gérant des maisons, dépose mon journal devant ma porte pendant ma baignade. Si je ne me réveillais pas, il le remarquerait.

Évidemment, si quelque chose n'allait pas, Gussy ne tarderait pas à le savoir. Tout comme Francesca si je ne répondais pas à son appel dominical. Seule Mouse pourrait ne pas s'en rendre compte, du moins dans l'immédiat, si je disparaissais de la surface de la terre.

Le brouillard est encore dense, et je parcours à pied les six pâtés de maisons séparant le café de la bibliothèque en ne voyant qu'à quelques mètres devant moi. Je suis surprise chaque fois qu'un piéton apparaît dans mon champ de vision. Ils surgissent sans crier gare, émergent de la brume tels des fantômes : Bob Hudson, le bijoutier, un adolescent fonçant cheveux au vent sur son skateboard, une sans-abri à l'air maussade, en peignoir de bain et bottes, serrant sous le bras un annuaire défraîchi. Je la croise presque tous les matins ; de temps à autre, elle me demande une pièce pour passer un appel. Qui peut-elle bien rechercher dans ses pages en lambeaux ?

Il fait frais lorsque le soleil est voilé, mais je sais qu'à midi, il aura remporté son combat contre le brouillard. Pour l'heure, je boutonne mon gilet ; je n'en aurai plus besoin sur le chemin du retour.

La bibliothèque n'ouvre pas avant dix minutes, mais je dois dépasser une demi-douzaine de visiteurs attendant devant les portes. Quand Linda les ouvrira, tous se précipiteront vers les ordinateurs. Comme eux, je n'ai pas de matériel informatique chez moi, malgré les efforts répétés de Francesca pour me convaincre de m'équiper. Elle est allée jusqu'à m'envoyer une carte cadeau de l'Apple Store accompagnée d'instructions explicites m'indiquant ce qu'il fallait acheter. Je me suis même traînée jusqu'au magasin, où j'ai laissé un vendeur m'exposer toutes les options et tous les gadgets imaginables, pour finalement sortir les mains vides, l'abandonnant rouge de confusion devant la marchandise. Je me contente parfaitement des ordinateurs de la bibliothèque. Et lorsque j'ai terminé, l'appareil reste à sa place. J'ai vu les effets d'Internet sur les âmes égarées pianotant frénétiquement sur leurs claviers. Les adolescents se mettent en ligne, ne se parlent pas, préférant parcourir leurs pages Facebook, envoyer des e-mails, des messages instantanés, s'ignorant les uns les autres au profit de leurs amis virtuels. Les observer fait naître en moi un étrange sentiment de solitude.

Linda me salue d'un geste de la main à travers la vitre puis déverrouille la porte pour moi et demande aux visiteurs d'attendre « encore cinq minutes ».

— Joli pull, me complimente-t-elle.

— Merci.

Le mari de Linda est mort l'année dernière dans un accident de bateau sur Mission Bay, mais elle affiche une bonne humeur à toute épreuve. Je sais que c'est en partie à cause de son fils. Robert venait de finir le lycée et d'obtenir son diplôme au moment du drame. Il repousse d'un an son entrée à l'université, préférant rester ici pour aider sa mère. Il est déjà sur place, en train d'allumer les néons.

— Bonjour, dis-je.

Il me répond d'un hochement de tête silencieux.

Il passe toutes ses journées à la bibliothèque, du matin au soir. Linda essaie de le garder près d'elle, mais en dépit de cette proximité, ils se parlent peu. Lorsque je les observe, mon cœur se serre. J'essaie de les imaginer chez eux, évoluant dans cette maison vide encombrée de leur chagrin, et cela me fait mal. J'ai ressenti la même chose à la mort de Lou. J'étais une bille solitaire roulant dans un labyrinthe, cherchant une issue.

Je pousse le chariot plein de livres destinés à retrouver leurs places sur les étagères de la section jeunesse. Et je prends mon temps ; au bout d'une décennie de bénévolat, je connais chacun d'entre eux. J'en ai réparé des centaines de mes propres mains. Je suis capable de les reconnaître rien qu'en touchant leur couverture craquelée. Le rangement terminé, je m'installe au bureau et attends que l'ordinateur s'allume. Suite aux coupes budgétaires de l'année dernière, la responsable jeunesse a vu son poste passer à mi-temps. Étant désormais plus présente qu'elle sur les lieux, je prends en charge certaines de ses tâches. Je dirige les séances de lecture du mercredi matin, lis devant une foule de mères et de tout-petits. J'aide les instituteurs de l'école primaire d'en face qui amènent leurs élèves une fois par semaine à choisir des ouvrages. Aujourd'hui, elle a laissé une note me demandant de constituer une liste de livres à commander en me basant sur les récents lauréats de prix littéraires et les critiques élogieuses du *Library Journal*. C'est l'une de mes missions préférées, même si nous disposons rarement des fonds pour acquérir ne serait-ce qu'une infime partie de mes choix.

Je passe environ une heure à dresser une liste réfléchie de livres d'images, de contes destinés aux 7-10 ans et de romans pour adolescents. Alors que j'ai presque terminé, Robert arrive et s'affale dans un des fauteuils poire près du théâtre de marionnettes. Il soupire et met les mains derrière la tête. Il y a quelques mois, Linda m'a confié qu'il n'avait pas pleuré une seule fois depuis la mort de son père. Je les soupçonne tous deux de tenter de faire bonne figure pour rassurer l'autre, mais à quoi bon ? Je peux voir le chagrin de ce garçon, le sentir. Il est palpable.

— Tu aimerais faire la lecture aux enfants, aujourd'hui ?

Il me répond par un haussement d'épaules.

J'ai découvert qu'il avait un vrai don pour cela, et que les enfants l'adoraient. Alors qu'il est presque tout le temps mutique, il reprend vie lorsqu'il fait la lecture aux enfants. Il adopte une voix différente pour chaque personnage, provoque les rires de son auditoire. Pendant les trente minutes que dure l'histoire, il perd sa morosité. Sa tristesse s'envole. C'est tout ce que j'ai à lui offrir. Ainsi, une fois que les mères et leurs enfants sont arrivés et se sont installés sur le tapis coloré, une fois que Robert a sélectionné une pile d'ouvrages, je me réinstalle derrière mon ordinateur.

Je n'ai même pas encore de projet défini, mais il n'y a aucun mal à parcourir quelques-uns des sites de voyage que Gussy m'a cités ; ni à consulter les prix des billets d'avion. La période estivale étant finie, je pourrai sans doute trouver un tarif intéressant. Si tout compte fait je décide de partir. Je suis émerveillée par la simplicité avec laquelle peut être prise une décision si capitale ; deux ou trois clics sur la souris, un numéro de carte de crédit, et soudain, il se pourrait bien que je rentre chez moi.

J'essaie d'imaginer mon départ d'ici, mon retour dans le Vermont, ne serait-ce que pour une quinzaine de jours. L'éventuelle perturbation de ma routine m'inquiète un peu ; je fais la liste de toutes les personnes qui pourraient remarquer mon absence durant ce laps de temps, celles à prévenir de mon voyage. Si je me décide à partir, me dis-je, si j'accepte pour de bon l'invitation de Gussy, je manquerai à des gens.

Je lève les yeux vers Robert, qui est en train d'incarner un ours, le visage, la posture et la voix métamorphosés pour le bien de l'histoire, et remarque Linda qui l'observe depuis l'encadrement de la porte. Elle sourit de ce spectacle puis croise mon regard. Ses lèvres articulent un « Merci » silencieux auquel je réponds par un mouvement de tête.

J'ai peur qu'en mon absence, Linda ne s'écroule. Je l'ai déjà entendue pleurer dans les toilettes. Je l'ai déjà vue assise dans sa voiture pour déjeuner, les yeux pleins de larmes. Que deviendrait-elle sans moi ?

Je regarde fixement l'écran de l'ordinateur, et le souffle me manque, une vague de chaleur traverse mon corps. Alors je m'arrête. Et je pense à ce que Lou dirait

– *Lou la logique* – si elle était encore là pour m'aider à maintenir le passé à sa place.

J'ai fait ma vie ici. Pourquoi voudrais-je revisiter le passé ? Ce n'est pas comme si Eva était encore de ce monde. Lorsque je parle d'Eva maintenant, je distille les éléments, la réduisant ainsi que toutes les choses qui sont arrivées en une seule et unique anecdote douloureuse, ne révélant qu'une ombre comme preuve d'un soleil disparu. « Je suis désolée. » Ce furent les seuls mots de Lou, quand je lui racontai l'histoire, quand je prononçai leurs noms comme des éclats tranchants : *Eva*, *Donna*, *Sally*, *Johnny*.

Johnny. Son nom est une lame aiguisée me transperçant le cœur. J'essaie d'imaginer à quoi il pourrait bien ressembler aujourd'hui, quel genre d'homme ce petit garçon est devenu. Mais chaque fois que je tente d'assembler les détails de son visage, je ne vois que des joues roses d'enfant, une toque de trappeur posée en biais sur une tête, des petits doigts appuyant sur la gâchette d'un fusil en plastique. *Pop, pop, pop*. Que me veut-il ? Pourquoi ne me laisse-t-il pas tranquille ?

Les filles et moi devions partir pour le Vermont à la fin du mois de juillet. De tout l'été, mon moment préféré était d'ordinaire celui du départ en train : aux premières lueurs du jour, nous gravissions les marches du Boston & Maine, en sachant qu'avant le coucher du soleil, nous entrerions en gare à Two Rivers, où Gussy et Frank nous attendraient pour nous conduire en voiture au lac Gormlaith. Même si j'avais fui le Vermont des années auparavant, j'avais toujours une affection particulière pour cet endroit. Je me languissais d'y retourner. Le camp de Gussy et Frank offrait tout ce que j'adorais dans le Vermont, mais à une distance acceptable de la ferme de mes parents. Bien entendu, j'avais l'obligation d'y emmener les filles une ou deux fois, mais eux ne venaient jamais au lac, ce qui me convenait parfaitement. Ces vacances représentaient aussi une trêve dans la routine de corvées domestiques qu'était ma vie. Et une période de permission, loin de Frankie.

Mais cette année-là, je ne laissais pas seulement Frankie derrière moi. Je quittais également Eva.

Ma nouvelle meilleure amie. Ma *toute première* meilleure amie. Depuis notre barbecue, Eva et moi avions passé presque tous nos après-midi ensemble à papoter et à éviter les diverses tâches qui nous attendaient dans nos foyers respectifs.

— Comment est-ce là-bas ? me demanda-t-elle quelques jours avant notre départ.

Il faisait une chaleur étouffante ce jour-là. Nous étions assises dans mon jardin, les pieds dans une piscine pour bébé remplie d'eau fraîche tandis que les enfants s'agitaient autour de nous, comme immunisés contre la fournaise – ou n'y prêtant tout simplement pas attention.

— Je connais seulement la chanson, ajouta-t-elle. Tu sais, *Moonlight in Vermont*...

Je me mis à rire puis à penser à la lune, à son reflet argenté sur la surface immobile du lac. À la vue qu'offrait la fenêtre du loft où je dormais. Aux cris des plongeons huards, ces oiseaux aquatiques sifflant leur étrange berceuse.

— C'est très tranquille, répondis-je dans un soupir pendant que Mouse passait devant moi en courant, trébuchait sur mes jambes étendues et poussait des cris perçants. Et il y fait plus frais grâce au lac. Les enfants jouent dans les bois toute la journée et ne rentrent à la maison qu'à l'heure du dîner. Et s'il fait beau, on peut nager.

— Je coulerais probablement, plaisanta Eva en riant.

Elle devait accoucher trois semaines plus tard, mais semblait sur le point de commencer le travail d'une minute à l'autre.

Soudain, une idée me frappa. Comment n'y avais-je pas pensé plus tôt ?

— L'été prochain, tu devrais venir ! m'exclamai-je. Avec les enfants.

— Tu crois ? demanda-t-elle.

— Oh, s'il te plaît, ce serait tellement sympa ! Ils pourraient se baigner. Cueillir des myrtilles. Il y a une cabane dans les arbres. Johnny adorerait ça.

À ce moment-là, Johnny faisait des bonds sur un bâton sauteur au milieu du petit patio carré à côté des marches. En haut, en bas, en haut, en bas. *Couic, couic, couic.*

— Eh bien, rendez-vous est pris ! s'écria-t-elle en tapant des mains.

À notre retour du Vermont, Eva aurait accouché. Et je serais à quatre mois de grossesse, presque à mi-parcours. Eva m'avait convaincue d'en parler à Frankie avant notre départ. Trois mois entiers s'étaient écoulés, je n'étais jamais arrivée aussi loin. J'avais dissimulé mon ventre légèrement arrondi sous des tabliers mais le secret serait bientôt difficile à garder. De plus, je savais que Frankie serait fou de joie ; Francesca et Mouse auraient enfin un petit frère ou une petite sœur. Et j'avais beau être terrorisée, je ressentais au fond de moi une excitation timide à l'idée de devenir mère, et d'avoir cette fois-ci une amie avec qui partager cette expérience. Eva et moi avions discuté des prénoms que nous avions en tête, imaginé nos deux derniers jouant ensemble comme nos filles le faisaient. Nous avions étudié de près des échantillons de peinture rose et bleue que Ted avait apportés de la quincaillerie, parcouru les pages de layette du catalogue *Montgomery Ward*. Néanmoins, j'avais le trac à l'idée de tout raconter à Frankie, alors j'attendis. Le jeudi précédant notre départ, je ne lui avais toujours rien dit.

Je passai la matinée à faire nos bagages et à nettoyer la maison. Je dus faire cinq lessives, essentiellement pour les filles. Je rassemblai leurs jouets préférés, préparai un sac pour le voyage en train : des cartes, de quoi grignoter, des livres. Je m'assurai de prendre des biscuits salés et une bouteille de Ginger Ale pour Mouse qui souffrait du mal des transports, en espérant qu'elle dormirait presque tout le voyage. Je cuisinai une série de plats dont je remplis le frigo, des mets que Frankie n'aurait qu'à réchauffer au four tout au long du mois : du thon, du ragoût de bœuf, des lasagnes. Il portait un uniforme à son travail, et savait se servir d'un fer à repasser, ainsi cette tâche m'était épargnée. En revanche, je m'assurai que toutes les serviettes étaient propres, qu'il y avait du linge frais sur les lits.

Chessy et Mouse, de leur côté, s'efforcèrent de passer le maximum de temps avec Donna et Sally avant de les quitter : toute la matinée, elles firent des allées et venues d'une maison à l'autre, s'accrochant aux dernières heures en leur compagnie. Je n'arrêtais pas de les rassurer en leur disant que nous ne partions que quatre semaines ; et qu'à notre retour, ce serait la rentrée des classes, elles se verraient alors tous les jours. Elles entraient, respectivement, en CE2 et cours préparatoire. Frankie avait bataillé pour que nous les inscrivions à l'école catholique, mais ma résistance obstinée l'avait emporté. Qu'il les emmène à la messe tous les dimanches ne me dérangeait pas. Je n'avais pas émis d'objection lorsqu'il avait voulu les faire baptiser, ou plus tard leur faire célébrer leur première communion. Mais concernant l'éducation, j'étais intransigeante. Frankie avait dû se douter que je ne céderais pas, car il capitula au terme de notre première discussion. De plus, l'école catholique était située à l'autre bout de la ville, alors que l'école élémentaire flambant neuve ne se trouvait qu'à un kilomètre. Il avait bien dû admettre que le bâtiment circulaire, découpé en salles de classe comme autant de parts de tarte, et ouvrant sur une immense cafétéria, était assez grandiose à côté du vieux monstre de briques fatigué qu'était Saint-Dorothy.

Je fis déjeuner les filles assez tôt, puis les plus grandes repartirent de l'autre côté de la rue. Sally et Mouse restèrent, traînant dans mes pattes pendant que je nettoyais la cuisine. Elles avaient beau jouer sagement, je commençais à perdre patience.

— Les filles, vous ne préférez pas vous amuser dehors ? dis-je aussi gentiment que possible.

Elles avaient installé leurs poupons autour de la table et les nourrissaient de patates douces imaginaires.

— Maman ! protesta Mouse.

Malgré tout, elles sortirent à contrecœur, en roucoulant des excuses à leurs bébés en plastique.

Debout devant l'évier, je lavai les plats et les casseroles tout en observant les filles par la fenêtre en train de poser leurs poupons dans la poussette jouet que Mouse avait reçue pour son anniversaire. Leur tendresse était touchante – des mamans miniatures s'occupant de leurs tout-petits. N'ayant jamais joué à la poupée moi-même, j'étais toujours surprise de voir mes filles manifester leur instinct maternel aussi précocement. Enfant, je préférais grimper aux arbres et nager dans la rivière quand je n'étais pas occupée à lire. De nous deux, c'était Gussy qui aimait les poupées ; quand nous adoptâmes Chessy, Frank et elle avaient déjà mis au monde deux vrais bébés à eux.

Je n'avais jamais été *contre* l'idée d'être mère, mais pour moi, cela avait toujours été moins instinctif, une sorte de jeu de rôle compliqué. Chessy et Mouse n'étaient âgées que de quelques jours lorsque nous les avons eues. Avec Chessy, j'avais eu un sentiment d'imposture, de mascarade ridicule, au moment où l'infirmière me l'avait mise dans les bras. Comme si l'on me demandait de jouer à la poupée ; et je manquais cruellement d'expérience dans ce domaine. Malgré les tentatives de Frankie pour me rassurer, j'avais passé la première nuit à pleurer. Et puis, après seulement quelques jours et quelques nuits à m'occuper d'elle, à regarder son visage frémir dans son sommeil, à sentir l'odeur de sa peau quand je la tenais contre moi, j'avais commencé à me sentir mère. Ou en tout cas, moins usurpatrice. Lorsque Mouse entra dans nos vies, les choses étaient devenues parfaitement naturelles.

Je songeai à ce que serait notre existence avec un bébé dans la maison. À toutes ces heures passées à le nourrir, à changer ses couches, à le laver. Je rêvai à cette lueur bleutée de 3 heures du matin, à cette étrange solitude qui n'appartient qu'aux mères de nouveau-nés. Me sentirais-je différente avec cet enfant-là ? Le fait d'avoir porté ce bébé à l'intérieur de moi changerait-il quelque chose ? Avec Chessy, et ensuite avec Mouse, j'avais été seule. Seule toute la journée pendant que Frankie travaillait, et ensuite seule avec elles presque toutes les nuits lorsqu'il fallait se lever. Je m'imaginai faire des promenades avec Eva, chacune derrière sa poussette, nos bébés blottis à l'intérieur. Cette fois, j'aurais quelqu'un avec qui partager ces moments. Quelqu'un à qui parler. Une *amie*.

Tout en faisant la vaisselle, je répétai les différentes façons de le dire à Frankie, j'anticipai sa joie.

J'essuyai la marmite en fonte dans laquelle j'avais préparé la sauce tomate pour les spaghettis quand survint la première douleur. Je faillis m'écrouler. Je posai la casserole et tentai de ne pas perdre l'équilibre, appuyant la main contre ma poitrine pour calmer les battements de mon cœur.

Oh non.

Une deuxième crampe me saisit, et je m'agrippai au rebord de l'évier. La douleur s'empara de moi, le sang battait dans mes tempes. Mais bizarrement, au lieu de penser au bébé, au lieu de m'inquiéter des bouleversements que subissait mon corps, mon premier réflexe fut d'appeler Eva. Je me dirigeai vers le téléphone en grimaçant.

— Allô ? répondit-elle.

Sa voix m'apaisa immédiatement.

— Eva. Peux-tu faire en sorte que les enfants ne viennent pas ici ?

— Billie, qu'est-ce qui ne va pas ?

— Oh mon Dieu ! dis-je.

Le combiné me glissa entre les doigts. Mes jambes se dérobèrent sous moi et je m'écroulai au sol, où je vis, dans un mélange d'horreur et de fascination, une fleur rouge vif s'épanouir à travers mon tablier. Ensuite vinrent les larmes, et comme pour la fausse couche, je ne pus rien faire pour les arrêter.

Eva fut sur le seuil quelques secondes plus tard. Elle m'aida à me rendre dans la salle de bains du rez-de-chaussée et appela mon médecin. Elle s'assit avec moi, posa un linge frais sur mon front, me donna de la glace à sucer, me parla d'une voix douce, caressa mes cheveux. Et plus tard, quand je fus enfin capable de tenir debout, elle me conduisit à l'étage. De ma chambre, je l'entendis qui nettoyait la salle de bains.

Je réussis à entrer dans la douche, où je restai debout à regarder mon sang tourbillonner vers les canalisations, puis récupérai entre mes doigts les fragments glissants, les lambeaux d'un avenir fantasmé de plus. La tristesse et le deuil m'envahirent.

Eva frappa à la porte de la salle de bains.

— Entre, dis-je.

Je vis son ombre derrière la vitre.

— Ça va aller ? demanda-t-elle.

Je laissai échapper un petit gémissement.

Elle appuya la main contre la porte en verre de la douche ; j'apposai la mienne de l'autre côté. À mes pieds, l'eau était rose à présent, mais la douleur m'attaquait encore par pulsations violentes.

— Je vais aller jeter un coup d'œil aux enfants, dit la silhouette d'Eva. Je reviens dans quelques minutes.

De nouveau seule, je fermai fort les yeux, chevauchant les vagues de douleur en tentant de me convaincre qu'elles n'étaient faites que d'eau. Je m'imaginai nageant dans le lac, et essayai en vain de convoquer la lune, les oiseaux aquatiques, le ciel.

Je dus rester ainsi près d'une heure. L'eau chaude s'épuisa et je me mis à frissonner. Je ramassai les derniers lambeaux expulsés puis m'assis, nue, sur les toilettes.

Je ne savais pas quoi faire des restes. Je ne pouvais me résoudre à les jeter dans la cuvette.

Eva frappa de nouveau à la porte. Je saisis une serviette de ma main libre et me couvris autant que possible. Elle entra, et je dépliai mon poing en pleurant à chaudes larmes. Elle inspira profondément.

— Veux-tu que je m'en occupe ? proposa-t-elle.

Je hochai la tête, et elle prit un mouchoir dans la boîte derrière les toilettes. Elle attendit alors mes instructions.

— Tu n'as qu'à tout jeter, dis-je. S'il te plaît. Dehors. Et il y a des comprimés. Ceux que Frankie prenait après son opération.

L'année précédente, Frankie s'était fait enlever des calculs rénaux. Je visualisai le flacon de pilules dans l'armoire à pharmacie.

— Ils sont dans la salle de bains d'en bas, précisai-je.

Eva partie, la douleur frappa de plus belle ; je restai assise sur les toilettes tandis que mon corps expulsait l'enfant que je n'aurais pas. Cette fois-ci, je ne regardai pas. Je fermai simplement l'abattant et tirai la chasse.

Lorsque la douleur se calma, j'allai m'allonger dans ma chambre. Eva revint quelques minutes plus tard.

— Veux-tu que je l'appelle ? demanda-t-elle d'une voix douce en me tendant un comprimé et un verre d'eau fraîche.

Je secouai la tête. J'avais toujours en mémoire l'expression de Frankie après mes précédentes fausses couches. Je ne pouvais pas lui imposer cette épreuve une nouvelle fois. Ni me l'imposer.

Elle hocha la tête.

— À quelle heure rentre-t-il ?

— À 18 heures, dis-je. Quelle heure est-il ?

— Il est 13 h 30.

Une fois que je me fus endormie, elle s'occupa des enfants et acheva de préparer le dîner que j'avais prévu pour ce soir-là. Elle rassembla tous nos bagages, et vint me réveiller à 17 h 30.

— Frankie ne devrait pas tarder. Tu es sûre que tu pourras voyager demain ?

Je fis « oui » de la tête.

— Merci.

Elle s'assit à côté de moi sur le lit.

— Tu vas me manquer, dit-elle d'un air peiné. Tu m'enverras une carte ?

— C'est promis, répondis-je en me redressant, encore dans les vapes.

— Rallonge-toi, dit-elle.

J'obéis et lui pris la main.

— Et il faut que tu m'écrives toi aussi, quand le bébé arrivera.

Le mot « bébé » chemina difficilement dans ma gorge et encombra ma bouche comme une boule de coton. Mon estomac se retourna.

Elle embrassa son index et l'apposa sur mon front. Et quelque chose dans ce geste tout simple me détendit, la douleur sembla relâcher sa prise, du moins pour un temps. Je ne voulais pas qu'Eva me laisse, et sentis encore la chaleur de son contact, là où son doigt s'était posé, longtemps après son départ.

Les médicaments avaient calmé les crises. Ne restait plus qu'une douleur sourde. Vidée de son contenu. Je savais que je saignais encore, que je saignerais encore un moment. Je savais aussi que Frankie voudrait faire l'amour cette nuit-là ; nous ne devions pas nous voir pendant plusieurs semaines. J'essayai de me souvenir de la dernière fois où j'avais utilisé l'excuse des règles, espérant qu'il me croirait de nouveau.

Ce soir-là, je servis le dîner mais fus incapable d'avaler quoi que ce soit. Je pris un autre comprimé et m'assis à table. Je me sentais séparée de ma douleur ; elle était toujours palpable, mais ne faisait plus partie de moi. Comme si les crampes, le mal de dos et la souffrance vivaient à présent à l'extérieur de mon corps.

Frankie avait l'habitude d'être éconduit, et je m'attendais à sa réaction habituelle. Mais quand je lui dis que je ne me sentais pas bien, prétextant d'une voix timide « des problèmes de femme », au lieu de grogner dans sa barbe et de quitter la pièce, il resta et se pencha si près de mon visage que je pus sentir son haleine alcoolisée et voir ses dents dont les tanins avaient altéré la teinte.

— Des *problèmes de femme*, hein ? siffla-t-il.

Il était plus imbibé que je ne l'avais pensé. Cela arrivait parfois ; il avait l'air bien et puis, d'un coup, son attitude changeait, et je me rendais compte qu'il était vraiment *chargé*. Comme un revolver. Avec toutes les chambres vides sauf une. Nos conversations s'apparentaient alors à un jeu de roulette russe.

— Frankie, s'il te plaît, dis-je avec un sourire forcé, voulant à tout prix éviter l'affrontement.

— On dirait plutôt que c'est moi qui souffre de problèmes de femme, dit-il en pointant son doigt calleux contre ma poitrine.

Je ne pus m'empêcher de penser à Eva, à la façon tendre et délicate avec laquelle elle avait embrassé son doigt avant de l'appuyer contre mon front. Là, point de tendresse. Il me poussa, et son doigt fut une lame s'enfonçant dans mon sternum.

— Cette femme-là n'apporte que des problèmes. Que du malheur. Parlons-en, des problèmes de femme. Tu sais ce que tu es ? *Un pesce morto*.

Un poisson mort.

Je pensai alors au bébé, à ce qu'il en restait, coulant dans les canalisations. Le chagrin et la colère me submergèrent. Son ignorance des événements m'amena à le détester. Je savais que c'était illogique ; il n'en avait rien su. Mais son indifférence me rendait tout de même furieuse. Sa cruauté aussi. L'espace d'un instant, j'envisageai même de tout lui raconter, de lui faire vivre au moins une fraction de ma douleur. Au lieu de quoi, j'écoutai ses mots haineux en silence, puis enfin, son pas furieux descendant l'escalier. Je tendis l'oreille et perçus le bruit de la porte du buffet s'ouvrant et se fermant. Puis celui du liquide coulant dans un verre. Je n'eus pas vraiment peur qu'il me revienne encore plus ivre et bouillonnant. Après plusieurs verres de vin, il pouvait se montrer colérique et cassant. Cette étape-là était passée. Mais après un demi-pichet, la plupart du temps, il s'endormait. Lorsqu'il remonta une heure plus tard et s'assit sur le lit, à peine capable de défaire sa ceinture, je sus avec certitude que j'étais enfin tranquille. Au bout de quelques secondes, il ronflait.

Mais je fus incapable de m'endormir. Même avec les comprimés. J'avais l'esprit embrouillé, mes émotions étaient confuses. Chagrin, soulagement, colère et culpabilité s'entrelaçaient, se mêlant à la douleur physique, flottant au-dessus de moi tel un nuage noir. Et les larmes qui inondaient mon visage, le sang qui continuait encore et toujours de s'écouler de mon corps, auraient pu n'être que la pluie.

Gussy comprit tout de suite que quelque chose n'allait pas, bien évidemment, lorsqu'elle vint nous chercher le lendemain à la gare de Two Rivers. Et tandis que les filles et moi nous entassions dans le break de Frank, nos filles se disputant la place près de la fenêtre à l'arrière, elle me lança son regard habituel : ce regard de grande sœur où se mêlent à la fois un amour immodéré et une forme d'autorité morale. Je désirais lui parler de ma fausse couche, et craignais en même temps de lui avouer une énième déception. Je voulais sa compassion mais non sa pitié.

— Qu'est-il arrivé ? demanda-t-elle. C'est Frankie ? Qu'a-t-il fait cette fois-ci ?

J'avais cette affreuse manie de ne lui parler de Frankie que lorsqu'il avait commis un acte stupide ou blessant. Aux yeux de ma sœur, mon mari était donc une caricature, un imbécile qui buvait trop et parlait à tort et à travers. Je devais sans cesse me rappeler de partager aussi avec elle quelques-unes de ses qualités, et pas seulement ses faiblesses.

— Il n'est pas encore allé voler des arbres, au moins ? demanda-t-elle en riant.

Je dus moi-même réprimer un rire. La dernière fois que j'avais parlé de Frankie à Gussy, c'était pour lui raconter cette soirée où il était rentré à la maison avec trois jeunes arbres arrachés par les racines. Il était sorti boire quelques verres avec des amis et sur le chemin du retour, avait eu la brillante idée de s'emparer de quelques-uns des jolis érables rouges qu'il avait aperçus sur le bord de la route près de Spot Pond pour les planter dans notre jardin. Convaincu que la police n'était pas loin, prête à l'arrêter pour vol ou vandalisme ou je ne sais quel crime constituait le fait d'arracher des arbres par les racines et de les mettre dans le coffre de sa Studebaker, il s'était garé dans notre allée à une telle vitesse qu'il avait laissé des traces de pneus sur le pavé.

— Non, dis-je en secouant la tête avant de jeter un coup d'œil aux filles qui nous écoutaient. On en parlera plus tard.

— Parce que, Billie, chuchota-t-elle, regardant à son tour les filles dans le rétroviseur. Je te jure, s'il a refait quelque chose d'aussi stupide, je vais me déplacer en personne pour lui faire entendre raison.

Si Gussy avait eu la moindre idée de ce qui était arrivé entre Frankie et moi, des mots qu'il avait utilisés, de ce dont il m'avait traitée, elle aurait été scandalisée.

Ma sœur aimait se considérer comme ma protectrice, même si l'inverse avait presque toujours été vrai. J'étais de trois ans sa cadette, mais lorsqu'un petit voisin du quartier lui avait arraché sa toute nouvelle bicyclette sur le chemin de l'école et n'avait pas voulu la lui rendre, c'était moi qui l'avais jeté à terre, qui l'avais fait saigner du nez puis renvoyé en pleurs chez sa mère. Quand un autre garçon lui avait brisé le cœur en quatrième, c'était moi qui avais glissé dans son cartable une bouse de vache bien fraîche sélectionnée dans notre pâturage. À présent que nous étions adultes, je la protégeais simplement de la vérité.

— Ce sera inutile, Gussy. Frankie s'est bien comporté.

Et c'était vrai, en grande partie du moins. Frankie buvait trop. Il pouvait se mettre en colère, se montrer cruel même. Mais il avait beau hausser le ton, il n'aurait jamais osé lever la main sur moi ni sur les enfants.

Ses excès de boisson se manifestaient le plus souvent par un comportement impulsif et stupide : voler des arbres, allumer des feux d'artifice dans le jardin, jongler dans la cuisine avec ma plus belle porcelaine. Quand sa joyeuse ébriété tournait à la fureur, je savais comment naviguer sur les eaux dangereuses de sa mauvaise humeur. D'abord, je m'assurais que les filles n'étaient pas dans les parages, qu'elles étaient même le plus loin possible de lui. Ensuite, je savais ce qui pouvait faire empirer la situation et comment l'éviter. Je savais aussi que la patience était l'antidote suprême, car ses tempêtes étaient pareilles à des tornades. Elles grondaient, éclataient, puis retombaient. Il suffisait de trouver une cachette où s'accroupir, et en un rien de temps, l'orage passait et le ciel s'éclaircissait de nouveau. J'avais constaté le même schéma chez les maris de ses sœurs, sauf que ces femmes-là n'avaient pas compris qu'il était préférable de rester dans l'œil du cyclone. Lorsqu'elles nous rendaient visite, je les regardais se faire réprimander et violenter, et plus tard, lorsqu'elles étaient rentrées dans leurs foyers, je les plaignais et remerciais ma bonne étoile que Frankie fût, en comparaison, si facile à apprivoiser.

— Ça ne te dérange pas si je fume ? demandai-je.

L'odeur des cigarettes, en particulier des miennes, m'avait été insupportable ces derniers mois. Mais à présent que cette grossesse, comme toutes les autres, s'était terminée, j'eus envie de me remettre à fumer.

— Alors tu abaisses ta vitre, dit-elle en levant les yeux au ciel.

Lorsqu'elle était en voiture avec Frankie et moi, Gussy déplorait toujours le fait de nous voir fumer comme des pompiers, les vitres fermées à cause du froid, pendant que les enfants se tenaient le ventre à l'arrière. Gussy n'avait jamais touché au tabac de toute sa vie. J'allumai ma cigarette et abaissai la vitre. Je pris une longue bouffée et laissai la fumée emplir toutes ces zones vides à l'intérieur de moi. Je m'imaginai envahie de volutes – les fantômes de tous ces bébés qui avaient un jour niché dans mon ventre.

L'air au-dehors était plus frais que chez nous. Tandis que nous traversions Quimby, que nous nous éloignions de la ville pour nous enfoncer dans les bois en direction du lac, j'eus le sentiment que tout devenait soudain plus sain, plus clair, plus vert. Le retour chez soi a quelque chose de particulier : c'est une vague refluant sans cesse pour rétablir le niveau d'eau de la mer. Là était mon niveau. Là était mon eau.

Les enfants ouvrirent les portières avant même que la voiture ne soit complètement à l'arrêt. Mouse ôta ses vêtements en vitesse et courut en culotte vers le lac. Je souris devant cet abandon, cette liberté.

— Bon, peux-tu m'expliquer, maintenant ? demanda Gussy.

— Allons nager, dis-je en jetant mon mégot dans les buissons.

Je suivis les empreintes invisibles de Mouse jusqu'à la rive où j'enlevai ma chemise, gardai mon short et entrai dans l'eau. Je saignais encore, continuerais de saigner pendant tout le séjour, mais dans le lac, entourée d'eau, je trouvais soudain la chose moins violente.

Plus tard dans la soirée, une fois les enfants couchés, je lui parlai de ma fausse couche. J'essayai de faire passer cela pour un événement prévisible (et ça *l'était*) et de lui faire croire que j'allais bien. J'avais toujours utilisé cette stratégie avec ma sœur : prétendre que rien ne pouvait m'atteindre, que j'avais le cuir épais. Mais elle savait ; elle avait toujours su. Alors elle se contenta de me prendre la main pendant que je lui déroulais mon histoire. Pour une raison mystérieuse, cependant, lorsqu'elle me demanda plus tard, sur une note plus légère, ce qu'il y avait de nouveau cet été-là, je ne mentionnai pas les Wilson. Je ne lui parlai pas de Ted, de son visage carré, de ses mains gigantesques et de sa grosse Cadillac rouge. Je ne lui dis pas à quel point il était bon d'avoir une amie à proximité. Et je ne lui racontai pas tout ce qu'Eva avait fait pour moi ce jour-là. Peut-être voulais-je lui éviter de se sentir jalouse, de penser qu'une autre empiétait sur ses plates-bandes de grande sœur. Ou peut-être n'avais-je pas les mots pour formuler le merveilleux sentiment de plénitude que provoquait chez moi la conscience qu'en dépit de tout, je n'étais plus seule : que de l'autre côté de la rue se trouvait une personne douce et attentionnée.

Ou peut-être était-ce plus égoïste que cela, peut-être n'avais-je pas envie, pour une fois, de partager.

Gussy m'aida à défaire mes bagages ce soir-là, et s'attarda plus longtemps que nécessaire. Enfin, quand le soleil se coucha et que la fatigue du voyage – de tout l'été – descendit sur moi, elle m'embrassa le front.

— Je suis là, dit-elle, si tu as besoin de quoi que ce soit. Je t'aime, Poil de carotte.

Elle reprit alors la route, nous laissant seules au lac.

Ce soir, au moment où je sors de la baignoire, je reçois un appel de Gussy. J'entends mon téléphone vibrer dans l'autre pièce, et envisage d'abord de laisser le répondeur se déclencher, mais trouve injuste de l'inquiéter inutilement. Je fais toutefois attention à ne pas me lever trop vite. La dernière fois que je suis sortie d'un bain chaud pour décrocher le téléphone, j'ai vu trente-six étoiles, ai failli m'évanouir et m'écraser contre l'émail de la baignoire. *C'est comme ça que les petites vieilles se brisent la hanche*, ai-je pensé. *C'est comme ça que les os s'effritent.* Le monde est un lieu perfide à mon âge.

— Salut, Gus, quoi de neuf? dis-je.

— Je viens de raccrocher avec Johnny, m'apprend-elle. Il m'a appelée pour savoir si j'avais réussi à te convaincre.

Un peu étourdie, je m'assois sur le lit pour ne pas tomber. J'avais bêtement espéré qu'elle abandonnerait l'affaire. Qu'elle oublierait Johnny.

— Billie?

— Présente, dis-je.

Je m'enroule dans ma serviette. Mes cheveux trempés dégoulinent sur mes épaules. Dehors, une corne de brume mugit.

Elle soupire.

— Tu savais que Ted était décédé ?

Ce nom me fait frémir.

— Comment l'aurais-je su ?

— Il s'est suicidé, ajoute-t-elle.

C'est un choc. J'aurais été moins surprise d'apprendre qu'on l'avait assassiné.

— De quelle façon ?

Je ne tiens pas vraiment à connaître les détails macabres, mais j'ai besoin d'une image, d'un élément quelconque pour rendre cette nouvelle réelle. Pour rendre sa mort réelle.

— Je ne sais pas, dit-elle. Je n'ai pas demandé.

— Quand est-ce arrivé ? dis-je.

Comment expliquer qu'après tout ce temps, je reçoive cette nouvelle comme un soulagement ? Aurais-je passé les cinquante dernières années à l'attendre ?

— Cet été. Je crois que ça correspond au moment où Johnny a sombré pour de bon. Il dit qu'il se bat depuis des années, qu'il a connu des hauts et des bas. Mais le suicide de son père l'a entraîné dans les abîmes.

— Je ne vois vraiment pas ce qu'il peut attendre de moi, dis-je.

C'est vrai. Je suis une femme de quatre-vingts ans, vivant à des années-lumière de son monde. Le lien qui nous unit est élimé par le temps, affaibli par les ans et la distance géographique. Il n'en reste qu'un fil ténu.

Gussy tousse.

— En fait, c'est, euh, plus compliqué que je ne le pensais.

C'est à mon tour de soupirer. Je ne comprends pas pourquoi ma sœur se montre aussi évasive.

— Que se passe-t-il, Gussy ?

Il y a un silence à l'autre bout du fil, un fossé terrifiant se creuse entre elle et moi.

— Gus ?

— S'il te plaît, viens à la maison, insiste-t-elle d'une voix douce. On en parlera de vive voix.

— On parlera de quoi, Gus ? Tu ne peux rien me révéler à propos de Ted Wilson qui soit susceptible de me bouleverser. Sérieusement.

Le silence s'installe de nouveau – ce gouffre – et lorsqu'elle reprend enfin la parole, le ton de sa voix est de plus en plus pressant.

— Je t'ai trouvé un vol pour Burlington à 15 heures ce vendredi. Je peux venir te chercher et ensuite nous dînerons ensemble et passerons la nuit ici. Le lendemain matin, nous pourrons aller au lac voir Effie et les petites. Johnny a dit qu'il pourra venir dimanche. Dimanche, ce n'est pas trop précipité pour toi ?

— Ce week-end ? dis-je, soudain envahie de bouffées de chaleur et de picotements. Je ne sais pas. Ça me paraît insensé.

— Bien sûr, il travaille le lundi, alors ce sera très court. Je demanderai à Francesca de nous rejoindre elle aussi. Si tu restes une ou deux semaines, peut-être qu'elle pourra passer le week-end prochain.

Une brise effleure l'océan, je la sens qui s'insinue par les interstices de ma fenêtre.

— Des quenelles de poulet, ça te dirait ?

— *Des quenelles de poulet ?*

— Pour le dîner. Quand tu seras là.

Ma sœur a toujours eu tendance à prendre les rênes, à empoigner le monde – le mien –, dès qu'il lui semble échapper à mon contrôle. Je lui en suis reconnaissante. Mais sa détermination me désarme également.

— J'ai déjà acheté ton billet, m'avoue-t-elle. Tu n'as plus qu'à te rendre à l'aéroport.

Plus tard, dans mon lit, tandis que j'attends le sommeil, j'essaie de ne pas penser à Ted et à tous les moyens qu'il a pu utiliser pour mettre fin à ses jours. J'essaie de ne pas penser à Johnny et aux abîmes dans lesquels il a sombré après la mort de son père. J'essaie de ne pas penser à ce pont fragile qui nous sépare, aux eaux profondes coulant au-dessous, aux souvenirs et aux années qui les hantent. J'essaie seulement de penser au fait que je vais revoir ma sœur. La dernière fois remonte à deux ans, et nous n'avons peut-être plus beaucoup de temps. Elle comme moi.

À la fin de l'été, à notre retour à Hollyville, tout l'épisode de ma grossesse et de ma fausse couche me semblait déjà loin, aussi nébuleux qu'un mauvais rêve. À dire vrai, retrouver la maison après une si longue absence me donnait toujours une impression d'irréalité ; il me fallait plusieurs jours pour descendre de mon nuage, pour ne plus avoir le sentiment d'évoluer sur une scène de théâtre, où meubles et ustensiles de cuisine m'apparaissaient démesurés au regard de mon souvenir, les couleurs trop vives. Frankie aussi devenait bizarre à mes yeux, comme si un acteur jouait son rôle à sa place. Le contact de sa main me paraissait d'abord étranger et factice, alors qu'il nous avait rendu visite à peine quelques semaines auparavant.

Eva elle-même semblait réduite à une invention de mon esprit, une histoire que j'avais créée de toutes pièces pour me divertir, pour passer le temps. À cette époque, la maison du lac n'était pas encore équipée du téléphone, mais j'avais pris la peine d'adresser à mon amie une carte du Vermont, que j'avais mis une demi-heure à choisir à la papeterie de Quimby, car j'en voulais une qui lui donnerait envie de nous rejoindre l'été suivant. Elle resta malheureusement sans réponse. Frankie n'avait été d'aucun secours, m'expliquant qu'il n'avait pas vu notre voisine une seule fois et qu'il avait à peine croisé Ted. Tandis que nous nous garions dans Beechtree Street, je m'attendais presque à apercevoir Mme Macadam, assise sur sa véranda, ou bien l'écriteau « À VENDRE » planté devant le buisson de lilas. Au lieu de quoi, il y avait Eva. Eva, portant un minuscule paquet dans ses bras. Je sentis mes joues s'embraser, mon sang s'affoler dans mes veines. Nous voyant approcher, elle descendit en vitesse les marches de son perron, entourée de Donna, Sally et Johnny.

J'ouvris ma portière à la seconde où Frankie s'arrêta dans notre allée.

— Rose ou bleu ? criai-je alors à l'attention d'Eva.

— Qu'est-ce que tu dis ? me cria-t-elle en retour.

— Fille ou garçon ? répétai-je en hurlant, me sentant idiote.

— Et si tu traversais cette fichue rue, au lieu de te donner en spectacle ! s'agaça Frankie en sortant nos valises du coffre.

Je courus alors vers la maison d'en face, submergée par le besoin de la toucher, de confirmer le fait qu'elle n'était pas un produit de mon imagination. Je l'enlaçai de mon bras gauche et la serrai fort, tout en posant ma main droite sur le bonnet rose du bébé.

— Je te présente Rose, dit-elle.

— Elle est magnifique, dis-je en examinant son petit visage. Je peux la prendre ?

— Je t'en prie.

Elle me la mit délicatement dans les bras. Je n'avais pas souvenir que mes propres enfants avaient été aussi petits. Elle n'était pas plus lourde qu'un murmure. Ses yeux étaient clos, ses joues mouchetées de rose.

— Elle est drôlement belle, dis-je, sentant cet espace vide en moi se rouvrir.

Eva hocha la tête en souriant. Tout près d'elle à présent, je pus voir la fatigue sur ses traits, l'épuisement qui creusait des cernes sous ses yeux. Alors que ma peau était tannée et parsemée de taches de rousseur, celle d'Eva était pâle. Son teint n'était pas maladif, c'était plutôt celui d'une personne restée longtemps coincée entre quatre murs, privée de lumière.

— Parle-moi du Vermont, m'implora-t-elle en serrant ma main avec chaleur. J'ai reçu ta carte. Cet endroit a l'air tellement beau. J'ai dit à Teddy que je voulais te rejoindre l'été prochain. Même si ce n'est que pour une semaine. J'ai cru que Donna et Sally allaient devenir folles sans tes filles.

Ma stratégie avait fonctionné ! L'image du lac reflétant le flamboyant feuillage d'automne des arbres qui l'entouraient avait produit son effet. J'étais contente, soudain, de ne pas avoir opté pour un pont couvert ou une vache.

Frankie était ravi de nous avoir de nouveau à la maison, et pour cette première soirée, se conduisit de façon exemplaire. Il but très peu au dîner, et m'aida même à essuyer les plats. Il fit six parties d'échecs chinois avec les filles avant de les envoyer à l'étage pour leur bain. Ensuite, après les avoir mises au lit, il leva un sourcil vers moi et inclina la tête de côté.

— Je t'ai manqué ?

En éternel optimiste, Frankie voyait tous les verres à moitié pleins, même celui-là.

Alors, ouvrant la marche, je montai l'escalier vers notre chambre, puis éteignis les lumières avant d'ôter mes vêtements. Je me mis vite au lit et attendis qu'il se déshabille à son tour. Sous les couvertures, dans le noir, je sentis les angles familiers de son corps, l'impatience de ses mains et de sa bouche. Je tâchai de faire en sorte qu'il se sente désiré, de lui rendre son affection avec la même ferveur, mais ne parvins pas à me concentrer. Mes pensées, comme toujours, étaient ailleurs. J'essayai – mon Dieu comme j'essayai ! – d'occuper mon corps, je m'efforçai d'être avec lui, mais au moment où Frankie me toucha, je m'éclipsai malgré moi. Je partis errer en périphérie. Je pris alors l'initiative d'accélérer les choses grâce aux vieilles ficelles. Et comme par magie, elles fonctionnèrent (c'était toujours le cas). Puis Frankie roula sur le dos, haletant, en sueur, les yeux rivés au plafond.

— C'est bon de te retrouver, Billie.

Les cris d'un nouveau-né retentirent au loin et l'espace d'un instant, mon cœur se serra. J'avais rangé le bébé perdu dans un écrin silencieux et scellé de mon esprit, une boîte en bois où j'enfermais tous mes secrets douloureux, toutes mes pertes. Mais à présent, les charnières du couvercle grinçaient, le coffret s'ouvrait, et la peur et le chagrin emplissaient ma poitrine.

— Bon sang, ce que cette gosse est bruyante ! marmonna Frankie en se tournant sur le ventre.

Je compris alors que les pleurs venaient de la maison des Wilson.

Le bébé souffrait de coliques. Ainsi, lorsqu'il ne dormait pas, il pleurait. Et ce n'était pas l'agitation modérée que les bébés utilisent pour faire savoir qu'il faut changer leurs couches ou qu'ils ont faim, mais plutôt des hurlements, perçants et continus. Des cris propres à conduire même la meilleure des mères à un sentiment d'impuissance, d'inutilité, voire de colère à l'égard de son enfant.

Je l'entendais depuis l'autre côté de la rue. Même la porte fermée. Je l'entendais quand je travaillais dans le jardin, quand je mettais des myrtilles en bocaux dans la cuisine, quand Frankie et moi étions au lit le soir. Toute la famille Wilson devait être condamnée aux nuits blanches, songeais-je. Pour ma part, je l'étais.

Cet automne-là, alors que les enfants avaient repris le chemin de l'école, la saison des pluies débuta. Pendant les deux premières semaines de septembre, il plut sans interruption. Jour et nuit. Les barils récupérateurs d'eau de pluie débordèrent. Sans voiture, je n'avais pas grand-chose à faire hormis errer dans la maison, qui était silencieuse à présent sans les filles. J'aurais pu aller voir Eva, mais craignais de réveiller le bébé en sonnant ou même en frappant à la porte. Je lui avais dit de m'appeler si elle avait besoin de quoi que ce soit, même d'une simple pause, mais elle m'avoua plus tard que cette idée la mettait mal à l'aise. Comme si Rose était un rappel cruel de tout ce que j'avais perdu cet été.

Je suppliai Frankie de se rendre au travail en train pour me laisser la voiture, mais il insista pour la prendre, au cas où il « tomberait sur quelque chose ». Frankie tombait souvent sur des trésors mis au rebut qu'il ramenait à la maison. Par exemple, notre table en acajou massif, trouvée sur le trottoir devant un immeuble de Brooklyn, dont un des pieds était cassé. Comme il l'aurait fait d'un animal blessé, Frankie la porta chez nous et soigna sa blessure, la dorlota jusqu'à la ramener à la vie. Ou encore un grand miroir encadré ; une coiffeuse en chêne ; une machine à coudre à pédale ; un tricycle – même si nos deux filles n'étaient plus en âge d'en faire. Tous ces objets avaient voyagé depuis Boston pour se faire une place dans notre petite maison. Ces rescapés lui inspiraient le même sentiment que les timbres qu'il vendait ; chaque meuble abîmé, chaque antiquité qu'il rapportait à la maison, racontait une histoire. En les restaurant, il ravivait cette histoire.

Ainsi, chaque matin, Ted et lui partaient au travail dans leurs véhicules respectifs, nous abandonnant derrière eux, Eva et moi. Prisonnières.

La bibliothèque de Hollyville était située à presque deux kilomètres de chez nous, ce qui n'était pas loin, à condition qu'il ne pleuve pas. Mais au bout de cinq jours, je décidai malgré tout de me lancer à l'aventure, d'enfiler mon ciré, mon bonnet de plastique, et d'y aller tout simplement. Chessy avait besoin d'un livre sur Marie Curie pour un exposé, et j'en profiterais pour rapporter *Le Vent dans les saules* à Mouse. J'étais moi-même à court de lectures.

Une fois dehors, je jetai un coup d'œil à la maison des Wilson et envisageai un instant de proposer à Eva de m'accompagner avec Johnny et Rose, mais je savais qu'emmener en vadrouille un nouveau-né et un garçon de quatre ans indiscipliné sous une pluie battante était la dernière chose que je ferais si j'étais elle. Pourtant, lorsque j'arrivai à la bibliothèque, il me sembla que toutes les autres mères d'enfants en bas âge de Hollyville avaient décidé de braver l'orage ; devant le bâtiment, sous l'étroit auvent, étaient alignés une dizaine de landaus encombrants et de poussettes. Pénétrer dans la section jeunesse revint même à s'aventurer dans une scène de *Sa Majesté des mouches*. Des bébés, des tout-petits, des mères exténuées et un bibliothécaire en panique : ce n'était pas ce que j'avais espéré y trouver. Alors je m'emparai rapidement des livres dont j'avais besoin pour les filles puis m'échappai dans la salle de lecture. Je trouvai *Le Docteur Jivago* encore rangé sur l'étagère « nouveautés » du rayon fiction, et tandis que la pluie battait contre les grandes fenêtres à côté de mon fauteuil rembourré, je me perdis dans les pages du roman. Quand je levai enfin les yeux vers l'horloge, il était 14 heures. Cela me laissait juste assez de temps pour rentrer et retrouver les filles à leur sortie du bus.

Je rassemblai mes affaires et me dirigeai vers l'accueil avec mes livres quand mon regard fut attiré vers les rayons. Assise par terre, une femme pleurait doucement, la tête entre les mains.

Je reculai pour sortir de son champ de vision, le cœur battant la chamade, et tentai d'assimiler ce que je venais de voir. Je jetai de nouveau un coup d'œil discret. Oui, c'était bien Eva. Complètement seule, sanglotant au-dessus d'un livre.

— Eva ? l'appelai-je d'une petite voix en avançant entre les étagères.

Elle leva la tête, surprise.

— Billie, fit-elle d'une voix étrangement soulagée.

Des cernes profonds assombrissaient ses yeux, et elle avait les cheveux en désordre. Elle portait une robe d'intérieur élimée et des ballerines avachies.

— Est-ce que ça va ?

Elle me regarda en silence et hocha la tête sans conviction.

Je m'assis devant elle, sur un des tabourets marchepieds servant à atteindre les livres rangés en hauteur.

— Qu'est-ce que tu lis ? lui demandai-je.

Elle leva les yeux au ciel d'un air penaud. Embarrassé.

— Un roman de gare idiot. *Peyton Place*, précisa-t-elle en me montrant son livre avant d'essuyer son nez avec le mouchoir qu'elle tenait serré dans la main.

— Où sont Johnny et Rose ? demandai-je.

Je supposai qu'ils étaient en ville avec la famille de Ted. Peut-être lui avait-on enfin proposé de l'aide.

Elle leva les yeux vers moi, le nez écarlate, les yeux injectés de sang, et je compris soudain que la situation était vraiment, mais vraiment fâcheuse.

— Il fallait que je sorte de cette maison. Je voulais seulement m'asseoir et lire un livre. Je voulais seulement un peu de paix et de calme. Elle n'arrête pas de pleurer.

— Tu veux dire que Johnny et Rose sont seuls à la maison ?

Je commençais à paniquer.

— Non, Donna est avec eux. Elle n'est pas allée à l'école aujourd'hui, elle se sentait patraque. C'est elle qui les garde.

J'essayai d'imaginer le genre de bêtises que pouvait commettre Johnny sans surveillance. Donna était plus âgée, certes, mais elle n'avait que neuf ans. Des images d'allumettes et de flammes se mirent à danser dans mon esprit.

Eva sembla soudain émerger d'un rêve.

— Bon sang, tu dois me trouver horrible.

— Tu es venue ici à pied ?

Elle acquiesça, et je remarquai son manteau trempé, posé sur une pile de livres humides à côté d'elle.

— Je suis une mère lamentable, déclara-t-elle. Vraiment lamentable.

— Non, dis-je. Tu es exténuée, rien de plus. C'est tout à fait compréhensible. Mais laisse-moi te ramener à la maison, dis-je en lui tendant une main pour l'aider à se lever. Je te ferai une place sous mon parapluie, ajoutai-je, ne laissant rien paraître de ma panique.

Vingt minutes plus tard, nous étions déjà dans notre rue, dégoulinantes et transies de froid. Un soulagement indicible me saisit lorsque j'aperçus la maison des Wilson sans volutes de fumée ni restes carbonisés.

À l'intérieur, Donna avait préparé des sandwichs au beurre de cacahouète, que Johnny et elle dégustaient, accroupis devant la télévision. Rose dormait sur le canapé, emmitouflée dans un plaid.

— Allons te sécher, dis-je en aidant Eva à ôter son manteau.

Soudain, son humeur changea. L'abattement qu'elle avait manifesté à la bibliothèque et sur le chemin du retour disparut. Elle tira la couverture sur le bras nu de Rose et réprimanda ses enfants d'un air taquin.

— Mais voyons, ce n'est pas un déjeuner digne de ce nom ! Laissez-moi vous préparer de la soupe de tomate. Et des croque-monsieur, qu'en dites-vous ? Et Billie, ajouta-t-elle en souriant, il faut absolument qu'on s'organise quelque chose tous ensemble dès que ce déluge cessera.

Prise au dépourvu par ce changement soudain, je me contentai de hocher la tête avant de me diriger vers la porte.

— Passe un bon après-midi, me lança-t-elle, ce sourire étrange encore vissé aux lèvres.

Mais quand nous fûmes seules sur le seuil, elle me saisit le bras.

— Et merci, ajouta-t-elle en ouvrant de grands yeux implorants. À présent, c'est toi qui dois garder un de mes secrets.

— Compte sur moi, acquiesçai-je.

Nous fûmes dès le début des conspiratrices, les gardiennes réciproques de nos vérités les plus inavouables.

— On dirait des sirènes d'alerte aérienne, fit remarquer Frankie le soir d'Halloween.

Le bébé pleurait depuis plusieurs heures. Nous étions dans la cuisine, où j'aidais les filles à mettre la touche finale à leurs costumes. Au début, je crus que cela venait d'un des nombreux enfants déguisés en fantômes et faisant résonner dans la nuit ses hurlements macabres. Mais quand j'envoyai les filles chercher les petits Wilson avant de partir à la chasse aux friandises, masques en place et sacs à bonbons en main, je compris qu'il s'agissait de Rose.

Je laissai alors Frankie s'occuper d'offrir des sucreries aux gamins qui frapperaient à notre porte puis traversai la rue pour proposer mon aide à Eva.

— Où est Ted ? lui demandai-je, n'ayant pas vu sa voiture dans l'allée de toute la soirée.

— En voyage d'affaires, répondit-elle en haussant les épaules.

Dans sa robe élimée et ses pantoufles en miettes, je la reconnus à peine. Elle n'était pas maquillée et ses cheveux étaient emmêlés.

— Quand doit-il rentrer ?

— Probablement quand le bébé ne pleurera plus, dit-elle avec un sourire triste et un nouveau mouvement d'épaules.

— Donne-la-moi, proposai-je. Le landau est dans le garage ?

— Tu n'as pas à faire ça.

— Je le sais, dis-je. Maintenant, tu vas prendre un bon bain chaud, puis enfiler une chemise de nuit propre. Je reviens dans une heure. Et si elle pleure encore, je la sortirai de nouveau.

— Merci, dit-elle.

— Et quand les enfants auront fini leur tournée, tu n'as qu'à les envoyer chez moi. Frankie pourra bien les surveiller un petit moment.

— Tu es une perle, Billie.

Je souris, me sentis rougir.

Je posai Rose dans le landau, puis marchai avec elle sur presque cinq kilomètres sans qu'elle cesse un seul instant de mettre ses minuscules poumons à rude épreuve. Par chance, la nuit résonnait déjà des cris perçants d'innombrables enfants, et les rues étaient peuplées de fantômes, de robots, de cowboys et de sorcières. Malgré la cacophonie ambiante, pourtant, il y avait quelque chose de beau et de paisible. La pleine lune illuminait le ciel comme les citrouilles d'Halloween éclairant les entrées des maisons. Tous les arbres étaient dénudés, et leurs silhouettes squelettiques projetaient des ombres complexes à travers les rues. Il faisait incroyablement doux pour une fin de mois d'octobre. Et je me délectai du claquement régulier des roues du landau sur la chaussée.

Tandis que nous arpentions le bitume en tous sens, que nous prenions des rues transversales, Rose hurlait. Tandis que je montais sur le trottoir puis en descendais avec sa poussette, elle pleurait. Tandis que je contournais le parking de l'école élémentaire puis l'église, elle braillait toujours. Et puis enfin, alors que nous approchions de la maison, elle s'arrêta. Ce silence inattendu était si total, si absolu, que je crus être soudain devenue sourde.

Je jetai un coup d'œil dans le landau. Oui, Rose avait fini par s'épuiser toute seule. Je ne savais plus quoi faire à présent. Devais-je continuer de marcher ? Ne plus bouger ? Je levai les yeux vers la maison des Wilson et remarquai que la lumière de la salle de bains, à l'étage, était allumée. Je supposai – espérai – qu'Eva avait obéi à mes supplications, qu'elle était plongée jusqu'au cou dans un bain chaud. Avec peut-être du Chet Baker dans le poste.

Alors je décidai de simplement rester immobile.

Les gamins du quartier avaient tous rejoint leurs foyers respectifs. J'aperçus les silhouettes de mes filles et des petits Wilson à travers notre fenêtre. J'avais chargé Frankie de leur servir à chacun une grande assiette des spaghettis préparés pour le dîner. Je laissai le landau dans l'allée et m'assis sur les marches du perron d'Eva, craignant, même en m'avançant furtivement vers la véranda, de réveiller sa fille et qu'elle se remette à pleurer. Je n'étais là que depuis une dizaine de minutes quand j'entendis la porte d'entrée s'ouvrir et aperçus Eva, debout sur le seuil, sa silhouette se découpant dans la lumière vive du couloir derrière elle. Je levai un doigt à mes lèvres et murmurai un « chut » puis lui fis signe de me rejoindre sur les marches.

Elle avança sur la pointe des pieds, inspecta l'intérieur du landau et poussa un soupir de soulagement. Elle s'assit à côté de moi ; ses cheveux étaient mouillés et elle sentait le *White Shoulders*. Elle s'était poudré le visage, et même si elle avait encore l'air fatiguée, elle semblait plus fraîche. Elle posa la tête contre mon épaule.

— Je ne sais pas ce que je vais faire si elle continue à pleurer comme ça, Billie.

— Ça ne durera pas. Je te parie que ce sera fini d'ici un ou deux mois.

— Je ne suis pas sûre de pouvoir supporter encore un ou deux mois dans ces conditions, murmura-t-elle en levant la tête.

— Je t'aiderai, promis-je. Aussi souvent que tu en auras besoin.

Elle accepta d'un hochement de tête.

— Tu sais, tu m'as manqué quand tu étais dans le Vermont, m'avoua-t-elle en souriant.

Une douce chaleur m'envahit. Frankie n'avait pas eu de telles paroles à mon égard. Soudain à court de mots, chose rare chez moi, j'étudiai le ciel d'automne.

— C'est une belle nuit.

Elle leva les yeux à son tour.

— Quand Teddy et moi nous sommes rencontrés, j'étais inscrite aux beaux-arts, tu sais, m'apprit-elle.

— Ah bon ?

J'avais tenté d'imaginer leur vie en Californie mais elle restait pour moi une page blanche. En tout cas, les beaux-arts n'avaient pas figuré sur la liste de mes hypothèses.

— Je savais que je ne serais jamais une artiste, mais je pensais qu'un jour, je pourrais enseigner, dit-elle, le regard rivé dans le lointain. J'étais enceinte.

— Tu sais, vous n'êtes pas le premier couple à se marier à cause d'un bébé…, commençai-je.

— En fait, j'étais enceinte quand il m'a rencontrée, précisa-t-elle en inspirant profondément, attendant ma réaction.

J'étais abasourdie. Sans voix.

— Le père était mon professeur. Il était *marié*, chuchota-t-elle même si nous étions seules. C'était affreux. J'ai rencontré Ted au restaurant où je travaillais comme serveuse. Il m'a dit qu'il m'épouserait et qu'il élèverait cet enfant comme si c'était le sien.

— Donna, dis-je.

Elle secoua la tête.

— Non. J'ai perdu ce bébé trois jours après le mariage, poursuivit-elle en tournant vers moi un sourire triste. Ce n'était pas ce que j'avais prévu, ajouta-t-elle en désignant d'un geste la rue déserte devant nous. Ce n'était pas ce que je voulais.

Ses aveux me coupèrent le souffle, comme si elle avait confessé un meurtre plutôt qu'une simple insatisfaction. C'était choquant, *palpitant*.

— Moi non plus, dis-je avec un petit rire et un hochement de tête.

Je faisais cette confidence pour la première fois de ma vie. La sensation était libératrice. Terrifiante. Dangereuse.

Elle me prit la main et la serra dans la sienne, qui était encore tiède après son bain. Tout mon corps sembla se détendre sous son contact, et je ne m'étais même pas rendu compte de la tension qui m'habitait. Pour la première fois depuis des lustres, je me sentis calme. Satisfaite. *Comprise.* Soudain, comme pour briser cette sérénité, Rose se réveilla et se remit à hurler.

— Bon, on ne peut pas empêcher une cloche de tinter, dit Eva en me lâchant la main.

Elle se leva, se pencha au-dessus du landau et souleva Rose, qu'elle serra contre son cœur.

— Tout va bien, Rosie, tout va bien, murmura-t-elle dans ses cheveux.

Plus tard ce soir-là, je m'endormis bercée par les pleurs de Rose se poursuivant au loin, les prenant un temps pour les lamentations des plongeons huards. Et l'espace d'un instant, je me crus revenue au lac Gormlaith, dans le Vermont. Mon sommeil fut agité. Je rêvai d'Eva, de son professeur marié, d'une tout autre vie : San Francisco, la bohême, les sorciers. Je me réveillai en sursaut, le cœur battant la chamade, et me rendis compte que c'était le silence qui m'avait sortie du sommeil. Il était 5 heures du matin, et Rose avait enfin cessé de pleurer.

Jeudi soir, assise au pub devant mon verre de bière brune, je parle à mon ami Juan de mon voyage. Lou ne buvait pas, et après toutes ces années avec Frankie, j'ai recherché la paix dans la sobriété. Aujourd'hui, pourtant, ma pinte quotidienne m'apporte du réconfort. Tout comme la compagnie que je trouve au bar.

C'est une soirée calme, seule une poignée d'habitués est là. J'ai choisi cette heure étrange du soir, après la tombée du jour, quand les ivrognes sont déjà rentrés chez eux en titubant, mais avant que les plus jeunes n'arrivent en masse. Le *Chester* répond aux besoins des gens du coin : bikers, surfeurs et vieilles créatures dans mon genre. Alignés devant la fenêtre ouverte comme les têtes de clowns peinturlurées d'un jeu d'arcade, nous avons tendance à éloigner les touristes. J'aime rester assise là et regarder les gens passer, la parade colorée des habitants du quartier. C'est le crépuscule à présent, le soleil s'est retiré pour la nuit, la lune prend le relais pour éclairer les vagues.

— Ça fait combien de temps que tu n'es pas retournée sur la côte est ? me demande Juan en ramassant les bouteilles vides sur une des tables désertées.

— Dans le Vermont ? Environ cinq ans. Mais je ne suis pas retournée au lac depuis 1964.

En le disant, je me rends compte de l'éternité que cela représente. Juan n'était probablement même pas né en 1964.

Juan est célibataire, divorcé, mais il plaît aux filles. Un groupe de femmes travaillant au salon de coiffure d'à côté vient souvent flirter avec lui. Il plaisante avec elles, mais cela ne va pas plus loin. Comme moi, il vit seul. Il a un fils de dix ans qui habite avec sa mère en Arizona. Il me montre parfois des photos de lui sur son téléphone, et je peux voir à quel point il lui manque.

— Tu veux que je te conduise à l'aéroport ? propose-t-il.

J'avais pensé appeler une navette une fois à la maison, un de ces vans bleus que l'on voit passer comme des flèches sur la route.

— Oh, ne te dérange pas, dis-je.

— Je me lève tôt de toute façon, dit-il. Tu dois y être à quelle heure ?

— À 6 heures, je crois. Mon avion décolle à 8 heures.

— Je serai chez toi à 5 h 30, décide-t-il.

Sans me laisser le temps de protester, il me décoche un clin d'œil et disparaît derrière le bar pour prendre la commande d'un client.

Les détails de ce voyage ont tellement accaparé mon attention que je n'ai pas pris le temps de réfléchir à ma conversation avec Gussy, ni à sa façon agaçante de me manipuler. Je suppose que j'aurais pu dire non, tout simplement, refuser sa générosité agressive, mais je n'ai jamais su dire non à ma sœur. Au lieu de quoi, j'ai transféré mes produits liquides dans des flacons en plastique de 100 ml. J'ai acheté un manteau chaud. J'ai imprimé ma carte d'embarquement à la bibliothèque, me suis assuré à deux reprises que Linda pourrait se passer de moi pendant une ou deux semaines. (Elle a eu beau tenter d'apaiser mes craintes, je suis inquiète pour elle.) J'ai interrompu mon abonnement au journal, demandé au bureau de poste de conserver mon courrier, puis j'ai déplacé un rendez-vous chez le dentiste. J'ai également informé de mon absence mes amis et voisins.

D'après Gussy, Johnny arrivera en voiture de Boston le dimanche matin après mon arrivée, ce qui ne me laissera que quelques jours pour prendre mes marques. Je ressens un malaise à l'idée de le rencontrer, même si j'ai conscience qu'il est la principale raison de mon voyage. J'essaie d'imaginer à quoi il peut bien ressembler maintenant, et ne peux m'empêcher de penser à Ted. Je me demande s'il ressemble encore à son père. Enfant, c'était son portrait craché, à croire que Ted l'avait conçu tout seul. Mais certains, en grandissant, perdent leur ressemblance avec leurs parents ; cette empreinte se dissipe pour finalement disparaître.

Je laisse à Juan un pourboire généreux, comme toujours, et le salue depuis le seuil d'un geste de la main. Je sors alors rejoindre ma maison, dans l'espoir de dormir un peu avant le lever du jour.

— Cinq heures et demie, me crie-t-il. Pas de grasse matinée.

Sur le chemin, je pense à Eva. Elle est dans le balancement des palmiers, dans la lune, dans la marée descendante. J'entends sa voix dans le tintement des clochettes suspendues à ma véranda, sens sa caresse dans la brise. C'est drôle : Frankie a été mon mari pendant de nombreuses années, nous avons fondé une famille ensemble, je l'ai connu à son apogée et dans ses pires moments, mais lorsque je tente de le visualiser, d'imaginer son incarnation physique, *l'homme* qu'il était, ma mémoire me fait défaut. Je me souviens de ses emportements, et de temps à autre, de sa tendresse. Mais quand j'essaie de me rappeler son visage, ses mains, je suis perdue. Comme si les années l'avaient vidé de sa substance, ne laissant de lui qu'un squelette. Même Lou, qui fut ma fidèle compagne pendant presque vingt-cinq ans, est indistincte dans mon esprit. Un murmure. Un écho. En revanche, l'image d'Eva est lumineuse. Tout chez elle se détache avec une parfaite netteté sur le fond flou du reste de ma vie : le parfum de ses cheveux, le trait vert encerclant ses iris noirs, les trois taches de rousseur sur sa nuque. Ce soir, quand j'arrive chez moi et insère la clé dans la serrure, je peux jurer sentir son *White Shoulders* pendant un instant, ce mélange de lilas et de muguet. Mais ce ne sont que les hortensias qui s'épanouissent en joyeux bouquets dans la haie longeant ma véranda.

Lorsque je ferme mon sac et le pose près de la porte, lorsque je vérifie de nouveau mon itinéraire, je dois me convaincre de ma capacité à faire ce voyage. Même sans la perspective de revoir Johnny après toutes ces années, cette aventure aurait quelque chose d'effrayant. À mon âge avancé, même les trajets les plus anodins peuvent s'avérer épiques : une promenade le long de la jetée, une virée en voiture aux heures de forte affluence, un retour dans sa ville natale. Cela me fait penser aux écussons de scouts de mes filles, aux missions et aux tâches qu'elles ont dû accomplir pour les obtenir : cuisiner, élever des animaux, danser. Je me demande quel insigne ce genre d'exploit pourrait bien me rapporter. Ce que représenterait l'emblème brodé : un avion, un lac, un cœur brisé.

L'idée qu'Eva endosse elle aussi le rôle de cheftaine vint de moi. J'avais dirigé la troupe de Francesca un an auparavant, principalement parce qu'aucune autre mère ne s'était dévouée pour le faire. Cette année-là, Mouse avait atteint l'âge d'y entrer, et je lui avais déjà promis de reprendre mon poste. Ainsi, au cours de l'année écoulée, sept jeunes filles du quartier s'étaient réunies dans mon sous-sol une fois par semaine, créant un véritable chaos de travaux manuels, de cuisine et de camping. À présent, comme seules trois d'entre elles accédaient au statut de jeannettes, on m'avait convaincue de diriger un groupe mêlant jeannettes et louvettes, comprenant deux petites nouvelles. Après deux mois à tenter de chapeauter l'affaire toute seule, cet automne de 1960, je me rendis compte que j'avais besoin de renfort pour organiser les réunions, dompter les quelques fillettes récalcitrantes et orchestrer l'expédition annuelle de printemps au camp de Rippling River. De plus, je vis cela comme une distraction qui ferait le plus grand bien à Eva, une excuse pour la faire sortir de chez elle.

— Je ne sais pas, hésita-t-elle. Que vais-je faire de Johnny et de Rose ?

— Tu pourras les amener avec toi. Nous installerons un parc pour bébé dans le sous-sol. Et Johnny pourra regarder la télévision à l'étage. Ce n'est qu'une fois par semaine. Ce sera amusant !

Étendue sur son canapé, Eva feuilletait le *Manuel des jeannettes*, la bible du scoutisme.

— Tu pourras donner un coup de main pour encadrer les travaux manuels, dis-je en souriant et en pointant du doigt la table des matières.

Elle leva les yeux au ciel.

J'avais encore du mal à imaginer Eva étudiante aux beaux-arts de San Francisco. Rien dans son foyer ne prouvait qu'elle avait un jour été autre chose qu'une mère et une épouse. Les seules œuvres d'art ornant ses murs étaient une gravure de Grandma Moses représentant des enfants faisant du patin à glace et une reproduction de *Christina's World*, le tableau de Wyeth, au-dessus de la cheminée. Nous avions la même gravure chez nous – Frankie l'avait dénichée dans un vide-grenier – sauf que la nôtre trônait au-dessus du canapé.

— Qu'est-ce que tu peignais ? lui demandai-je. Quand tu étais à la fac ?

— Je ne peignais pas, répondit-elle. Je faisais de la sculpture.

— Comme la *Vénus de Milo* ? demandai-je, pensant à toutes ces pâles ruines sans bras que je n'avais vues que dans notre encyclopédie *Universalis*.

Elle secoua la tête.

— Non, pas ce genre de choses. Des mobiles essentiellement. Tu as déjà entendu parler de George Rickey ? D'Alexander Calder ?

Je ne les connaissais pas.

— Oh, Calder est merveilleux, Billie ! s'enthousiasma-t-elle avec des étincelles dans les yeux avant de se redresser et de se pencher en avant. Il a créé d'immenses mobiles. Ils sont en métal, mais on dirait des oiseaux en plein vol, ils ont l'air légers comme des plumes. Tu en aurais le souffle coupé. Il faut absolument que je t'emmène voir ses œuvres un de ces jours.

— Pourquoi est-ce que tu n'en fais plus ? demandai-je.

Eva baissa les yeux sur le manuel de scoutisme qu'elle tenait toujours et secoua la tête. Puis elle agita la main en l'air, chassant cette idée comme elle l'aurait fait d'une mouche bourdonnante.

Eva était ainsi par moments, pareille aux boissons gazeuses que Frankie fabriquait au sous-sol. Comme une bouteille dont on faisait sauter le bouchon, elle s'ouvrait brusquement, pétillait de tout son être, puis venait le moment, tout aussi soudain, où elle se refermait, et ses bulles s'évaporaient.

— Nous commencerons par les éclaboussures de couleurs, dit-elle. Nous pourrons utiliser ces jolies feuilles d'érable. Et aussi nous promener dans la nature pour l'atelier artistique. Faire d'une pierre deux coups.

Lorsqu'elle leva la tête pour constater mon approbation, je vis des étoiles dans ses yeux.

Mouse, qui détestait les robes et les jupes, qui se disputait avec moi tous les matins pour décider de sa tenue d'école, adorait son uniforme de louvette. Cela faisait deux ans qu'elle convoitait cette petite robe brune toute simple. Elle adorait même le minuscule béret, et portait celui de Chessy à la maison quand sa sœur le lui permettait. Une fois qu'elle eut le sien, acheté à la vente de charité de l'église méthodiste, elle ne le quitta plus. Elle apprit par cœur les chansons, le salut et le serment des éclaireuses (« Je promets d'honorer Dieu et mon pays, d'aider chaque jour les autres, en particulier les membres de ma famille ») bien avant notre premier rassemblement. Sans doute n'aurait-elle pas rechigné à jouer les cheftaines à notre place.

Les jours de réunion, Eva et moi allions à pied chercher les filles à l'école, puis, d'un pas militaire, nous refaisions le chemin vers chez moi où les attendait un en-cas que j'avais préparé, avant de nous mettre au travail.

Comme Frankie refusait de laisser entrer une telle flopée de petites filles dans les parties communes de la maison, nous fûmes reléguées au sous-sol. J'eus alors l'impression que nous formions une sorte d'organisation souterraine. Littéralement. Notre sous-sol était une immense caverne, courant sur toute la longueur de la maison, mais dont seulement la moitié était aménagée. Frankie y avait son atelier, où il entreposait ses outils et les vieux meubles qu'il restaurait, ainsi qu'une réserve considérable de bouteilles de vin. Ma machine à laver s'y trouvait également, et une baignoire dans laquelle Frankie confectionnait sa boisson gazeuse. Il avait récupéré un freezer de taille industrielle sur le pas de porte d'un restaurant du North End qui avait fait faillite, et j'y rangeais la viande que j'achetais en solde chez *DeMoulas* chaque semaine. L'autre partie de la cave, la chambre froide, était dédiée au stockage de conserves et de légumes du jardin que nous récoltions et mettions en bocaux. La partie aménagée du sous-sol était lambrissée de pin et son sol recouvert d'une fine moquette verte. Frankie avait meublé la pièce de deux canapés qu'il avait trouvés à la décharge et d'une grande table basse qui s'avéra parfaite pour nos travaux manuels. Il y avait quelque chose de sérieux et de solennel dans ces rencontres souterraines. Dans l'obscurité froide et humide, nous avions toutes l'impression de nous échapper de nos vies ordinaires. Nous avions constitué notre propre petit monde d'éclaireuses.

Eva me fut d'une aide précieuse, mais se montra également impatiente. L'expédition de printemps n'aurait pas lieu avant le week-end du Memorial Day, et elle s'ennuya vite de nos activités souterraines – et principalement domestiques.

— Nous devrions emmener les filles à l'aventure. Je parie que les boy-scouts ne restent pas assis à faire de la broderie. Ne sommes-nous pas censées faire du scoutisme ?

— Qu'as-tu en tête ? demandai-je.

Elle haussa les épaules.

— Je ne sais pas. Nous pourrions aller cueillir des pommes, par exemple. Au moins nous serions en plein air.

À la périphérie de la ville se trouvait une ferme avec un verger. Nous y allions parfois en automne pour faire des balades à bord de remorques chargées de foin et pour cueillir des pommes et des citrouilles. Ils avaient aussi un petit zoo où les enfants pouvaient approcher les animaux. Nous étions en novembre, la saison touchait à sa fin, mais il faisait particulièrement doux – comme si l'hiver n'était pas imminent – alors nous décidâmes de tenter notre chance.

Pour un tel voyage, cependant, nous avions besoin de deux voitures. Ted refusa de prêter sa Cadillac à Eva – inquiet sans doute de voir autant de filles se poser sur son cuir onéreux – ; ainsi, je sollicitai à contrecœur l'aide d'Hannah Flannigan qui, mis à part son mauvais caractère et son impolitesse coutumière, avait une fille chez les scouts et un break. Je pris soin d'informer Eva de tous ces détails, me sentant obligée de m'excuser à l'avance des sottises qui pourraient s'échapper des lèvres d'Hannah.

Ainsi, le dimanche après l'église, nous prîmes toutes les filles et partîmes à deux véhicules vers la ferme, mais lorsque nous nous garâmes dans le parking en terre, celui-ci était désert. Eva sortit de voiture.

— Je reviens tout de suite, dit-elle.

Hannah et moi la regardâmes se diriger vers l'entrée. Un écriteau était cloué au portail, mais j'étais trop loin pour en lire l'inscription.

Elle revint vers nous en courant.

— C'est fermé, dit-elle.

Un grognement collectif s'échappa alors du troupeau de filles installées sur les sièges arrière.

Hannah abaissa sa vitre.

— Je savais bien que la saison était trop avancée.

— Tant pis pour cette fois, dis-je à Eva et aux filles. Nous réessaierons l'année prochaine.

— Allons-y quand même, décida Eva.

Hannah écarquilla les yeux.

— Comment ça ?

— Mais oui, qui verra un inconvénient à ce que nous prenions quelques pommes ? lança-t-elle. Venez les filles, on y va !

Les portières s'ouvrirent, et le flot de petites filles se déversa des voitures ; Hannah, en revanche, resta immobile derrière son volant.

— C'est une *effraction*. Vous n'allez tout de même pas cautionner un tel comportement, me dit-elle.

Francesca semblait inquiète, mais Eva était déjà au portail et escaladait la barrière. Elle se retourna vers nous et me fit signe de la suivre.

Je bourdonnais d'excitation.

— Allez, Chessy, ce sera marrant.

Chessy avait l'air en proie à un terrible dilemme, et Hannah croisait les bras sur sa poitrine. Pendant un bref instant, une pensée étrange me traversa : Chessy aurait pu être la fille d'Hannah, le même sérieux se lisait sur leurs visages. La fille de cette dernière était sur le point de sortir de la voiture, mais sa mère la ramena sur son siège et verrouilla la portière.

— Nous attendrons ici, déclara-t-elle d'un ton ferme. Mais si la police arrive, ne comptez pas sur moi pour vous tirer d'affaire.

Chessy me suivit à contrecœur.

— Ce sera amusant, ne t'inquiète pas, lui murmurai-je à l'oreille.

Le verger n'était pas loin du portail. La saison était bel et bien avancée, et des pommes pourries jonchaient le sol. Celles qui pendaient aux branches étaient trop mûres. Il y avait quand même quelques Baldwins, des pommes d'hiver, qui étaient parfaites. Nous n'avions ni paniers ni caisses, alors Eva conseilla aux filles de fourrer les fruits dans leurs poches tandis qu'elle rassembla son propre butin dans sa jupe.

Les petites, y compris Chessy, s'amusèrent follement, dévorant les pommes qu'elles ne pouvaient emporter et se pourchassant entre les allées d'arbres bien ordonnées. Cela aurait pu durer tout l'après-midi si le fermier, alerté par le bruit, n'avait pas accouru depuis sa maison, qui n'était située qu'à une centaine de mètres du verger. C'était un gros bonhomme en salopette ; il faillit trébucher en se précipitant vers nous.

— Je peux savoir ce que vous faites ? demanda-t-il.

Eva portait presque dix kilos de pommes dans sa jupe. Je crus qu'elle allait tenter de le charmer, de s'expliquer. Au lieu de quoi, elle se mit à hurler.

— Courez, les filles !

Alors nous nous mîmes toutes à détaler vers le portail, les pommes dégringolant derrière nous dans la course. Le fermier ne pouvait pas tenir le rythme. Il se contenta de secouer la tête tandis que nous sautions par-dessus la clôture et nous engouffrions dans nos voitures, hilares et le souffle court.

Hannah semblait au bord de l'attaque lorsqu'elle quitta le parking. Eva et moi nous écroulâmes contre les sièges de ma voiture, hurlant de rire. Même Chessy souriait. Je me tournai vers elle et lui décochai un clin d'œil.

— Ah bravo ! Vous avez transformé des scouts en criminelles, nous reprocha Hannah plus tard. Vous pouvez être fières de vous.

Avec Eva, on se sentait plus vivant, voilà tout. Personne ne pouvait le nier, pas même Chessy.

Le premier hiver d'Eva en Nouvelle-Angleterre fut en tous points conforme aux prévisions que je lui avais faites lors de son emménagement, et elle se révéla évidemment mal préparée pour affronter le vent et le froid cinglants. Nous étions toutes deux contentes, je crois, d'avoir l'excuse des scouts pour passer du temps ensemble au lieu de rester confinées dans nos maisons respectives. Le grand événement à venir était l'expédition annuelle au camp de Rippling River, prévue au mois de mai. La préparation de ce voyage (consistant à apprendre les règles de survie, à planifier des projets manuels en rapport avec la nature, et tout simplement à gérer la logistique d'un week-end entier avec neuf petites filles) occupa un grand nombre de nos sombres après-midi d'hiver. Et tout en tapant nos leçons et en dressant nos listes de courses, nous apprîmes à mieux nous connaître. Notre amitié, comme une fleur en serre, s'épanouit malgré le froid mordant qui régnait au-dehors.

Quand vint enfin le printemps, Rose était capable de se tenir debout dans le parc que nous avions installé au sous-sol. Par bonheur, ses coliques avaient cessé, et elle était même devenue une enfant plutôt calme. Le visage et les épaules d'Eva se décrispèrent peu à peu, sa tension fondit comme la neige persistante au bord des routes.

Les filles les plus âgées avaient remporté leurs écussons en secourisme, en travaux manuels et en spectacle de marionnettes. Mouse convoitait ces insignes que je cousais pour elles sur leurs écharpes de scouts. Elle devait attendre encore trois ans avant d'être décorée à son tour – lors d'une cérémonie qui la propulserait du statut de louvette à celui de jeannette. Pour les plus grandes, l'expédition était l'occasion de gagner l'écusson tant convoité de campeuse. Mouse était dévorée par la jalousie.

Le voyage était prévu pour le week-end du Memorial Day. La sœur de Ted, Mary, devait venir de Boston pour veiller sur Rose et Johnny.

— Il ne peut pas se débrouiller deux nuits sans toi ? demandai-je à Eva.

— Bien sûr que si, il le peut ; il ne *veut* pas, c'est tout, dit-elle.

Contrairement à certaines de nos amies, nous parlions rarement de nos maris. Nous n'étions pas unies dans la plainte ou la compassion. Nous ne révélions pas leurs secrets honteux autour d'un café ou d'un cocktail. Ils n'entraient presque jamais dans nos conversations. Nous avions nos griefs, évidemment. Pour ma part, j'en avais, cela ne faisait aucun doute. Avec n'importe quelle autre femme, j'aurais déploré les innombrables travers de Frankie : ses petites manies, comme celle consistant à ramener à la maison des vieilleries trouvées à la décharge, le fait que n'ayons jamais rien de neuf. Ou les choses plus graves, comme sa fâcheuse tendance à boire et ses colères : la façon qu'il avait, en une seule phrase, de blesser Francesca ou Mouse au plus profond d'elles-mêmes ; la façon dont il usait des mots comme de poings lorsqu'il était ivre et furibond. Nos vies conjugales avaient sans doute bien des points communs en ce sens ; nous aurions pu nous plaindre à voix basse de l'haleine aigre de Frankie et de Ted. De l'insistance de leurs mains et de leurs hanches. Nous aurions pu chacune pleurer sur l'épaule de l'autre en mentionnant l'étrange soulagement mêlé de solitude qui nous prenait lorsque nos époux sortaient boire un verre avec leurs collègues, le répit que nous offrait leur absence – répit gâché par la peur qu'ils aient un accident sur le chemin du retour. Nous aurions pu parler de ce qui adviendrait de nous si l'un des deux ne rentrait pas à la maison. Nous aurions pu nous consoler mutuellement ; partager nos peines comme une boîte de chocolats.

Mais il y avait une sorte de non-dit entre Eva et moi, un merveilleux accord tacite : les heures que nous passions ensemble étaient des moments où nous n'avions pas à penser ou à parler de nos maris. Notre amitié avait quelque chose de spécial ; elle n'était pas fondée sur nos malheurs. Elle était indépendante de nos époux. De nos enfants, même. Ainsi, au lieu de ces épanchements, nous occupâmes ce long et glacial hiver à parler littérature, art, musique. À écouter des disques, à nous faire découvrir nos collections respectives. Mes goûts me portaient vers le genre sentimental : Perry Como, Jo Stafford, Kate Smith (ma préférée d'entre tous). Ceux d'Eva étaient plus éclectiques et plus sophistiqués. Elle aimait le jazz et le rock-and-roll. Elle raffolait de Sam Cooke, tombait en pâmoison dès que le saphir se posait sur le sillon. Parfois nous dansions, nous nous déhanchions sur du Chubby Checker jusqu'à nous retrouver en sueur et à bout de souffle. D'autres fois, nous fumions des cigarettes en écoutant du Chet Baker et en rêvant d'un ailleurs.

— Danse avec moi, m'invita-t-elle un après-midi glacial de février.

Alone Together tournait sur le pick-up. J'étais plus grande qu'elle, et elle se pencha contre moi, posa sa joue contre ma poitrine. Ses cheveux sentaient le lilas.

Quand le disque s'arrêta, elle me libéra et se laissa tomber dans le fauteuil de Ted. Elle alluma une cigarette et souffla trois anneaux parfaits.

— Je m'ennuie à mourir, dit-elle, les yeux fermés.

Mon cœur se serra légèrement.

Elle ouvrit les yeux et me regarda. Mon sentiment avait dû se lire sur mon visage, car elle tendit le bras et me prit la main.

— Oh non, je ne veux pas dire *maintenant*. Je veux dire, en général.

Je hochai la tête, mais j'étais blessée malgré tout, même si j'aurais eu du mal à expliquer pourquoi. Moi aussi, je m'ennuyais. Nos vies étaient assommantes. Mais la mienne s'était grandement améliorée depuis l'arrivée d'Eva. L'idée que sa vie ait été plus palpitante avant notre rencontre m'avait déjà traversé l'esprit et me faisait mal.

Dorénavant, elle me manquait lorsqu'elle partait retrouver Ted ou lorsque je rentrais auprès de Frankie. Je me surpris à penser à elle en préparant le dîner, en faisant du repassage ou en récurant les toilettes. J'attendais nos moments privilégiés avec une impatience que peu d'autres choses m'inspiraient. Ces heures où les enfants étaient à l'école et les hommes au travail étaient des sortes d'îlots paradisiaques au milieu d'un vaste et morne océan.

Ainsi, alors que j'appréhendais d'ordinaire l'expédition du printemps, la perspective de l'événement me réjouit au plus haut point cette année-là : trois journées entières et deux nuits loin de la maison. Aucune obligation hormis celle d'apprendre aux filles à creuser des feuillets et des tranchées ; à installer une tente et à allumer un feu. Et pour seule cuisine : réchauffer des haricots et des steaks au-dessus des flammes, assembler en sandwichs des biscuits et des guimauves. Pas de maison à nettoyer, pas de mari pour lequel s'inquiéter.

Le printemps arriva enfin, et le samedi matin du week-end du Memorial Day, nous rassemblâmes nos vivres et notre attirail et les chargeâmes dans la Studebaker. Frankie avait accepté de nous conduire au camp. Les parents des autres filles devaient en faire autant. Nos chauffeurs ne reviendraient nous chercher que le lundi midi.

La météo annonçant un important risque d'averses, nous prîmes soin d'emporter nos cirés et nos caoutchoucs, tandis que chaque fille s'était confectionné un coussin imperméable pour les veillées au coin du feu le soir. Nous avions en tête que les plus grandes accomplissent pendant le séjour les tâches qui leur permettraient de décrocher leurs écussons de campeuses.

À notre grande surprise, le temps fut magnifique le premier jour. Des taches de rousseur apparurent sur tous les visages, excepté celui de la diaphane Katherine McDowell, qui finit avec un vilain coup de soleil – dont nous vînmes plus ou moins à bout en la badigeonnant du *Noxzema* d'Eva. Nous fîmes une randonnée dans les bois, identifiâmes la faune et la flore locales à l'aide de nos manuels. Chessy et Donna, deux anciennes, se régalèrent à guider les autres petites filles. Chessy avait déjà fait cette expédition deux fois et connaissait bien le camp et ses environs. Sa mémoire m'émerveillait. Elle était capable de se rappeler mot pour mot une chose qu'elle n'avait lue qu'une fois, et de la ressortir au pied levé, même plusieurs mois plus tard. Ainsi, Frankie s'amusait à lui montrer le numéro de série d'un billet de banque, lui demandait de le mémoriser, et ensuite, devant des amis, de le réciter. Il tirait alors ce même dollar de sa poche et s'exclamait, triomphant : « C'est de la mémoire photographique ! Ma fille est un génie ! » Mais tandis que Frankie utilisait ses talents comme une sorte de numéro de foire, je savais que cette capacité lui serait précieuse à l'avenir. À l'université, j'étais persuadée qu'elle survolerait ses examens. Elle était capable de mémoriser des faits à n'importe quel sujet ; son esprit était un piège fantastique et complexe. Mais comme tout piège, il pouvait aussi s'avérer dangereux. Car rien ne lui échappait.

— Ce sont des sabots de Vénus, affirma-t-elle en désignant un bouquet de délicates fleurs roses et blanches poussant au milieu d'un champ de fougères le long du chemin de randonnée.

Donna se baissa pour les cueillir.

— Non ! cria Chessy. Ne les arrache pas. Elles sont très rares.

— Elles sont magnifiques, dit Eva en s'accroupissant devant les fleurs. On dirait des oreilles de bébé. De minuscules oreilles !

Je me demandai si Rose lui manquait. C'était la première fois depuis sa naissance qu'elle était séparée d'elle.

Mouse s'intéressait moins que sa sœur aux noms scientifiques des choses ; comme moi, elle était attirée par les odeurs, les sons et les goûts de la forêt. Elle montait aux arbres et nous appelait d'en haut. Elle observait le ciel au lieu du sol quand nous marchions, trébuchant et tombant plus d'une fois. Elle était peut-être encore trop petite pour gagner ses propres écussons, mais elle portait fièrement les égratignures et autres coupures résultant de ses multiples frictions avec Mère Nature.

Les gamines avaient monté leurs propres tentes. Nous en avions trois grandes abritant chacune trois fillettes, tandis qu'Eva et moi en partagions une plus petite au centre. Quand le ciel commença à se couvrir, j'appris aux filles à creuser une tranchée pour se protéger de la pluie, à supposer qu'elle tombe. Eva semblait perdue en matière de survie en milieu sauvage, mais je lui assurai que nous ne risquions pas grand-chose dans le camp de Rippling River. Nous accrochâmes nos sacs de nourriture aux arbres pour empêcher les ours d'y accéder, même s'il n'y en avait aucun dans les environs. Nous creusâmes des latrines, même s'il y avait une cantine à quelques centaines de mètres pourvue de toilettes parfaitement fonctionnelles. Nous mettions aussi un point d'honneur à allumer le feu avec du silex et de l'acier, même si nous allumions nos cigarettes avec le briquet d'Eva.

Au crépuscule, les filles étaient épuisées par la randonnée et le soleil. Elles dévorèrent des biscuits fourrés aux guimauves jusqu'à se donner mal au ventre puis disparurent sous leurs tentes, où elles gloussèrent pendant à peu près une heure avant qu'un silence profond ne s'installe autour de nous.

La saison commençant tout juste, personne hormis les groupes de scouts ne venait camper, de sorte que nous avions le terrain pour nous seules. Un mois plus tard, le site serait pris d'assaut par les citadins en quête d'un retour à la nature, mais pour l'heure, la tranquillité était au rendez-vous : les seuls sons perceptibles étaient le frottement des sacs de couchage à l'intérieur des tentes et le crépitement du feu.

— Qu'en penses-tu ? demanda Eva en sortant de son sac à dos une bouteille de whisky irlandais.

— Bon sang ! m'écriai-je tandis qu'elle ouvrait deux des gobelets pliants que nous avions apportés pour les filles et les remplissait à ras bord.

— Tchin tchin ! murmura-t-elle en riant.

Après avoir trinqué dans des gobelets en plastique, nous nous mîmes à boire. Il faisait froid dehors, et la liqueur me réchauffa délicieusement le ventre. Je me sentais soudain beaucoup mieux. Et heureuse. J'avais pourtant mal aux pieds après toute cette marche, et savais que le lendemain promettait des courbatures.

Je sortis le transistor que j'avais apporté et testai les ondes. À ma grande surprise, je pus capter la station WBZ de Boston ; Bruce Bradley, alias « Juicie Brucie », passait *Runaway* de Del Shannon. Ça grésillait un peu, il y avait quelques parasites, mais la musique était tout de même agréable à écouter.

Eva était emmitouflée dans une des chemises en flanelle de Ted, que je n'avais jamais vu porter autre chose que son costume de travail en semaine et son treillis le week-end. Ces carreaux de chasseur noirs et rouges correspondaient aux clichés vestimentaires de la Nouvelle-Angleterre. Eva nageait dans les manches extra-larges.

— Tu as froid ? lui demandai-je en poussant une brindille dans le feu déclinant.

— Négatif, dit-elle. Je t'en ressers un petit ?

— Pourquoi pas ? dis-je en lui tendant mon gobelet vide.

J'étais agréablement pompette lorsque Eva se leva soudain.

— Qu'est-ce que tu fais ?

— Je vais faire un petit plongeon, dit-elle.

— Tu plaisantes ? On gèle.

— Poule mouillée ! se moqua-t-elle avec un petit sourire.

Le petit étang situé à proximité du camp grouillait probablement de sangsues. Nous n'emmenions jamais les filles nager ; de plus, l'eau était toujours trop froide. Surtout en mai.

— Tu es ivre, dis-je en riant.

— Et alors ?

Je haussai les épaules.

— Amuse-toi bien. Ne te noie pas.

Eva se déshabilla, gardant sa culotte et son soutien-gorge. Je me sentis rougir et priai pour qu'aucune des filles n'ait soif ou peur ou ne soit prise d'une envie pressante. Je la regardai entrer dans l'eau d'un pas vacillant, m'inquiétant soudain de la quantité d'alcool qu'elle avait ingérée. Eva ne pesait pas plus de cinquante kilos. Je me dis qu'il ne devait pas lui en falloir beaucoup pour être ivre.

Elle se glissa dans l'étang comme un serpent de mer, sans un bruit, et n'en émergea pas pendant plusieurs secondes. Je sentais mon cœur battre à tout rompre, à tel point que je crus étouffer. Je me levai, fébrile, et commençai à envisager d'aller à son secours, mais au moment où la panique s'emparait de moi, sa tête émergea de l'eau. Elle riait aux éclats.

— Chut ! sifflai-je. Tu vas réveiller les filles.

Toutefois, j'étais si soulagée de la voir saine et sauve que j'eus envie, l'espace d'un instant, de courir vers elle pour la prendre dans mes bras. Au lieu de quoi, je secouai la tête avec désapprobation comme si Eva était l'un de mes enfants.

— Tu vas attraper une pneumonie ! la grondai-je.

Elle sortit alors de l'eau et se sécha avec la chemise de Ted, qu'elle utilisa comme une serviette de bain, avant de remettre ses vêtements. J'ajoutai une bûche dans le feu et elle s'accroupit devant pour se réchauffer ; elle claquait des dents.

— J'entends d'ici ce que Frankie dirait. *Vous avez pété une durite, mes jolies*, l'imitai-je à la perfection.

— Ted me tuerait s'il savait, dit-elle en frissonnant.

Et soudain, ils étaient apparus, Ted et Frankie, comme sous l'effet d'un mauvais tour de magie. Eva regarda par terre, son enthousiasme se volatilisa. Un long silence s'ensuivit, tandis que les fantômes de nos maris rôdaient dans la fumée du feu mourant.

— Tu t'es déjà demandé à quoi ressemblerait ta vie si tu n'avais pas rencontré Ted ? demandai-je doucement, enhardie par l'alcool, le silence, la nuit.

Je m'étais posé cette question sur Frankie tant de fois, rêvant de versions alternatives de mon existence. J'avais imaginé des vies entières sans lui, envisagé des centaines d'autres présents et futurs, mais au moment où la phrase traversa mes lèvres, j'eus le sentiment de commettre une effraction ; de quel droit explorais-je les zones secrètes d'Eva ?

Ses yeux étaient vitreux, mais je ne sus si c'était à cause de l'alcool ou d'autre chose. Elle resta silencieuse un long moment, contemplant l'étang immobile.

— Parfois, j'ai l'impression d'être coincée dans un sable mouvant, m'avoua-t-elle soudain, sobrement. De couler. De disparaître. Il est mauvais, tu sais, ajouta-t-elle en se tournant alors vers moi et me sondant du regard. Tout le monde imagine que c'est un type bien, mais ce n'est pas vrai.

Je restai sans voix. Nous n'avions pas ce genre de conversation d'ordinaire. J'étais en terre inconnue, sans boussole ni carte. Alors je me contentai de hocher la tête. Je n'étais pas sûre de comprendre ce qu'elle voulait dire, ce qu'elle insinuait. Elle avait l'air si malheureuse, si triste que je cherchai une question acceptable à lui poser, un réconfort à lui apporter. J'avais peur que mes mots soient vains. Rien de ce que je pouvais dire n'aurait changé quoi que ce soit. Mais je ressentais aussi un étrange soulagement. J'avais passé les dix dernières années avec Frankie, traversé mon mariage comme un automate, trouvant de petites sources de satisfaction dans un océan de ressentiment. Savoir que je n'étais pas la seule au monde à porter ce secret honteux, à ressentir un vide béant là où quelque chose de vrai et de bon aurait dû se trouver, était étrangement rassurant.

— Allons nous coucher, dis-je. Il est tard, et nous sommes saoules. Et tu vas attraper la mort. On sera bien au chaud dans nos sacs de couchage.

Je l'aidai à se lever et elle rampa docilement sous la tente. Je versai un seau d'eau sur le feu et pris soin de cacher la bouteille de whisky dans son sac à dos. Je me glissai à mon tour sous la tente, en brandissant ma lampe de poche pour ne pas lui marcher dessus, et trouvai mon sac de couchage.

Je prêtai l'oreille, attendant d'être sûre qu'elle se soit endormie, comme je le faisais tous les soirs avec mes filles avant d'aller de me coucher. N'entendant rien, je me mis à paniquer. Ce n'était pas normal ; c'était à cause du whisky, des bruits déstabilisants de la forêt, de l'eau et des ours imaginaires. Je me tins immobile et tentai de calmer les battements de mon cœur et ma respiration saccadée. Elle remua enfin, et je sentis son bras m'enlacer.

— J'ai froid, Billie.

Soulagement.

Je pris sa main et resserrai son bras autour de moi. Je la sentais contre mon dos. Et soudain, il me sembla que chacune de mes terminaisons nerveuses était à vif. Sans prendre le temps de penser, de questionner, de m'écarter, je roulai sur moi-même pour me retrouver face à elle, mais il faisait si sombre que j'eus l'impression de plonger le regard dans l'espace, dans le néant. J'étais persuadée qu'elle pouvait percevoir les battements de mon cœur, qui me martelait la poitrine tel un tambour, résonnait dans mes oreilles, dans ma tête.

Quand ses lèvres touchèrent les miennes, elles étaient humides : salées et douces. Elle avait pleuré, et je ne l'avais même pas entendue. Nous restâmes ainsi, chair contre chair, obscurité contre obscurité, ma tête tambourinant comme un avertissement.

Ensuite, la pluie annoncée se mit à tomber, passant rapidement de quelques gouttes timides à un véritable déluge. Elle cogna contre la tente en toile. Contre le sol dur au-dehors. Et sa bouche quitta ma bouche, son corps quitta mon corps, et c'était terminé. Comme si ce n'était jamais arrivé. J'étais engourdie, paralysée.

— Billie, dit-elle, sans que je pusse répondre. Les filles se réveillent.

Parfois, sous l'emprise de l'alcool, Frankie faisait ou disait des choses qu'il effaçait tout simplement de sa mémoire par la suite. Le vin était son élixir suprême, capable en une nuit d'entraîner un oubli total. Et si Frankie ne se souvenait de rien, alors les choses qu'il avait dites ou faites n'étaient jamais arrivées, tout simplement, et il était impossible de le convaincre du contraire : comme la fois où, en marche arrière, il heurta la boîte aux lettres, manquant d'écraser le chaton de la voisine, qui dormait dans notre allée. Ou la fois où il descendit au sous-sol fouiller dans mon sac de vieux vêtements et en remonta vêtu d'un de mes soutiens-gorge et chantant « *When the moon hits your eye like a big pizza pie...* » à tue-tête devant Francesca et son amie Lou. Ou encore, la fois où il grimpa sur le toit à minuit pour admirer les étoiles, en dégringola et faillit perdre un bras en se cognant à la gouttière. Cela n'avait pas d'importance que son bras soit bandé, que nos draps soient tachés de sang. Il trouvait toujours une histoire pour se justifier et nier l'évidence, et plus les transgressions étaient graves, plus l'oubli et le déni étaient profonds. Les fois où il frappait la table du poing si violemment que même les assiettes tremblaient de peur. Les fois où il me traitait de femme frigide, d'idiote, de *orecchi di porco* – laide comme les poils sur les oreilles du cochon. Peu importait que les filles ou que les voisins (même Mme Macadam, sourde d'une oreille) l'aient entendu. Le lendemain matin, Frankie vaquait à ses occupations comme si de rien n'était. Il semait le chaos, mais les dégâts qu'il infligeait autour de lui étaient invisibles. Les filles et moi étions victimes d'un amnésique.

Je m'imaginai que ce qui était arrivé sous la tente, le contact entre Eva et moi, notre baiser, se finirait comme l'une des frasques de Frankie. Qu'à la lumière aveuglante du matin, dans la froide réalité du jour, l'événement se dissiperait, me laissant pleine de doutes quant à ma santé mentale. Eva avait bu ; nous avions bu toutes les deux. Nous avions froid. Nous avions pressé nos corps l'un contre l'autre pour nous tenir chaud, et il y avait eu un baiser. Aussi chaste que ceux que nous donnions à nos enfants pour leur souhaiter bonne nuit.

Mais cela n'expliquait pas pourquoi mon corps tout entier avait tremblé, vibré, et ne cessait de grésiller comme un fil électrique tandis que nous nous affairions sous la pluie autour des tentes, renforçant les pieux et nous assurant que les filles étaient pelotonnées au chaud dans leurs sacs de couchage. Cela n'expliquait pas pourquoi le tonnerre et les éclairs trouvaient un écho dans l'étrange tumulte qui faisait rage à l'intérieur de mon corps, de mon esprit.

Je pensais qu'Eva allait nier ce qui était arrivé, pas forcément par les mots mais peut-être en évitant de croiser mon regard. Ou pire, que ses yeux rencontreraient les miens, mais sans la moindre étincelle, sans la moindre reconnaissance de ce qui s'était passé entre nous.

C'est la raison pour laquelle, le matin, quand la pluie eut enfin cessé de marteler le monde autour de nous, et qu'Eva se redressa dans son sac de couchage en se frottant les yeux et en lissant ses cheveux en arrière, je fus surprise et un peu effrayée de la voir me prendre la main.

Nous restâmes assises là, sous la tente, les quelques rayons de soleil qui avaient percé illuminant l'intérieur de notre cave de toile, main dans la main pendant presque une minute entière avant qu'elle ne lève ma paume à son visage et la presse contre sa joue en fermant les yeux.

Nous ne parlâmes pas du baiser, mais ce simple geste suffit. Il vint confirmer que je n'étais pas folle, et que je n'étais pas seule à me rappeler. Je n'étais pas *seule.* Mais tandis que cet aveu silencieux soulageait mon esprit, il me terrifiait également. Parfois, il était plus facile de nier les choses, de faire comme si tout était normal, comme si *j'étais* normale. Elle serra ma main avant de la lâcher et ouvrit le rabat de la tente sur la journée qui commençait.

La pluie s'était calmée, et les filles étaient tout excitées des histoires qu'elles auraient à raconter. Tout en rangeant leurs affaires, elles se mirent à papoter en se remémorant dans l'insouciance totale les détails de l'orage. Lorsque leurs parents vinrent les chercher à l'entrée du camp, elles étaient sales et épuisées. Je distribuai les écussons de campeuses avec cérémonie, et toutes rayonnaient de fierté. Une fois les gamines parties, Eva et moi nous assîmes à une table de pique-nique avec nos filles pour attendre l'arrivée de Frankie. J'étais terrorisée à l'idée de lui lancer le moindre regard à la dérobée, craignant que mon expression ne me trahisse.

Une demi-heure passa, puis une heure d'attente douloureuse, de torture. Toujours pas de Frankie. C'était dimanche, ce qui signifiait qu'il y avait la messe à 10 heures, mais il était déjà midi passé. Le camp n'était qu'à cinq kilomètres de chez nous. Les filles trépignaient d'impatience. Je leur donnai ce qu'il nous restait de nourriture : quelques crackers salés tartinés de beurre de cacahouète, les pommes cabossées que nous avions dérobées.

— Je vais aller l'appeler, décidai-je, soulagée d'avoir une excuse pour me lever. Tu peux surveiller les filles ?

— Bien sûr, acquiesça Eva.

Je me rendis au bureau du camp et frappai à la porte. La femme qui nous avait accueillies était à son poste.

— Excusez-moi, pourrais-je utiliser votre téléphone pour appeler mon mari ? Il était censé venir nous chercher il y a une heure.

— J'aimerais pouvoir vous aider, répondit-elle, mais le téléphone est coupé à cause de l'orage. L'électricité aussi.

— Oh, fis-je. Tant pis. Merci quand même.

— C'est vous qui êtes avec les scouts, n'est-ce pas ? dit-elle avec un mouvement de tête et en tendant la main derrière le comptoir. Voilà un petit quelque chose pour les tenir occupées en attendant, dit-elle en me tendant de vieux livres de coloriage et une tasse à café remplie de crayons de couleur usagés.

— Merci, dis-je.

J'espérais qu'au moment où je retrouverais Eva et les filles, Frankie serait arrivé. Mais il n'était pas là. La perspective de rester assise là avec ce secret, *notre* secret, était insoutenable. J'étais sur des charbons ardents, il fallait absolument que je bouge.

— Bon, dis-je au bout de quinze minutes en feignant un soudain entrain. J'ai comme l'impression qu'on va rentrer à pied.

Je m'attendais à des grognements de la part des filles, mais elles se contentèrent de charger leurs sacs à dos sur leurs frêles épaules et de nous emboîter le pas. Je fus reconnaissante de leur docilité.

— Le manuel ne mentionne pas d'écusson à gagner pour cette épreuve, hein ? plaisanta Eva en essayant de me faire rire, sentant probablement que mon corps tout entier était noué. Rentrer à pied parce que votre mari a oublié de venir vous chercher ? À quoi ressemblerait l'emblème, à ton avis ? ajouta-t-elle en me taquinant d'un petit coup d'épaule.

Je souris, consciente de la surface de peau de mon bras qu'elle venait de toucher.

— Tu imagines, si toutes les tâches que nous faisons nous rapportaient des écussons ? dit-elle en attrapant mon bras cette fois-ci.

Un déferlement de je-ne-sais-quoi se produisit alors dans tout le haut de mon corps.

Les filles couraient devant nous, sautillant et se tenant la main.

— Restez sur le côté gauche pour que les voitures puissent vous voir, leur criai-je.

— Un écusson pour dix nuits blanches consécutives à cause de votre bébé, dit-elle en riant. Un écusson pour avoir nettoyé le vomi d'un enfant malade.

— Ou d'un mari malade, ajoutai-je.

Je jouai avec elle à présent. Parler m'offrait une respiration bienvenue, un moyen de me libérer de la pression monumentale qui m'emprisonnait.

— Des écussons pour avoir préparé le martini parfait !

— Les parfaites lasagnes !

— La parfaite pipe ! murmura-t-elle à mon oreille, riant de plus belle.

— Bon sang, tu imagines à quoi ressemblerait l'emblème ?

À ce moment-là, une voiture se dirigea vers nous, mon cœur bondit et je hurlai aux filles de se ranger sur le bas-côté. C'était Frankie ; soudain, toute la colère que j'avais éprouvée au camp remonta à la surface, se mêlant aux sentiments qu'Eva m'inspirait, et je crus un instant que j'allais littéralement m'enflammer.

— Montez, les gosses ! dit-il.

J'aperçus alors deux paires de skis de fond qui dépassaient du coffre.

— Dieu du ciel, dis-je dans un soupir.

Ce n'était pas la première fois.

Évidemment que ce n'était pas la première fois. J'aurais menti en prétendant ne jamais avoir connu ce sentiment auparavant. En prétendant que ce qui arrivait entre Eva et moi, les émotions qu'elle m'inspirait, représentait une sorte d'anomalie, un écart par rapport à la norme. Une *déviance*. En effet, ce désir était ancien et familier, si primitif et si profond que lorsqu'il émergea de nouveau, je pus l'identifier en un instant : cette envie, cette terrible douleur. Elle vivait en moi, faisait partie de moi, mais j'avais appris à en faire abstraction. C'était le monstre enfermé dans mon placard, la tante folle et infirme du grenier. C'était ma honte. Ma peine de cœur.

Nager.

Je nageais depuis que mon père m'avait jetée dans l'étang derrière nos pâturages et m'avait regardée d'abord couler puis refaire surface, battant des bras et des jambes, travaillant des poumons, pour rester à flot. Pour ne pas me noyer. Et rapidement, je devins une meilleure nageuse que ma sœur, que les garçons du quartier avec qui nous jouions. Que mon père lui-même. Dans l'eau, j'étais puissante. Sûre de moi. Dans l'eau, je savais qui j'étais.

Longtemps, j'ai considéré l'eau comme coupable de ce qui était arrivé l'année de mes quinze ans.

Mlle Mars était fraîchement diplômée de l'université, mais elle avait l'air encore plus jeune que nous, avec ses cheveux blonds en queue-de-cheval, ses yeux bleu piscine et son visage rond et enfantin. Elle avait été nommée professeur d'éducation physique pour les filles au lycée. Elle devait enseigner le tennis, la natation et le ski de fond.

Je rejoignis l'équipe de natation dès ma première année et me révélai rapidement la meilleure nageuse de l'école. Comme la plupart des autres lycées du coin ne disposaient pas de leur propre piscine, les compétitions se déroulaient sur place. Ainsi, je me retrouvai vite à court de concurrentes et fus bientôt autorisée à affronter les garçons. Le professeur Norman, responsable des sports, résista d'abord, mais l'énergie et l'obstination de Mlle Mars, avec ses yeux bleu ciel, le firent céder, et je pus concourir pour les records sportifs de l'école.

Ma spécialité était la nage papillon – la plus difficile mais sans doute aussi la plus gracieuse.

Mlle Mars fit des heures supplémentaires pour m'entraîner, en m'imposant un emploi du temps encore plus rigoureux que celui des garçons. Levée tous les matins aux aurores – quand mon père se réveillait pour traire ses vaches –, je pédalais furieusement sur mon vélo pour rejoindre l'école, où Mlle Mars, qui louait une chambre dans une maison près du lycée, m'attendait. J'ai encore en mémoire ces matins chlorés, la moiteur du local de piscine. À l'automne, mon visage se couvrait de rougeurs à cause du trajet à vélo dans le vent. Entrer dans l'eau était comme m'enfoncer dans la jungle. Je nageais pendant deux heures avant de me doucher et de me changer pour les cours. Et après l'école, je retrouvais Mlle Mars dès la sonnerie et reprenais le même processus depuis le début.

Mlle Mars parlait d'une voix calme et posée mais se montrait ferme. Je m'employais corps et âme à la satisfaire. À cet âge-là, j'avais tendance à désobéir sciemment à la plupart des exigences de ma mère, mais avec mon professeur de natation, je n'aurais jamais envisagé la moindre rébellion. Si elle me demandait de faire une centaine de pompes, je m'étendais sur le sol dur et froid et m'exécutais jusqu'à être à bout de force. Si elle me demandait de faire dix longueurs de plus, même si mes jambes tremblaient d'épuisement, je me contentais de hocher la tête et replongeais dans le bassin.

De plus, elle avait beau être dure avec moi, m'entraîner bel et bien, je me plaisais à croire que notre relation ne se réduisait pas au rapport habituel entre coach et sportive. Elle était plus proche de ma génération que tous mes autres professeurs. Elle avait l'air à peine plus âgée que moi, et en dehors de son travail, ne bénéficiait d'aucun des privilèges de la vie d'adulte. Mlle Mars était mon mentor, mais aussi mon *amie*.

Ce fut lors de ces matins-là que j'appris à apprécier le travail de mon père. Il y avait quelque chose de paisible et de beau dans le fait de se lever avant le reste du monde, de s'adonner à un labeur éreintant pendant que tous les autres dormaient. Lorsque je plongeais dans le bassin, que les seuls sons audibles étaient ceux de l'eau résistant à mon corps et du sifflet lointain et étouffé de Mlle Mars, je compris qu'il puisse se satisfaire de cette solitude, de ne vivre qu'avec son travail, son souffle, et la terre. Lorsque j'émergeais après avoir fini mes longueurs, je me sentais plus lucide et plus vivante que jamais. Et mes yeux embués rencontraient alors le visage souriant de Mlle Mars.

Ce fut aussi à cette période que Gussy rencontra son Frank à elle. Je la vis tomber amoureuse, observai ce processus avec un mélange de fascination et d'appréhension. Sa vulnérabilité soudaine m'effrayait. Elle se pâmait, et mon cœur se serrait de peur. Comme dans toute chute, je craignais qu'à l'atterrissage, elle se brise en mille morceaux.

Je n'étais encore jamais sortie avec des garçons. Mon père s'y opposait. Il s'y opposa jusqu'à nos seize ans, et même là, il capitula à contrecœur. De toute façon, les garçons ne gravitaient pas autour de moi comme ils le faisaient autour de Gussy. Les garçons ne savaient pas quoi faire de moi.

J'avais toujours nagé (dans les criques, les rivières, les lacs, les étangs) et toujours joué au base-ball. Pendant quatre ans, je fus la seule fille de l'équipe locale de base-ball, du jamais vu, mais ils désespéraient tellement de trouver un bon lanceur que l'entraîneur avait finalement cédé en me laissant rejoindre l'équipe. Grâce à moi, nous traversâmes une saison quasi parfaite cette première année et toutes celles qui suivirent. Ainsi, les garçons du quartier me considéraient comme un coéquipier. Et je voyais en eux les frères que je n'avais pas.

Gussy, en revanche, avait des *prétendants*. Devant elle, les garçons devenaient idiots et faisaient des yeux de biche. J'avais hérité les cheveux roux et les traits grossiers de mon père, mais Gussy, elle, ressemblait à notre mère. Elle était douce, avait une chevelure dorée, un nez fin et un menton délicat, des yeux bleus pleins de gentillesse et un caractère tout aussi agréable. Presque chaque jour, un garçon différent lui proposait de l'aider à porter ses livres sur le chemin de l'école. Et j'assistais à cette parade, fascinée par le peu d'attention qu'elle leur prêtait. Elle se montrait amicale avec ces jeunes gens transis, mais également distante, ce qui aiguisait davantage leur désir pour elle. Jusqu'à Frank.

Lorsque ce dernier fit son apparition, l'ancienne Gussy s'effaça progressivement. C'était le genre de métamorphose que seule une sœur pouvait remarquer, mais je la vis, cette étrange et lente dislocation. Elle s'intéressa soudain à ses vêtements, ses cheveux, son visage. Elle s'affairait devant le miroir. Elle s'inquiétait de détails dérisoires. Je vis son visage s'assombrir quand Frank était en retard pour un rendez-vous, puis s'illuminer quand la sonnerie retentissait. Son humeur, d'ordinaire joyeuse, était à présent dictée par un élément extérieur à elle, au lieu d'irradier naturellement sous l'effet de cette fantastique lumière intérieure qu'elle avait toujours eue. Je ne pensais pas être capable de me consacrer un jour totalement à une personne, de m'abandonner de cette façon.

Et puis arriva Mlle Mars. En quoi alors mes sentiments pour elle étaient différents de ceux de Gussy pour Frank ? Je vivais pour lui faire plaisir. Je nageais encore plus pour qu'elle me sourie et me tapote le dos de ses petites mains douces. Je me levais tôt tous les matins, sans me soucier des courbatures laissées par la séance de la veille, ni du sommeil qui alourdissait encore mes paupières. N'était-ce pas son visage que j'imaginais pendant le long trajet à vélo dans le froid, de la ferme à l'école ?

Mlle Mars occupait mes pensées de façon troublante et dévorante, se juxtaposant à l'histoire de Gussy et Frank, au point que l'inquiétude me réveillait la nuit, me faisant osciller entre insomnie totale dans les pires moments et sommeil intermittent dans les meilleurs. Mlle Mars s'en rendit compte. Lorsque je ne m'étais pas nourrie correctement, ou lorsque je m'étais disputée avec ma mère, elle le remarquait. Elle le décelait à mes mouvements las dans l'eau, à ma respiration lourde. Évidemment, mon manque de sommeil ne pouvait lui échapper.

Un matin, après l'entraînement, elle me convoqua dans son bureau. J'avais revêtu mes vêtements d'école, mais mes cheveux étaient encore mouillés. J'avais une serviette autour du cou pour garder mon chemisier sec. Je m'assis sur une chaise pliante en fer, devant son bureau cabossé, et regardai les trophées sur les étagères, les certificats, les diplômes. Il y avait dans un cadre une photo d'elle entourée de deux petits garçons. C'étaient ses frères ; elle m'avait parlé d'eux.

— Est-ce que tout va bien ? demanda-t-elle en s'asseyant devant moi au bord du bureau, les mains sur les genoux. Tu sais que tu peux me parler, s'il y a un problème. C'est à la maison ? À l'école ?

Je ne savais pas comment le lui dire. Je n'avais aucun mot pour décrire ce qui se passait dans ma tête, dans mon cœur. Je secouai la tête, mais les larmes me montaient déjà aux yeux. J'étais mortifiée par le fait que mon corps me trahisse ainsi.

— Voyons, dit-elle en se penchant vers moi. Billie, tu pleures ?

Je sentais son odeur chlorée, mais aussi le parfum d'agrumes qu'elle portait et qui me faisait penser à l'été. Ses yeux étaient grands ouverts et inquiets. Elle tendit la main vers moi et toucha mon épaule, et j'eus alors l'impression d'avoir foncé droit sur la clôture électrique de notre pâturage.

En larmes, je m'abandonnai à son contact, et avant de pouvoir m'arrêter, collai ma bouche à la sienne. Quand nos lèvres se touchèrent, mon audace me coupa le souffle un court instant, mais Mlle Mars se contenta de secouer la tête et de reculer.

— Je suis désolée, dis-je.

— Ce n'est pas grave, Billie, dit-elle.

Son visage était rouge, et elle semblait sur le point de pleurer. Mais sa voix était calme, aussi posée que d'habitude.

— Tu traverses une période difficile. Tu as sûrement besoin d'une bonne nuit de sommeil, rien de plus.

Ce jour-là, je quittai son bureau avec le sentiment d'avoir été mise à terre, piétinée par un troupeau de chevaux. Comment l'affronter de nouveau après cela ? Je n'étais même pas sûre de pouvoir un jour retourner à la piscine. Mon comportement me faisait horreur à tel point que je ne me sentais plus capable de la regarder dans les yeux ; je pouvais à peine croiser mon propre reflet dans le miroir.

Le principal Hilton appela le soir même. Je vis ma mère tendre le téléphone à mon père avant de s'effondrer sur une des chaises à dossier rigide de la cuisine. Je la vis enfouir son visage entre les mains et trembler de tout son être. J'entendis les mots de mon père.

— Qu'entendez-vous au juste par un *attachement inapproprié* pour Mlle Mars ?

On m'envoya chez un thérapeute pour m'aider à comprendre cet *attachement inapproprié*. Au bout de dix consultations, au cours desquelles je hochai la tête et dis exactement ce qu'on attendait de moi, niant soigneusement toutes les choses horribles que je savais vraies, il me déclara *guérie* et me renvoya chez moi. Mes parents, peu convaincus, m'envoyèrent à l'église. Ma mère me força à prier avec elle tous les soirs, à négliger mes devoirs d'école au profit de l'étude de la Bible, dans laquelle elle avait furieusement souligné au crayon tous les passages venant confirmer son point de vue.

Le directeur du lycée, réticent à renoncer à une athlète, chargea l'entraîneur Norman de diriger mes séances matinales. Ce dernier était entraîneur de football et n'y connaissait strictement rien en dos crawlé ou en nage papillon. Mais je n'avais pas le choix, alors je repris cet hiver-là mon rythme matinal, marchant à l'aube dans le froid glacial jusqu'à l'école, la tête bourdonnant de réprimandes bibliques, lançant un regard mélancolique à la lumière jaune pâle dans la maison de Mlle Mars, avant de disparaître dans les profondeurs du bassin.

J'avais toujours été une nageuse. Mais tandis que je n'avais fait que barboter avec Frankie au cours des douze dernières années, me maintenir à flot, je ressentais à présent cette attraction familière, terrifiante mais irrésistible : cet élan, ce vertige, cet étourdissement, un sentiment que je m'étais interdit pendant une décennie. Le chant des sirènes m'appelait. Mais cette fois-ci, la voix qui m'enjoignait de plonger dans l'eau n'était pas celle de Mlle Mars, c'était celle d'Eva.

J'essaie de me rappeler le camp près du lac Gormlaith, mais ces souvenirs-là m'échappent parfois. La mémoire est ainsi, elle nous protège des événements les plus douloureux. Mais il arrive que les choses les plus belles disparaissent elles aussi. La mémoire, comme l'eau de mer, semble passée au tamis. Quelques morceaux, de jolis coquillages, sont retenus. Ils restent. Je les ramasse. Je les chéris comme autant de trésors. Je pense à ceux que les enfants alignent sur les balustrades des maisons, et me demande si ma valise est assez grande pour tous les contenir.

Je sais que je ne dormirai pas ce soir. Je suis nerveuse à l'idée de me rendre à l'aéroport, de prendre l'avion. J'ai peur que Juan oublie de venir me chercher, que Johnny change d'avis, ou pire, de *moi-même* changer d'avis. Alors, au lieu de me glisser sous les draps et de sombrer dans le sommeil, je décide d'aller nager. Nager seule dans l'océan au milieu de la nuit lorsqu'on est une dame de quatre-vingts ans est sans doute bien plus risqué que n'importe quel voyage en avion. Même Lou insistait pour m'accompagner, me surveiller depuis la plage, comme si elle aurait pu me sauver en cas de noyade. Mais je n'ai pas besoin d'être sauvée. Je suis une nageuse. L'eau est mon domaine, plus qu'aucun autre endroit. C'est là que je vais quand je n'arrive pas à dormir, quand je n'arrive pas à penser, quand mes nerfs sont à vif.

Il fait frais, alors j'opte pour une immersion rapide. Juste le temps de me vider l'esprit. J'enfile mon maillot de bain et descends le chemin de pierre menant à la plage, consciente des sensations qui traversent mon corps à un degré qu'il me serait impossible d'atteindre à la lumière du jour. Je sens la brise marine caresser mes épaules nues, s'engouffrer dans mes oreilles. Des algues m'effleurent les chevilles et le sable est moelleux sous mes pieds. Voilà sans doute ce que l'on ressent lorsqu'on est privé de la vue : l'impression d'être inclus dans l'univers. Chaque parcelle du monde en contact avec chaque parcelle de soi. La nage produit cet effet. Une immersion totale et aveugle.

L'eau est froide mais accueillante, comme toujours. J'avance en pataugeant, laissant l'eau envelopper mes chevilles, mes genoux, mes hanches. Je chevauche quelques vagues, m'enfonce dans d'autres, jusqu'à dépasser la houle. Tout devient alors étrangement immobile. C'est à ce moment-là que je nage, jusqu'à ne plus sentir mes bras et mes jambes. Jusqu'à oublier où ma chair se termine et où commence la mer.

Je dois convoquer toutes mes forces pour tirer ce vieux corps hors de l'eau. Je m'enroule dans ma serviette avant de m'écrouler sur le sable, puis regarde avec émerveillement cette grande étendue vide devant moi.

Et plus tard, à ma grande surprise, je sombre dans un sommeil de plomb.

Je crus aussi que j'allais perdre Eva. J'attendis qu'elle s'éloigne, qu'elle disparaisse. Qu'elle ne soit plus qu'une pâle lumière jaune derrière la porte close de sa maison. Mais curieusement, après notre week-end de camping, nos vies reprirent simplement leur cours. Comme si ce qui s'était passé entre nous sous cette tente était parfaitement normal. Comme si je n'avais pas, à la manière d'Alice, traversé le miroir pour tomber dans un monde inversé. Nous ne fîmes aucune allusion à l'événement, mais quelque chose de plus nous liait désormais : un secret partagé, un non-dit qui nous appartenait, à *nous deux*. Et d'une certaine façon, malgré notre silence, je savais que les choses avaient changé.

Tous les après-midi, nous allions ensemble chercher les filles à l'arrêt de bus, le petit Johnny marchant derrière nous, poussant Rose dans son chariot. Pendant que les enfants jouaient, nous écoutions de la musique, pliions du linge ou faisions des cookies pour des ventes de charité ; ou alors nous planifions nos réunions de scouts pour l'année suivante. Mais toutes ces vieilles habitudes, cette routine, ces corvées, se trouvaient soudain chargées d'une dimension supplémentaire ; l'air même que nous respirions avait une texture nouvelle. Mes sens étaient aiguisés. Je m'accrochais au parfum de lessive d'Eva, à la tonalité rauque de sa voix, aux magnifiques fantômes de fumée de nos cigarettes, dont les volutes s'entremêlaient entre nous au-dessus de la table de la cuisine pour ne former qu'un seul spectre. J'étais consciente de la chaleur de sa main sur mon dos lorsqu'elle me montrait comment enlever une tache de sang sur des draps en coton. C'était une période d'attente, de présage. Semblable à la sensation électrique qui précède l'orage. À l'odeur de la pluie avant qu'elle ne tombe.

Nous n'avions même pas besoin de nous toucher.

Quand la première vague brûlante de l'été arriva, dès le mois de juin, Eva, assise au bord de la piscine pour bébé, les pieds dans l'eau, se pencha vers moi et prit un air de conspiratrice.

— Je veux aller avec toi au lac, murmura-t-elle.

Et ces sept mots, cette phrase toute simple, furent le premier coup de tonnerre dans ma poitrine. Une promesse si monumentale, si dangereuse et si excitante que tout mon corps vibra.

Alors, comme une personne prenant ses précautions avant la tempête, j'entrai rapidement en action. D'abord, j'appelai Gussy pour lui demander si Eva et ses enfants pouvaient se joindre à nous pendant deux semaines.

Même si je savais qu'elle ne dirait pas non, j'étais prête à argumenter, à la supplier s'il le fallait. Frankie aussi fut conciliant (au point d'éveiller en moi un brusque sentiment de culpabilité).

« Je m'inquiéterai moins pour toi en te sachant avec une amie », avait-il dit.

L'espace d'un instant, le remords m'envahit. Puis ma honte se volatilisa aussi rapidement qu'elle était apparue. Je ne devais pas dévier de mon objectif. Il restait une personne à convaincre.

Un matin, après le départ de Ted pour son travail, je vis arriver chez moi une Eva désespérée.

— Que se passe-t-il ? demandai-je.

— Il pense qu'on ne devrait pas rester seules au lac sans voiture. Il a peur de ce qui pourrait arriver si Johnny tombait d'un arbre ou je ne sais quoi.

— Il te laisse ici sans voiture tous les jours ! protestai-je, affligée, affolée. En plus, ma sœur et son mari n'habitent qu'à vingt minutes du lac. Nous avons le téléphone maintenant. Il y a des voisins.

Malgré mes arguments, Eva tremblait toujours, même après avoir bu la tasse de café que je lui servis, avec du lait et du sucre, comme elle l'aimait.

— Qu'est-ce qui ne va pas, Eva ?

Elle secoua la tête.

— Teddy a dit des choses. Il s'inquiète.

Ma peau devint moite et froide, tout le sang de ma tête descendit dans mon estomac et mes hanches.

— À quel propos ? pus-je tout juste articuler.

— Oh, je ne sais pas, dit-elle d'un air désinvolte, balayant une main devant son visage.

— Eva, insistai-je avec sérieux.

Je voulais savoir ce qu'il insinuait.

— À propos d'autres hommes, répondit-elle en faisant la grimace et en levant les yeux au ciel. C'est pour ça qu'il prend la voiture pour aller au travail. Qu'il me laisse sans véhicule. Il préfère dépenser vingt dollars par mois en parking plutôt que de risquer que je parte en vadrouille trouver un autre homme.

— Tu plaisantes ? dis-je. Il s'imagine que tu fais quoi de Johnny et de Rose quand tu vas voir ailleurs ?

Elle me regarda et se mit à rire.

— C'est ce que tous les hommes recherchent, tu le sais bien. Une femme avec deux enfants en bas âge accrochés à ses basques. Rien de plus sexy, non ? plaisanta-t-elle en pouffant.

— Quoi de plus romantique, en effet, que les miettes de biscuits dans le soutien-gorge, dis-je, commençant à hurler de rire et de soulagement. Il pense que tu vas faire quoi dans le Vermont ? Trouver un beau fermier et t'enfuir avec lui ?

— Je ne sais pas, dit-elle en perdant son sourire puis en secouant la tête. J'ai besoin que Frankie et toi alliez lui parler, Billie. Pour le convaincre que ce sera bien pour les enfants. Pour moi. Dites-lui qu'il n'a aucune inquiétude à avoir.

Ensuite, elle toucha ma main, et j'eus l'impression d'avoir été frappée par la foudre.

Je n'avais jamais parlé en tête à tête avec Ted Wilson. J'évitais cet homme, comme j'évitais toutes les choses qui m'effrayaient, encore plus après notre week-end de camping. Frankie, en revanche, n'avait pas peur de lui, et j'aurais donné n'importe quoi pour qu'il parvienne à le faire changer d'avis. Ainsi, mon plan était tout trouvé.

— Tu devrais emmener Ted à un match, dis-je à Frankie. Peut-être qu'avec un ami dans le voisinage, il se sentira moins seul quand Eva sera dans le Vermont. Et tu sais à quel point nous serons plus heureuses là-bas si elle vient. Les filles auront des copines de jeu. J'aurai de la compagnie.

En prononçant ces mots, je sentis une vague de chaleur me traverser et dus détourner le regard.

Un des collègues de Frankie avait des tickets pour les matchs des Sox, et les fois où il ne pouvait s'y rendre, il nous les offrait. En guise de première approche, cela pouvait fonctionner.

— Je vais tenter le coup, accepta Frankie en haussant les épaules.

À ma grande surprise, il rentra le soir même avec deux tickets pour le match du week-end à venir contre les Indiens de Cleveland.

Le samedi matin, en les voyant partir dans la voiture de Ted – Frankie avait un peu l'air de se faire kidnapper –, je croisai les doigts.

Lorsqu'ils rentrèrent, il était presque minuit. Leurs voix au-dehors me sortirent d'un profond sommeil. Quand j'émergeai enfin de l'épais brouillard qui m'enveloppait, il m'apparut évident qu'ils étaient tous deux en état d'ébriété avancé. Je savais que cela pouvait être un très bon signe comme une véritable catastrophe. La voix de Frankie résonna bruyamment dans le voisinage, puis j'entendis la porte de notre garage s'ouvrir.

Je me préparai au pire.

Je sortis de mon lit et par la fenêtre, jetai un coup d'œil à la rue faiblement éclairée par les réverbères au gaz. Frankie tenait une batte de base-ball dans une main, et pendant un instant, tandis qu'il traversait la rue vers la maison des Wilson, je crus qu'il avait l'intention de passer notre voisin à tabac. Mais ensuite, je vis Ted sortir de son garage avec un gant en cuir dans une main et une balle dans l'autre. Ils se rejoignirent dans la rue, et une seconde plus tard, jouaient au base-ball. À minuit, au milieu de la route.

Le perron des Boucher s'alluma. Puis celui des Baker. Ensuite, le vieux Castillo sortit de chez lui et se mit à hurler à la mort.

— Allez vous amuser ailleurs, bande de poivrots !

Frankie et Ted éclatèrent de rire et disparurent derrière notre maison. D'en haut, je les vis s'adonner à une partie de base-ball en version alcoolisée et hystérique, se servant de dalles en guise de bases, jusqu'au moment où, comme je m'y attendais, au fracas de la balle contre la batte succéda celui de la balle contre la fenêtre de ma salle à manger. Le bruit du verre brisé fut suivi d'un silence puis d'un retentissant « Eh merde ! ».

L'instant d'après, ils piétinaient mes buissons d'azalées et ramassaient les débris de verre tombés dans l'herbe. J'aurais dû être folle de colère, mais il semblait bien que mon plan insensé avait fonctionné. Car ensuite, lorsqu'ils revinrent ensemble vers l'entrée principale, Frankie donnait une tape dans le dos de Ted.

J'ignore encore ce que Frankie lui dit ce soir-là ; cela m'était égal. La seule chose qui comptait, c'était qu'une semaine après notre arrivée dans le Vermont en ce mois d'août, la Cadillac rouge de Ted s'engagea dans l'allée gazonnée du camp ; il déposa alors Eva, Donna, Sally, Johnny et Rose sur le seuil, comme un cadeau.

Ce premier soir au lac, les gamins étaient tous épuisés. Johnny était si fatigué qu'il s'endormit dans la cuisine après avoir piqué du nez dans son plat de spaghettis. Ted le porta jusqu'au salon et l'allongea sur le canapé. Les filles se pelotonnèrent ensemble sur des lits de camp, et j'aidai Eva à installer le parc pour Rose. J'osais à peine la regarder en m'affairant à mes tâches. Si je m'y risquais, pensais-je, mon visage trahirait toutes mes émotions : ce désir fou, cette douleur, ce bonheur qui se mêlaient en moi. J'étais terrifiée à l'idée que Ted me démasque.

— Maintenant, à nous ! dit-il finalement.

Je leur avais laissé le grand lit de l'étage, où je dormais d'ordinaire, et m'étais installée dans la chambre véranda. Il fit signe à Eva, qui s'engagea devant lui dans l'escalier, et lui donna des petits coups sur les fesses tandis qu'elle gloussait et lui tapait les mains, puis ils disparurent à l'étage.

Je ne pouvais pas écouter. Si j'avais entendu ne serait-ce qu'un soupir de la part d'Eva, j'aurais pu en mourir. Alors je partis vers le lac et nageai jusqu'à être sûre qu'ils s'étaient endormis. Et plus tard, dans le camp silencieux, je restai éveillée pendant des heures, écoutant les bruits de leur sommeil, les craquements du vieux lit de fer chaque fois que Ted se retournait. Il ronflait, et ses ronflements étaient tonitruants, animaux. Je me demandai comment Eva arrivait à dormir chez elle. J'attendis le matin avec impatience. Ted ne devait pas rester ; il devait repartir à Boston pour son travail, et ensuite nous aurions l'endroit pour nous seules pendant deux semaines, jusqu'à la visite de Frankie, censé les ramener à la maison avec lui.

Je fus la dernière à me lever le lendemain matin, ayant finalement succombé au sommeil quelques heures avant l'aube.

Eva avait préparé des pancakes aux myrtilles, et un parfum délicieux flottait dans la cuisine. Elle se tenait devant le poêle, retournant sa dernière fournée sur la plaque en fonte. Ted arriva derrière elle, ne tenant pas compte de ma présence ni de celle des enfants amassés dans le coin repas. Il se mit derrière elle, passa ses grosses mains autour de sa taille, posa son menton épais sur son épaule. Eva secoua la tête, et je ressentis l'envie folle de savoir ce qu'il venait de lui dire. J'étais morte de jalousie. De peur. L'espace d'un abominable instant, je me demandai si je n'avais pas entretenu un rêve insensé.

— Vous êtes sûres que ça ira, dans cette cambrousse ? demanda Ted, adressant sa question à sa femme mais aussi à moi.

— Tout ira *très bien*, dit-elle.

Elle me regarda puis leva les yeux au ciel, comme si elle avait détecté mon sentiment d'exclusion. Cette reconnaissance m'alla droit au cœur.

Rose rampa sur le sol et se redressa en s'agrippant au pantalon de son père, qui ne sembla pas remarquer sa présence ; il s'accrochait toujours à Eva. La petite avait presque un an et commençait tout juste à marcher. J'avais rangé en hauteur tous les objets se trouvant au niveau de son regard et susceptibles de la blesser. J'avais posé de l'adhésif sur les prises de courant et m'étais assurée que tous les ustensiles de cuisine étaient hors de sa portée.

Remarquant enfin sa fille, Ted lâcha Eva et se pencha pour prendre la petite dans ses bras.

— Mais qui voilà ? Ce ne serait pas ma Rosie O'Grady ? dit-il en la faisant voler en l'air.

Elle hurla de plaisir puis il la reposa et tapota son petit derrière comme pour la renvoyer vaquer à ses occupations.

Ted se tourna alors vers Johnny, qui faisait rouler une petite voiture sur une montagne de pancakes et le long d'une route de sirop d'érable.

— Johnny, tu vas bien t'occuper de mes femmes, hein ? demanda-t-il.

Johnny acquiesça de la tête.

— Alors c'est parfait. Je me sauve, dit-il sans s'adresser à personne en particulier.

— Tu as bien noté le numéro d'ici ? vérifiai-je.

— Affirmatif. Et peut-être même que je vous rendrai une petite visite, qui sait ? C'est vrai que c'est un chouette endroit ici. J'ai dormi comme un bébé.

À présent, ce fut à mon tour de lever les yeux au ciel.

Nous étions franchement à l'étroit au camp. Je l'avais présagé, mais n'avais pas trouvé de solution adéquate pour loger toute la tribu pendant deux semaines entières. Finalement, nous décidâmes d'attribuer la chambre véranda aux filles : deux d'entre elles occuperaient le lit fixe, les deux autres des lits de camp. Johnny dormirait sur le canapé du salon. Enfin, Eva et moi partagerions le grand lit de l'étage, à côté de Rose qui coucherait dans son parc.

Mon cœur vibra comme une corde de guitare à l'idée d'être si près d'Eva tous les soirs, de me réveiller avec son parfum au lieu de la puanteur d'alcool imprégnant l'épiderme de Frankie. J'étais excitée et terrifiée, et pendant toute cette première journée, j'eus l'impression de traverser un rêve étrange. Un rêve dans un rêve. Et je n'eus aucune envie de me réveiller.

Les enfants, bien sûr, étaient aux anges eux aussi. Après une semaine au lac entre sœurs, mes filles étaient ravies d'avoir de nouvelles compagnes de jeu. Et j'étais contente de ne plus avoir à subir leurs chamailleries. Johnny, bien entendu, fut captivé par la cabane dans l'arbre et la déclara immédiatement comme son domaine privé. Il y avait aussi un petit garçon qui logeait au camp en bas du chemin, de l'âge de Johnny, et qui, comme un chiot, flaira son copain potentiel quelques minutes à peine après son arrivée. Ce premier après-midi, après avoir renvoyé Ted avec des sandwichs, une bière fraîche pour la route, Eva et moi installâmes des chaises longues sur l'herbe, étalâmes une couverture avec plein de jouets pour Rosie, et soupirâmes en chœur.

— J'adore cet endroit, dit-elle comme si elle s'adressait au lac. Je crois que je ne vais jamais rentrer à la maison.

— Tu n'y es pas obligée.

J'avais dit cela comme une plaisanterie, mais les mots eurent une sonorité étrangement sérieuse.

— Je veux dire, pas avant une quinzaine de jours en tout cas, ajoutai-je.

— Merci de nous recevoir, dit Eva en me prenant la main.

Chaque moment de cette journée me sembla lourd de sens. Le temps ralentit sa course. Chaque minute était chargée de possibilités, d'une promesse fabuleuse. Mais d'une certaine façon, l'anticipation de mes espoirs, de mes désirs, quelle que fût leur nature, me fut presque suffisante. Ce suspense était exquis. J'aurais pu étirer ces moments de tension à l'infini.

Ce soir-là, nous allumâmes un feu dans le barbecue de pierre que Frankie avait construit avec le mari de Gussy quelques années auparavant. Les enfants firent cuire des saucisses au bout de bâtons qu'ils trouvèrent dans les bois puis grillèrent des guimauves. Ted et Eva avaient acheté des épis de maïs dans une ferme sur leur chemin, et nous les dévorâmes parsemés de fleur de sel, tous les dix, les oreilles trempant dans le beurre. Eva et moi bûmes des bières que nous avions placées dans un seau plein de glace, et les enfants jouèrent. Il y avait quelque chose de délicieux dans tout cela. Même l'air avait un goût sucré.

Plus tard, lorsqu'il commença à faire froid et que les enfants furent prêts à s'écrouler, nous les bordâmes dans leurs lits de fortune et ressortîmes dans le jardin. La table de pique-nique était encore jonchée d'assiettes sales, de serviettes en boule et de bouteilles de soda vides. Les jouets de Rose étaient éparpillés par terre, et les vélos des enfants gisaient sur l'herbe comme de lourds squelettes en métal. Nous avions vidé trois bouteilles de bière chacune.

Eva se leva et se dirigea vers la table. Il faisait noir mais la quasi-pleine lune se reflétait nettement à la surface de l'eau. La silhouette d'Eva, pourtant familière, était nouvelle dans ce décor. Vêtue d'un corsaire rouge et d'une chemise blanche sans manches, elle avait ôté ses chaussures depuis un moment. J'avais du mal à croire qu'elle avait accouché de Rose moins d'un an auparavant. Elle avait recouvré sa taille menue mais conservé sa poitrine généreuse. Son corps était tout ce que le mien n'était pas : doux, arrondi, accueillant.

Elle commença à débarrasser la table, et je secouai la tête.

— Ce n'est pas à toi de le faire, dis-je.

— Oh, ça ne me dérange pas.

— Mais non, insistai-je.

Mon cœur se gonflait d'un sentiment inédit pour moi : de défi, de liberté.

— Ce que je veux dire, c'est qu'on n'est pas obligées de faire ces choses. Débarrasser, faire la vaisselle. On est en vacances. On peut inventer nos propres règles.

Elle me regarda d'un air dubitatif, mais je hochai la tête avec insistance, me sentant soudain audacieuse.

— Règle numéro un : on ne débarrasse pas la table avant le matin.

Elle recula d'un pas et mit les mains sur les hanches.

— D'accord. Alors règle numéro deux : les vélos et les jouets ne doivent être rangés qu'en cas de pluie.

— Règle numéro trois, poursuivis-je, le cœur battant la chamade et la gorge nouée : chaque soirée doit se terminer par un plongeon dans le lac.

Je pensais à cette nuit au camp de Rippling River, regrettant de ne pas l'avoir rejointe dans l'eau glacée. Une deuxième chance m'était donnée. De plus, je voulais m'attarder dehors, dans cet endroit crépusculaire et chargé d'espoir, encore un tout petit peu.

— Cette règle me plaît, dit-elle en m'adressant un sourire chaleureux.

Alors nous partîmes nager.

Voici mes souvenirs de cette nuit-là : la surface tiède du lac, l'eau glaciale et trouble au-dessous, mon souffle soudain court, mon cœur semblant s'arrêter de battre quand je sentis le choc froid des profondeurs contre mes jambes, mes hanches, ma taille. Je me rappelle les cailloux durs au fond qui attaquaient mes plantes de pieds, les vairons qui me chatouillaient la peau. Et je me souviens d'Eva. Eva, pareille à une sirène, trempant les pieds, plongeant, émergeant. De ses cheveux, libérés de leur chignon, dégringolant dans son dos comme une cascade d'eau sombre. Je me souviens du son de nos voix résonnant dans la nuit même si nous nous efforcions de chuchoter. Je me souviens d'avoir senti mon corps gagner en force dans l'eau, comme c'était toujours le cas quand je nageais. L'eau me donnait un sentiment de puissance, d'invincibilité, de confiance en moi. Sans l'eau, sans la chaleureuse étreinte du lac, je n'aurais peut-être pas fait ce que je fis.

Eva nagea vers moi, sous l'eau, joueuse. Elle croyait que je ne la voyais pas, tandis que son corps se déplaçait furtivement sous la surface obscure. Je savais qu'elle avait l'intention de me surprendre, de me faire sursauter. Je ne la voyais pas, mais chose étrange, je la *sentais*. Je savais exactement où elle se trouvait. Je pouvais sentir la présence de son corps de la même façon que je pouvais toujours sentir la présence de mes filles dans la maison et les localiser mentalement. C'était instinctif, animal.

Ainsi, lorsqu'elle surgit à la surface, à quelques centimètres de moi, je dus feindre la surprise. Faire semblant de ne pas l'avoir vue arriver. De ne pas avoir vu tout cela arriver.

— Bou ! fit-elle dans un murmure.

L'eau dégoulinait sur son visage, ses cils étaient agglutinés. Ses lèvres mouillées, légèrement entrouvertes, me narguaient timidement tandis que je faisais mine de reprendre mon souffle.

Sans le lac, sans l'obscurité qui nous dissimulait, sans le sentiment de sécurité que j'avais toujours éprouvé dans l'eau, je n'aurais pas osé. Mais nous nagions, nos corps eux-mêmes devenus liquides, indissociables de l'onde. Alors je tendis les mains vers sa taille – sa minuscule taille – et l'agrippai. Je sentis les os frêles de ses hanches sous mes doigts. Elle était légère comme une plume, et quand je l'attirai, son corps flotta vers moi sans résistance.

Elle se retrouva tout contre moi. Je sentis ses seins, tellement plus gros que les miens, inconnus, doux et offerts, se presser contre moi, et la retins dans mes bras comme si elle risquait de m'échapper et d'être emportée par le courant. Je maintins ma position, et elle maintint la sienne, puis j'enfouis mon visage dans ce creux soyeux. (Je me rappelle encore l'odeur du lac, après tout ce temps ; je sens encore l'odeur incroyable du lac sur sa peau.) Et nos lèvres, enfin, se touchèrent. J'étais si affamée. Comme une prisonnière nourrie toute sa vie au gruau et découvrant soudain le filet mignon. Elle me rendit mes baisers avec la même férocité. Je pleurais, je crois, à moins que ce ne fût le lac. Elle aussi pleurait. Je sentais les frissons et les tremblements de sa poitrine. Plus tard, sous les couvertures de notre lit partagé, je rêvai que nous nagions encore, et les draps soyeux étaient plus légers que l'eau. Toute la nuit, je m'accrochai à elle, comme quelqu'un qui aurait peur de se noyer.

Ces deux semaines au lac Gormlaith en compagnie d'Eva passèrent à la fois lentement et en un éclair. Le temps ordinaire était suspendu, nous étions délestées de nos obligations et soucis habituels : les hommes, les déjeuners à emballer, les repas à préparer, les disputes.

Nous enfreignions absolument toutes les règles qui régissaient nos vies à Hollyville. Nous vivions alors dans un monde inversé, un univers de notre propre invention. J'allai même jusqu'à dire à ma mère que nous ne pourrions lui rendre visite cette année car nous avions de la compagnie. Je m'assurai que rien, ni personne, ne vienne dérober le moindre instant de ce temps fugace.

Nos jours étaient baignés de soleil, c'étaient des jours en Kodachrome. Quand je me rappelle cet été-là aujourd'hui, je ne vois qu'une myriade d'étoiles scintiller à la surface de l'eau, Eva offrant son visage aux rayons, l'ombre du feuillage imprimée sur sa peau. Je vois les enfants courir en file indienne sur le vieux ponton de bois avant de plonger dans le lac un à un. Insouciants. Je revois mon cœur se gonfler dans ma poitrine, telle une bouée de sauvetage, me maintenant à flot.

Le matin, nous nous enlacions étroitement, en silence, tandis que les enfants commençaient à s'agiter dans l'autre pièce. Nous avions peur, elle et moi, même si nous ne le formulâmes jamais, que l'un d'entre eux nous entende. Nous étions prudentes. Vigilantes. Et d'une certaine façon, cela ne faisait qu'attiser notre désir. C'était devenu un jeu : s'embrasser en faisant le moins de bruit possible, faire l'amour dans le silence le plus absolu. Et au lieu de nous lever et de préparer le petit déjeuner pour les enfants, nous léguâmes le domaine de la cuisine à Chessy et Donna, qui purent y concocter leurs mets rêvés du matin : croque-monsieur à leur façon, pêches recouvertes de sucre, verres géants de lait chocolaté. Nous prétendions vouloir profiter de nos vacances en faisant la grasse matinée. Sous les couvertures, nous bougions au ralenti, c'était à peine si le lit grinçait. Et nous écoutions leurs rires, comptions sur leurs rires pour masquer les sons qui nous échappaient parfois.

Après le petit déjeuner, pendant que les enfants jouaient dehors, nous rangions le désordre de la veille puis nous retirions sur la pelouse, où nous nous installions en maillot de bain sur nos chaises longues respectives. Mais tandis qu'Eva prit rapidement la teinte dorée d'une pêche mûre à souhait, je ne pus que constater, impuissante, l'apparition d'une centaine de taches de rousseur éparpillées en constellations sur ma peau. La nuit, Eva s'amusait à relier les points avec sa langue.

Nous regardions le soleil glisser à travers le ciel, jouer à cache-cache avec les nuages. Les jours de pluie, nous envoyions les enfants dans la cabane dans l'arbre et nous terrions à l'intérieur.

Nous lisions. Seules puis pour l'autre, à voix haute. Elle murmurait contre mes cheveux des vers de E. E. Cummings et de Pablo Neruda. Nous buvions de la bière en plein milieu de la journée et faisions des siestes dès que nous avions sommeil, quelle que soit l'heure. Une fois, nous chargeâmes Chessy et Donna de surveiller les plus jeunes et prîmes le bateau jusqu'à la petite île au milieu du lac, où nous fîmes l'amour sur la rive caillouteuse, sous un énorme saule. L'après-midi fut haletant, risqué. Mais sous la sécurité des arbres, je me sentais à la fois rassurée et enhardie.

— Parle-moi de San Francisco, dis-je tandis qu'Eva remettait sa robe.

Elle s'assit sur la berge, les genoux coincés sous le menton, et regarda fixement l'eau immobile. Je tendis la main et touchai une zone exposée de sa cuisse avec mon doigt, que j'oubliai là.

— Je veux savoir qui tu étais avant de rencontrer Ted, ajoutai-je.

J'avais encore du mal à imaginer Eva sans Ted, sans les enfants. Cette Eva-là était une sorte d'apparition : une Eva fantomatique, une ombre. Mais je voulais la connaître, tout connaître d'elle. Parfois, avec Eva, je me sentais en manque. Même après avoir fait l'amour pendant des heures, ou être restée enlacée avec elle une nuit entière. C'était comme s'il y avait une zone de mon corps qui me démangeait et que je n'arrivais pas à atteindre ; j'avais l'impression de ne jamais être rassasiée d'elle. Un rêve récurrent tourmentait mes nuits : je souffrais d'une terrible soif, et j'avais beau boire verre d'eau sur verre d'eau, je me sentais toujours autant à l'agonie : langue, lèvres et gorge desséchées.

J'avais un millier de questions à poser, tant de mystères à démêler.

Elle soupira, détacha son regard de l'eau pour le tourner vers mon visage. Elle rassembla ses cheveux en queue-de-cheval puis les attacha avec un élastique qu'elle fit glisser de son délicat poignet.

— J'ai quitté l'Oregon quand j'avais dix-sept ans. J'ai rencontré Liam à la fac. Je suis tombée enceinte. Il était marié. J'ai rencontré Ted. Fin de l'histoire.

Elle n'aimait pas parler de Ted. Dans cet endroit, Ted et Frankie n'étaient guère plus réels que les personnages des romans que nous lisions. Mais d'après les bribes d'information que je pus obtenir, il semblait que Ted était tombé instantanément et éperdument amoureux d'Eva (comment l'en blâmer ?), à tel point que lorsqu'il apprit qu'elle était enceinte, et que le père avait, pour ainsi dire, disparu, il fut d'accord pour élever son bébé comme le sien si elle acceptait de l'épouser. Il l'aimait, et lui promit de s'occuper d'elle et de son enfant. Il descendit sur elle tel un immense pélican fondant sur un poisson et l'emportant dans son bec.

— Qu'est-ce que tu lui trouvais ? demandai-je.

La réponse ne pouvait que me faire mal, mais je voulais savoir malgré tout. J'avais besoin de savoir.

— À Ted ? reprit-elle en riant. Je ne sais pas. J'imagine qu'il était incroyablement charmant. Un vendeur-né. Il aurait pu vendre une cage à un lion.

Je songeai alors à la façon dont il l'avait couverte de flatteries, apprivoisée, domestiquée. Je me promis de ne jamais en faire autant.

— On devrait retourner voir les enfants, dit-elle en secouant la tête puis en baissant sa jupe sur cette belle et soyeuse étendue de peau.

J'avais d'autres questions à lui poser, mais à présent, tandis qu'elle me prenait la main et se levait, je compris qu'il faudrait remettre ça à plus tard.

Eva n'aimait pas parler de San Francisco, mais elle adorait parler de son enfance dans l'Oregon. Elle avait grandi dans une petite ville côtière ; son père était pêcheur, et sa mère avait péri dans un accident de voiture lorsqu'elle était toute petite. Elle n'avait ni frères ni sœurs. Elle passait ses journées à ramasser des détritus sur la plage et à les assembler pour former des sculptures. Elle construisait des maisons de princesse à partir d'algues, de galets et de brindilles.

— Qu'est-il arrivé à tes mobiles ? demandai-je un jour.

— Oh, ils sont perdus depuis longtemps. J'ai abandonné la plupart d'entre eux sur la plage.

— Non, je veux dire, ceux que tu as faits aux beaux-arts. Tu les as toujours ?

Elle secoua la tête.

Nous étions assises sur l'herbe et regardions les enfants jouer dans le lac. Chessy et Donna faisaient l'arbre droit, leurs pieds roses dépassant de l'eau.

Je voulais voir les choses qu'elle avait créées. Je pensais que cela m'aiderait à mieux la comprendre.

— Tu as des photos ?

— *Non*, dit-elle en secouant la tête.

— Maman, maman, regarde ! cria Sally.

Elle s'entraînait à nager sur le dos. Elle flottait et rebondissait comme une poupée.

— Je te vois ! hurla Eva. Bien joué !

— Tu peux m'en parler ? insistai-je d'une voix douce.

— *Billie*, me gronda-t-elle.

La façon dont elle prononça mon nom me piqua.

— Ted les a détruits, avoua-t-elle alors en soupirant. Tous. Toute une année de travail anéantie en une nuit. Il détestait Liam. Il était tellement jaloux. Mon art lui rappelait trop ma vie d'avant.

J'imaginai Ted avec son corps massif, réduisant en miettes les œuvres d'Eva, pulvérisant toute cette beauté de sa fureur stupide. Je pensai ensuite au caractère colérique de cet homme, à sa brutalité. Ce qui nous liait Eva et moi était si pur, si bon. C'était aussi quelque chose de beau, que nous avions créé de nos mains, de façon méticuleuse. J'évitai de penser à ce qu'il nous ferait s'il découvrait un jour notre idylle, à sa capacité de destruction. Je dus le chasser de mon esprit. Il n'y avait pas sa place. Il n'avait pas sa place parmi nous, sur l'herbe tendre, avec nos enfants jouant à côté dans le lac.

— Je suis désolée, dis-je.

Soudain, une ombre passa sur le visage d'Eva, comme si un souvenir la traversait. Elle fronça les sourcils et cligna rapidement des yeux, puis secoua la tête, sans doute pour chasser sa pensée.

— Eva, dis-je doucement, me rappelant la confidence qu'elle m'avait faite lors du camp scout – le fait que Ted n'était pas quelqu'un de bien. Il ne te ferait jamais de mal, n'est-ce pas ?

— Maman ! Maman ! hurla Donna. Regarde ce qu'on arrive à faire, Chessy et moi.

Francesca se tenait sur les épaules de Donna. Johnny lançait des cailloux depuis la rive.

— Johnny, on ne lance pas de pierres quand les filles sont dans l'eau ! protesta Eva avant de se tourner vers moi. Plus de questions idiotes, d'accord ? Règle numéro quatre.

Le jour où Frankie devait nous rendre visite et ramener Eva et ses enfants à Hollyville, je pus à peine m'extraire de mon lit. J'avais l'impression qu'on avait arraché mon cœur de ma poitrine puis qu'on l'avait remis à la hâte. Il ne rentrait plus. Il était gonflé, à l'étroit.

Eva s'était levée à l'aube sans un bruit pour faire ses bagages. Depuis le lit, je la regardai plier ses vêtements et les ranger dans la valise, dont le couvercle était ouvert telle une bouche. Elle fit tout cela en silence, puis disparut en bas. Lorsque je descendis enfin, elle se tenait devant la cuisinière, vêtue d'un tablier, Rose calée contre sa hanche. Elle préparait des œufs au bacon dans un poêlon en fonte. Des oranges évidées jonchaient le plan de travail et un pichet de jus fraîchement pressé y était posé.

— J'ai fait du café, dit-elle en me désignant la cafetière.

Nous étions restées éveillées jusque tard dans la nuit, comme si le matin n'oserait pas se montrer si nous l'attendions de pied ferme.

« Je ne veux pas que tu partes », avais-je dit. « Je t'aime », avais-je murmuré, craignant que mes mots ne se perdent dans son abondante chevelure. Mais alors, elle m'avait enlacée, avait pressé chaque parcelle de sa peau contre la mienne, et mes mots, pareils aux voix des enfants ricochant sur le lac pour rebondir vers eux, m'étaient revenus en écho.

Je t'aime.

Ensuite, malgré le frisson de ces mots résonnant en continu dans ma tête, dans ma poitrine, dans chaque muscle de mon corps, je m'endormis, à l'instant précis où le soleil commençait à illuminer les rideaux pâles de la chambre. Mais à présent, la tristesse s'ajoutant à la fatigue, je me demandai comment j'allais bien pouvoir affronter cette journée. Je doutais que le café soit un élixir efficace.

D'une certaine façon, j'avais réussi à sortir Frankie de mon esprit pendant ces deux semaines, ou du moins à le ranger dans un coin reculé et silencieux de ma tête. J'y étais obligée. L'idée de le voir apparaître, en chair et en os, après tout ce qui s'était passé entre Eva et moi, me semblait bizarrement ridicule. Et terrifiant. J'eus peur qu'il lise le changement sur mon visage. Que les zones de mon corps qu'elle avait touchées portent encore la trace de ses lèvres, de ses doigts, de sa langue.

— À quelle heure Frankie doit-il arriver ? demanda-t-elle comme si elle devinait mes pensées, tout en posant devant moi une assiette d'œufs au bacon.

— Aucune idée, répondis-je. S'il tombe sur un vide-grenier au milieu de la route, il s'y arrêtera. Il passera aussi manger un morceau chez *Miss Quimby* comme à son habitude.

— D'accord, dit-elle en hochant la tête.

Nous envoyâmes les enfants jouer dehors, mais Johnny se sentait mal.

— Qu'est-ce qui ne va pas, mon chéri ? demanda Eva d'une voix tendue.

— J'ai mal à la tête et au ventre, et j'ai les jambes qui me grattent, expliqua-t-il.

Eva poussa un long soupir. C'étaient nos dernières heures ensemble avant le retour à cette autre vie, celle que nous avions balayée d'un revers de main deux semaines auparavant.

— Eh bien, voilà un cas très classique de papillons dans le ventre, dit-elle en l'asseyant sur ses genoux. Et tu sais quel est le traitement pour ce genre de mal ?

— Le Pepto-Bismol ? demanda Johnny en se tenant le ventre.

Sa houppe pointait vers le haut, comme toujours, lui donnant un air de lutin.

— Non, dit Eva en secouant la tête. Essaie encore.

— De l'aspirine ? tenta-t-il, en se balançant d'avant en arrière d'impatience.

— Toujours pas, dit-elle. Quelque chose de plus efficace. Quelque chose de très puissant.

— Dis-moi ! cria-t-il, s'attrapant les cheveux des deux mains, l'implorant de ses yeux bleus.

Elle se leva et lui fit signe de la suivre à la cuisine.

— Par là, dit-elle.

Je les suivis, m'arrêtai sur le seuil et la regardai ouvrir la porte du placard et jeter un coup d'œil à l'intérieur.

— Bon, où est-il bien passé ? demanda-t-elle.

Elle fouilla les étagères, passa les doigts entre les légumes en conserve et les bocaux de soupe. Un sachet de guimauves, un paquet poussiéreux de farine.

— Ah ! Voilà, dit-elle finalement en tendant la main tout au fond et en saisissant une boîte de sauce au chocolat. Tu savais que la fève de cacao avait des vertus thérapeutiques ? demanda-t-elle en s'accroupissant au niveau de Johnny. C'est un remède reconnu pour soigner les estomacs barbouillés.

— Vraiment ? demanda Johnny avec de grands yeux ébahis. Le chocolat ?

— La puissante fève de cacao, acquiesça-t-elle en hochant la tête d'un air sérieux.

— Il y a un ouvre-boîtes dans le tiroir, intervins-je.

Sur ce, elle perça le couvercle et versa le liquide dans un verre à liqueur qu'elle trouva sur le buffet.

— Maintenant, tu bois, dit-elle en lui tendant le verre.

Avec joie, il avala l'élixir puis essuya de sa manche ses lèvres chocolatées.

— Tu te sens mieux ? demanda-t-elle.

Il acquiesça de la tête, émerveillé. Elle me fit un clin d'œil et lui donna une tape sur les fesses.

— Maintenant, va jouer !

Frankie appela de Quimby à 18 heures pour dire qu'il s'installait à peine pour dîner, qu'il en aurait encore pour une heure au moins. Nous vivions donc notre dernière heure, les dernières minutes de ce havre étrange, de ce morceau de paradis volé. Et tandis que le soleil glissait tranquillement derrière la montagne Franklin, je sentis que tout cela s'échappait.

— Tu es une bonne mère, dis-je.

Nous étions assises sur la pelouse, côte à côte, sans nous toucher, et surveillions nos enfants qui s'agitaient comme des lucioles dans la lumière déclinante.

— J'aimerais avoir ta patience, ajoutai-je.

— Arrête, dit-elle en secouant la tête et en rougissant.

Mais c'était vrai. J'étais trop égoïste pour être une bonne mère. J'avais passé toute la journée à souhaiter que les enfants soient loin pour profiter seule de ces dernières minutes en sa compagnie. J'avais honte de moi.

— Regarde, maman ! s'écria Mouse en courant vers moi, tendant ses petits poings pleins de terre, les yeux écarquillés et pétillants de fierté.

— Qu'est-ce que c'est ? demandai-je, soudain prise d'une tendresse particulière pour elle et submergée par un sentiment d'imposture. Fais-moi voir, dis-je en me penchant sur ses paumes.

Mais quand elle les ouvrit, son visage se décomposa. Dans son excitation, dans ses mains impatientes, la luciole avait été écrasée. Il ne restait qu'une tache de lumière sur sa peau. Mon cœur se serra. Parce que je comprenais cette maladresse, cette dangereuse avidité.

— Je suis désolée, ma chérie, dis-je avant d'embrasser son front. Tu ne l'as pas fait exprès.

J'ai beau lui dire qu'il peut me déposer sur le trottoir, Juan insiste pour se garer dans le parking et m'accompagner à l'intérieur de l'aéroport. Il se charge de ma valise (une antiquité dépourvue de roulettes) et me tient la porte de l'ascenseur.

L'aéroport, en travaux, est très bruyant. Ils construisent un nouveau parking, m'explique Juan. Je ne vois pourtant que des décombres, à croire que nous sommes au milieu d'une zone de guerre, et non dans la plus belle ville des États-Unis. Le ciel est gris aujourd'hui et il fait frais. J'ai pris un pull pour l'avion et préparé un en-cas. Mon ticket est dans ma poche et mon permis de conduire dans mon portefeuille.

— Autrefois, j'adorais prendre l'avion, dis-je à Juan pour meubler le lourd silence entre nous.

Il est tôt, et nous avons roulé jusqu'ici sans un mot.

— Ce n'est plus le cas ? me demande-t-il.

Je secoue la tête. Le dernier vol agréable dont je me souvienne est celui qui me mena de la côte est à la Californie. Peut-être parce que ce vol avait constitué une fuite, une fugue. Il avait un but, un sens. Il signifiait la fin d'une vie et le début d'une autre. Je me souviens d'avoir eu l'impression que mon cœur s'envolait quand le moteur s'était mis à rugir et l'avion à rouler sur la piste. Tous les autres vols depuis lors avaient eu une portée négative : le retour chez moi pour l'enterrement de ma mère, pour celui de Frankie, et plus tard quand le mari de Gussy est tombé malade. Même en m'envolant pour Boston pour assister au mariage de Francesca, j'avais eu l'estomac noué. Je n'avais jamais rencontré son fiancé, Michael, et j'avais passé tout le voyage à m'imaginer le pire. Et à présent, Johnny.

Je ne me souviens pas de la dernière fois où j'ai voyagé pour le plaisir. Quand vous vivez en marge du monde, dans un décor de carte postale, vous ne ressentez pas le besoin de prendre des vacances. Avec l'âge, j'ai trouvé le bonheur dans la sédentarité. Mais à présent, me revoilà sur le point de prendre un avion, de rentrer chez moi, me sentant déjà nauséeuse avant même d'avoir enregistré mes bagages.

— Tu n'as pas besoin de rester, dis-je. Je trouverai ma porte d'embarquement toute seule.

— Tu es sûre ? demande Juan.

Je lis la fatigue dans ses yeux et devine soudain qu'il s'est levé tôt exprès pour moi, même s'il m'a affirmé le contraire.

— Ça va aller, dis-je en souriant avant de lui donner une légère accolade.

— D'accord. Appelle-moi à ton retour. Je viendrai te chercher. Tu vas nous manquer au bar.

Je le regarde disparaître dans l'escalator qui monte puis passer les portes vitrées menant à la passerelle. Je me place dans la file de l'enregistrement et prends une profonde inspiration. La fille devant moi porte un énorme sac à dos, sans doute plus lourd qu'elle. Elle dégage un fort parfum de patchouli, et ses cheveux dégringolent jusqu'à sa taille en épaisses dreadlocks. Lorsqu'elle se retourne, cherchant quelque chose ou quelqu'un derrière moi, je découvre un joli visage, des yeux d'un vert étincelant. Elle ressemble un peu à Mouse au même âge. Sauvage et indisciplinée. Mouse et Francesca ont toujours été diamétralement opposées : Chessy dans ses jupes sages, toujours impeccablement coiffée ; jamais la moindre tache de terre sur ses vêtements, ni la moindre déchirure. Et Mouse, qui ne s'est jamais souciée de son apparence, ayant toujours privilégié le jeu et la liberté par rapport à la mode.

Lorsque j'ai appris à Francesca que je retournais au lac pour parler avec Johnny, elle m'a dit que ce n'était pas une bonne idée selon elle.

— Pourquoi déterrer les vieilles histoires ? a-t-elle dit, à la manière de son père. (Je n'avais pas attendu d'elle qu'elle comprenne.) Et puis maman, ce n'est pas dangereux pour toi de faire un si long voyage toute seule ?

Comme si son inquiétude ne concernait vraiment que ma santé et mon bien-être.

— J'ai une santé de fer, lui ai-je répondu.

Et c'est vrai. Mon dernier rendez-vous chez le médecin l'a confirmé. Hormis ma pression artérielle, je suis en bonne forme. Jusqu'à présent, j'ai évité tous les autres signes avant-coureurs de la vieillesse : le diabète, l'ostéoporose, l'arthrite. J'ai la santé d'une femme de soixante ans, plus que d'une femme de quatre-vingts ans, mon cœur mis à part. J'entends encore très bien, ma mémoire ne me fait pas défaut, et j'ai même toute ma tête, même si je suis sûre que Francesca pourrait contester ce point.

— J'ai hâte de te voir, lui ai-je dit.

— Moi aussi, maman. Fais un bon voyage.

J'ai appelé Mouse immédiatement après ma conversation avec Francesca. Elle vit au Taos actuellement ; cela fait presque un an, si je me souviens bien. Elle a rencontré un homme, un artiste comme elle, et ils vivent ensemble dans une sorte de tipi, même si, selon sa description, cela semblait relativement grandiose (pour autant que puissent l'être les tipis). Avec les années, j'ai appris à laisser Mouse vivre sa vie, j'ai compris qu'elle me surprendrait toujours par ses choix. Car malgré son instabilité financière, sa décision de ne pas se marier et de ne pas fonder de famille, ses errements à travers le globe, c'est la personne la plus heureuse que je connaisse. Et cette idée me rend fière.

La fille devant moi se retourne.

— Excusez-moi ? Vous auriez l'heure ?

— Oui, dis-je en remontant ma manche pour examiner ma montre. Il est 6 heures.

— Merci, me répond-elle en souriant. Je rentre à la maison pour rendre visite à mes parents, m'explique-t-elle, désireuse de poursuivre la conversation. Ça fait un an qu'on ne s'est pas vus.

— Ils doivent être fous de joie, dis-je en hochant la tête.

— Ils ne sont pas au courant. C'est un peu une surprise, m'avoue-t-elle en tordant sa bouche dans un tic nerveux. Ou plutôt une embuscade.

Sa remarque me fait rire. J'espère que nous serons assises côte à côte dans l'avion.

Soudain, je sens un mouvement derrière moi, j'entends une voix.

— Excusez-moi. Pardon. Nous sommes ensemble.

C'est une autre fille, elle aussi chargée d'un lourd sac à dos. Celle-ci a les cheveux noirs coupés court et le visage moucheté de taches de rousseur.

— Je suis vraiment désolée, me dit-elle.

Elle avance vers la première fille, qu'elle embrasse rapidement sur les lèvres.

— Je croyais que tu m'avais laissée tomber.

— Ça ne risque pas, dit la fille aux cheveux noirs en roucoulant à l'oreille de ma nouvelle amie.

Je sens mon cœur se gonfler, les larmes me monter aux yeux. Elles s'embrassent de plus belle et je détourne le regard, gênée. Je fais la grimace quand le vieil homme derrière moi s'éclaircit la gorge.

Tant de choses ont changé, me dis-je. *Et tant de choses sont restées à l'identique.*

Une fois enregistrés leurs bagages, la fille et sa petite amie se dirigent vers la porte d'embarquement, délestées du poids de leurs sacs à dos.

— Faites bon voyage, me dit alors la première fille.

— Vous aussi.

Me voilà de nouveau seule, assaillie par des effluves de muffins à la cannelle, de café et de parfums mêlés.

Être une vieille dame apporte quelques avantages incontestables. Premièrement, comme je le découvre aujourd'hui, on embarque en priorité sur la plupart des vols. En effet, une employée serviable me conduit sans tarder vers la file où sont rassemblées les familles avec enfants en bas âge ainsi que toutes les personnes exigeant une assistance spéciale : l'homme en fauteuil roulant flanqué de son réservoir à oxygène, la non-voyante accompagnée de son chien, et une autre dame âgée, courbée à un angle de quarante-cinq degrés et à laquelle, visiblement, les os n'obéissent plus. Je m'assieds sur l'un de ces sièges réservés et étudie ma carte d'embarquement. Puis mon permis de conduire. Sur la photographie, je n'ai que soixante-quinze ans, mais hormis quelques rides supplémentaires au front, j'ai peu changé. Je coiffe toujours mes cheveux en deux tresses relevées sur le sommet de mon crâne. Je pèse toujours cinquante-quatre kilos. Je mesure toujours un mètre soixante-douze, à condition de me tenir droite.

Le haut-parleur annonce que nous pouvons embarquer, les autres infirmes et moi, et je me lève de mon siège, en pensant :

Voilà, ma vieille. C'est ta dernière chance de faire machine arrière.

De retraverser l'aéroport en sens inverse, d'acheter peut-être un de ces muffins à la cannelle sur le chemin de la sortie. De prendre un taxi, de retourner dans ma petite maison, et de faire une sieste, tout simplement. Cependant, alors que je me prépare mentalement à fendre la foule de voyageurs matinaux, mes yeux se posent sur les deux filles qui se trouvaient devant moi un peu plus tôt. Elles sont devant la porte d'embarquement, assises côte à côte ; l'une a la tête posée sur l'épaule de l'autre. Leur vol est pour New York. Et je me dis qu'il leur faut bien plus de courage qu'à moi.

Retourner à nos vies normales après ce premier été au lac Gormlaith signifiait replonger dans le mensonge. Un jour, Frankie m'avait raconté que lorsqu'il était petit, ses parents n'avaient pas assez d'argent pour acheter des cadeaux de Noël à tous leurs enfants, alors sa mère avait emballé une dizaine de boîtes vides puis les avait placées sous le sapin pour que les gens qui leur rendaient visite pensent que tous les membres de la famille en recevaient. C'était la même chose à présent et il semblait invraisemblable que nous ayons pu vivre pendant tant d'années dans ces jolies boîtes vides. Eva et moi passions nos journées à entretenir cette illusion tout en cherchant des moyens d'être ensemble. Nous vivions dans la peur d'être découvertes mais ne pouvions tolérer l'alternative.

Nous vivions dans un état de faim permanent ; ce vain désespoir qui ronge les affamés. Craintives, avides, conspiratrices. Nous apprîmes que le désir, le véritable désir, était à la fois sauvage et complexe. Le monde entier semblait se liguer contre nous, ce qui nous rendait plus voraces encore.

Au moins, les enfants allaient tous à l'école à présent, excepté la petite Rose. Ted, qui étrangement faisait preuve d'une confiance inédite (pensant peut-être que mon amitié avec Eva empêchait sa femme de s'égarer dans les bras d'un autre homme – bon sang, il ne se doutait de rien !), partait désormais au travail avec Frankie tous les matins, renonçant à prendre sa voiture. La soudaine mobilité d'Eva était une bénédiction, mais également un piège. Je considérais avec méfiance chaque élément positif, chaque cadeau du ciel, m'attendant toujours au pire en contrepartie.

Nous partions en voiture. Certains jours, nous roulions tout simplement. Sans but, sans destination, uniquement pour être en mouvement, comme si la vitesse pouvait à elle seule nous protéger. Nous abaissions les vitres et laissions nos cheveux flotter dans la douceur de l'été indien. Nous montions le son de la radio au maximum, et Rose, à l'arrière, se couvrait les oreilles de ses deux petites mains dodues pendant que nous chantions. Eva conduisait vite, la voiture s'envolait presque sous son contrôle (ou plutôt *échappait* à son contrôle). Rose et sa mère s'amusaient particulièrement d'une route vallonnée telle une montagne russe. Eva accélérait sur la montée pour que la voiture décolle presque quand nous atteignions le sommet. C'étaient des moments haletants, des moments d'insouciance. Le cœur battant, nous avions conscience de notre imprudence, mais ne pouvions résister.

Nous profitions le plus possible l'une de l'autre, même s'il nous fallait attendre les siestes de Rose pour être vraiment seules. Chaque matin, une fois tout le monde parti, je finissais de nettoyer la cuisine puis lançais une lessive avant de me précipiter de l'autre côté de la rue pour frapper délicatement à la porte. Rose faisait encore ses siestes du matin (une phase qui serait bientôt révolue), ce qui nous offrait une heure bénie (parfois deux) à passer ensemble. Nous disparaissions dans la chambre d'Eva et de Ted jusqu'au moment où les pleurs de la fillette nous parvenaient à travers la cloison. Nous passions alors le reste de la journée ensemble, partagions les tâches domestiques dans nos maisons respectives pour nous assurer que les sols étaient propres, les lavabos et les toilettes étincelants, avant de nous enfuir en voiture.

Nous étions en 1961, et dans d'autres villes du pays, les étudiants noirs se battaient pour leurs droits civiques, imposant leur présence dans des restaurants « réservés aux Blancs ». Le courage et l'audace dont ils faisaient preuve pour exiger l'égalité me paraissaient admirables mais n'entraient pas en résonance, à ce moment-là, avec ma propre vie. Il faudrait longtemps, bien longtemps, avant que je ressente moi aussi le *droit* de vivre ma vie, de vivre mes rêves et mes désirs. Eva, quant à elle, nous considérait comme des alliées de ces gens, de ces gamins qui ne voulaient qu'une chose : être traités avec justice par le reste du monde.

— J'aimerais qu'on puisse aller quelque part, me dit-elle un jour.

Rose dormait et nous étions allongées sur le lit. Je touchais ses cheveux, m'émerveillant de leur douceur, les sentant à peine sous mes doigts. Ils me rappelaient le duvet de mes filles lorsqu'elles étaient bébés.

— Il y a des endroits, ajouta-t-elle en regardant le plafond d'un air rêveur, où les filles, les *femmes* comme nous, n'ont pas besoin de faire semblant.

— Où ça ? demandai-je sur un ton involontairement moqueur.

Certainement pas à Hollyville, Massachusetts.

— Je connaissais quelqu'un à la fac de San Francisco.

Je sentis ma gorge se nouer. Imaginer Ted et Eva ensemble était assez tolérable, car je savais que cette relation était factice, qu'elle n'était qu'une boîte vide de plus posée sous le sapin. Mais l'idée qu'elle ait pu connaître une autre femme, avant moi, était insoutenable. J'en eus mal au cœur.

— Qui ça ? demandai-je d'une voix étranglée.

— Une fille. Une étudiante. Elle m'a emmenée dans un bar un jour, où tout le monde était, tu sais…

— Pourquoi t'y a-t-elle emmenée, *toi* ? demandai-je.

Et ce fut comme si une ombre noire avait traversé ce lit baigné de soleil où nous étions étendues nues pendant que le reste du monde, ignorant, tournoyait sans nous, inlassablement.

Elle ne prêta pas attention à ma question ; sans doute dédaignait-elle la jalousie de Ted, ses délires infondés, de la même façon. Mais j'avais tout de même besoin de savoir.

— As-tu..., commençai-je, sentant mes oreilles s'empourprer, connu d'autres filles ?

Eva inclina la tête et me regarda, semblant hésiter à me répondre, semblant mesurer le pour et le contre. Je détestai ce flottement. Cette méfiance silencieuse.

— Je veux dire, ça n'a pas d'importance, simple curiosité..., dis-je, rétropédalant, regrettant ma question, ne voulant plus vraiment savoir.

— J'ai ressenti des choses dans le passé, répondit-elle enfin d'une voix douce. Mais je n'ai jamais franchi le pas. Je pensais que ces désirs disparaîtraient. Avec Liam. Puis avec Ted.

— Et ça a marché ? Ils ont disparu ?

Elle pencha de nouveau la tête.

— Je suppose. Jusqu'à notre rencontre.

— Tu crois que c'est un péché ?

Je pensai à mes parents en prononçant ces mots. Ils avaient cru que Dieu pouvait me réparer. Comme un objet défectueux. Je savais qu'Eva se rendait toutes les semaines à l'église, qu'un exemplaire de la Bible trônait dans son salon.

— Je ne sais pas, dit-elle en secouant la tête. L'adultère est un péché. Mais s'agit-il vraiment d'adultère quand on n'a jamais aimé celui qu'on a épousé ?

— Tu n'as *jamais* aimé Ted ? demandai-je, sentant mon cœur se gonfler. Même pas au début ?

Elle secoua la tête.

— J'ai commis une grave erreur.

Je me mis alors à penser à Frankie, ce que d'ordinaire j'évitais lorsque j'étais avec Eva. J'eus honte de moi en imaginant ce qu'il ressentirait en apprenant ce qui se passait tous les matins une fois qu'il avait quitté notre allée. Cela ne faisait aucun doute : pour lui, ces matinées de tendresse qu'Eva et moi passions étroitement enlacées, constitueraient un péché. Il en serait anéanti. Comme Ted, Frankie pouvait être blessant sous l'emprise de l'alcool, mais il avait bon fond, et c'était un père attentionné. Je l'aimais pour ces qualités. Mais ce n'était pas le genre d'amour dont je parlais. Pas le genre d'amour que j'éprouvais pour Eva.

— On pourrait aller quelque part, dit-elle avec sérieux, faisant glisser ses doigts sur mon ventre nu, me faisant frissonner. Un endroit où nous n'aurons pas besoin de nous cacher.

Tout mon corps devint fiévreux quand je réfléchis à cette possibilité. À la fuite.

— Où ? demandai-je.

— J'ai une idée, dit-elle en se redressant et en battant des mains comme une enfant. Faisons un voyage.

J'ignore encore comment elle obtint l'accord de Ted, mais convaincre Frankie fut un jeu d'enfant.

Je me contentai de lui dire qu'Eva et moi partions à New York pour un congrès de scoutisme, qui se tenait annuellement pendant un week-end de janvier. Dans mon esprit, cette convention existait. Je visualisais une centaine d'autres mères dans leurs uniformes de cheftaines, venues apprendre de meilleures méthodes pour allumer un feu, nouer des cordes, vendre des cookies. Frankie promit de tenir compagnie à Ted en notre absence.

Ce furent les tantes, finalement, qui sans le vouloir rendirent ce projet possible. Theresa, la sœur de Frankie, accepta de venir aider son frère à s'occuper des filles pendant ce long week-end. Et Mary, la sœur de Ted, proposa également ses services de baby-sitter. Les deux femmes arrivèrent de Boston par le même train, et Ted alla les chercher à la gare. Puis, une fois que nous eûmes donné nos instructions, Frankie nous conduisit, Eva et moi, à la gare. La relève de la garde se fit avec un naturel confondant. Ce fut presque trop facile.

Nous montâmes donc dans le train, chargées de nos valises et de nos manuels de scoutisme, saluâmes Frankie d'un signe de la main puis nous écroulâmes sur nos sièges avec un soulagement et une excitation si intenses que nous pûmes tout juste nous contenir.

L'amie de fac d'Eva, Dorothy (Dot), avait quitté San Francisco pour New York à la fin de ses études, et y vivait depuis lors. Elle nous avait proposé de loger chez elle. Eva projetait de m'emmener au musée d'art moderne, au Rockefeller Plaza, à Times Square. Tandis que nous fendions le matin glacial, je me vis comme la fille de la campagne que j'étais – que je n'avais jamais cessé d'être ; celle qui n'avait jamais été plus au sud que le Massachusetts et jamais plus à l'ouest que les chutes du Niagara. New York était la grande inconnue.

Dot, petit bout de femme au teint pâle (une peintre, m'avait appris Eva) nous retrouva à la gare de Grand Central. Véritable petit rat des champs, je fus étourdie par les bruits de la circulation, les odeurs et le vacarme de la ville, lorsque que nous nous frayâmes un chemin vers le métro avant de parcourir à pied les quelques pâtés de maison qui nous séparaient de son appartement de Greenwich Village.

— Bienvenue dans mon humble demeure, dit-elle avec un sourire satisfait.

Elle déverrouilla la lourde porte en fer menant à son logement en sous-sol. Les marches abruptes, recouvertes d'une fine couche de glace perfide, craquaient sous nos pieds. Les fenêtres étaient étroites et sales, mais l'intérieur de l'appartement était chaleureux et propre.

Dot nous prépara des œufs brouillés et des toasts pour le dîner, sur une minuscule cuisinière à deux feux, nous servit une tisane, puis nous montra où se trouvaient les serviettes et les gants de toilette.

Des toiles étaient posées contre tous les murs, couvrant le moindre centimètre de surface ; il s'agissait essentiellement de lugubres portraits de femmes. Un grand nombre de tableaux étaient des nus, sauf qu'au lieu de femmes alanguies, ils représentaient des créatures grimaçantes, des corps à l'agonie, repliés comme des poings.

Dot s'imposa d'emblée à moi comme le genre de femme qui a quelque chose à prouver. Elle nous posa maintes questions sur notre histoire, puis disserta longuement sur sa propre rencontre avec Eva.

— Elle portait cette robe bleue, tu sais, se rappela-t-elle.

Elle saisit le bras d'Eva puis me regarda, semblant me mettre au défi de me souvenir de cette robe bleue. Eva possédait un grand nombre de robes bleues. Je ne savais pas de laquelle Dot parlait et ne comprenais pas en quoi c'était important.

— Et bien sûr, Liam ne pouvait pas la quitter des yeux, aucun d'entre nous ne le pouvait dans cette robe, et elle est tout simplement allée s'asseoir devant un des chevalets disponibles et a commencé à dessiner. Un portrait de lui. De Liam O'Leary. Nu.

Eva rougit et donna une tape sur le bras de Dot en gloussant.

Je sentis ma peau s'échauffer. J'essayai d'imaginer cette Eva, cette autre Eva dans sa robe bleue, cette Eva effrontée déshabillant son professeur à coups de crayon. Je me demandai aussi si elle avait ressenti des choses pour Dot. Si elle l'avait adulée comme j'avais adulé Mlle Mars.

— On a tous compris à ce moment-là qu'Eva était une fille sacrément gonflée, dit-elle en rejetant la tête en arrière et en éclatant de rire.

Elles ravivèrent leurs souvenirs pendant quinze minutes de plus environ puis Dot sembla enfin se lasser de nous (de moi du moins) et sortit retrouver des amis pour boire un verre. Elle nous donna l'adresse du bar où elle avait l'intention d'aller en deuxième partie de soirée, et nous décidâmes de la retrouver là-bas après nous être reposées un peu.

Contente d'être de nouveau seule avec Eva, je m'assis au bord du lit escamotable que Dot avait tiré du mur par magie. Les draps étaient élimés mais doux. Par la fenêtre du sous-sol, je vis les pieds de Dot qui quittaient le bâtiment.

— C'est un sacré numéro, tu ne trouves pas ? dit Eva.

Je voyais bien qu'elle avait envie que je l'apprécie, et je ne voulais pas paraître ingrate ni donner l'impression de juger sa vieille amie.

— Elle est amusante, répondis-je.

Eva hocha la tête.

— Je n'avais qu'elle à qui parler quand j'ai découvert que j'étais enceinte...

Une fois de plus, la jalousie me transperça comme un poignard.

— Viens là, dis-je en lui faisant signe d'approcher.

Elle s'assit à côté de moi et je me mis à lui caresser les cheveux. Ils étaient d'une douceur exquise. C'était ce qui m'étonnait le plus, je crois : ce contraste entre Frankie et Eva. Frankie avec sa barbe drue, ses mains calleuses et sa peau rêche. Eva était soie, tandis que Frankie était métal. Un homme de fer.

Nous étions allongées sur le lit, totalement seules pour la toute première fois. Et je me souviens d'avoir regardé les pieds des passants foulant le trottoir derrière les hautes fenêtres de cet appartement, de m'être sentie en sécurité dans ce cocon : ce havre souterrain de fortune.

Vers 20 heures, nous prîmes une douche ensemble puis nous préparâmes pour retrouver Dot. J'aurais été contente de passer le reste du week-end dans cet appartement seule avec Eva, mais elle mourait d'envie de me faire visiter la ville, et son enthousiasme était contagieux.

Elle mit la robe rouge que j'adorais, celle qui lui donnait l'allure d'une gravure de mode. Elle peignit ses lèvres du même rouge, et au lieu de son habituel *White Shoulders*, opta pour un nouveau parfum aux accents de cannelle. Elle me fit penser à ces bonbons pétillants dont Johnny et Mouse raffolaient. Me sentant terne à côté d'elle, je mis ma plus jolie robe, celle aux manches raglan et à la jupe plissée, un vêtement que j'avais confectionné moi-même avec les chutes d'un tissu en shantung vert émeraude acheté en soldes, et une paire de chaussures à talons que j'avais teintes de la même couleur. La dernière fois que j'avais porté cette tenue, c'était au mariage de l'une des sœurs de Frankie.

— Tu es jolie, me dit Eva en serrant ma main dans le taxi brinquebalant qui nous fit traverser la ville.

L'entrée du bar se trouvait dans une ruelle, et il neigeait légèrement quand nous sortîmes de voiture en vérifiant l'adresse que Dot nous avait donnée. Eva se pencha en avant pour payer le chauffeur, puis nous scrutâmes la ruelle sombre. Elle me prit de nouveau la main et la serra.

— Prête ? demanda-t-elle.

Je hochai la tête.

Nous avançâmes dans la nuit et trouvâmes la porte, bloquée par un couple enlacé.

— Excusez-nous, dit Eva.

Le couple s'écarta en sursautant. Je sentis mon visage s'embraser en découvrant qu'il s'agissait de deux femmes.

Soulagées de nous voir entrer dans le bar, elles reprirent leur étreinte contre le mur de briques.

L'intérieur était bruyant et enfumé. Un groupe jouait un morceau de Miles Davis, tiré de l'album *Kind of Blue* qu'Eva adorait, sauf que la dernière fois où nous avions écouté ce disque, nous étions assises à la table de sa cuisine, en train de coudre des écussons de scouts sur des écharpes.

Mon cœur tambourinait en rythme avec la caisse claire tandis que nous traversions d'un pas vif la piste au sol sale pour rejoindre Dot, qui nous faisait signe depuis le bar. La pièce était bondée, et tous les clients étaient des femmes, même si cela n'apparaissait pas au premier coup d'œil. Si la moitié d'entre elles étaient vêtues comme Eva et moi, en robe, collants et talons hauts, l'autre moitié avaient une allure d'homme : cheveux courts plaqués sur les côtés, pantalon à pinces et taille haute, chemise à plastrons boutonnée jusqu'au col. Mais aussi bretelles, veste et cravate. Seule la douceur de leurs traits et de leurs regards les trahissait, seules leurs mains, aux doigts longs et fins et aux ongles manucurés, tenant délicatement des bouteilles de bière ou des verres à cocktail, rappelaient leur féminité. C'était troublant, et effrayant. Je ne savais pas si nous avions notre place dans cette foule, ni *comment* la trouver. Qui étaient ces gens ? Qui étions-nous ? Qui étais-je ? L'appréhension dut se lire sur mon visage car Eva me serra de nouveau la main et se pencha vers mon oreille.

— Ça va aller. Détends-toi, murmura-t-elle.

Le groupe commença à jouer *Forbidden Fruit* de Nina Simone, puis Dot se leva du tabouret sur lequel elle était perchée tel un étrange petit oiseau, et s'approcha d'Eva.

— M'accordez-vous cette danse ? demanda-t-elle.

Eva sourit puis s'amusa d'une petite révérence.

— Avec plaisir.

Je sentis mon dos se raidir malgré moi.

De toute évidence, la chanson était une des préférées de l'assistance, et la piste de danse se remplit rapidement. Du bar, j'observai Eva et Dot, et il me fallut tout le sang-froid du monde pour ne pas me ruer vers elles, les faire s'arrêter et récupérer ce qui m'appartenait. Mais Eva n'était *pas* à moi. Ne serait jamais à moi. Cette prise de conscience me frappa comme un coup de poing en pleine poitrine. J'étais au bord des larmes et en proie à la colère quand le groupe entama *My Shining Hour* de Coltrane, et qu'Eva s'avança vers moi, essoufflée. Elle s'écroula contre moi, fermant les yeux d'un air rêveur.

— Tu danses avec moi, Billie ?

Mon cœur s'affola dans ma poitrine.

Frankie adorait danser. C'était un excellent danseur, mais je me sentais toujours gauche avec lui. Il savait mener, mais j'étais incapable de le suivre. À notre mariage, je m'étais trouvée empotée sur la piste. Parfois, exaspéré par ma maladresse, il allait chercher une autre partenaire.

— Si elle n'y va pas, je veux bien, dit Dot.

Elle adressa alors un clin d'œil à Eva et la regarda d'une façon qui me hérissa.

Ne pouvant supporter l'idée qu'Eva danse avec elle, je cédai.

— Je suis une piètre danseuse, dis-je en secouant la tête d'un air désolé.

Quand nous dansions dans son salon, il n'y avait pas de spectateurs, personne ne voyait mes pas hésitants.

— Tu n'auras qu'à me suivre, dit-elle. C'est une chanson lente. Tu n'as qu'à t'accrocher à moi.

Elle me tira délicatement par la main vers la piste et s'arrêta, positionnant mes paumes autour de sa taille. Je me sentis rougir, même si personne ne nous prêtait attention.

Elle appuya son corps contre le mien, posa la tête contre ma poitrine, fredonnant la musique tout contre moi. Tout mon être vibrait avec la mélodie, au rythme de son souffle. J'aurais pu rester ainsi, serrée contre elle, scellée à elle par les notes, pour toujours. Mais la chanson toucha à sa fin, l'immobilité s'installa, et dans l'espace laissé vide par la musique ne restait que la cacophonie de la foule. Toutefois, au lieu de s'écarter, elle leva les yeux vers moi.

Lorsqu'elle m'embrassa, je reculai instinctivement. Nos baisers étaient d'ordinaire des événements privés, clandestins, volés. L'idée de l'embrasser, de toucher sa bouche avec la mienne, devant tous ces gens, m'était presque insoutenable.

Je me souviens que l'éclairage du bar était d'un vert particulier, un vert absinthe, se reflétant sur nos visages comme si nous étions en pleine forêt, sous le soleil perçant à travers les branches et nous tachetant de lumière. Lorsqu'elle m'embrassa de nouveau, j'imaginai que nous n'étions pas dans une boîte de nuit d'une ruelle de New York au mois de janvier, mais au fond des bois, dans le Vermont, dans la douceur de juin.

Dot finit par nous laisser seules, ayant trouvé une autre fille avec qui danser pour le reste de la soirée avant de s'éclipser avec elle. Eva et moi bûmes trop ce soir-là ; à 3 heures du matin, nous sortîmes du bar en titubant, puis parcourûmes d'un pas incertain les rues au sol glissant en nous tenant par la main, enhardies par la tolérance que nous avions trouvée dans cette nuit vert absinthe.

Ma tête tournait après toutes ces lumières et tout cet alcool. L'air avait un millier d'odeurs. C'était un carnaval de sensations, dont je n'arrivais pas à me rassasier. Comme je ne pouvais me rassasier d'elle.

— Nous pourrions habiter ici, lançai-je.

— Qu'est-ce que tu dis ? demanda-t-elle en me tirant par la main pour traverser la rue.

En arrivant de l'autre côté, j'étais à bout de souffle.

— Nous pourrions vivre ici, répétai-je. *Ensemble.*

Et le mot resta suspendu entre nous, vibrant et bourdonnant comme l'enseigne au néon de la pizzeria à côté de laquelle nous nous trouvions. À la lueur du restaurant ouvert toute la nuit, je vis soudain que le mascara d'Eva avait coulé sous ses yeux, que l'ourlet de sa robe était défait. Je sentis ma gorge se nouer. J'avais juste besoin qu'elle dise oui. Qu'elle partage ce rêve avec moi. Mais elle ne dit rien. À la place, elle prit mon visage entre ses mains et m'embrassa. En pleine rue. Devant le couple assis à la fenêtre, en train de déguster une pizza. Devant les taxis, les clochards et les marins en permission. L'espace d'un instant, je sus que ce n'était pas inconcevable, que nous *pouvions* partir. Que nous avions une chance à saisir.

Je ne sais plus comment nous rentrâmes à l'appartement de Dot, et me rappelle à peine m'être changée pour enfiler mon pyjama et me glisser sous les draps. Je ne crois pas avoir bougé de toute la nuit ; le matin, nous fûmes réveillées par le chant d'un coq, et je me mis à délirer, me croyant momentanément revenue dans mon lit d'enfant. Il s'avéra finalement qu'il s'agissait du voisin de Dot, un fou vivant trois étages plus haut, qui hurlait « cocorico ! » tous les matins à l'aube et recevait en réponse un collectif et retentissant « La ferme ! » de la part des voisins et de quiconque se trouvait dans la rue à cette heure indécente.

En proie à la gueule de bois, les yeux troubles, nous nous habillâmes et sortîmes prendre un petit déjeuner dans un café. Nous n'avions pas reparlé de notre conversation devant la pizzeria. L'avais-je seulement rêvée ? Je l'espérai.

La serveuse nous apporta nos plats, et je scrutai le visage d'Eva, cherchant la confirmation que nous avions bien échangé ces mots. Que nous avions parlé de fuir. Mais Eva fouillait d'un air distrait dans son porte-monnaie à la recherche de pièces.

— Je dois appeler Ted, dit-elle.

Je fus prise de haut-le-cœur en la voyant remettre son manteau et disparaître dehors pour téléphoner. Je regardai fixement le pancake que j'avais commandé mais fus incapable de porter la fourchette à ma bouche.

Elle revint enfin, un sourire triste aux lèvres.

— Rose a de la fièvre et des vomissements. Il veut que je revienne.

— Tout de suite ? dis-je.

Je crus que le monde se dérobait sous mes pieds. J'avais passé la nuit à rêver aux sensations que j'avais connues dans ses bras. À la façon dont la musique nous liait, à son parfum.

— Mary ne peut pas s'occuper d'elle ?

— Elle pleure et me réclame. Ça doit être la grippe. Je lui ai dit que nous allions prendre le train de 17 heures.

— D'accord, cédai-je.

J'étais en colère contre elle. En colère contre Ted. Et même en colère contre Rose, d'être tombée malade. J'eus l'impression d'être une enfant gâtée qui n'avait pas eu ce qu'elle désirait. Je me sentis stupide. Je clignai fort des yeux et évitai son regard, tournant la tête vers la fenêtre et la rue calme, le cœur brisé, détestant mon égoïsme. Son bébé était malade. Qu'est-ce qui n'allait pas chez moi ?

— Nous avons quand même le temps d'aller au musée, dit-elle.

Elle tendit le bras vers moi et me prit la main. Un homme assis sur une banquette non loin de nous me foudroya du regard, et je retirai ma main.

J'étais encore nauséeuse à notre arrivée au musée quelques heures plus tard. Eva monta à toute vitesse les grandes marches en marbre, et je dus presque courir pour la rattraper. Elle tenait un plan de l'établissement à la main mais ne semblait pas en avoir besoin. Lorsque nous arrivâmes enfin dans la salle tant recherchée par Eva, j'étais à bout de souffle, pliée en deux. Ma pathétique gueule de bois ne m'avait pas quittée.

— Regarde, dit-elle en m'effleurant le bras.

Je me redressai. Tout autour de nous se trouvaient les mobiles que je n'avais vus que dans les livres qu'Eva avait empruntés pour moi à la bibliothèque. Ils pendaient du plafond comme des objets vivants, doués de respiration. Leurs couleurs éclatantes se détachaient avec vivacité sur la blanche nudité des murs.

Nous traversâmes la pièce sans un mot, les yeux levés vers ces incroyables sculptures cinétiques, pareilles à d'étranges et magnifiques oiseaux nous surveillant d'en haut. Lorsque je tournai de nouveau le regard vers Eva, elle pleurait. Mais cette fois-ci, au lieu de cacher ses larmes ou de les essuyer d'un revers de main, elle les laissa couler le long de ses joues, gâcher son maquillage, marquer son visage.

Je m'approchai d'elle, me moquant soudain de ceux qui pouvaient nous voir : le gardien à l'air guindé posté dans l'encadrement de la porte, le jeune homme à moustache, les mains sur les hanches, la vieille dame aux semelles grinçantes. Je passai mon bras autour de ses épaules, l'attirai vers moi, et la laissai pleurer.

Une demi-heure avant le décollage pour Pittsburgh, une hôtesse enjouée en tailleur bleu impeccable et talons hauts nous conduit vers l'avion. Je remarque une tache de rouge à lèvres sur ses dents de devant et cela me met mal à l'aise. Toute cette situation a quelque chose de déstabilisant. Elle prend la carte d'embarquement que je lui tends et me demande si j'ai besoin d'aide pour traverser la longue passerelle éclairée aux néons. Je secoue la tête.

— Non merci, ça ira.

J'avance d'un pas traînant au milieu des autres passagers, me disant une fois de plus qu'il est encore temps de simplement faire demi-tour. De repartir. Je peux presque sentir mon corps s'opposer au flux des voyageurs, nager à contre-courant vers la porte d'embarquement pour retrouver ma paisible existence sur la plage. Pourtant, me voici déjà à l'entrée de l'avion, où nous attendent deux autres hôtesses, parées de leurs sourires et de leur bonne humeur. L'une d'elles prend ma carte d'embarquement et me désigne d'un geste théâtral mon siège, situé juste derrière le mur séparant la première classe de la classe économique.

L'air vrombit et bourdonne, et mes mains tremblent quand je reprends mon billet et examine mon numéro de place : 7A. Et tandis que je franchis le seuil, passe devant le garde-manger de l'avion, je me rends compte que ça y est. Je ne peux plus changer d'avis. Il n'est plus question de faire demi-tour. Dans à peine quatre heures, je serai à Pittsburgh, et à 17 heures, à Burlington. Gussy m'y attendra. Nous ferons la longue route en voiture jusqu'à Quimby, et arriverons juste à temps pour un dîner tardif. Je visualise la cuisine de Gussy, sens l'odeur de ses quenelles au poulet. Elle aura préparé le lit de la chambre d'ami, avec ses draps imprimés de tournesols. Elle aura acheté les bonbons au sirop d'érable que j'aime et les aura laissés sur la table de nuit avec une pile de livres susceptibles de me plaire. Je dormirai bien. Ensuite, nous irons au lac, et dimanche, Johnny arrivera.

En voyant les autres passagers lutter pour caser leurs affaires dans les minuscules compartiments suspendus, je me félicite d'avoir enregistré ma valise. Je n'ai que mon sac à main avec moi, que je pose tout simplement sur mes genoux. Le siège à côté du mien est encore inoccupé lorsque l'avion s'apprête à rouler. Mais alors que je tends le bras pour y poser mon sac, pour lever l'accoudoir qui me gêne, un jeune homme corpulent traverse en trombe l'étroit couloir, soufflant, haletant, levant son bagage au-dessus de sa tête. Son gros visage – rouge, en sueur – m'est familier. J'ai peur de le regarder dans les yeux, convaincue, l'espace d'un instant, qu'il est bien celui que j'ai cru apercevoir au premier coup d'œil, pensant faire un affreux cauchemar. Pensant que Ted n'est pas mort, qu'il m'a retrouvée, qu'il m'a *suivie* jusqu'ici. Peut-être me suit-il depuis des années. Mais quand l'homme se laisse tomber lourdement sur le siège, et tente maladroitement de faire passer la ceinture de sécurité par-dessus ses grandes jambes, je fais fi de mes mains tremblantes et le regarde plus attentivement.

Ce n'est pas du tout Ted.

Bien sûr que non.

Je n'ai pas complètement perdu la tête. D'abord, il doit avoir une vingtaine d'années à peine. Ensuite, ses yeux sont d'un bleu cristallin ; il n'a pas le regard noir et éteint de Ted Wilson. Ce dernier était imposant et musclé, alors que cet homme est tout en rondeurs. En surpoids même. Une fois sa ceinture enfin attachée, il me sourit.

— Il paraît que si on n'arrive pas à attacher sa ceinture, on doit payer deux sièges, me dit-il d'une voix calme.

Il a un accent chaleureux, du Sud.

— Attendez, dis-je en levant l'accoudoir qui nous sépare pour lui offrir quelques centimètres de plus.

— Merci, répond-il.

Et soudain, nous sommes des conspirateurs.

— Je n'ai pas entendu mon réveil, j'ai failli rater l'avion, m'apprend-il.

Quand il sourit, des petites rides apparaissent au coin de ses yeux.

— Vous allez jusqu'où ? Pittsburgh ?

— Burlington, dis-je en secouant la tête.

— C'est où, ça ?

— Dans le Vermont.

Il sent le muffin à la cannelle, et je commence à penser que ce n'est pas une panne de réveil qui est responsable de son retard, mais un arrêt au *Cinnabon*.

— C'est l'État qui est à côté de Washington ?

— Non, c'est en Virginie.

— Ah oui, dit-il en faisant claquer sa main moite sur sa jambe. Le pays du sirop d'érable. Au fait, je m'appelle Hugh.

— Moi, c'est Billie. Et vous ? Où allez-vous ?

— Je vais rendre visite à ma petite amie.

— C'est formidable. Vous vivez dans des États différents ?

— Eh bien, à vrai dire, on ne s'est pas encore rencontrés. Mais on communique par Internet depuis six mois.

— Oh. Ça doit être très excitant.

Il hoche la tête et sourit.

— Dites-moi, ça ne vous ennuie pas qu'on échange nos places ? J'aimerais beaucoup pouvoir regarder par le hublot.

— Pas du tout.

Toutefois, au moment où il commence à défaire sa ceinture, une hôtesse arrive et nous informe que l'on doit rester assis. Que l'avion est sur le point de décoller.

— Nous pourrons changer une fois dans les airs, dis-je.

Il hausse les épaules.

— Ça ira. Dès que je pourrai allumer mon ordinateur portable, je vous montrerai une photo.

— Une photo ?

— De ma copine, dit-il.

Ce gamin me plaît. Les gens amoureux sont toujours de bonne compagnie, et celui-ci est follement épris. Peu importe que tout cela soit virtuel ; il y a quelque chose de délicieux dans ses espoirs, dans la certitude qui est la sienne : celle d'être en route pour rencontrer l'amour de sa vie.

— Qu'est-ce que vous allez faire, dans le Vermont ? me demande-t-il.

L'espace d'une seconde, je m'imagine lui dire : « Voulez-vous entendre une vraie histoire d'amour ? » Et pendant le plus bref des instants, l'idée m'effleure de tout lui raconter. De partager ma propre histoire avec lui. Je pense qu'elle le captivera, qu'il en tombera presque de son siège inconfortable, pendant les quatre heures de voyage qui nous attendent. Il pourrait même verser une larme à la fin. Mais je me ravise. Si certaines choses ont bougé, la plupart restent inchangées. Mon histoire d'amour, notre histoire d'amour, est de celles que la majorité des gens n'ont pas envie d'entendre. Même aujourd'hui, des années plus tard. Je n'ai pas honte, plus maintenant, mais son visage pourrait s'empourprer de nouveau. Il pourrait même aller chercher un autre siège, à côté d'une autre petite vieille. Alors, à la place, je tripote mon sac à main et réponds à sa question.

— Je vais voir ma sœur.

Le moteur gronde et le sol vibre sous mes pieds. Je sens mon cœur s'envoler jusqu'à ma gorge, et j'inspire de façon bruyante et incontrôlée. Je lui souris d'un air désolé.

— Cela fait très longtemps que je n'ai pas pris l'avion, dis-je.

— Eh bien, pour moi, c'est la toute première fois, m'avoue-t-il. Alors ça promet d'être une sacrée aventure.

À notre retour de New York, nous reprîmes le cours de nos vies, de nos mensonges. Mais ce voyage nous avait changées. Nous avions touché du doigt l'idée d'une vie sans Frankie ni Ted, une vie aux possibilités infinies, aussi terrifiante qu'exaltante. Et tandis qu'eux ne savaient rien, ou semblaient ne rien savoir, *nous*, nous savions. Nous avions senti nos corps s'alléger, flotter, transportés par la simple perspective de liberté. Mais alors que cette prise de conscience s'accompagnait d'un vague espoir, la réalité était tout autre : en notre absence, rien n'avait bougé. C'était l'hiver. Le froid mordant. Il y avait des foyers à gérer, des enfants à nourrir, des maris à rassurer et apaiser.

Ted recevait de moins en moins de missions l'envoyant sur la route. Eva me confia ses craintes de découvrir qu'il perdait des clients, que ses excès d'alcool nuisaient à son travail. Selon elle, l'odeur dont il était imprégné en rentrant le soir révélait qu'il ne s'était pas contenté d'un ou deux cocktails au déjeuner, mais qu'il avait passé sa journée à boire. Certains jours, il s'abstenait tout bonnement d'aller au travail, préférant rester à la maison avec elle.

— Il n'a pas peur d'être renvoyé ? demandai-je.

— On pourrait le croire, dit-elle. Mais il s'est mis quelque chose en tête et s'obstine à chercher des réponses. Je crois que c'est le temps. Ça le rend fou.

— De quoi parles-tu ?

Je redoutai sa réponse. Depuis notre retour de New York, j'avais l'impression d'attendre qu'une personne (Frankie, Ted, voire même Chessy) découvre le pot aux roses. Tout avait été trop simple, trop facile.

Eva haussa d'abord les épaules.

Nous étions chez elle, assises dans le salon en train de plier du linge. Rose était occupée au sol avec un jeu d'éveil. Quand nous piochions dans la pile de sous-vêtements, je faisais attention à ne choisir que ceux d'Eva et des enfants, lui laissant les tricots et shorts de Ted.

— Il se fait des idées farfelues, dit-elle finalement.

Elle tira un boxer à carreaux délavé de la pile. Elle le leva en l'air, et ce geste fit apparaître Ted. Il flottait entre nous, comme toujours.

— Il est tellement soupçonneux…

— À propos de nous ? demandai-je.

Mon cœur se mit à battre dans ma gorge, j'eus l'impression d'avoir avalé un oiseau.

— Non, répondit-elle en riant. À propos de *moi*. Du monde entier.

Les jours où Ted restait à la maison, cuvant son vin et rôdant autour de sa femme, je n'osais même pas appeler Eva. Le matin, Frankie donnait un coup de klaxon, au cas où notre voisin aurait besoin d'être conduit en ville, et Eva ouvrait leur porte et faisait signe à Frankie de partir. Ce signal valait aussi pour moi, puisqu'elle me savait à la fenêtre ; et par ce simple geste, je sentais le poids de l'hiver m'écraser. Je savais alors qu'il me fallait trouver un moyen de la voir, surtout si Ted continuait à nous voler des journées entières. Nous devions réfléchir à une solution, à une excuse qui n'éveillerait pas ses soupçons. À une stratégie pour nous racheter du temps ensemble.

Et puis deux jours plus tard, tandis que je faisais mes courses chez *DeMoulas*, un individu chargé d'une caisse en carton vint vers moi : la Providence semblait me l'envoyer, avec la réponse. L'homme avait un grand sourire niais collé au visage. Il avait compris au premier regard que j'étais une cible facile. Chessy et Mouse m'accompagnaient, et elles poussèrent de petits cris perçants en scrutant l'intérieur de la boîte avec curiosité.

— Plus que trois. Les autres sont partis comme des petits pains, dit l'homme.

Je détectai un accent dans sa voix. Irlandais, peut-être.

À l'intérieur se trouvait une couverture bleue miteuse sur laquelle s'agitaient trois petits chiots.

— Ils sont tellement *petits*, dis-je en mettant ma main dans la boîte presque machinalement.

— Je les ai trouvés près de la crique ce matin. On dirait bien que quelqu'un les a abandonnés. C'est incroyable qu'ils soient encore en vie avec ce froid. À mon avis, ils n'ont que quelques semaines.

— Ce sont des labradors ? demandai-je.

Je soulevai un des chiots vers mon visage et sentis sa douce odeur de bébé, puis enfouis mon nez dans son pelage chaud. J'avais grandi avec des labradors, des sœurs prénommées Florence et Nightingale, les seuls animaux autorisés dans notre maison. Dans la ferme où nous vivions, les bêtes étaient considérées comme des produits, notre gagne-pain, et non comme des compagnons. Toutefois, mon père avait un faible pour les chiens, de sorte que Flo et Night pouvaient dormir devant notre cheminée, pelotonnées l'une contre l'autre.

— Des golden retrievers, à mon avis. Peut-être croisés avec une autre race. Ils sont mignons. Et ils font de bons compagnons pour une famille, dit-il en hochant la tête en direction des filles. J'ai moi-même un golden retriever. Le meilleur chien que j'aie jamais eu.

— D'accord, d'accord, dis-je en levant les yeux au ciel. Je sais. Ils sont super avec les enfants.

— S'il te plaît, maman ? demanda Mouse.

Elle ôta ses mitaines et caressa du bout des doigts les petites pattes de l'un des chiots, qui n'étaient pas plus grosses que ses pouces.

— Tu sais bien que papa ne peut pas avoir de chien, dis-je.

Frankie était allergique à tous les animaux : chiens, chats, chevaux, lapins. Lorsque nous allions à la foire agricole, il restait dorénavant à la maison, depuis que de violents éternuements lui avaient fait frôler le lumbago. Un jour, Mouse ramena à la maison un chaton errant qu'elle cacha dans sa chambre ; les paupières de Frankie se mirent à gonfler, à tel point qu'il y voyait tout juste assez pour entrer dans la pièce et chasser le pauvre animal. Je trouvais ironique qu'une fille de fermier finisse avec un homme incapable d'approcher un cheval à moins de huit cents mètres sans tomber malade.

— Oh, se lamenta Chessy.

Elle me prit le chiot des bras. Je l'aidai à le tenir, et elle le colla à son visage, murmurant des mots doux contre son pelage.

Et soudain l'idée me frappa.

— Peut-être qu'on pourrait l'amener chez les Wilson, dis-je. Comme ça vous pourrez la voir tout le temps. Ce sera comme si elle appartenait à tout le monde.

— Oh oui, s'il te plaît, maman. S'il te plaît ? dit Mouse en tirant sur ma chemise et sur la queue du chiot.

Je me baissai alors à leur niveau et me mis à chuchoter, leur donnant le sentiment, sans aucun doute, de prendre part à une conspiration secrète.

— Écoute, dis-je, M. Wilson ne sera peut-être pas très content. Alors il faudra qu'on invente une petite histoire sur l'endroit où on l'a trouvée.

— Tu veux qu'on *mente*? demanda Chessy.

— Non, dis-je.

Francesca ne pouvait tolérer les mensonges d'aucune sorte. À ses yeux, les petits mensonges anodins avaient la même portée que les trahisons les plus profondes. Lorsqu'elle découvrit que le Père Noël n'existait pas, elle refusa de nous parler pendant presque une semaine. Et il fallut la menacer d'une fessée pour qu'elle accepte de cacher la vérité à sa petite sœur.

— Autrement, il faudra qu'on laisse le chiot ici, dis-je.

Elle eut l'air de peser mentalement le pour et le contre.

— D'accord, céda-t-elle finalement à contrecœur.

Chessy reçut pour mission de porter le chiot jusqu'à la maison. Je me chargeai des sacs de courses, et Mouse traînait derrière nous, sautillant et jouant à la marelle sur le trottoir. Enfin arrivée dans notre rue, je pris l'animal des bras de Chessy et envoyai les filles à l'intérieur.

— Quand est-ce qu'on pourra jouer avec elle? demanda Mouse en faisant la moue.

— Sois patiente, dis-je. Et souvenez-vous de ce que je vous ai dit. C'est *nous* qui avons trouvé la chienne près de la crique. Si nous l'avions laissée, elle serait morte. Il fait trop froid dehors pour un chiot.

— C'est presque la vérité, dit Chessy pour se rassurer.

— Absolument, dis-je. Et de cette façon, M. Wilson n'aura pas d'autre choix que de la garder.

Les filles disparurent dans la maison, et je plaçai le chiot endormi dans mon manteau, au chaud contre ma poitrine, avant de traverser la rue. Tandis que je sonnai à la porte, je sentais le souffle tiède de l'animal contre mon chemisier de coton.

— Salut, dit Eva.

Elle me sourit, de cette façon qui signifiait un million de choses sans qu'un seul mot n'ait besoin d'être prononcé. Il lui fallut un moment avant de découvrir que quelque chose pointait entre les boutons de mon pardessus.

— Oh mon Dieu ! s'exclama-t-elle.

Elle écarquilla les yeux en voyant le minuscule museau du chiot aux yeux endormis. Je défis ma veste puis Eva me prit l'animal et le berça comme un nouveau-né.

— C'est pour moi ?

Je fis « oui » de la tête.

— Comment s'appelle-t-elle, Billie ?

— Calder, répondis-je en souriant. Elle s'appelle Calder.

Ainsi commencèrent nos promenades nocturnes. Tous les soirs après dîner, Eva, Calder et moi nous retrouvions au milieu de la rue et marchions pendant une heure environ. Nous marchions le long de la crique qui courait derrière notre maison ; nous marchions dans la ville, le chiot trottinant à côté d'Eva. Nous marchions jusqu'au terrain de jeu de l'école, désert le soir. Et quand l'hiver se termina enfin et que vint le printemps, quand les soirées se firent plus douces, nous marchâmes plus longtemps, rentrant parfois juste à temps pour mettre les enfants au lit. Calder, épuisée par la promenade et assoiffée, buvait dans des flaques ou au robinet qui gouttait de notre jardin.

Dans ces intermèdes, nous pouvions faire comme si nous étions seules au monde. Comme si Frankie n'existait pas, comme si Ted n'attendait pas Eva à la maison, comme s'il ne lui demanderait pas de rendre des comptes. Bien sûr, nous n'étions pas seules, jamais vraiment seules, lorsque nous traversions la ville, passions devant les fenêtres éclairées comme des yeux dans la nuit, devant toutes ces silhouettes mobiles à l'intérieur. Mais à ces heures crépusculaires, nous avions le sentiment d'être les deux dernières femmes sur terre. Quand nous nous aventurions plus loin, pour traverser des pâturages, des parcs déserts et des bois, nous nous murmurions des secrets, le visage dans la chevelure de l'autre, et quand le crépuscule cédait la place à la nuit et que seuls les regards indiscrets des étoiles se posaient sur nous, nous osions parfois nous toucher. Et nous nous consolions en parlant de l'été, en parlant du lac.

Sans ces marches nocturnes, nos conversations nocturnes, sans le Vermont et la perspective de ces deux semaines ensemble au mois d'août, je n'aurais pas survécu à cet hiver et à ce printemps de 1962. C'était la promesse de l'eau, de la lune et d'Eva qui me faisait tenir. Chaque fois que me prenait le sentiment de ne plus pouvoir supporter un seul instant cette maison, cette *vie*, je n'avais qu'à me rappeler que bientôt, nous serions de nouveau libres.

Et puis un soir, au début du mois de juin, alors que l'été ne semblait plus si loin, Frankie rentra avec un cadre de lit. C'était un vieux cadre en fer, le genre de ceux que nous avions au lac. Il l'avait sanglé sur le toit de la Studebaker, et se mit à le détacher, rayonnant de joie comme s'il nous amenait un sapin de Noël et non une vieillerie de plus.

— À quoi il nous servira, Frankie ? dis-je. Nous avons assez de lits comme ça.

— C'est pour Theresa, m'avoua-t-il. Elle va passer l'été avec nous.

J'eus soudain l'impression qu'un gouffre béant s'ouvrait sous mes pieds.

— Je te demande pardon ? dis-je.

Theresa était la petite sœur de Frankie. Elle s'était fiancée le jour de la Saint-Valentin et devait se marier quelques semaines plus tard. Nous avions reçu le luxueux carton d'invitation un mois auparavant, avec son papier parfumé et sa jolie calligraphie.

— Que s'est-il passé ?

— Elle a reçu une lettre de Joe hier, il dit qu'il annule le mariage. Il s'est tiré avec une autre, une fille du Nevada ou de je ne sais quel trou perdu.

L'empathie aurait dû être ma réaction immédiate. Pauvre petite Theresa. Sa vie, à vingt-deux ans à peine, avait été une série de déceptions. Son premier petit ami s'était tué dans un accident de voiture. Et maintenant ça. Mais l'empathie ne fut pas mon sentiment.

— On l'installera au sous-sol pour le moment, et ensuite elle ira dans le Vermont avec toi en août, dit Frankie. Ça l'aidera à se changer les idées.

— Non, dis-je en secouant la tête. Il n'y aura pas de place.

— Bien sûr que si, dit-il. Si tu as pu faire de la place à Eva et ses gosses, tu peux bien en trouver pour ma sœur, non ?

— C'est bien le problème. Quand Eva et ses enfants seront là, il n'y aura pas assez de place.

Je sentais ma voix se briser, tout mon *corps* se briser.

— Eh bien dans ce cas, peut-être que cette année, les Wilson ne viendront pas.

Frankie haussa les épaules et hissa la tête de lit sur son dos.

Les larmes me montèrent aux yeux, et je ne pris pas la peine de les retenir.

— Frankie, Eva et moi attendons ces vacances avec impatience.

Je me rendis soudain compte qu'il se moquait bien de me décevoir, que mes projets ne l'intéressaient pas le moins du monde. Désemparée, j'espérai qu'il soit au moins touché par la déception des enfants.

— Chessy et Mouse en parlent depuis des mois. Tu ne peux pas les priver de leurs copines.

Frankie posa la tête de lit contre la façade de la maison et revint chercher le reste du meuble.

— Theresa est ma sœur, insista-t-il. Par conséquent elle est aussi la tienne. Elle viendra avec toi dans le Vermont, et tu pourras dire aux Wilson de venir une autre fois.

Avec Frankie, toute discussion était impossible. Il n'y avait aucun moyen de le faire changer d'avis. Cet homme de petite taille pouvait se muer en immense mur de briques dans ce genre de situation. Devenir impénétrable.

Ce soir-là, je ne lui adressai pas la parole. Je préparai le dîner, m'affairai furieusement dans la cuisine, posant lourdement pots et casseroles, piquant ma petite crise de colère personnelle, enrageant tout en remuant, poêlant, cuisant. Je refusai également de manger, et m'assis devant une assiette vide. Les filles comprirent que quelque chose n'allait pas.

— Tu n'as pas faim, maman ? demanda Mouse.

Je ne pouvais pas la regarder, sous peine de craquer.

— J'ai perdu l'appétit, dis-je.

Frankie géra ma colère comme il le faisait avec toutes les crises de l'existence : en buvant. Et à mesure que le niveau de vin baissait dans la bouteille, le ton de sa voix s'élevait.

— Les filles, qu'est-ce que vous diriez si votre tante T. venait avec vous en vacances cet été ?

— Vraiment ? demanda Francesca le visage illuminé par un sourire radieux.

Elle adorait Theresa. Elle l'admirait, la considérait davantage comme une grande sœur que comme une tante.

— Et Joe ? Et le mariage ? Je dois être demoiselle d'honneur.

J'attendis de voir comment Frankie allait répondre à cela.

— Joe est un connard, dit-il.

— *Frankie*, le grondai-je.

Ce fut le premier mot que je lui adressai de toute la soirée.

— Désolé, dit-il (mais je savais qu'il ne l'était pas). Joe est un coureur de jupons. Vous savez ce que ça veut dire, les filles ?

— Je suis sérieuse, Frankie. Tout ça ne les concerne pas.

Cependant, ayant réussi à me rendre invisible, Frankie ne pouvait plus me voir. Je baissai les yeux sur mes mains pour m'assurer que j'étais toujours là, que je ne m'étais pas réellement désintégrée.

— Il s'est tiré avec une autre fille. C'est un sale type. Une ordure. *Cazzaro !* ajouta Frankie, le visage écarlate, le vin débordant de son verre. Il s'est trouvé une *puttana*. Il a brisé le cœur de votre tante.

— Ça suffit, Frankie ! dis-je en frappant mon poing sur la table.

— Ne me parle pas sur ce ton ! cria-t-il en répétant mon geste. Quel manque de respect ! C'est moi l'homme dans cette maison.

Frankie se leva alors, en saisissant la table des deux mains comme pour s'empêcher de tomber.

Chessy et Mouse avaient l'air terrifiées, et je me mis à le détester.

Je détestai le moindre centimètre de sa personne. Je détestai son menton en galoche ; je détestai ses yeux de fouine. Je détestai son ivresse ; je détestai sa colère.

— Je le savais, papa. Je savais que ce n'était pas quelqu'un de bien, approuva Chessy.

Comme moi, elle essayait toujours d'apaiser Frankie. Elle lui donnait raison pour calmer sa colère. La voir faire exactement ce qu'elle m'avait sans doute vue faire un million de fois me transperça le cœur. Quel exemple lui avais-je donné ?

— Chessy…, commençai-je.

— C'est vrai. Je l'ai vu faire un clin d'œil à la serveuse du restaurant quand on est sortis pour l'anniversaire de tante T.

— Qu'est-ce que tu en sais, hein, miss sainte nitouche ? dit Frankie. Tu te crois toujours plus maligne que les autres, c'est ça ? Plus maligne que ton vieux père ?

Je sentis tous les poils de ma nuque se hérisser.

— Les filles, montez dans vos chambres, s'il vous plaît, dis-je en m'efforçant d'adopter une voix douce.

Elles quittèrent la pièce docilement, laissant leurs assiettes pleines. Absorbé par sa crise de nerfs, Frankie remarqua à peine leur départ. Son monde était aussi petit que son corps, chacune de ses actions était égoïste : pas une seule pensée pour un autre que lui.

— Frankie, dis-je.

Je tentai, une fois de plus, de l'apaiser. D'affaiblir sa colère. De l'adoucir. Ma principale tâche, semblait-il, était d'empêcher Frankie de déborder dans ses bouillonnements. J'étais chargée de contrôler la flamme sous sa personne. De le ramener à un petit bouillon. Puis à une eau à peine frémissante.

— Écoute. Ça ira si Theresa vient avec nous cet été. Je comprends. Elle fait partie de la famille. Mais le Vermont compte beaucoup pour moi et pour les filles.

Les Wilson ont déjà planifié leurs vacances pour passer une partie de l'été avec nous.

J'avais conscience, en argumentant, que la logique n'était sans doute pas la bonne tactique à adopter. La logique ne faisait plus effet sur Frankie après deux verres, et il en avait facilement sifflé quatre ou cinq à ce moment-là. Il se trouvait à cette frontière dangereuse : deux verres au-delà de la passivité, et deux verres avant de perdre connaissance.

— *Che cazzo mi frega ?* dit-il. Qu'est-ce que tu veux que ça me foute ?

J'eus alors la confirmation que son indifférence était *totale.* Il n'en avait rien à faire de moi. Depuis des années. Je ne comptais pas, tout simplement. Surtout quand mes propres désirs se mettaient en travers des siens.

— Je sors faire un tour, dis-je.

Je me levai alors de table, saisis mon pull et mon porte-monnaie. Frankie se servit un autre verre de vin et se rassit, triomphant.

Je franchis le seuil ; tout mon corps tremblait de colère. Je claquai la porte derrière moi, le regrettant instantanément en voyant les visages de mes filles à la fenêtre de leur chambre. Je leur souris et leur envoyai un baiser. Chessy ouvrit lentement le châssis.

— Tu vas où, maman ?

— Mettez-vous en pyjama. Je reviens dans un petit moment.

Je commençai par traverser la rue, ne désirant qu'une chose : m'éloigner le plus possible de Frankie. En marchant, je vis le perron des Wilson s'allumer. La porte d'entrée s'ouvrit, et Eva apparut sur le seuil, mettant un pull sur ses épaules.

— Salut, dit-elle en descendant les marches. Tu vas bien ? J'ai entendu Frankie hurler.

Il n'y avait vraiment aucune intimité possible dans ce quartier, songeai-je tandis que la tête de Mme Baker apparaissait derrière ses rideaux.

— Où vas-tu comme ça ? demanda Eva.

— Juste faire un tour, répondis-je.

— Je vais chercher Calder.

Je lui parlai alors de la venue de Theresa, du Vermont, et elle se contenta de hocher la tête et de serrer ma main.

— Ça ira, dit-elle. On trouvera une solution. On ne va pas laisser ça nous gâcher l'été. Gâcher tout.

Qui aurait cru que Theresa elle-même allait nous y aider ?

Theresa arriva à la fin du mois de juin, lorsque l'année scolaire se terminait pour les filles. Frankie alla la chercher à la gare et la conduisit à la maison, mais il ne sortit qu'une seule valise de son coffre.

— Où est le reste de tes affaires ? demandai-je tandis que Frankie portait l'unique bagage à l'intérieur.

Elle leva les yeux au ciel et attendit qu'il soit trop loin pour l'entendre.

— Frankie croit que je m'installe, mais c'est seulement provisoire. J'aurai mis les voiles d'ici la fin août. J'ai loué un appartement en ville avec ma copine Lucy. Ne le dis surtout pas à mon frère.

De toutes les sœurs de Frankie, Theresa était ma préférée. Et le fait que ce ne soit pas Thea ni Antoinette ni – Dieu merci – *Andrea* qui vienne s'installer dans notre sous-sol était, je devais bien l'admettre, un soulagement. Theresa était jeune et naïve. Crédule et drôle. Les filles l'adoraient car elle se comportait davantage en enfant qu'en femme adulte. De plus, je compris vite les avantages que sa présence offrirait. Avant tout, elle était toujours partante pour s'occuper des filles si je devais sortir faire une course.

— Vas-y, vas-y, disait-elle. Ce n'est pas comme si j'avais quelque part où aller. Prends ton temps.

Eva et moi passâmes tout l'été à inventer des excuses pour nous éclipser. Et une fois dans la voiture de Ted, nous étions, du moins pour quelques heures, libres. Bien sûr, nous n'abusions pas de la générosité de Theresa, car la laisser avec cinq enfants – laisser quiconque avec cinq enfants (en particulier si l'un d'eux était Johnny) – de façon répétée aurait été inconscient. Mais Theresa ne se plaignit jamais ; je crois que le rôle de tante rigolote lui plaisait bien : elle jouait à la marelle avec Mouse, grimpait aux arbres avec Johnny, habillait Rose de robes de princesse et organisait des jeux.

Eva et moi profitions de ces opportunités pour nous éloigner le plus possible de Hollyville, de nos vies, même si ce n'était que pour un après-midi. Nous allions au musée à Boston, nous allions cueillir des fraises, ou alors nous roulions simplement puis nous garions dans des parkings déserts, où nous nous embrassions jusqu'à ce que nos lèvres soient gonflées et brûlantes.

Un jour de juin, nous demandâmes à Theresa de garder les enfants, prétextant une virée en ville pour acheter quelques fournitures pour un des projets de scouts de la rentrée. En réalité, nous sortîmes de la ville pour entrer dans la campagne. Nous avions toute la journée pour nous. Une journée entière. Eva voulait aller nager, et je suggérai le lac Cochichewick. Nous emportâmes de quoi pique-niquer, puis quittâmes Theresa et les enfants.

C'était une journée splendide : ensoleillée, chaude et calme. Nous nous installâmes à l'ombre d'un saule, loin des autres baigneurs. Tout l'après-midi, nous alternâmes entre baignade et farniente, nous touchant seulement du bout des doigts.

— À quoi penses-tu ? demandai-je à Eva, dont le regard se perdait dans la voûte ajourée au-dessus de nous.

— Je pense que je t'aime, murmura Eva.

Elle effleura d'un doigt le haut découvert de ma cuisse, et je sentis tout mon corps frissonner de plaisir, une seule de ses caresses produisant en moi ce que Frankie n'avait jamais été capable de provoquer.

Notre escapade aurait dû se dérouler sans accrocs, mais sur le chemin du retour, un des pneus de la voiture creva. Eva était au volant, et elle fit une embardée qui nous envoya droit dans le fossé.

— Merde ! s'exclama-t-elle, les yeux écarquillés sous l'effet de la peur. J'ai touché quelque chose ?

— On a crevé, dis-je.

— Tu sais changer un pneu ? demanda-t-elle.

Je fis « non » de la tête. Mon père ne m'avait jamais appris cela, et Frankie n'aurait jamais imaginé me montrer comment faire. Il n'appréciait même pas que je me charge du plein d'essence.

Eva regarda autour d'elle d'un air affolé, comme si la solution à notre problème se trouvait dans le fossé.

— Allons voir si on peut emprunter un téléphone, dis-je en scrutant la route où se trouvait une ferme. Je vais appeler Frankie.

— Qu'est-ce que tu vas lui dire ? demanda-t-elle. Nous sommes censées être à Boston.

— Je lui dirai qu'on a changé d'avis. Qu'on est venues repérer un nouvel endroit pour camper dans la forêt.

Eva hocha la tête, mais elle avait toujours l'air nerveuse.

Une dame d'un certain âge nous ouvrit et nous utilisâmes le téléphone chacune à notre tour. Eva laissa un message à la secrétaire de Ted, et je pus joindre Frankie, qui quitta son travail plus tôt et fit la route jusqu'à North Andover pour venir nous chercher. Nous cachâmes le panier de pique-nique et les serviettes mouillées sous le siège arrière et priâmes pour que nos épaules bronzées ne nous trahissent pas.

— Vous avez dû toucher un clou, supposa Frankie.

Il fit rouler le pneu crevé dans le fossé et mit celui de rechange. (Je fus bien attentive à toute la manœuvre, au cas où ce type d'accident se reproduisait.) Puis nous le suivîmes vers la maison.

Frankie goba notre histoire de prétendu changement de destination, mais pas Ted. Frankie l'avait déposé au travail le matin, de sorte qu'il avait dû faire une partie du chemin de retour avec un collègue, puis avait terminé en auto-stop. Son visage était rouge quand nous nous garâmes dans l'allée des Wilson ; il saisit le bras d'Eva dès qu'elle sortit de voiture et la poussa vers la maison.

— Avec qui tu étais ? siffla-t-il.

— Elle était avec moi, Ted, dis-je.

Ted se retourna, et Eva courut dans la maison.

— Elle n'a rien fait de mal, poursuivis-je. Je te le jure. C'est moi qui ai décidé d'aller à North Andover à la place. C'est ma faute.

Ted fit un pas vers moi, et l'espace d'un instant, je crus qu'il allait me frapper. Il avait les poings serrés, et les muscles de son cou saillaient contre le col de sa chemise.

— Ça n'a rien à voir avec toi, lança-t-il.

Je me mis à hocher la tête de façon compulsive. Comme si le seul fait d'acquiescer à ses paroles pouvait lui donner raison.

— *N'est-ce pas ?* ajouta-t-il.

Il me regarda alors, étudia mon visage, à croire que tout ce que j'avais fait, tout que nous avions fait, était inscrit sur ma peau.

— Bien sûr que non, dis-je. Non, non, non.

Ted disparut dans la maison rejoindre Eva, me laissant, pétrifiée, sur le trottoir.

— Gare à vous, madame Valentine ! cria une voix au-dessus.

J'eus l'impression qu'elle venait du ciel. Ce n'était pas Dieu, mais Johnny, perché au sommet de son arbre.

— Mon papa est *furax* !

Je levai les yeux, mais le soleil aveuglant m'empêchait de le repérer au milieu du feuillage.

Cette nuit-là, Eva ne sortit pas avec Calder après le dîner. Je m'assis sur la balancelle de notre véranda pour fumer, et perçus les cris étouffés de Ted s'en prenant à Eva de l'autre côté de la rue. La moitié de mon paquet de cigarettes y était passé quand le vacarme cessa enfin. Plus tard, dans mon lit, je tentai d'imaginer ce qui se passait dans leur maison. Je ne dormis pas de la nuit, me demandant ce qu'il avait voulu dire.

Le lendemain matin, dès que les hommes eurent vidé les lieux, je courus chez Eva. Donna avait préparé le petit déjeuner, et les enfants, assis autour de la table, arboraient des visages sinistres.

— Où est votre maman ? demandai-je gentiment.

Ils avaient tous l'air sous le choc.

— Johnny ? insistai-je.

Le petit garçon fourrait des céréales dans sa bouche. Il ne leva pas les yeux vers moi.

— En haut, dit Donna. Elle ne se sent pas bien.

— Je vous avais bien dit qu'il était fou, lâcha Johnny.

Je me précipitai à l'étage et trouvai Eva dans sa chambre, encore au lit, une compresse fraîche sur les yeux. Je la soulevai pour examiner son visage. Son œil était gonflé, la peau marbrée de bleu et de vert : des coups récents. Je reculai comme si j'avais découvert un tas de viande avariée en lieu et place du visage tant aimé.

La colère monta en moi tandis qu'Eva grimaçait à mon contact. Je m'assis sur le lit et pris sa main, qui reposait tel un objet étrange et pâle à côté d'elle. Tel un *coquillage*, pensai-je soudain ; sa main était un coquillage vide échoué sur la plage. Je la caressai du bout des doigts, et elle répondit à mon contact.

— Comment a-t-il pu faire ça ? demandai-je.

Elle secoua la tête.

— Je ne sais pas.

— Les enfants étaient témoins ?

Elle sécha une larme au coin de son œil blessé puis hocha la tête.

— Je sais qu'ils regardaient depuis l'escalier. Je ne sais pas comment leur expliquer ça.

— Il ne peut pas, dis-je. Il n'a pas le droit.

— Bien sûr que si, pouffa-t-elle. Je suis sa *femme*.

Le mot « femme » eut le même goût amer que le marc de café, le détergent ou une écorce d'orange. Je me penchai vers elle et embrassai la peau bleutée à côté de son œil. Je ne pris même pas la peine de vérifier que nous étions seules, qu'aucun des enfants ne m'observait. Elle ferma les yeux et des larmes coulèrent sur ses joues. J'embrassai les traces salées jusqu'à ce que son visage soit sec. Calder était assise à mes pieds, le menton posé sur le lit.

— Calder aussi se fait du souci pour toi, dis-je.

— Ne t'inquiète pas. Tout va bien tant que tu es là.

Je savais que c'était un mensonge destiné à me rassurer. Un de ces mensonges que Chessy méprisait.

— Il ne croit pas… ? commençai-je dans un murmure.

J'étais incapable de finir ma phrase, craignant le pire. Comment lui rapporter ce qu'il m'avait dit, lui expliquer ce que j'avais ressenti lorsqu'il m'avait regardée ? J'avais le sentiment d'avoir révélé notre secret, sans prononcer un seul mot. Les soupçons de Ted ne posaient pas de problème, étaient gérables tant qu'ils étaient basés sur des hypothèses absurdes. Mais s'ils étaient fondés, ancrés dans la réalité de mon idylle avec Eva, alors je savais que nous n'étions plus en sécurité. De toute évidence, ce qui s'était passé la veille entre eux prouvait que nous étions en danger. Rejeter sa jalousie lorsqu'elle découlait de son imagination débordante était facile, mais s'il se faisait à présent la moindre petite idée de notre histoire réelle, nous étions finies.

— Non, bien sûr que non, dit-elle en riant. Ça ne lui viendrait pas à l'idée.

— Pourquoi donc ? demandai-je.

J'étais soudain sur la défensive, comme si cette affirmation était une insulte à mon égard : l'idée qu'il n'imaginerait jamais qu'Eva puisse tomber amoureuse de moi.

— Parce que, dit-elle d'une voix douce, il n'y a pas de place dans son cerveau pour de telles pensées. Il est trop simple, et c'est trop compliqué. Et trop beau, ajouta-t-elle. Ted n'est capable de voir que la laideur du monde.

— Qu'il ne refasse jamais ça, dis-je d'une voix ferme. S'il lève encore la main sur toi, je jure que je le tuerai.

Une fois parti au travail chaque matin, Ted n'était plus en mesure de contrôler Eva. À moins de démissionner et de rester chez lui pour surveiller le moindre de ses faits et gestes, il ne pouvait la forcer à rester cloîtrée dans la maison. Il renonça à faire la route avec Frankie et préféra prendre sa propre voiture. Il se mit à appeler Eva à toute heure de la journée. S'il lui demandait ce qu'elle faisait et qu'elle lui répondait qu'elle s'occupait du linge devant un feuilleton télévisé, il lui demandait de lui résumer l'intrigue de l'épisode. Si elle lui disait qu'elle reprisait un des pantalons de Johnny qui s'était déchiré en s'accrochant à la roue de son vélo, il exigeait d'entendre le son de la machine à coudre électrique. Quand il se mit à cuisiner les enfants sur les activités de leur mère, Eva fut paralysée, terrifiée à l'idée d'être découverte. Il exigeait la vérité de Donna, de Sally, de Johnny, et même de Rose. Il était désormais impensable de laisser les enfants avec Theresa, car Ted les aurait alors tous menacés, y compris Rose, de coups de ceinture, pour obtenir d'eux le compte-rendu le plus exact.

Alors nous marchions. Tandis que juin se fondait dans juillet, et que notre voyage dans le Vermont (sans Eva, sans Eva) approchait dangereusement, nous nous retrouvions le soir dans la rue et marchions. J'étais terrifiée à l'idée de la laisser seule avec lui, mais j'étais impuissante. Nous devions partir, et une fois de plus, je n'avais pas mon mot à dire dans cette affaire.

Bien qu'Eva n'ait passé que deux semaines avec nous dans le Vermont l'année précédente, le lac tout entier semblait hanté par sa personne. Son absence était tangible. Lancinante. Comme si elle était morte au lieu d'être simplement ailleurs. Son souffle subsistait dans chaque élément : le brouillard flottant au-dessus de l'eau le matin, la vapeur s'échappant de ma bouilloire l'après-midi, la fumée s'élevant des feux de camp que nous allumions le soir.

Je ne l'appelai que trois fois pendant ce mois d'août, mais lui écrivis quotidiennement. Je savais que le facteur lui portait son courrier à 13 heures précises tous les jours, de sorte qu'elle seule pouvait le réceptionner. C'était risqué ; j'en avais conscience. Si elle oubliait, si Ted restait à la maison pour un « problème de santé », si les enfants se rendaient à la boîte aux lettres avant elle. Mais trop de choses étaient emprisonnées en moi, les sentiments me submergeaient, et sans Eva à mes côtés, il m'était impossible de m'en libérer. Je n'étais pas sûre de pouvoir supporter un mois entier dans ces conditions. Je me sentais prise au piège. Captive d'une sorte de paradis bucolique. Toutes les choses que j'avais adorées dans cet endroit me semblaient désormais étouffantes. Même l'odeur de l'herbe m'écœurait. J'étais dévorée, incommodée par ma propre nostalgie.

Nager était ma seule libération. Dans l'eau, je pouvais imaginer qu'Eva était avec moi. Que c'était elle qui me maintenait à flot, m'étreignait, et non ce corps liquide immobile. Mais dès que j'émergeais du lac, je sentais son absence dans le frisson glacial de ma peau, dans les cailloux durs sous mes pieds nus, dans le trou béant qu'elle laissait dans ma poitrine.

J'étais seule sans être seule. Les filles étaient là, Theresa était là. Malgré leurs voix et leur présence, j'avais le sentiment d'être une créature solitaire errant dans un immense désert. Les filles, elles aussi, vivaient mal l'absence des enfants Wilson, et je savais que cela rendait Theresa – qui faisait tant d'efforts – très malheureuse. Comme si elle n'avait pas assez de raisons d'être malheureuse.

À Hollyville, la jeune femme s'était efforcée de faire bonne figure. Être abandonnée devant l'autel – ou si près – l'avait dévastée mais non détruite. Theresa, comme Frankie, était d'un optimisme surprenant. Sa résilience et son espoir me fascinaient. Elle avait beau être plus jeune que moi de presque dix ans, j'avais des choses à apprendre d'elle. Elle connaissait des mauvais jours, évidemment. Il lui arrivait, au début de l'été, de refuser de sortir de son lit, et une fois debout, d'être tout juste capable de se servir un bol de céréales pour ensuite s'affaler sur le canapé avec une pile de magazines pendant le reste de la journée. Mais au mois de juillet, elle se levait tôt, se maquillait, s'habillait, faisait des projets. Elle me parlait de l'appartement qu'elle devait partager avec Lucy, de son restaurant préféré situé à quelques rues de là. Toutefois, notre voyage dans le Vermont sembla la faire reculer d'un pas, comme si tout le travail accompli pour recoller les morceaux de son cœur n'avait servi à rien. Au lac, elle semblait de nouveau hantée par tout ce qu'elle avait perdu. D'une certaine façon, toute cette beauté et cette tranquillité lui rappelaient cruellement son échec.

« Joey disait qu'un jour on aurait une petite maison près d'un lac », se lamenta-t-elle. « Joey adorait pêcher. Je parie que Joey aurait pu nager jusqu'à cette île là-bas. »

— Les filles, et si nous allions montrer à Theresa les buissons de myrtilles ? proposai-je.

C'était une journée particulièrement sinistre. Nous avions toutes passé la matinée à broyer du noir. Eva me manquait. Les filles d'Eva manquaient à mes filles. Et Joe manquait à Theresa. Pour couronner le tout, il pleuvait depuis plusieurs jours, et nous avions déjà assemblé tous les puzzles de la maison. Les phares et les jardins anglais recouvraient toutes les surfaces planes. J'avais confectionné des cookies et des gâteaux, et nous nous étions empiffrées de tout cela. Nous avions lu tous les livres que nous avions apportés et la plupart de ceux qui remplissaient les étagères de Gussy et de Frank. L'idée d'aller cueillir des myrtilles sauvages sous la bruine n'était pas très séduisante, j'en avais conscience, mais je n'avais pas grand-chose d'autre à offrir.

— Allez, insistai-je devant les moues boudeuses qui accueillirent ma proposition. Je ferai une tarte si on en trouve suffisamment.

Ainsi, nous partîmes le long du chemin de terre qui entourait le lac. Les filles piétinèrent les flaques de boue avec leurs bottes en caoutchouc. Theresa et moi marchions derrière elles, la jeune femme traînant les pieds comme une enfant. Nous formions un triste cortège funèbre.

La vieille route forestière située près de la zone accessible aux bateaux était barrée d'une chaîne, ce qui, bien entendu, fit s'arrêter Francesca.

— Je crois que c'est une propriété privée, dit-elle.

— Tu vois un écriteau « interdit au public » ? demandai-je, agacée.

La bruine s'intensifiait, et je sentais mes cheveux friser obstinément en réaction. D'ordinaire, je combattais cette fatalité en enroulant mes mèches autour de canettes de jus d'orange que je fixais avec des pinces, je les domptais pour obtenir quelque chose de décent, mais depuis notre arrivée au camp, j'avais abandonné ma lutte contre les frisottis. Sans Eva, je n'avais personne à impressionner.

Chessy secoua la tête et baissa les yeux.

Je soulevai la chaîne pour que tout le monde se glisse en dessous, et nous traversâmes la végétation dense pour atteindre l'endroit où se massaient des buissons de myrtilles.

Eva et moi y étions venues l'été précédent.

La voilà de nouveau : la spectrale Eva, dans chaque goutte de pluie. Le faible crachin s'était transformé en grosses gouttes, et le ciel au-dessus de nous était chargé. Lorsqu'Eva et moi avions fait cette excursion, il pleuvait également. Nous avions laissé les enfants au camp, comme nous pouvions le faire pendant les siestes de Rose. Nous avions donné à Donna et Francesca des instructions sur la marche à suivre si la petite se réveillait. Nous leur avions promis un dollar à chacune pour leur aide, ainsi que des points qui leur permettraient d'obtenir leurs écussons de baby-sitters. Et à notre retour, des muffins aux myrtilles. Au milieu de ce champ, nous avions trouvé un carré d'herbe tendre et nous étions allongées. Nous nous étions déshabillées l'une l'autre sous le ciel menaçant, nous étions caressées timidement, puis avidement, même lorsque l'air s'était mis à tonner avec impatience, annonçant un violent orage. Ensuite nous étions restées enlacées, alors que la pluie battait, qu'elle tambourinait sur nos corps, nous frappait. Nous étions rentrées au camp cet après-midi-là, trempées et hilares. Un panier rempli de myrtilles acidulées au bras. Nous avions alors préparé des muffins, dont je me souviens comme du mets le plus délicieux qu'il m'ait été donné de goûter de toute ma vie.

Mais ce jour-là, Eva n'était présente que dans les petits nuages qui s'échappaient de nos lèvres quand nous respirions. Il faisait froid et humide, et lorsque nous arrivâmes enfin au champ, les filles levèrent les mains au ciel avec exaspération.

— Elles ne sont plus là ! s'écria Mouse.

Elle courut au milieu des buissons, qui semblaient avoir été mis à nu. Par des ours, très certainement. Pas une seule myrtille n'était encore accrochée aux tiges. Tout le carré avait été pillé.

— Oh, mince! dit Theresa, dépitée.

Francesca regardait toujours derrière nous, craignant probablement l'arrivée du propriétaire et de son fusil.

— Ce n'est pas grave, tempérai-je.

Mais ça l'était. C'était le travail d'une mère, songeais-je parfois, de rattraper les catastrophes.

— Nous ferons quand même une tarte, insistai-je. Je crois avoir aperçu une boîte de cerises dans le placard de Gussy. Tu aimes la tarte aux cerises, hein, Mouse?

La fillette me foudroya du regard. Elle avait tellement grandi en l'espace d'un an, elle ne méritait presque plus son surnom. À huit ans, elle était déjà presque aussi grande que sa sœur, qui allait sur ses dix ans. De longues jambes fines avaient remplacé ses petits membres potelés.

— Je le promets, dis-je (car c'est ce que font les mères). Ce sera délicieux.

— Mais ce n'est pas pareil, intervint Chessy, qui avait visiblement abandonné sa peur paranoïaque de se faire arrêter pour effraction.

— Non, dis-je. Mais ce sera quand même bon.

C'était pourtant vrai. Rien de tout cela n'était pareil. Nous allions au lac depuis que Mouse était bébé. Mais le fait d'avoir reçu Eva et ses filles un été semblait avoir tout gâché. Eva fut présente dans la fumée s'échappant de la cheminée en céramique en forme de merle que je plaçai sur la tarte. Dans le clair de lune qui se refléta sur l'eau cette nuit-là. Dans le crépitement du feu que nous dûmes allumer car la pluie ne s'arrêtait pas, et car l'automne nous faisait savoir, là, dans ce petit coin du nord-est du Vermont, que l'été touchait à sa fin. Jamais l'approche de l'automne ne m'avait autant soulagée.

Eva conserva toutes mes cartes. Elle me montra sa collection plus tard : chaque folle missive que j'avais griffonnée cet été-là. Voir ainsi étalé mon sentiment de manque était embarrassant : c'étaient les rêveries mal formulées d'une personne désespérée, en souffrance. Isolément, chaque carte n'était que la pièce d'un puzzle, anodine et insaisissable, mais une fois toutes rassemblées, elles composaient le portrait d'une femme éperdument amoureuse, se languissant de l'autre jusqu'aux pointes de ses cheveux – *mon* portrait. Je pensais que la douleur cesserait dès que je pourrais la voir de nouveau, être avec elle de nouveau, mais je me trompais.

Les réponses d'Eva furent tout aussi fragmentées. Je l'imaginai, m'écrivant la nuit lorsque Ted était endormi, puis les glisser dans la boîte après son départ le matin. Mais tandis que mes mots étaient irréfléchis, destinés uniquement à exprimer la profondeur du manque dont je souffrais, les siens étaient minutieusement choisis, assemblés avec soin. Son écriture était un murmure, un frémissement traversant la page, et derrière les mots, je détectai la peur. Je compris qu'elle était terrifiée à l'idée que Ted trouve les lettres, car ses phrases ne faisaient qu'effleurer la surface du papier. Elles sautillaient comme des cailloux lancés sur l'eau, n'atteignant jamais les profondeurs. C'était trop dangereux. Je m'inquiétai de ce qui n'était pas dit dans ces lettres.

Nous rentrâmes à Hollyville le vendredi précédant le week-end de la fête du travail, et quand Frankie gara la Studebaker dans l'allée, il me fallut toute la volonté du monde pour ne pas ouvrir impatiemment la portière et courir de l'autre côté de la rue pour la retrouver. Nous avions déposé Theresa en ville, lui avions fait nos adieux. Les filles étaient tristes de la voir partir, et moi-même me sentais chagrinée. Mais lorsque j'aperçus enfin la maison des Wilson, mon humeur monta en flèche, et je pus tout juste me contenir. Tout comme les filles.

— Allez, vas-y, dit Frankie quand je lui proposai de l'aider à sortir nos valises. Va dire bonjour.

Frankie, ce pauvre Frankie, si aveugle, pensait que mon amie m'avait manqué, tout simplement : que m'avaient manqué le bavardage frivole, la camaraderie. Sa confiance idiote me tuait parfois, me donnait l'impression d'être un monstre.

J'aurais dû comprendre que quelque chose n'allait pas en voyant les jardinières vides aux fenêtres. L'été,

Eva les remplissait habituellement de fleurs aux couleurs vives : pétunias, pensées, géraniums. En septembre, elle les remplaçait par des chrysanthèmes aux teintes automnales : rouges, orangées, dorées. Autrement, disait-elle, elle ne pourrait pas supporter les heures interminables qu'elle passait dans cette cuisine ; les fleurs à sa fenêtre apportaient la beauté dont elle avait besoin pour rendre tolérable sa vie domestique.

Les filles me suivirent nerveusement, secouées de petits rires, de l'autre côté de la rue. Mais en plus de mon impatience de la voir, une colère noire sourdait en moi. Si Ted avait ne serait-ce que touché à un de ses cheveux en mon absence, je ne répondrais plus de rien.

Nous gravîmes les marches de la véranda, et j'inspirai profondément plusieurs fois et lissai ma jupe avant de sonner à la porte. Donna nous ouvrit et se jeta dans les bras de Chessy. Les deux filles se serrèrent fort. Sally n'était pas loin derrière, et elle se contenta d'attraper la main de Mouse et de l'attirer à l'intérieur. J'aperçus Johnny dans le salon, qui regardait la télévision, et Rose dans sa chaise haute, un bol de céréales devant elle.

— Où est votre maman ? demandai-je avec un sourire forcé quand Donna et Chessy se décollèrent enfin l'une de l'autre.

Donna haussa les épaules.

— En haut, je crois. Elle est malade.

— Malade ? répétai-je.

Je pensai d'abord à Ted, à ce qu'il avait pu lui faire, mais au fond de moi, je me plus à croire que mon absence était à l'origine de son état, que le manque s'était révélé si intense qu'il l'avait atteinte physiquement, et que, telle une héroïne du XIXe siècle, elle avait dû rester alitée en attendant que je rentre pour lui redonner vie.

— Je peux monter ? demandai-je à Donna.

Donna acquiesça de la tête, puis Chessy et elle disparurent dans le couloir.

— Salut, Johnny ! dis-je en passant dans le salon.

Il hocha la tête et me fit un signe de la main, sans détourner le regard de l'écran.

La maison était sombre et sentait le renfermé. Le rayon de soleil qui perçait à travers la fenêtre au sommet de l'escalier illuminait une épaisse bande de poussière. La porte de la chambre parentale était fermée. Une boule se forma dans ma gorge. J'eus peur de ce que j'allais découvrir, mais il me tardait également d'entrer. Je frappai doucement à la porte.

— Billie ? devina-t-elle.

Sa voix nagea jusqu'à moi comme un petit poisson miroitant sous l'eau.

Je poussai lentement la porte, sentant mes lèvres s'étirer pour former un sourire ; la joie de pouvoir enfin la voir provoquait mille réactions involontaires dans mon corps. Je la trouvai pelotonnée dans un fauteuil rembourré près de la fenêtre, en combinaison. Des livres jonchaient le sol. Ses cheveux étaient lâchés, et avaient poussé depuis mon départ. Son teint était pâle, et son visage, sans maquillage, d'une beauté étrange : ses yeux paraissaient plus sombres, ses traits plus fragiles.

Je fermai la porte derrière moi et me dirigeai vers elle. Elle se leva et se laissa tomber dans mes bras, *comme une enfant.*

— Qu'est-ce qu'il t'a fait ? demandai-je.

J'embrassai furieusement le dessus de son crâne, inhalai son parfum. La respirai.

Elle secoua la tête. Non, non. Rien. Rien. *Dieu merci.* Mes épaules se décrispèrent peu à peu. Je la fis reculer. Tout son corps frissonnait sous mes doigts.

— Je suis malade, dit-elle.

— Je sais, Donna me l'a dit. Je t'apporte quelque chose ? Du thé ? Des toasts ? Et pourquoi tu n'es pas au lit ? la grondai-je.

Elle résista quand j'essayai de l'attirer vers le lit défait.

— Billie, dit-elle d'une voix ferme. Pendant ton absence, j'ai découvert quelque chose.

Je ne savais absolument pas de quoi elle parlait. Mais elle me regardait avec intensité, droit dans les yeux, fixement.

— D'après le médecin, je dois subir une ablation des seins. Il a trouvé un cancer.

J'eus l'impression de recevoir un coup de poing dans la poitrine. Le voilà donc, ce *mot*, le mot unique qui manquait à ses missives prudentes. La pierre coulant au fond du lac blanc.

— Non, dis-je en agitant la tête, comme si la méfiance et le déni pouvaient annuler cette nouvelle. Il faut que tu demandes un deuxième avis.

— C'est fait. J'ai consulté trois médecins, et tous affirment que c'est la seule solution. Se débarrasser du cancer avant qu'il ne s'étende.

Je m'assis sur le lit, mon corps devenu si lourd que mes jambes pouvaient à peine le soutenir. Je m'interdis de montrer ma panique, de lui avouer que la peur s'ouvrait en moi comme une fleur rouge, que les chrysanthèmes qui manquaient à sa fenêtre se déployaient dans ma poitrine, dans ma gorge.

— Ils se trompent peut-être, dis-je.

Elle s'assit à côté de moi. Elle ferma les yeux, et des larmes s'échappèrent de ses paupières closes. Elle fit glisser la bretelle de sa combinaison sur son épaule, révélant son sein droit. Elle me prit la main et la posa sur sa chair. Sa peau était brûlante sous ma paume, et je me demandai si c'était l'effet que produisait le cancer, celui d'une joue d'enfant fiévreux. Elle guida ma main sur son sein, cherchant, et puis elle s'arrêta et appuya ses doigts sur les miens.

C'était comme une bille. Et pendant un instant de pure folie, je visualisai la pierre : un œil de chat marbré, ambré, perdu sous sa peau. Égaré. J'eus l'impression que je n'avais qu'à la lui retirer, puis la remettre dans le sac à whisky en velours violet où Johnny rangeait sa collection.

Nos doigts restèrent là un moment.

— Ce n'est que d'un côté ? demandai-je doucement, essayant de faire appel à ma rationalité, à mon sens logique. Si un seul côté est atteint, pourquoi veulent-ils opérer les deux ?

— Ça risque de s'étendre, dit-elle. Mais s'ils enlèvent tout, ça ne pourra plus aller nulle part. C'est préventif, je suppose.

Elle abaissa la main, mais je laissai la mienne à sa place, en contact avec la peau brûlante. Ensuite, j'attirai Eva contre moi, l'embrassai, essayant de toutes mes forces de la consoler. D'atténuer la gravité de cet instant.

— Que dit Ted ? demandai-je, son nom répandant un goût amer dans ma bouche.

Elle secoua la tête.

— Il ne veut pas en parler. Il ne dit rien. Il boit encore plus, évidemment. Un soir, il a appelé le médecin, le premier que j'avais vu, et l'a traité de boucher. Il lui a dit qu'il ne le laisserait pas mutiler sa femme.

J'éclatai de rire. Ce n'était pas drôle, mais d'une ironie grotesque. Cet homme, ce monstre qui avait frappé son épouse, traitant de boucher un médecin, un guérisseur.

Elle laissa échapper un rire triste à son tour. Je posai alors le menton sur le dessus de son crâne.

— Je suis là, maintenant, dis-je. Ça va aller.

L'opération était programmée pour un lundi du mois de septembre. Les enfants étaient à l'école, et je proposai de garder Rose. Ted et Eva partirent ensemble en voiture, et je la vis me regarder dans le rétroviseur. C'était moi qui aurais dû l'accompagner. Qui aurais dû être avec elle, et non Ted et son mutisme, sa *brutalité*.

— Viens là, Rosie, dis-je en la prenant dans mes bras.

Elle pleurait. Elle savait seulement que ses parents étaient sortis, rien d'autre, mais elle pleurait comme si elle connaissait la véritable raison de leur départ. Tout son corps était secoué de sanglots.

— Qu'est-ce que tu dirais de faire quelque chose de vraiment, vraiment unique aujourd'hui ? dis-je.

Elle renifla bruyamment, essuya son nez avec sa manche.

— Tu aimerais qu'on achète des pommes pour ta maman ? demandai-je.

Elle acquiesça.

La ville la plus proche de Hollyville était Wilmington, dont la fierté locale était la pomme Baldwin. Il y avait même un monument sur Chestnut Street, une dalle de granit de deux mètres de haut sur laquelle trônait une sculpture parfaite de ce fameux fruit. Le verger était celui-là même où nous avions emmené les jeannettes, où nous avions dérobé ces pommes et avions été poursuivies par le gros fermier. Elles étaient acides, fermes, coriaces, et pouvaient passer l'hiver, même rude, sans se gâter, mais elles étaient plus difficiles à trouver à cette période de l'année, seuls quelques vergers la cultivaient encore. C'étaient des fruits d'hiver, de magnifiques pommes rouges qui murissaient plus tard dans l'année, leur meilleur parfum se révélant lorsque rien d'autre ne poussait, lorsque le reste des récoltes était en sommeil. J'avais vu les vergers en cette saison, le paysage nu et blanc, parsemé d'éclats écarlates.

C'était à cela que j'essayais de penser en poussant Rosie sur les trois kilomètres me séparant de l'étal de la ferme où j'aimais acheter mes œufs et mes légumes. Que la beauté peut exister, même dans un paysage désolé.

La vieille dame qui tenait le stand était fripée et grincheuse, mais elle vendait le meilleur maïs en été et les meilleures courges butternut en automne. Je parcourus les cageots de cucurbitacées et les sacs de pommes, pris une nectarine mûre sur une pile que je tendis à Rose dans sa poussette. Elle mordit en plein dedans, et du jus coula sur son menton.

— Il me faudrait des Baldwin aussi, dis-je à la femme.

Elle était perchée sur un tabouret de bois et comptait son argent.

— Pas de Baldwin, répondit-elle.

— Pas encore ?

— Il faut attendre. Octobre au plus tôt.

— Oh, fis-je.

J'aurais dû m'en douter. L'hiver précédent, Eva avait confectionné dix tartes pour la vente de gâteaux des scouts, mais c'était en décembre. Juste avant Noël. Il fallait que je trouve quelque chose à lui donner. Quelque chose qui serait un rayon de soleil dans ce ciel noir. Quelque chose de sucré.

— J'ai de belles macintosh, dit-elle. Des Paula Reds ?

De toute évidence, elle s'impatientait. Mais j'étais submergée par la déception. C'était un souhait tellement simple. Des *pommes*. Rien qu'un vulgaire sac de pommes. Je savais que c'était idiot, mais l'impossibilité d'accéder à une demande aussi dérisoire me sembla particulièrement insupportable.

Nous rentrâmes bredouilles à la maison, et je fondis en larmes. Je pleurai ouvertement mais sans bruit, tandis que Rosie ne se rendait compte de rien dans sa poussette. Elle finit sa nectarine à mi-chemin, et je jetai le trognon dans la nature, sur le bord de la route.

Eva passa une semaine entière à l'hôpital sans que je lui rende la moindre visite. Je ne pouvais me résoudre à la voir dans un lit médical. Sachant que mon chagrin et mon inquiétude m'auraient submergée, je ne voulais pas courir ce risque. Comment aurais-je pu lui expliquer à quel point l'idée même de la perdre me paralysait ? Comment justifier l'effondrement de mon cœur à la seule pensée de sa disparition ? Alors au lieu de me rendre à son chevet, je l'appelai tous les jours et lui envoyai des fleurs de notre jardin par l'intermédiaire de Ted. La sœur de ce dernier, Mary, revint s'occuper des enfants, et j'attendis qu'Eva rentre à la maison. Dans cette seule semaine, le froid s'installa, les feuilles tombèrent des arbres ; tout se délita. C'était comme si la terre même pleurait avec moi l'absence d'Eva.

Finalement, un matin, Ted se gara dans son allée et contourna en vitesse sa voiture pour ouvrir la portière du côté passager. Eva en émergea et regarda immédiatement par-dessus son épaule, s'attendant sans doute à me voir ; et j'étais là, à ma fenêtre. C'était un samedi. Tout le monde était à la maison. Ainsi, alors que la seule chose que je désirais était d'aller vers elle, de la prendre dans mes bras, de m'assurer qu'elle allait bien, j'en fus incapable.

Vers midi, Ted apparut de nouveau, armé d'un râteau, et se mit à déblayer la cour jonchée de feuilles mortes. Les enfants jouaient dehors, détruisant chaque pile qu'il essayait de constituer. Calder jouait avec eux, se roulant allégrement dans ce chatoyant bazar. Je pris le gâteau que j'avais préparé, le même que j'avais apporté à Eva le jour de son emménagement, et criai à Frankie, terré au sous-sol, que je m'absentais un moment.

Il restaurait une vieille coiffeuse en chêne qu'il avait trouvée à l'abandon devant une maison de Cambridge. Il avait l'intention de l'offrir à Francesca pour son dixième anniversaire. Les vapeurs dégagées par le diluant pour peinture sentaient fort et donnaient le tournis.

— Tu vas où ? hurla-t-il.

— Chez les Wilson, dis-je. Eva est rentrée de l'hôpital.

Frankie et moi avions peu parlé de l'opération d'Eva. Lorsqu'il m'avait interrogée à ce sujet, je lui avais simplement répondu qu'il s'agissait de problèmes féminins, et cela avait suffi à le faire taire. S'il avait senti mon malaise, il s'était bien gardé de le faire remarquer. C'était l'avantage des projets de Frankie : ils avaient tendance à l'occuper pleinement, à occulter tout le reste. Le stock de vin dans lequel il puisait pendant qu'il travaillait y contribuait également.

Les enfants aussi ignoraient tout de ce qui se passait. Les petits Wilson croyaient que leur mère était partie rendre visite à son père dans l'Oregon, et j'avais donc raconté la même histoire à mes filles. Hannah Flannigan me proposa son aide pour diriger les réunions de scouts. Je l'informai tout juste assez pour qu'elle comprenne que j'avais besoin de renfort pendant la convalescence d'Eva.

— Ma mère a subi une hystérectomie totale l'année dernière.

Elle m'avait dit cela en inclinant sa tête de fausse blonde, espérant sans doute que je confirme ou infirme ses soupçons selon lesquels Eva aurait subi une opération du même ordre. Hannah était une horrible commère.

C'était de sa bouche que j'avais appris que le principal de l'école avait une liaison avec sa secrétaire ; que le vieil homme habitant au bout de la rue était un ancien agent de la CIA ; et que Lisa Miller, une de nos jeannettes, n'avait pas le même père que ses frères et sœurs. Penny, la fille aînée de Hannah, était dans la même classe que Francesca, mais cette dernière prenait soin de l'éviter.

— Penny est une grosse menteuse, disait Chessy. Elle prétend avoir reçu un poney pour son anniversaire, et raconte qu'elle est parente avec Jackie Kennedy.

Je tolérais Hannah pour la seule raison que j'avais besoin d'un coup de main. Avec cinq louvettes et dix jeannettes et sans Eva, j'aurais accepté l'aide de n'importe qui. Il me tardait qu'Eva se rétablisse, pour renvoyer Hannah chez elle.

Je traversai la rue vers la maison des Wilson, et Ted interrompit son activité.

— Comment va-t-elle ? demandai-je.

Il faisait froid et son visage était rouge. Il portait un de ces chapeaux qu'ont les chasseurs, pourvus d'oreillettes. Il n'avait pas de gants, et je remarquai des gerçures sur ses grosses mains.

— Elle se rétablit, dit-il. Mais ne reste pas trop longtemps : le médecin dit qu'elle doit se reposer.

Depuis le jour du pneu crevé, Ted était incapable de me regarder dans les yeux. D'abord fuyant, il m'évitait à présent de façon flagrante. Il devait savoir que j'étais au courant de ses actes, qu'Eva s'était confiée à moi.

Cela me satisfaisait et me terrifiait à la fois. Il fallait qu'il sache que ce qu'il avait fait à sa femme n'était pas un précieux petit secret qu'elle gardait pour le préserver ; cependant, je craignais aussi qu'il considère ma connivence comme une menace et m'empêche de la voir, qu'il exerce son pouvoir pour nous séparer. Ted était une pente savonneuse, et je devais faire attention à ne pas m'y aventurer.

— Je lui ai apporté du gâteau, dis-je bêtement. Est-ce qu'elle a de l'appétit ?

Ted haussa les épaules et se remit à ratisser. J'en profitai pour disparaître dans la maison.

Eva n'était pas dans sa chambre comme je m'y étais attendue. Elle était assise à la table de la cuisine, en chemise de nuit, fumant une cigarette et lisant un magazine. Elle leva la tête quand j'entrai, et son visage se décomposa. J'allai vers elle, posai le gâteau, m'assis sur la chaise à côté d'elle puis saisis sa main libre. Elle ôta sa cigarette de sa bouche et s'appuya contre moi.

Le magazine de cinéma était ouvert sur une photo de Brigitte Bardot. Elle la pointa du doigt en riant.

— Liam disait que je lui rappelais Bardot, dit-elle. Je trouvais cela idiot. Peut-être avant qu'elle ne devienne blonde, mais pas maintenant.

Elle leva les yeux vers moi. Sur le cliché, l'actrice était presque nue, allongée en travers d'un grand lit vide, simplement vêtue d'un drap.

La chemise de nuit d'Eva était très fine, et je pus voir ses bandages à travers son corsage.

— Est-ce que c'est douloureux ? demandai-je.

— Oui, dit-elle en hochant la tête, des larmes ruisselant sur ses joues.

— Tu es toujours belle, dis-je.

J'avais beau faire mon possible pour lui remonter le moral, je me sentais inutile.

Elle secoua violemment la tête.

— Ce n'est même pas une question d'apparence. C'est une question d'identité. Je me regarde dans le miroir, et je ne reconnais pas ce corps. J'ai l'impression qu'on m'a volé quelque chose.

Ce fut mon tour de secouer la tête, mais mon démenti fut vain, car elle disait vrai. Elle avait raison ; ce n'était plus son corps. Elle était encore belle. C'était toujours Eva. Mais c'était comme s'ils avaient enlevé quelque chose d'autre, quelque chose d'essentiel, avec leurs scalpels.

— Mais ils ont démoli le cancer ? demandai-je, le mot comme une tumeur dans ma bouche.

Elle acquiesça de la tête.

— Ils ont tout démoli.

Malgré cela, cette nuit-là, je rêvai que je perdais Eva. J'imaginai toutes les façons dont elle pourrait m'être arrachée, être écartée de ma vie. À croire que je savais, dès ce premier frôlement avec la catastrophe, que ce que nous avions était précaire. Quand je me remémore cet automne-là, tout ce dont je me souviens est d'un sentiment de désastre imminent. Même l'impasse dans laquelle se trouvaient Khrouchtchev et Kennedy en ce mois d'octobre, la menace de destruction nucléaire, m'apparaissaient comme le rappel assourdissant et absurde que tout ce que j'avais, tout ce que j'*aimais*, était précieux et fragile. Que tout ce qui comptait pour moi pouvait, à l'instar des feuilles éclatantes derrière ma fenêtre, être balayé si le vent venait à changer de direction.

Une heure environ après le décollage, ma vision commence à se brouiller, les mots de mon livre deviennent flous. Puis l'avion pique du nez, me faisant sursauter comme dans un de ces rêves où l'on tombe à travers une fissure dans la glace ou d'un escalier raide. Je veux saisir l'accoudoir, oubliant qu'à cause de mon voisin, il n'est plus là, et ma main s'agrippe malencontreusement à la cuisse du jeune homme. J'écarquille les yeux, gênée.

— Qu'est-ce que c'était ? demande-t-il, lui-même trop effrayé pour évoquer ce contact accidentel.

— Je ne sais pas, dis-je en ôtant ma main de sa jambe.

Je regarde par le hublot comme si la réponse se trouvait dans les nuages.

La voix du pilote résonne alors dans le haut-parleur.

— Désolé, mes amis. Nous allons traverser quelques turbulences pendant un petit moment. Veuillez rester à vos places, vos ceintures bien attachées. J'éteindrai le panneau « ceintures attachées » dès que nous aurons dépassé cette zone difficile.

— Juste des bosses sur la route, dis-je, essayant de rassurer mon voisin.

Malgré tout, je sens les battements de mon cœur s'accélérer. J'essaie de me concentrer de nouveau sur le roman posé sur mes genoux. J'ai apporté deux livres pour le voyage, des ouvrages que j'ai empruntés à la bibliothèque, marqués d'un tampon m'indiquant que je dois les restituer dans deux semaines, comme si cela garantissait, d'une certaine façon, mon retour : comme si les chiffres à l'encre l'exigeaient.

Le premier est de Sam Mason, un écrivain de la région qui vient à la bibliothèque environ une fois par mois. Alors que je commençais tout juste mon bénévolat, nous avons bavardé, et j'ai appris que sa famille et lui possédaient également une maison au lac Gormlaith. Il connaît même Effie et son mari. La découverte de cette coïncidence, au milieu du rayon « Essais », nous a laissés sous le choc. À cinq mille kilomètres de la maison, voilà quelqu'un qui connaissait ce lac, qui adorait ce lac (mon lac !) autant que moi. À quatre-vingts ans, plus grand-chose ne m'étonne, mais cette découverte a été une authentique surprise. À cause de cet étrange et heureux hasard, nous n'avions d'autre choix que de devenir amis. J'ai dîné chez lui des dizaines de fois. Sa femme, Mena, est un véritable cordon bleu. Ils vivent à deux pas de chez moi, et chaque fois que je leur ai rendu visite, je suis repartie avec suffisamment de restes pour me nourrir une semaine entière. Je crois même avoir encore une portion de son gratin de pâtes au congélateur.

J'ai justement croisé Sam pendant ma dernière journée de travail, et lui ai promis de faire le tour du lac et de jeter un coup d'œil à sa maison. Je lui ai promis de prendre une photo avec mon téléphone – qui est censé posséder cette fonction – et de la lui envoyer, même s'il n'y a pas de réseau au lac, à ma connaissance. Il faudra que je demande à Effie.

J'ai déjà lu trois ou quatre romans de Sam. Il a perdu sa fille il y a quelques années, et les livres qu'il a écrits depuis sa mort sont les plus poignants et les plus beaux de tous. Il semble avoir fait passer tout son chagrin et tout son amour dans son écriture. C'est ce que font les artistes, je pense. J'aimerais parfois disposer d'un exutoire pour mes chagrins ; j'aurais pu ainsi transformer mes propres pertes en quelque chose de cet ordre. Eva aurait su relever ce défi ; elle était capable de faire de la tristesse, même la plus intense, quelque chose de beau.

J'essaie de me perdre dans les mots de Sam tandis que l'avion tout entier est agité par des secousses et pique du nez, mon cœur faisant des bonds dans ma poitrine à chaque cahot. Le visage de Hugh a la couleur du lait. Il me rappelle de moins en moins Ted, et de plus en plus Johnny. Je vois cet homme comme un grand enfant. De façon impulsive, je tends la main vers la sienne, intentionnellement cette fois-ci, et la serre. L'avion tremble de plus belle, et il serre ma main en retour.

Eva et moi aurions pu continuer ainsi éternellement : les heures volées, les longues marches. Nous aurions pu, j'imagine, trouver une certaine satisfaction, un certain bonheur, dans cette vie secrète. Nous l'aurions contenue, cachée, gardée à l'abri. Je suis persuadée que nous n'aurions pas été les seules à nous contenter d'une relation de ce type. Toutefois, peu avant Noël cette année-là, Ted perdit son travail pour de bon, et cela bouleversa la suite des événements. Bien sûr, ce n'est que rétrospectivement que l'on comprend ce genre de chose. Sur le moment, cela nous avait semblé un désagrément mineur, un petit caillou dans l'engrenage de notre machine tranquille. Mais aujourd'hui, des années plus tard, je considère cet événement comme le début de la descente aux enfers. C'était tout bonnement le début de la fin.

Eva nous expliqua que seuls les excès d'alcool de Ted étaient à l'origine de son renvoi, mais Frankie réussit à glaner les détails de l'affaire lors de leurs conversations dans l'allée. Tandis qu'ils déblayaient le chemin après la première chute de neige, Ted lui raconta qu'il était allé déjeuner avec un client potentiel, qu'il avait abusé du martini et piqué une colère. Il prétendit que l'homme l'avait attaqué en premier, mais je savais comment fonctionnaient ses crises. Un rien les provoquait, et il estimait être toujours dans son bon droit. Plus tard, alors qu'ils suspendaient des guirlandes lumineuses devant nos maisons, Ted prétendit avoir reçu une proposition d'une autre agence. Mais Noël passa, et sa voiture resta dans l'allée tous les matins. Les appels téléphoniques d'Eva devinrent sporadiques, se réduisirent à des chuchotements. J'ignorais à quoi Ted occupait ses journées, mais il ne quittait presque jamais la maison ; je l'imaginais montant la garde et me demandais s'il n'avait pas, d'une façon ou d'une autre, prémédité cette situation.

Sans nos promenades du soir, Eva et moi n'aurions sans doute jamais pu nous voir. Cet hiver fut le plus rude que je connus, et j'avais pourtant grandi dans le Vermont, où le vent vous transperce comme une lame glaciale, où la plupart des gens hibernent de décembre à avril, ne quittant leurs foyers qu'en cas de force majeure. Mais tous les soirs, Eva et moi continuâmes de nous retrouver sous la lueur silencieuse de l'unique réverbère de notre rue, alors même que Calder, malgré son épais pelage doré, était réticent à affronter le froid mordant. Eva raconta à Ted que le médecin lui avait prescrit cette activité physique pour accélérer sa convalescence et l'aider à se maintenir en forme. Que pouvait-il redire à cela ? Quant à Frankie, je lui disais simplement que j'avais besoin de prendre l'air.

Les soirs où Calder refusait de mettre une patte dehors, Eva et moi marchions quand même, parfois jusqu'au village pour prendre un café, ou, le week-end, voir un film. Eva avait beau être jeune et vigoureuse, sa convalescence fut lente. Elle ne se plaignait pas, mais je décelais sa douleur dans ses minuscules grimaces et ses frissons passagers. Alors nous avancions lentement, et je lui tenais le coude comme à une vieille dame pour qu'elle ne glisse pas sur le trottoir gelé. Je me surprenais parfois à nous imaginer vieillir ensemble, espérant que cela se passerait ainsi. Au terme de notre marche éprouvante dans la neige, lorsque nous arrivions en ville, pieds et visages gelés, la chaleur du cinéma nous offrait un répit bienvenu. Nous découvrîmes aussi que nous étions souvent seules dans la salle obscure, les autres habitants de la ville préférant se tenir à l'écart des tempêtes, qui semblaient survenir les unes après les autres et créer par accumulation un barrage de neige permanent. Cet hiver-là, nous nous réfugiâmes dans le noir et vîmes tous les films qui passèrent : *Lawrence d'Arabie*, *Du Silence et des ombres*, *La Conquête de l'Ouest*. Confortablement installées, nous nous tenions la main sous nos vestes étalées sur nos genoux. Je pris du poids à force de manger du pop-corn et des bonbons. Eva aussi se rempluma, reprenant peu à peu son apparence d'autrefois.

À cause du chômage de Ted, je savais qu'Eva surveillait ses dépenses, alors je proposais toujours de payer. La somme que Frankie me donnait chaque semaine pour les courses et autres frais domestiques me permit de tenir un certain temps dès lors où je décidai de n'acheter que des produits en promotion et me mis à découper les coupons de réduction. Je renonçai à certains luxes (le shampoing onéreux que j'aimais, les meilleurs morceaux de viande chez *DeMoulas*) en échange d'une petite folie : deux heures dans le noir avec Eva, même lorsqu'il s'agissait d'endurer *Les Oiseaux*, film qui nous terrifia. Parfois, nous visionnions le même film deux ou trois fois. Nous connaissions par cœur presque toutes les répliques de *Bye Bye Birdie*. Et dans la salle obscure, Eva se remit lentement, bien qu'il me fallût attendre le printemps pour voir ses cicatrices.

En mai, Ted obtint enfin un entretien d'embauche dans une autre compagnie d'assurance. Une fois les enfants partis à l'école, puis les hommes en ville, je dus me retenir de courir de l'autre côté de la rue. C'était la première fois que Ted quittait la maison depuis des mois. Avant cela, il avait envoyé son C.V. à des dizaines de compagnies, toujours sans résultat. Pendant les deux derniers mois, il avait passé ses journées à boire et à écouter de vieux disques, pour s'écrouler peu après le dîner. Eva parvenait ainsi à s'échapper pour nos rendez-vous cinématographiques.

J'entrai chez eux, accueillie par Calder qui sautillait d'excitation.

— Moi aussi, je suis contente de te voir, Calder ! m'écriai-je.

Elle se redressa et posa ses grosses pattes sur mes épaules. Ce n'était plus un chiot ; elle devait bien peser trente kilos à présent.

— Où est Eva ? demandai-je.

La chienne retomba sur ses quatre pattes, ses oreilles se dressèrent, et elle regarda autour d'elle, confuse, tournant la tête en tous sens comme si elle cherchait sa maîtresse.

— Ça va aller, je vais la trouver. Eva ? criai-je vers l'escalier.

Entendant la douche couler, je montai les marches deux à deux. Je jetai un coup d'œil dans la chambre de Rose et vis qu'elle dormait dans son berceau. Je me postai devant la porte de la salle de bains et frappai doucement.

— Teddy ? Tu es déjà revenu ? dit-elle.

— C'est moi, dis-je en poussant lentement la porte.

La pièce était embuée et sentait son odeur. Je la respirai, m'en emplis les poumons. J'ouvris la porte de la douche et eus le souffle coupé. Elle me donnait le dos. J'examinai les courbes familières de sa taille et de ses hanches. La longue étendue de ses jambes. Les deux petits creux de sa chute de reins. Elle était si belle. Je sentis tout mon corps trembler et mon cœur s'envoler jusqu'à ma gorge. Elle se tourna vers moi, couvrant sa poitrine avec ses bras.

Je secouai la tête.

— Tu n'as pas à te cacher.

Lentement, timidement, elle abaissa les bras, et je sentis mes yeux se remplir de larmes brûlantes. Je les chassai d'un clignement. C'était tellement déconcertant : cet effacement, cette élimination. Je ressentis la même chose que lorsque l'ouvrier de ferme de mon père, Link, avait perdu un bras dans une batteuse. Ma mère nous avait emmenées le voir à son retour de l'hôpital, et je n'arrivais pas à faire correspondre ce que je voyais et ce qui aurait dû se trouver là : ce membre spectral était comme davantage présent dans son absence même. Je savais qu'il fallait que je la touche, pour rendre cela réel : pour *la* rendre réelle.

Elle sortit de la douche et de l'eau dégoulina sur le linoléum. Elle se tint devant moi, et je touchai sa peau encore chaude, prudemment, tendrement, traçant les cicatrices qui couraient telles de violentes rivières rouges sur sa peau claire. Nous ne prononçâmes pas un mot. Ce n'était pas nécessaire. Je savais que j'étais la première, la seule personne à l'avoir touchée de cette façon depuis l'opération.

Il nous fallut attendre encore plusieurs mois pour nous trouver de nouveau seules dans ces conditions. Mais je rêvai de ces cicatrices presque toutes les nuits, de ces rivières rouges miroitant sur sa chair.

Ted n'obtint pas cet emploi, ni les trois suivants pour lesquels il passa des entretiens. Par conséquent, si l'hiver 1962 avait été rude et long, les journées de printemps et le début de l'été 1963 s'éternisèrent davantage, s'écoulant au compte-gouttes comme la sève d'un érable dans un seau de métal froid. Calder se remit à nous accompagner dans nos promenades, alors nous n'allâmes plus au cinéma. Il me tardait de voir arriver le mois d'août – une perspective qui me paraissait lointaine et inaccessible. Il nous narguait de ses possibilités, de sa promesse de liberté. Ensemble au lac, et seules.

Dans les soirées brumeuses du début d'été, nos deux familles s'asseyaient dehors pour regarder les enfants chasser les lucioles : Ted et Frankie buvant trop, et Eva et moi redoutant les conséquences de leurs excès. Ted était une grenade ambulante depuis qu'il avait perdu son emploi, et on ne savait jamais ce qui allait provoquer l'explosion. Ce qui mettrait le feu aux poudres. J'avais peur de Ted, et m'inquiétais pour Eva. Cependant, Ted et Frankie appréciaient leur compagnie mutuelle, aimaient organiser ces réunions du week-end, et j'étais prête à presque tout tolérer – même Ted – pour passer un peu de temps avec Eva.

Le 4 juillet, nous reçûmes les Wilson pour un barbecue. Nous avions projeté de nous rendre ensuite en ville pour assister aux feux d'artifice, dès le coucher du soleil. Cet été-là, Frankie avait trouvé une table de ping-pong dans une décharge et l'avait ramenée à la maison. Je lui avais interdit de l'entreposer au sous-sol, espace dont nous avions besoin pour nos réunions de jeannettes et pour les jeux des filles. Par conséquent, il l'avait mise à contrecœur dans le jardin, et la couvrait d'une vieille bâche les jours de pluie. Le tennis de table n'était pas mon sport favori, mais Eva était une joueuse hors pair, capable de rivaliser avec Frankie, dont les talents dans ce domaine étaient incontestables.

— Tout est une question de réflexes, déclara-t-il avec un grand sourire. Et j'ai d'excellents réflexes.

Et donc, Ted et moi les regardâmes jouer.

Les deux hommes avaient passé l'après-midi à boire, de même qu'Eva. J'avais remarqué qu'elle faisait cela parfois lorsque son mari s'enivrait. Peut-être que cela lui donnait du courage, lui permettait de supporter ses tirades sans trembler de peur. Je vis sa confiance et son audace s'intensifier à chaque gin-fizz, son besoin de le calmer s'amenuiser.

Avant de faire son service, elle prit une longue gorgée et reposa son verre.

— Prêt à perdre ? dit-elle à Frankie d'un ton joueur en lui adressant un clin d'œil.

Ted se raidit à côté de moi. Sa colère était palpable. Elle se répandait dans son corps, mais aussi dans l'air environnant. Elle bourdonnait comme les cigales de l'été, électrisait l'atmosphère.

— Plutôt à te faire mordre la poussière, plaisanta Frankie à son tour.

— C'est toi qui vas déguster, Frankie ! s'écria Eva en ondulant des hanches, sa jupe droite moulant les courbes qu'elle n'avait pas perdues.

Eva portait des rembourrages à la poitrine, des coussinets qu'elle insérait dans son soutien-gorge. Habillée, elle recouvrait sa silhouette d'autrefois. L'illusion était parfaite.

Quand elle se pencha en avant pour saisir sa raquette et leva une jambe en l'air derrière elle, Ted se leva.

— Il est temps de rentrer, dit-il en lui saisissant le bras.

Elle se tourna vers lui, sourcils froncés.

— Mais le soleil ne s'est même pas encore couché, Teddy. Et les feux d'artifice ?

— J'ai dit, il est temps de rentrer.

Les mots de Ted étaient ramollis dans sa bouche : du porridge, des morceaux détrempés.

— Eh bien, je suis en plein match, là, protesta Eva.

Elle chancela un peu sur les talons en s'écartant de lui. Elle ramassa sa raquette et lança la balle en l'air. Mais Frankie ne regardait pas la balle. Il regardait Ted.

Ce dernier tira le bras d'Eva, et la balle rebondit sur la table et atterrit sur l'herbe.

— Aïe, dit-elle.

Elle recula de nouveau, et je me levai, les genoux vacillant sous l'effet des cocktails que j'avais moi aussi ingérés. Je me sentais faible, vaseuse, la tête me tournait.

— Arrête, dis-je, d'une voix plus douce que je n'avais voulu.

Au lieu d'arrêter, il la saisit par les épaules et ne lâcha pas sa prise tandis qu'elle se débattait pour se libérer. Sa bretelle de soutien-gorge glissa dans la lutte, et son faux sein se déplaça. Lorsqu'elle put enfin reculer, elle avait l'air déformée. Anormale.

Je sentis tout mon corps brûler de honte. De colère. Mais alors que j'étais sur le point de me jeter sur lui, de marteler son énorme torse de coups de poing, Frankie se leva.

— Tu ferais mieux de rentrer chez toi, Ted, dit-il.

— Qu'est-ce qu'il dit, le facteur ? Tu crois que je vais laisser ma femme ici, avec toi ?

Frankie bomba le torse. Il essayait d'avoir l'air plus grand, plus costaud, plus fort. La honte m'embrasa de plus belle. Et le voilà soudain qui poussait Ted des deux mains.

— Au moins, j'ai un travail, *moi*.

— Frankie, s'il te plaît, dis-je en tendant la main vers lui.

— Reste en dehors de ça, Billie, me prévint-il.

Les enfants, qui jouaient « aux grands » de l'autre côté de la maison, arrivèrent alors en courant. Rose avait presque trois ans à présent, et menait le cortège.

Les enfants.

Mon instinct me dicta de les éloigner. Je les reconduisis en vitesse et les fis tous entrer dans la maison par la porte de service.

— Allons faire ce soda à la crème glacée que je vous ai promis, dis-je. Qui en veut un ?

Distraits avec succès, tous se mirent à crier : « Moi ! Moi ! J'en veux un ! »

— Pourquoi est-ce que papa pousse M. Wilson ? demanda tout de même Francesca dans la cuisine.

— Ils se chahutent, c'est tout ! répondis-je.

Chessy fronça les sourcils.

— Allez ! insistai-je en lui tendant une bouteille du soda confectionné par Frankie. J'ai besoin de ton aide.

Obéissante, elle hocha la tête et s'empara du pot de glace à la vanille dans la glacière et le posa sur la table.

De la fenêtre, je ne pouvais voir ce qui se passait dehors. Entendre les sons étouffés sans pouvoir comprendre était un supplice. Je percevais les vociférations de Ted et les tentatives de Frankie pour rivaliser avec la voix tonitruante de notre voisin, mais ce qui m'inquiétait le plus, c'était le silence d'Eva. J'avais beau tendre l'oreille, je ne l'entendais pas du tout.

Je venais de déposer des boules de glace dans six gobelets et de verser sur chacune du soda lorsque Ted fit irruption dans la cuisine.

— On rentre, dit-il.

Les enfants, sachant visiblement qu'il valait mieux éviter toute protestation, rassemblèrent leurs affaires en silence et laissèrent leurs glaces fondre dans leurs verres.

— Où est Eva ? parvins-je à dire d'une voix aiguë.

Soit Ted ne m'avait pas entendue, soit il avait décidé de m'ignorer. Il conduisit les enfants dans le hall vers la porte principale. Je regardais fixement l'arrière de son crâne.

— Ted, répétai-je, plus fort cette fois-ci. Où est Eva ?

Il se retourna.

— Elle ne se sent pas bien, grogna-t-il. Elle est rentrée se reposer.

Pendant ce temps, Frankie était entré par la porte de service. En sueur, il n'arrêtait pas de lisser ses cheveux en arrière d'un geste nerveux de la main. J'en déduisis qu'une chose terrible s'était produite dans le jardin. Une chose affreuse qu'il avait été incapable d'empêcher.

— Et si vous emportiez vos glaces en haut ? suggérai-je aux filles une fois Ted et ses enfants sortis.

— On n'est pas censées monter de la nourriture dans nos chambres, contesta Chessy.

— J'ai dit, *montez*.

Elles prirent l'escalier, et je regardai leurs pieds disparaître à travers la rampe. Assis à table, Frankie se tenait la tête.

— Que s'est-il passé ? demandai-je en m'installant à côté de lui. Qu'est-ce qui a causé cette crise ?

Frankie secoua la tête.

— Il est cinglé, dit-il. Un crétin d'ivrogne.

— Il t'a frappé ?

En disant cela, j'observai le visage triste de Frankie. Visiblement, la brute ne l'avait pas touché.

— Non, dit-il. Mais il est bougrement dur avec cette femme. Un homme ne devrait pas s'en prendre à une femme de cette façon.

Je me hérissai.

— Qu'est-ce qui l'a mis dans cet état ? demandai-je.

J'évitai d'imaginer ce qui pouvait arriver chez les Wilson après cette scène.

Frankie se mit à rire.

— Il a dû se mettre en tête qu'Eva flirtait avec moi.

Je faillis rire à mon tour, mais le son se coinça dans ma gorge et s'arrêta net, me coupant presque la respiration.

— C'est ridicule, dis-je.

— Je sais. Comme si elle était en état de flirter avec *qui que ce soit*.

J'écarquillai les yeux. De toute évidence, Frankie était au courant de l'opération. Ted lui avait sans doute livré des détails. Je fus soudain submergée de dégoût. J'étais tellement en colère contre lui, contre Ted, contre le monde, que je me crus sur le point d'exploser.

— Je vais là-bas, dis-je. Il va lui faire du mal. Il faut que je sorte Eva de cette maison de malheur.

— Tu ne vas nulle part, protesta Frankie en frappant du poing sur la table.

Je me rendis compte qu'il était aussi ivre que Ted. Peut-être pas aussi violent ni aussi fou, mais tout aussi imbibé.

— Tu te rends compte que tout cela est ta faute ? siffla-t-il.

Je retins mon souffle, attendant l'accusation. Qu'il me dise qu'il était au courant de mon histoire avec Eva, qu'il *savait*. Pour la première fois, je rêvais d'avouer à quelqu'un d'autre que moi-même que j'étais amoureuse d'Eva. Qu'en dépit de tout ce que le monde pensait, de ce que mon mari pensait, je ne désirais qu'une seule chose sur terre : Eva.

— Si tu l'avais fermée, si vous, les femmes, vous contentiez de nous obéir, rien de tout cela ne serait arrivé. Tout le monde serait heureux. Tout irait pour le mieux dans le meilleur des mondes. Dans le temps, les femmes respectaient leurs maris.

Il ne sait pas.

Il ne parlait pas de moi et d'Eva. Son ignorance était tenace. L'espace d'un instant, je fus véritablement déçue que la vérité n'ait pas enfin éclaté, que mon secret soit toujours bien gardé, toujours emprisonné en moi comme je l'étais dans cette maison et comme Eva l'était dans la sienne.

— Va te coucher, Frankie, dis-je en restant assise et en secouant la tête avec tristesse. Tu travailles demain matin.

Frankie lâcha un grognement puis siffla le fond de son verre de vin avant de monter l'escalier d'un pas lourd. Quand résonna le craquement du sommier accueillant son poids, je montai sans bruit à l'étage et dis aux filles d'enfiler leurs pyjamas, de se brosser les dents et de se mettre au lit.

— Et les feux d'artifice ? demanda Mouse.

— L'année prochaine, dis-je. Je te le promets. Et peut-être qu'on pourra en faire nous-mêmes quand on sera au lac.

Le Vermont.

Il ne restait qu'un mois à attendre, mais cela me semblait aussi lointain que le rêve d'une autre. Intouchable et secret.

Avant de redescendre l'escalier, je jetai un coup d'œil dans notre chambre pour m'assurer que Frankie s'était bel et bien écroulé, puis sortis de la maison. Je m'assis sur la balancelle de la véranda, mais sans la faire bouger d'un millimètre, craignant d'introduire la moindre perturbation dans cette paix étrange qui était descendue sur le quartier. Mais c'était une paix trompeuse ; je le savais. Car tout bas, tout bas, j'entendais des bruits d'explosion : le crépitement et le sifflement des feux d'artifice dans le terrain de football du lycée, suivis des « Oh ! » et des « Ah ! » de la foule, et derrière la porte close des Wilson, la grenade de Ted venant d'être dégoupillée. La détonation assourdissante et les sons faibles d'Eva, ses pleurs. Les voix de Donna, de Sally, de Rose, et même du petit Johnny, frappés de terreur devant ce spectacle.

Tandis que l'avion entame sa longue descente vers Pittsburgh, je me rends compte que Hugh et moi allons nous quitter dans quelques minutes. Je pense à sa démarche : partir retrouver sa petite amie virtuelle à Hoboken. J'imagine celle-ci, postée devant le tapis à bagages, pleine d'attentes et d'espoirs semblables à ceux du jeune homme, se préparant à leur toute première rencontre. Sera-t-elle déçue ? Le sera-t-il ? Son visage est empreint d'un optimisme enfantin qui me bouleverse. À quel moment cela disparaît-il ? Cette croyance selon laquelle le monde serait un bel endroit, et l'amour à disposition de tous ? À portée de main ?

Lorsque je fis la connaissance de Lou, j'avais déjà perdu cet optimisme ; après Eva, je croyais que l'amour (le véritable amour) était un sentiment dangereux, et ne voulais plus jamais en entendre parler. Mais Lou fut tenace. Obstinée et patiente. Finalement, elle parvint à me convaincre que l'amour pouvait être une chose calme et simple. Le nôtre fut un amour prévisible. Sans danger. Elle était mon amie avant tout, et le reste était secondaire. Nous ne fûmes jamais secrètes sur notre relation, mais les gens nous prenaient malgré tout pour de bonnes camarades, rien de plus. Nous ne connûmes jamais le feu de la passion, seulement des braises crépitant doucement pour garder notre foyer au chaud. Je sais que cette décision de voir Johnny l'aurait peinée. Elle y aurait vu la confirmation qu'après toutes ces années, après une vie entière, Eva me possédait encore. M'obsédait encore. Que je ne m'en étais jamais vraiment affranchie.

J'ai mal aux oreilles et l'estomac barbouillé tandis que l'avion descend vers la terre ferme. Je déteste ce moment. J'ai besoin de distraction.

— Un chewing-gum ? proposé-je à Hugh en lui tendant le paquet que j'ai acheté à l'aéroport.

Il décline d'un mouvement de tête.

— J'espère que j'aurai le temps de manger un morceau avant ma correspondance, dit-il nerveusement. Je meurs de faim. Ils n'étaient pas censés nous servir un en-cas ?

— C'est ça qu'ils appellent un en-cas, je crois, dis-je en désignant le sachet de cacahouètes posé sur ma tablette.

Une hôtesse se penche alors vers nous.

— Pouvez-vous relever vos tablettes, s'il vous plaît ? Nous allons bientôt atterrir.

— Les voulez-vous ? dis-je à Hugh en lui proposant le petit sachet en aluminium avant de relever ma tablette en plastique puis de tendre à l'hôtesse mon gobelet vide et ma serviette en papier.

— Merci, répond-il.

Il déchire alors le sachet avec les dents et le vide directement dans sa bouche, d'un trait.

— Comment s'appelle-t-elle ?

Les roues s'extraient bruyamment du ventre de l'avion et nous achevons notre descente. Le visage du jeune homme est pâle et fantomatique. Je fais de mon mieux pour le distraire. Pour *me* distraire.

— Qui ça ? demande-t-il sans me regarder.

Ses yeux sont rivés sur le couloir central. Sans doute veut-il vérifier qu'il n'est pas le seul à paniquer.

— Votre petite amie, dis-je en souriant et en lui prenant la main.

Il se tourne de nouveau vers moi, et ses joues reprennent de la couleur.

— Marcy, répond-il en me rendant mon sourire.

Marcy.

Ce prénom m'évoque un morceau de ciel à la place des yeux et une queue-de-cheval. Une jeune fille au visage frais, en blue jeans. Des joues roses. Je l'imagine un peu potelée. Enfantine.

— Marcy.

Je répète son nom, consciente des vertus apaisantes de l'incantation. Le pouvoir magique des noms ne m'est pas étranger. Parfois, la seule chose au monde susceptible de sauver votre journée est la récitation, la répétition.

— Marcy, répète-t-il à son tour en acquiesçant de la tête.

Sans honte, nous nous tenons la main tandis que l'avion touche le sol, continue de foncer en avant, et s'arrête enfin. Le ciel est d'un bleu statique.

— Bienvenue à Pittsburg, dit le pilote dans le haut-parleur.

— J'ai été ravi de faire votre connaissance, me dit Hugh en lâchant ma main, soudain embarrassé.

— Bonne chance.

— Vous aussi, dit-il.

Il se lève alors, avec toute la difficulté du monde, et peine à déloger son sac du compartiment suspendu. Son pull remonte, révélant l'arrondi flasque de son ventre. Je suis gênée pour lui, comme si je l'avais surpris dans le plus simple appareil. Il est si vulnérable. Je m'inquiète pour lui.

— Passez un bon séjour chez votre sœur, dit-il.

Il récupère enfin son bagage. Son siège est recouvert de miettes de cacahouètes.

Je hoche la tête et lui souris.

Il disparaît ensuite dans la foule de passagers, se précipite vers son avenir, tandis que je bascule, peu à peu, dans mon passé.

Après la débâcle du 4 juillet, j'étais persuadée que Ted interdirait à Eva de venir dans le Vermont comme il était prévu. Je pensais qu'elle viendrait me voir pour m'annoncer qu'elle ne se joindrait pas à nous cet été non plus. Je pleurais de nouveau son absence, en imaginant un autre séjour au lac hanté par ce que nous aurions dû vivre. Mais il avait forcément regretté son comportement. Il s'était forcément rendu compte, en voyant la trace de sa colère alcoolisée inscrite sur la peau de sa femme, qu'il n'était pas en droit de lui refuser le bonheur auquel elle aspirait.

Je ne la vis pas pendant trois jours. Pendant trois jours entiers, elle ne répondit pas au téléphone, et quand j'allai frapper à leur porte, un des enfants (en principe Donna) prétextait que sa mère ne se sentait pas bien et ne voulait voir personne. Au début, je crus que Ted lui-même avait fait la déduction logique dont j'avais à tort soupçonné Frankie. Que d'une certaine façon, sa fureur jalouse était passée de mon mari à moi. Je tremblais à l'idée que Ted se montre plus malin que Frankie, qu'il comprenne de quoi il retournait. Mais au troisième jour, lorsque notre voisin me fit un signe penaud alors que je m'occupais de mon parterre de fleurs, mes peurs se dissipèrent.

Il portait un costume et un chapeau.

— Entretien ! me cria-t-il.

— Pardon ? demandai-je.

— Un second entretien, répéta-t-il avec un enthousiasme pathétique. Chez *Prudential* ! On dirait bien que le boulot est pour moi !

— Oh, fis-je, ne sachant quoi dire d'autre.

Il me salua ensuite de la tête, et son expression était celle d'un homme rongé par les regrets et la honte. Je ne lui avais jamais vu cet air repentant auparavant, ni rien s'en approchant, mais ce matin-là, il faisait profil bas, et je sus qu'il fallait absolument que je la voie. Ce n'était pas Ted qui m'empêchait de voir Eva, mais Eva elle-même.

Donna m'ouvrit la porte.

— Bonjour, ma chérie, dis-je. Écoute, j'ai quelque chose de très important à dire à ta maman. C'est à propos de la vente de cookies de cette année.

Je savais que Donna ne verrait rien à redire sur ce sujet. La vente annuelle de cookies était d'une importance capitale. Ainsi, malgré les instructions de sa mère, elle me fit signe, à contrecœur, de monter à l'étage.

Eva était dans sa chambre, assise devant la fenêtre, un livre à la main. Lorsqu'elle se tourna vers moi, ce que je vis me stupéfia. Son visage semblait déformé, la moitié était abîmée, écrasée comme un fruit pourri, la peau bleutée et gonflée. Elle haussa les épaules d'un air dépité, semblant me demander comment cela avait bien pu arriver. Comme si je pouvais, *moi*, détenir l'explication de tout cela.

— Oh, mon Dieu, Eva ! dis-je en m'écroulant devant elle et en posant ma tête sur ses genoux. Qu'est-ce qu'il t'a fait ?

En réalité, je ne voulais pas vraiment savoir. Je ne voulais pas visualiser la scène qui lui avait valu de ressembler à ça. Car l'imaginer aurait fait de cette violence, de cet aspect cruel du monde, quelque chose de réel. Et je n'étais pas sûre de pouvoir vivre dans un monde où ce genre d'horreur était possible.

— Ted pense qu'il va décrocher ce job, dit-elle. C'est son deuxième entretien. Bien sûr, le salaire sera moins important, mais c'est toujours du travail.

— Il faut qu'on s'en aille, dis-je, lâchant les mots que je n'avais pas osé prononcer depuis New York. On prend les enfants et on s'en va. On recommence tout à zéro.

Je m'attendais, en levant les yeux vers elle, à la voir sourire tristement, secouer la tête, et continuer de déblatérer sur le nouvel emploi de Ted ; au lieu de quoi, elle acquiesça. Les yeux fermés, elle rêvait à notre fuite.

Ted décrocha ce travail et commença dès le lendemain. Mais au lieu de partir en covoiturage avec

Frankie, il prit sa Cadillac, s'assurant ainsi qu'Eva se retrouve piégée dans leur maison, littéralement enchaînée. Et tous les jours, pendant le reste du mois, il rentra chez eux à 17 h 30 précises, les bras chargés de bouquets. La pièce était remplie de fleurs mourantes. Eva refusait de les toucher, de les sentir, de les regarder, et quand elles se fanaient, de jeter leurs cadavres puants. La pièce exhalait une odeur de fermentation, de pourriture.

J'étais terriblement inquiète de la quitter pour le Vermont. L'idée même de passer deux semaines loin d'elle était insoutenable, mais elle avait promis de nous rejoindre avec ses enfants quinze jours plus tard, car Ted n'avait d'autre choix à présent que de la laisser partir. Après ce qu'il avait fait, il n'y avait presque rien, hormis sa liberté, qu'il puisse lui refuser.

Par ailleurs, Ted et Frankie semblaient avoir recollé les morceaux de leur amitié, mise à mal ce fameux soir. Ted avait dû se rendre à l'évidence, probablement dans les dernières lueurs brumeuses de sa gueule de bois du lendemain : imaginer qu'Eva pouvait flirter avec Frankie était ridicule. Tout d'abord, Frankie était d'une loyauté à toute épreuve. Il suffisait de le fréquenter depuis cinq minutes pour le deviner. Il était obstinément fidèle à sa famille, à ses amis. Et heureusement pour Ted, il pardonnait facilement (du moins à la gent masculine). La rancune lui était étrangère. « De l'eau a coulé sous les ponts », disait-il toujours. Tellement d'eau. Sous tellement de ponts.

Ces deux semaines au lac à attendre Eva passèrent au ralenti. J'eus l'impression que nous nagions dans une mer de mélasse, chaque jour s'étirait comme des mois. Les moustiques, les taches d'herbe, le lac. Tous ces éléments composaient ensemble une sorte de cliché ; des moments figés, immobiles.

Les filles étaient indépendantes à présent ; elles n'avaient presque plus besoin de moi. J'aurais pu passer mes journées entières en chemise de nuit si je l'avais voulu. J'aurais pu rester au lit. Chessy adorait cuisiner, et son plus grand plaisir était de se lever tôt pour préparer le petit déjeuner pour sa sœur et elle. Lorsque je descendais de ma chambre, mon café était prêt, et la cuisine embaumait la vanille et la cannelle. Pourtant, la voir s'affairer ainsi me plongeait dans la mélancolie, comme si la seule chose que j'avais su lui transmettre était la vie domestique, la meilleure façon d'évoluer entre les quatre murs d'une cuisine. Son bonheur me serrait le cœur, mais que pouvais-je y faire ? Que pouvais-je dire qui ne la détruirait pas ?

Mouse, en revanche, ne pensait qu'à sortir, aller au lac, dans les bois, courir au-devant du danger. À neuf ans, ce n'était encore qu'une enfant, une fillette sauvage qui ne savait pas se servir d'une spatule ni d'un minuteur. Elle ne connaissait que la sensation du soleil sur ses épaules et le choc de l'eau froide du lac au crépuscule. Je m'accrochais à l'innocence de Mouse, à son refus sublime d'entrer dans le monde des adultes. Je l'observais depuis la rive herbeuse en espérant qu'elle reste ainsi pour toujours. Qu'il ne soit pas trop tard pour la sauver.

Je dormais pour passer le temps. Tous les après-midi après le déjeuner, je m'allongeais sur la banquette de la véranda et sombrais dans l'espoir de chasser les heures. Comme une fillette attendant le père Noël, je comptais sur le sommeil pour accélérer la venue du matin. Et je lisais, me glissais dans d'autres univers où je m'attardais. Gussy m'avait apporté des tonnes de livres de la bibliothèque de Quimby et je les dévorais. Je n'en avais jamais assez ; j'étais si avide d'évasion. Malgré tout, le temps traînait la patte.

Les derniers jours avant l'arrivée d'Eva, je fus d'une humeur massacrante, toujours sur le fil du rasoir. Gussy arriva pendant cette période ; elle me trouva dans la cuisine en train de hurler sur les filles. Je détestais l'impatience dont je faisais preuve envers elles ; je détestais ma colère, mais j'avais le sentiment de ne plus pouvoir contrôler mes émotions. J'eus l'impression que Frankie avait déteint sur moi ; je m'en prenais aux enfants pour de menus détails. Ce matin-là, c'était à cause d'un sirop renversé qui avait coulé sur la table et sur la banquette du coin repas où j'étais assise. Au camp, nous devions laver tous nos vêtements à la main, puis les étendre sur la corde à linge tendue entre les branches des arbres dans la cour. Je portais alors mon dernier short propre, et il pleuvait, ce qui rendait la lessive et le séchage impossibles.

Gussy se gara sur l'herbe au moment où je chassais les filles de la cuisine malgré la bruine, maudissant mon short collant et me frottant l'arrière-train, victime de ces dégâts gluants. Les filles se précipitèrent vers elle, s'accrochèrent à elle, et je compris ce que Frankie devait ressentir lorsqu'elles couraient se réfugier dans mes bras pour échapper à son courroux. Me retrouver de ce côté de la barrière était affreux.

Il y avait une chose que j'admirais chez Eva : sa capacité, malgré le tumulte généré par quatre enfants, à ne jamais perdre patience. Je l'avais vue balayer des bris d'assiettes, nettoyer tache après tache, s'asseoir placidement et parvenir à mener une conversation entre adultes alors même que Rose grimpait sur ses genoux, tirait sur ses manches, et que Johnny semait le chaos dans l'autre pièce. C'était une bonne mère, une mère *naturelle*. Lorsque je me sentais bouillonner, sur le point d'exploser pour une raison quelconque, j'essayais de penser à ce qu'Eva aurait fait. Mais je n'arrivais jamais, jamais, à puiser en moi les réserves de calme qu'elle détenait. La patience : c'était là sa plus grande qualité avec les enfants, mais la pire avec Ted.

Voyant Gussy lutter pour extraire quelque chose du coffre de sa voiture, j'abandonnai mon problème de sirop, ouvris la porte vitrée et me précipitai dehors pour l'aider.

— Allez *jouer* ! criai-je à Chessy et Mouse, qui étaient à présent dans les pattes de Gussy au lieu des miennes.

Je regardai ma sœur puis levai les yeux au ciel et agitai les bras en signe de capitulation ; encore une bataille de perdue dans cette guerre incessante qu'était la vie de maman. Gussy aussi avait deux filles, Nancy et Debbie, mais elles étaient plus âgées que les miennes. Je regrettais parfois que nous n'ayons pas fondé nos familles en même temps. Elle était toujours la première à vivre les choses, me rappelant sans cesse qu'elle était mon aînée, et la plus sage des deux. Mais je n'avais pas besoin d'un mentor ; je voulais une amie avec qui partager mes expériences. C'est sans doute un des aspects qui m'attira le plus chez Eva. Je n'avais jamais le sentiment qu'elle me jugeait, qu'elle me regardait avec condescendance. Elle ne secouait jamais la tête d'un air entendu, ne cherchait jamais à me rassurer en me disant que cela passerait quand les enfants grandiraient.

— Tu prends ça ? dit Gussy en me tendant une boîte d'où dépassaient des rideaux de chez elle (ceux en vichy rouge qui m'évoquaient les pique-niques.) J'ai pensé qu'on pourrait remplacer les vieux rideaux de la cuisine.

Je pris le carton, qui s'avéra plus lourd qu'il n'y paraissait.

— Oh, j'ai aussi apporté quelques-uns des livres de cuisine de maman. Tu dois en avoir ras le bol de cuisiner les mêmes choses tous les soirs.

Il n'y avait pas de livres de cuisine au camp ; seulement quelques recettes de Gussy – salade de macaronis, tourte à la viande – écrites à la main sur des fiches et punaisées à l'intérieur des placards. Je me servais de l'absence de manuels comme excuse pour ne pas cuisiner, faisant des sandwichs presque tous les soirs, quand ce n'étaient pas des hamburgers, des hot-dogs ou des croque-monsieur. Lorsque Eva était là, elle prenait en charge les repas, et je lui étais reconnaissante de la vraie nourriture qu'elle semblait préparer à partir de rien.

— Entre, dis-je. Désolée pour le désordre. Une des filles a renversé du sirop sur la table.

C'était toujours un peu étrange de séjourner au camp. La maison appartenait à Gussy et Frank, mais ils se comportaient en invités quand ils nous rendaient visite. J'aurais dû apprécier leurs efforts mais ne pouvais m'empêcher d'en être un peu irritée. L'idée de frapper à sa propre porte me semblait ridicule, mais ma sœur s'obstinait à le faire. Ce lieu était mon refuge, mais ils en étaient les *propriétaires.* Et d'une certaine façon, au lieu de me réjouir du respect de mon intimité, ce comportement me semblait souligner davantage le fait que la maison n'était pas la mienne, que je ne faisais que l'emprunter. Même après toutes ces années, je ressentais toujours une pointe d'agacement chaque fois que Gussy me demandait la permission d'utiliser sa propre salle de bains.

— Je vais m'en occuper, dit-elle. Il suffit d'y mettre un peu de vinaigre. Il est ici.

Elle ouvrit le placard et saisit une bouteille de vinaigre blanc. Une fois de plus, je redevenais la petite fille inexpérimentée à la merci de sa grande sœur, tellement plus habile.

Je m'assis dans le coin repas, exaspérée, et perdis tout sentiment d'égalité. Nous n'évoluions jamais sur le même terrain de jeu. Elle était toujours celle qui savait, celle qui possédait, la plus forte dans la plupart des domaines.

— Quand les Wilson arrivent-ils ? demanda-t-elle en finissant sa tâche avant de s'asseoir en face de moi.

— Samedi. Frankie les conduira.

La dernière fois qu'Eva était là, Gussy nous avait accordé plus de place que d'habitude, ne venant qu'une seule fois nous rendre visite, et sur mon invitation. Eva et elle s'étaient si bien entendues que j'avais cru revivre ma jalousie d'antan. Mes amies avaient toujours regardé ma sœur avec admiration, adoré qu'elle leur accorde de l'importance.

— Elle a été malade, dis-je.

Je ne voulais pas m'adonner aux commérages, mais savais que Gussy le soupçonnerait. C'était la personne la plus observatrice du monde – le trait qu'on appréciait le plus chez elle. Elle prêtait attention aux gens. Même les petits détails ne lui échappaient pas. Elle vous écoutait.

— Que lui est-il arrivé ? demanda-t-elle.

— Un cancer du sein, dis-je. Il a fallu lui enlever les deux.

— Oh, mon Dieu. C'est terrible. Est-ce qu'elle va bien maintenant ?

Dans mon esprit surgit alors l'image d'Eva, assise à sa fenêtre, le visage ravagé, la joue enflée après la crise de rage de Ted. Je hochai la tête, mais Gussy me lança un regard méfiant. Lorsque quelque chose n'allait pas, elle le détectait toujours ; il était impossible de lui cacher quoi que ce soit.

— Son mari boit, expliquai-je.

— Ton mari aussi, dit-elle en riant. C'est ce que les maris font, ajouta-t-elle comme pour s'excuser. Même Frank boit.

C'était vrai. Son Frank s'autorisait un verre tous les soirs après dîner. Un seul cocktail. Cependant, je ne l'avais jamais vu le regard vitreux, ne l'avais jamais entendu hausser le ton d'une voix rauque. Je n'avais jamais vu ses genoux vaciller. Ni ses mains trembler.

Je poussai un soupir.

— Ça lui fera du bien de s'éloigner un peu de lui. Je ne crois pas qu'elle ait eu le temps de vraiment récupérer.

Gussy acquiesça et me prit la main.

— Je suis tellement contente que tu aies trouvé une si bonne amie. Elle est adorable. Et elle a de la chance de t'avoir tout près d'elle.

Tout près.

Je me sentais pourtant si loin d'Eva depuis le début de l'été… Elle avait d'abord été séquestrée chez elle, puis m'avait évitée, rongée par la honte de ce que son mari lui avait infligé.

Gussy et moi accrochâmes les rideaux dans l'après-midi, et une lueur d'optimisme se profila quand le soleil perça enfin le ciel opaque. La pluie s'arrêta.

— On devrait mettre ces vêtements à sécher tant qu'il y a du soleil, dit-elle en remarquant la bassine pleine de linge mouillé sur le sol de la salle de bains.

Tandis que nous suspendions les vêtements à la corde à linge, les feuilles projetant des ombres sur nos visages et nos mains, l'air fleurant bon le propre, je sentis même se dissiper ma colère contre les enfants. Et l'espace d'un instant, alors que nous nous tenions de part et d'autre d'un drap, que Gussy n'était qu'une silhouette derrière le tissu tendu, j'eus envie de tout lui dire. De me libérer, de disperser les nuages occultant mon secret et de partager avec elle ce soleil éclatant et dangereux. Mais je ne pus me résoudre à le faire. J'avais confiance en ma sœur. Je l'aimais. Mais je redoutais ses conseils. Je ne voulais pas l'entendre me dire que l'objet de mon désir, de mon amour, ne m'appartenait pas. Et ne pourrait jamais être à moi.

Les trois jours précédant l'arrivée d'Eva passèrent finalement assez vite. Nous prîmes une journée pour rendre visite à mes parents. Même si ce n'était pas la façon dont j'aurais normalement choisi de passer mon temps, cela m'occupa. Et les filles adoraient la ferme : les animaux et les grands espaces ouverts où elles pouvaient courir. L'amertume de ma mère à mon égard, qui autrefois me piquait au vif, n'était plus qu'une douleur sourde à présent. Nous nous supportions mutuellement pour le bien des enfants. Nous prîmes le thé ensemble, et elle me montra les articles qu'elle avait l'intention de commander dans le catalogue *Montgomery Ward*. Quant à mon père, il travaillait.

De retour au lac, je préparai les lieux pour Eva et les enfants ; je balayai les sols, changeai les draps. Les filles et moi fîmes des promenades dans la nature, ramassâmes des brindilles, des feuilles et des fleurs, que nous attachâmes ensemble pour les suspendre au plafond au-dessus de mon lit. À la fin de la dernière journée, je m'étendis sur le dos et contemplai ce mobile qui tournoyait paresseusement dans la brise entrant par la fenêtre ouverte.

Le nouvel emploi de Ted ne lui permettait pas un seul moment d'absence ; il travaillait certains week-ends également, ce qui était le cas cette semaine-là. Ainsi, il n'avait d'autre choix que de laisser Frankie conduire Eva et les enfants dans le Vermont. Frankie resterait avec nous la première nuit, puis repartirait en ville, nous laissant seuls. Tout mon corps bourdonnait d'impatience et de joie, mais cette excitation, cette palpitation, était aussi une atroce souffrance.

Toute la matinée, je fis les cent pas pendant que les filles s'adonnaient à leurs préparatifs. Mouse cueillit un bouquet de fleurs sauvages (essentiellement des chardons des champs et des eupatoires pourpres) que nous mîmes dans un pot de confiture sur la table de la cuisine. Chessy confectionna pour son père une pancarte sur laquelle elle avait inscrit les mots : « Bienvenue au camp ! » que nous punaisâmes à l'une des poutres apparentes du salon.

De mon côté, j'essayai de chasser Frankie de mon esprit. Ces derniers temps, il n'avait représenté à mes yeux qu'un obstacle sur le chemin me menant à Eva. Guère plus. Quand je prenais le temps d'y réfléchir, j'étais submergée par la culpabilité. Mais j'étais aussi capable de rationaliser mon comportement, en me focalisant sur ses excès d'alcool, sa colère, et sur la façon dont il me traitait depuis quatorze ans. Je n'étais pas une vulgaire commode abîmée que Frankie pouvait réparer. Je n'étais pas un chiffonnier abandonné qu'il pouvait sauver de la décharge puis ranger dans un coin pour faire joli. J'étais une femme, avec un cerveau, des rêves et des désirs réels, des attentes qui le dépassaient. Qui dépassaient cette vie. Il n'avait jamais reconnu cela, pas une fois. Il n'avait jamais, depuis que nous

nous connaissions, envisagé ma personne au-delà des apparences. Plus j'y pensais, plus j'étais en colère, et plus s'intensifiaient ma frustration et mon intention de m'adonner à toutes les passions qui ne l'incluaient pas. Avec bonne conscience. Avec Eva.

Bien entendu, ces révélations libératrices étaient toujours suivies du glacial coup de massue de la réalité. J'étais une femme de trente-trois ans, avec deux enfants, sans diplôme ni véritables compétences, hormis mes talents pathétiques pour taper quarante mots à la minute ou mes mouvements de brasse. La maison était au nom de Frankie ; la voiture était au nom de Frankie. Même notre compte en banque n'était pas le mien. J'eus froid dans le dos en imaginant Frankie me couper ma pension hebdomadaire, se mettre à prendre toutes les décisions concernant mes dépenses. Eva, quant à elle, n'était pas mieux lotie, et avait encore plus d'enfants. Notre rêve d'évasion n'était rien d'autre que cela : un mobile fantastique et fragile. Nous étions enchaînées à ce monde, à nos vies, à nos maris. La fuite était une illusion.

— Ils sont là ! Ils sont là ! s'écria Mouse en s'extirpant du coin repas où elle mettait la dernière main à sa composition florale.

Elle portait un jean bleu dont elle avait roulé le bas des jambes et des chaussettes dépareillées. J'avais compris depuis longtemps que toute bataille avec Mouse sur sa façon de se vêtir était perdue d'avance.

Chessy, au contraire, avait enfilé une salopette propre et avait même lustré ses Buster Brown avec une vieille chaussette trempée dans du cirage qu'elle avait trouvé dans un des tiroirs de Gussy ce matin-là. Elle arriva du salon en sautillant, lâcha sur la table le livre qu'elle lisait et se dirigea vers la porte. Je plaquai mes mains sur le Formica pour tenter de me calmer.

Frankie avait tout du gentleman – pourvu qu'il fût sobre –, en particulier avec les autres femmes. Ainsi, il contourna rapidement la voiture pour ouvrir la portière d'Eva : galamment, me dis-je, comme s'il avait simplement été engagé pour me la livrer.

Donna et Sally sortirent en trombe de la voiture et disparurent immédiatement dans les bois avec mes filles, tandis que Johnny, qui avait troqué son costume de cowboy pour une coiffe indienne – cadeau de son huitième anniversaire – poussait des cris de joie derrière elles. Rose était encore sur le siège arrière, et je me dirigeai vers elle en premier, craignant, si j'allais vers Eva, de l'étreindre sur-le-champ et d'être incapable de la lâcher.

— Rosie Posey ! dis-je en baissant la tête vers la fillette, dont les joues étaient toutes roses.

— Billie ! cria-t-elle en se jetant dans mes bras.

Les enfants Wilson avaient cessé depuis longtemps de m'appeler Mme Valentine. Ses joues chaudes vinrent se blottir contre ma poitrine, et je humai dans ses cheveux un parfum de shampoing pour bébé.

Je me levai et Eva vint vers moi, me serra dans ses bras, avec Rose encore dans les miens, et pendant un instant, j'eus le sentiment que c'était cela, ma famille. D'avoir glissé dans une autre dimension. La quatrième dimension.

Nous nous écartâmes l'une de l'autre rapidement, prudemment, et je me tournai vers Frankie, qui m'attendait, les bras grands ouverts. Des effluves de bière m'assaillirent lorsqu'il m'embrassa ; je jetai alors un coup d'œil à l'intérieur de la voiture, par la portière ouverte, où bien évidemment, trois canettes vides gisaient au pied du siège conducteur.

— Tu m'as manqué, Billie, dit-il. La maison est bien vide sans toi.

J'essayais parfois d'imaginer Frankie seul dans cette maison. Quand je rêvais d'une vie loin de lui, je ne pouvais m'empêcher de me figurer ce que nous laisserions derrière. À quoi ressembleraient les journées de Frankie sans nous ? Seraient-elles vraiment différentes ? Je l'imaginais se préparer tout seul ses petits déjeuners copieux, s'asseoir à la table de la cuisine et pouvoir lire le journal sans les enfants dans les pattes, ni mon bavardage dans ses oreilles. Il partirait au travail, comme tous les jours, et ramènerait ses vieilleries, ses trésors de décharge, à la maison, sans être accueilli par ma désapprobation. Le soir, il s'installerait avec sa bouteille de vin et sa couenne de porc, devant *Sur le pont, la marine*, sa série préférée. Personne ne lui tournerait le dos dans son lit. Personne ne feindrait de dormir pour ne pas faire l'amour avec lui. Sa vie serait-elle vraiment pire sans moi ? Je commençais à penser que nous lui rendrions peut-être un fier service. De plus, Frankie était encore jeune. Il trouverait sûrement une autre fille ; peut-être une cliente qui viendrait au bureau de poste pour acheter un timbre à l'effigie d'Eleanor Roosevelt. Il dénicherait un autre projet, un autre objet à réparer, une personne plus désireuse que moi d'être rénovée.

Plus tôt dans la journée, j'avais préparé un plat de lasagnes, plus pour tuer le temps et m'occuper les mains que pour faire plaisir à Frankie. C'était néanmoins son plat préféré. Il m'avait donné la recette de sa mère au début de notre mariage, et je l'avais toujours suivie à la lettre. Tandis que les lasagnes réchauffaient dans le four, il emmena les enfants se baigner au lac, et Eva et moi restâmes à la maison pour finir de préparer le dîner, bien qu'il ne restât pas grand-chose à faire, hormis assaisonner et remuer la salade. Alors nous nous enlaçâmes. La sentir dans mes bras avait toujours le pouvoir d'apaiser mon esprit ; mes inquiétudes fondaient comme neige au soleil, devenaient malléables. Il était facile d'espérer dans son étreinte.

— Je te sers quelque chose à boire ? Un thé ? demandai-je.

— Tu n'aurais pas plutôt une bière ?

Normalement, Eva ne buvait pas avant la tombée de la nuit, mais c'étaient les vacances. Je n'allais pas en faire toute une histoire. Après tout, elle avait passé la journée coincée en voiture avec Frankie et les enfants.

— Allons nous asseoir sur la pelouse, dit-elle.

Dans la sécurité de la maison, nous pouvions nous toucher. Nous étions libres à l'intérieur, du moins jusqu'à ce que les enfants rentrent de baignade. Sa proposition me laissa perplexe : pourquoi vouloir renoncer à cette délicieuse liberté ? Mon cœur martelait ma poitrine comme une cuillère frappant une bassine en fer.

— D'accord, dis-je en lui prenant la main.

J'avais besoin d'avoir la certitude que tout allait bien, que rien n'avait changé en son absence, qu'elle n'avait pas changé d'avis sur nous. J'étais en sueur, sentais les gouttelettes couler sous mes vêtements.

— Il fait affreusement chaud ici.

Elle m'adressa un sourire triste, serra ma main puis la relâcha, et ce fut comme si la bassine vide était tombée au sol. J'entendis son écho métallique à chaque pas que je fis pour la suivre à l'extérieur.

J'avais déjà disposé deux chaises longues à l'endroit même de la pelouse où nous avions l'habitude de nous installer deux ans auparavant. Je m'étais tracassée pour recréer tous les détails de ce fameux été, qui semblait bien loin à présent.

Elle s'assit, mit sa main en visière pour se protéger du soleil et scruta le lac, d'où nous parvenaient les bruits de nos enfants qui jouaient.

— Tu as bonne mine, dis-je, ne trouvant rien de mieux. Tu as l'air en bonne santé, ajoutai-je en hochant la tête, désirant que ce soit vrai.

Elle étudia mon visage, comme pour juger de ma capacité à encaisser ses mots à venir. Alors l'idée me vint, dans un fracas métallique. Le *cancer*. Elle s'apprêtait à me dire que le cancer avait récidivé. Je sentis ma gorge enfler dans l'attente de la nouvelle. Tout mon corps tremblait malgré la chaleur étouffante. Je tendis la main vers son bras.

— Je suis enceinte, dit-elle doucement en regardant ses mains.

— *Comment ?*

Elle baissa la tête et des larmes coulèrent sur ses joues ; elle les chassa rapidement du dos de la main puis pointa le menton en avant.

— Non, dis-je avec un mouvement de déni.

Si Eva était enceinte, cela signifiait que Ted et elle avaient fait l'amour. Qu'en dépit des cicatrices qu'il lui infligeait et de l'aversion que lui inspirait cet homme, en dépit de son dégoût, ils avaient eu une relation intime. Quelque chose en elle avait donc suffisamment guéri pour le laisser entrer de nouveau dans sa vie, dans son corps.

Je secouai la tête, regardai le lac pour ne pas affronter son visage.

— Quand ? commençai-je, le mot m'échappant avant que je puisse l'arrêter.

— Cette nuit-là, le 4 juillet, après la soirée chez toi. La nuit où il…

Sa voix se brisa et elle peina à terminer sa phrase.

— … où il m'a frappée.

Je me tournai alors vers elle, cherchant son regard. La nuit où il l'avait frappée ? La nuit où il l'avait traitée comme un des punching-balls gonflables à l'effigie de Bozo le clown avec lesquels jouait Johnny ?

— Que veux-tu dire ? demandai-je sans être sûre de vouloir l'entendre.

Je ne voulais pas m'imaginer à l'intérieur de cette maison, de cette folie, incapable de faire quoi que ce soit pour l'aider.

— C'était horrible, dit-elle.

Il l'avait violée. Comme un homme masqué dans une allée sombre la nuit. Il avait pris Eva, *mon* Eva, dont les entailles avaient à peine cicatrisé, dont le corps était encore meurtri et faible, s'était introduit de force en elle. Et pire que tout, il lui avait laissé un souvenir. Un bébé. Oh mon Dieu, un autre bébé.

— Eva, dis-je.

Mais je n'avais aucun mot pour la consoler. Rien ne pouvait arranger cette situation.

Cette nuit-là, Frankie, ivre et avide de mon affection, se jeta sur moi ; il me palpa, me poussa, m'assaillit de ses mains maladroites. Ses joues hirsutes se frottèrent à ma peau, ses doigts me réclamèrent. En bas, Eva et les enfants dormaient. Et sous le poids de Frankie, je crus que j'allais suffoquer. J'aurais pu tout aussi bien être morte.

Quand il partit le lendemain matin, je refusai de lui dire au revoir. À mes yeux, il ne valait guère mieux que Ted à présent, avec sa violence, ses besoins primaires, son manque de respect, son ignorance égoïste. Pendant que les enfants s'accrochaient à lui et le suppliaient de rester plus longtemps, je disparus dans la maison et m'occupai pour ne pas hurler. Lorsque sa voiture s'éloigna sur la route, qu'il fit un signe ridicule de la main par la vitre, tandis que couraient derrière lui les gamines en soulevant des nuages de poussière sur leur sillage, je retins mon souffle. Ce ne fut qu'après son départ, une fois que son odeur se fut dissipée, échappée par les fenêtres que j'avais ouvertes pour effacer toute trace de sa personne, que je pus enfin me libérer de ma colère.

Il faisait chaud, le temps stagnait. À cause de son opération, Eva ne voulut pas se baigner. Les enfants ignoraient ce qu'elle avait traversé. Elle insérait toujours des coussinets dans ses vieux soutiens-gorge, mais un maillot de bain aurait révélé la supercherie. Ainsi, elle resta assise sur la plage et me regarda me glisser dans l'étreinte froide du lac. Je lui fis signe, projetant un peu d'eau dans sa direction, mais je n'étais pas vraiment d'humeur joueuse. La colère, une colère d'une profondeur insondable, avait pris possession de moi, s'était immiscée jusque dans les fibres de mon être.

Cette nuit-là, derrière la fenêtre de la chambre, les plongeons entonnèrent leur mélopée. Debout dans l'obscurité de la petite pièce, Eva souleva lentement sa fine chemise de nuit de coton, révélant son corps comme le ferait un magicien, comme si tout cela n'était qu'un numéro, et moi l'unique spectatrice d'un terrifiant tour de passe-passe. Assise au bord du lit, je l'observais, à la fois captivée et horrifiée, me retenant de fondre en larmes.

Les bleus délavés à l'intérieur de ses cuisses avaient la forme des mains de Ted : des taches d'encre, signatures de sa colère. Les restes bleutés de sa fureur. Ces mains fantômes glissaient autour de ses hanches et de sa taille, qu'elles étreignaient encore, revendiquaient encore. Elles tiraient, pétrissaient, abîmaient. Elles prenaient. Les fesses d'Eva étaient pareilles à des fruits cabossés. Et autour de son cou, les mains de son bourreau avaient laissé leur marque, semblable à une trace de corde.

C'étaient de nouvelles blessures.

— Pourquoi ?

Je ne pus rien dire d'autre, même si la question était aussi absurde que sa cause.

Elle secoua la tête.

Elle vint alors vers moi, mais non en amoureuse, comme elle l'avait fait maintes et maintes fois ces deux dernières années. Sans ce mélange familier de désir et de peur, mais plutôt à la façon d'une enfant perdue.

— Je ne peux pas avoir ce bébé, dit-elle en secouant la tête.

Dans mes bras, elle se fit de plus en plus petite. Alice rétrécissant jusqu'à devenir si minuscule que je craignis qu'elle disparaisse.

Au-dessous de nous, le grondement des poumons de Mouse me fit sursauter. Elle avait pris froid, et j'avais frotté de l'eucalyptus mentholé sur sa peau avant de la mettre au lit. Mes mains étaient encore imprégnées de l'odeur, les yeux me piquaient encore.

Eva et moi nous allongeâmes sur le lit : le seul que nous ayons jamais pu partager. Cet endroit béni, avec ses draps élimés et son clair de lune ; mais ce soir-là, Ted était allongé avec nous. Ses empreintes digitales étaient partout. Eva me donnait le dos, et je pressai mon corps contre le sien jusqu'à ce qu'il n'y ait plus d'espace entre nous, pour chasser Ted. Elle tressaillit chaque fois que je touchai une zone qu'il avait revendiquée comme sienne.

Lentement, je glissai ma main vers son ventre et pris dans ma paume la chair chaude et douce que je trouvai là.

— Celui-ci sera le nôtre, dis-je.

— Comment ?

— Ce bébé. Il ne lui appartient pas. C'est nous qui l'avons fait. Il est à nous.

Elle me regarda alors pour la première fois depuis son arrivée, droit dans les yeux, et je vis son visage s'adoucir. La tension qui lui avait fait froncer les sourcils se dissipa. J'en étais capable. J'étais capable d'arranger les choses pour elle.

Mouse toussa de nouveau, ce fut un coup de tonnerre.

— Je reviens tout de suite, dis-je.

Je m'extirpai alors de la délicate toile de bras et de jambes que nous avions tissée.

J'enfilai mon peignoir et descendis voir Mouse. Elle était fiévreuse, s'agitait dans son lit.

— Ça va aller, ma chérie, dis-je. Je vais te chercher des médicaments.

— Qu'est-ce qui se passe, maman ? demanda Chessy en se redressant et en se frottant les yeux.

— Chut, dis-je. Rendors-toi.

Après avoir donné à Mouse du sirop contre la toux et lui avoir caressé les cheveux jusqu'à ce que ses yeux se ferment, je partis retrouver Eva, toujours éveillée. J'ôtai mon peignoir, puis recollai mon corps contre le sien.

— Elle va bien ? murmura-t-elle.

J'acquiesçai d'un signe de tête, et mes lèvres trouvèrent les siennes dans le noir. Je les avais mémorisées ainsi que chaque parcelle de son corps ; de cette façon, lorsqu'elle était loin de moi, je pouvais la convoquer à loisir. Peut-être avais-je déjà l'intuition qu'un jour, j'aurais besoin de cette capacité, de recréer son corps à partir des seules impressions qu'elle aurait laissées derrière elle.

Je me sentais aussi fiévreuse, aussi délirante que Mouse quand je touchais Eva. Tandis que je caressai son corps du bout des doigts, j'étais malade de désir et folle de peur ; les bleus qui parsemaient son corps étaient autant de taches d'encre me rappelant à chaque contact le danger que nous encourions. Et son corps répondit avec le même mélange d'ardeur et de terreur.

Ensuite, nous restâmes nues, haletantes, en sueur, au-dessus des draps, à contempler les chevrons au-dessus de nous, à écouter la pluie qui martelait le toit comme des petits pieds.

Nous l'entendîmes seulement lorsque la porte s'ouvrit.

— Maman ?

Chessy se tenait sur le seuil, telle une ombre.

Nous nous figeâmes d'abord, comme si l'immobilité avait le pouvoir de nous rendre invisibles. Puis Eva tira à la hâte le drap sur nos corps.

— Pourquoi est-ce que vous n'avez pas de vêtements ? demanda Chessy.

— Il faisait trop chaud, dis-je. On essayait de se rafraîchir. Tu sais, comme quand Mouse et toi dormez en culotte quand il fait chaud ?

— Mais il pleut, fit remarquer Chessy en posant une main sur sa hanche. Il ne fait pas si chaud.

— Il fait plus chaud en haut. Tu le sais bien, dis-je.

Ma panique commençait à céder le pas à l'irritation, même si mon cœur était encore une brique chaude dans ma poitrine.

— Chessy, entonna Eva d'une voix calme. Ça te dirait de marcher jusqu'au poste de guet anti-incendie demain ?

Chessy adorait rendre visite au guetteur d'incendie, qui vivait dans une cabane au sommet du mont Franklin. Toujours ravi d'avoir des visiteurs, il avait une réserve impressionnante de bonbons pour les enfants, auxquels il prêtait ses jumelles et qu'il laissait grimper en haut de la tour pour profiter de la vue.

— D'accord, dit-elle, sans bouger pour autant.

— Que fais-tu debout ? demandai-je finalement.

J'espérai que la confusion ou les doutes qui avaient pu l'assaillir en nous découvrant nues disparaîtraient si nous nous contentions d'agir avec naturel.

— Mouse est très malade, dit-elle. Elle te réclame.

À ces mots, la culpabilité se mit à tonner dans mon cœur.

— Je descends tout de suite, dis-je.

Elle quitta alors la pièce.

Eva et moi ne dîmes rien, comme si le fait de ne pas commenter ce qui s'était passé pouvait l'annuler. Je me levai en silence. Je descendis et trouvai le vaporisateur, que je remplis d'eau et de Vicks ; je m'assurai ensuite que les filles s'étaient rendormies avant de remonter à l'étage où, visiblement, Eva aussi s'était assoupie.

Mais je ne pus les rejoindre dans le sommeil. Toute la nuit, je fus hantée, comme Mouse, par des rêves enfiévrés : je voyais Ted poser de nouveau les mains sur Eva, j'imaginais ce bébé grandir dans son ventre malgré tout. Chessy se tenait debout sur le seuil, sourcils froncés, mains sur les hanches. Je repensais à ce qu'elle avait vu et au fait que, malgré toutes les explications que nous pourrions lui donner, malgré son innocence, elle n'oublierait jamais.

Nous nous libérions par le rêve.

Mais à présent, c'était avec une chaise coincée contre la porte, enfermées dans cette pièce, une prison dont nous avions nous-mêmes érigé les murs. Sous ses draps délicats, dans la cachette silencieuse des arbres, par murmures et regards, nous complotions, conspirions. Nous nous autorisions à croire à l'impossible ; tels des détenus, nous ourdissions soigneusement et méticuleusement notre fuite.

D'une certaine façon, le fait que Chessy nous ait surprises avait accentué l'urgence de la situation. Cet événement vint nous rappeler que nous serions découvertes un jour ou l'autre – soit par un des enfants, soit par un de nos maris. Ce n'était qu'une question de temps.

Il fallait que j'en parle à Gussy. Ma sœur serait d'une aide précieuse dans notre plan, la seule capable de nous abriter, nous, les fugitives de nos vies. Mais parler à Gussy signifiait aussi avouer, partager un secret que j'avais gardé toute ma vie.

J'aime Eva.

Ces mots si simples étaient pourtant assez compliqués pour mettre toute mon existence sens dessus dessous.

Je parlerais à Gussy et lui demanderais de nous laisser revenir au printemps après l'arrivée du bébé. Ensuite, je trouverais du travail, peut-être à la bibliothèque de Quimby, ou alors dans un cabinet médical en ville. Nous paierions un loyer. Nous cultiverions un jardin. Nous économiserions pour acheter une voiture, une maison. Les enfants iraient à l'école à Quimby. Eva s'adonnerait à son art. Et nous élèverions ce bébé ensemble, cet enfant né non pas de la fureur de Ted, mais de notre amour. Nous formerions une famille d'un nouveau genre.

J'aime Eva.

Chacun de ces mots était en lui-même un objet magnifique, mais attachés ensemble, ils devenaient dangereux. Et chaque fois que je m'imaginais les prononcer à voix haute, je savais que rien n'était aussi simple qu'il n'y paraissait. Nous étions des enfants jouant avec des allumettes, et l'incendie ne tarderait pas à prendre.

Il nous restait quatre jours, quatre petits jours avant que Frankie ne vienne nous chercher, pour rendre Eva à Ted et me ramener à cette autre vie. Il nous fallait feindre la normalité encore quelque temps. Eva et moi allions reprendre nos vies à Hollyville, et ensuite, une fois tous les éléments en place, je parlerais à Gussy, et nous prendrions la fuite.

Après avoir couché les enfants cette nuit-là, nous marchâmes main dans la main vers le lac. C'était la nouvelle lune, avant le premier croissant, et l'obscurité était assez profonde pour nous cacher.

— Plonge avec moi, dis-je.

Eva ne s'était pas encore baignée, et j'avais vu ses yeux briller d'envie chaque fois que les enfants et moi allions nager.

J'observai sa silhouette pendant qu'elle se déshabillait près du pommier sauvage. J'aurais voulu pouvoir prendre une photo : les branches pareilles à de la dentelle, son corps se penchant en avant pour ôter ses sandales. Ses cheveux tombant sur une épaule. Voilà une image que j'aurais chérie tel un trésor, que j'aurais pu conserver précieusement. Mais ces clichés n'avaient droit de cité – forcément – que dans mon imagination.

J'entrai dans l'eau et l'attendis. Elle avança d'un pas hésitant vers le lac, puis se dirigea vers moi. Et nous nageâmes. Légères, spectrales, liquides. Je touchai une à une les zones abîmées de son corps, avec l'impression de lui faire vivre une sorte de baptême : le lac la lavait de toute cette souffrance.

De retour au camp, épuisées et nues, nous poussâmes la chaise contre la poignée de la porte et nous glissâmes dans le lit. La pluie arriva et battit sur le toit au-dessus de nous, à l'unisson de nos souffles, et nous sombrâmes chacune dans un sommeil peuplé de rêves.

Alors que l'aube commençait à remplir la pièce de lumière, j'entendis un claquement bruyant, et dans mon délire, crus à un simple coup de tonnerre. Je me redressai sur le lit, le cœur battant, puis regardai Eva, dont les yeux s'étaient brusquement ouverts. C'était une portière de voiture.

Je me levai, cherchai mon peignoir avec affolement, quand j'entendis la porte arrière de la maison s'ouvrir, puis des pas lourds et rapides. J'ouvris les rideaux et aperçus la Cadillac rouge de Ted garée sur l'herbe.

— Eva ! hurla ce dernier.

Elle s'empara de sa robe de chambre jetée au sol et l'enfila rapidement.

— Reste ici, murmurai-je.

— Non, dit-elle. Il va te tuer.

Mais cela m'était égal. À cet instant, j'aurais fait n'importe quoi pour tenir Ted éloigné d'Eva. J'ajustai mon peignoir en entendant ses pas dans l'escalier. J'allai à la porte et examinai la vieille chaise en bois. Elle nous avait permis de garder les enfants à distance, mais quand les poings de Ted martèleraient la porte, je savais que ces pieds, ces barreaux et ces axes ne mettraient pas longtemps à tomber en morceaux. Quelle idiote j'avais été de croire que cet objet garantirait notre sécurité.

— Ted ? dis-je en essayant de ne pas trembler en ouvrant la porte. Que fais-tu ici ?

— Où est Eva ? dit-il. Elle n'est pas ici, hein ?

— Bien sûr qu'elle est ici. Nous partageons cette chambre. Elle dort encore. Tout le monde dort à cette heure-ci.

Son haleine empestait l'alcool. Vraisemblablement, il était sorti la veille, et pour une raison qui m'échappait, avait eu l'idée brillante de débarquer à l'improviste pour surprendre Eva. Il avait dû conduire directement depuis le bar, pour arriver à l'aube.

Eva sortit de la chambre en se frottant les yeux.

— Teddy ? Quelque chose ne va pas ?

Il la regarda d'un air ahuri, comme s'il avait vu un fantôme. Il avait dû se monter la tête tout seul, s'imaginer que j'encourageais les tromperies de sa femme enceinte, que sa venue dans le Vermont était une conspiration élaborée destinée à lui permettre de rejoindre un autre homme. Quel imbécile !

— Descends avec moi. Je vais te préparer un café, dit-elle en conduisant Ted dans l'escalier.

Il paraissait vaincu à présent, et d'une certaine façon, déçu de ne pas voir se réaliser ses délires jaloux.

Je retournai à la chambre et balayai rapidement la pièce du regard, à la recherche de preuves de notre nuit d'amour ; je vis la trahison d'Eva dans les draps froissés, dans les bras et jambes de nos vêtements, entremêlés en une orgie de denim et de coton. Je tirai quelques habits et m'examinai dans le miroir accroché au-dessus de la vieille commode cabossée. Je cherchai sur mon visage des signes qui pourraient nous trahir.

J'écoutai leurs voix étouffées et sentis l'odeur de café noir monter d'en bas. Les inquiétudes de Ted avaient peut-être été apaisées, mais il était évident qu'il n'allait pas rentrer à Hollyville sans elle. Je savais cela. Et cette prise de conscience, le fait qu'il nous ait volé nos trois derniers jours ensemble, fit bouillonner mon sang, enflamma mes oreilles ; je fus plus déterminée que jamais.

Plus tard dans la matinée, Ted ramena Eva et les enfants chez eux, comme je l'avais supposé. Et tandis que la voiture descendait la route, que Johnny appuyait son visage contre la vitre arrière, je fis les cent pas. Chessy et Mouse semblaient prises au dépourvu. On aurait dit qu'une personne avait débarqué de nulle part et leur avait arraché des bras leur animal en peluche adoré. Nous étions désorientées sans les Wilson. Complètement perdues.

Tandis que l'avion reliant Pittsburgh à Burlington roule lentement sur le tarmac, mon cœur me martèle la poitrine comme les pieds d'un enfant sautant à la corde. Mes mains tremblent à présent. Je suis pourtant incapable d'identifier le sentiment qui m'anime. Est-ce de l'excitation ? De la peur ? C'est étrange comme mes émotions se troublent avec l'âge. Les symptômes physiques ne sont pas toujours clairement lisibles. J'ai l'impression d'être retombée en adolescence ; les réactions de mon corps au monde sont à la fois confuses et empreintes d'une certaine gravité.

L'aéroport de Burlington est aussi petit que dans mon souvenir. Il ne compte qu'un seul terminal et quelques portes d'embarquement. Je crois me rappeler l'endroit où sont situés les tapis à bagages, et j'imagine que Gussy m'y attend. En réalité, alors que j'émerge du pont à jet, je l'aperçois, derrière le mur de verre qui sépare les arrivants des personnes venues les accueillir. Elle me fait de grands signes pour attirer mon attention.

Elle est exactement la même qu'à notre dernière rencontre, il y a deux ans. Elle n'a pas du tout vieilli.

Elle se tient toujours bien droite sur son mètre soixante-quinze ; aucun des artifices de la vieillesse n'est venu altérer sa silhouette – ni déambulateur, ni canne, ni fauteuil roulant. Ses cheveux sont toujours impeccablement coiffés, ses vêtements bien repassés. Son fard à joue et son rouge à lèvres sont toujours les mêmes. Ma *sœur*. Mon Dieu, elle m'a tant manqué.

— Poil de carotte ! crie-t-elle joyeusement.

Tout au bonheur de me voir, elle me tend les bras, m'appelle vers elle en agitant les doigts.

Je sens mes jambes accélérer leur cadence pour me porter jusqu'à elle, et soudain me voilà dans son étreinte, inspirant son délicieux parfum poudré. Cette émotion est facile à identifier ; je suis si heureuse que je pourrais exploser de joie. Comment ai-je pu hésiter ? Comment ai-je pu envisager la possibilité de ne pas venir ? Je me sens si bête. Quelle vieille idiote…

— Tu es à la maison ! s'exclame Gussy. Je suis si contente ! Allons chercher tes bagages. Comment s'est passé ton vol ? Tu n'as pas horreur de ces petits avions ?

Je n'arrive pas à placer un mot. Pourtant, nous nous sommes parlé tous les soirs depuis la dernière fois où nous nous sommes vues. Je pense à mon ami Hugh, dans l'avion pour Pittsburgh, à ce qu'il dira en voyant enfin pour la première fois sa petite amie en chair et en os. Cela se passera-t-il ainsi ? Seront-ils au contraire à court de mots ?

Nous récupérons ma valise sur le tapis. C'est l'une des premières à tomber.

— Bon sang, mais c'est une antiquité ! fait remarquer Gussy en la soulevant pour moi.

Un homme, en la voyant, lui propose galamment le chariot qui se trouve à côté de lui. J'ai un peu honte d'accepter ce chariot pour un seul bagage, mais Gussy se contente de le remercier et d'y poser le monstre. Nous nous dirigeons alors vers l'ascenseur pour monter au parking, où se trouve sa voiture.

Le jour décline, et le ciel a cette couleur indigo unique au Vermont. Sur la plage, les couchers du soleil sont théâtraux, tape-à-l'œil, comme si le soleil avait quelque chose à prouver, telle une danseuse de revue faisant son salut tous les soirs devant une foule en délire. Le crépuscule est plus subtil ici, plus réservé. Il ne pourrait rivaliser avec le feuillage d'automne s'il essayait. Malheureusement, alors que nous roulons vers Quimby, il fait déjà trop sombre pour admirer ce somptueux étalage de couleurs.

— Comment est le feuillage cette année ?

— À couper le souffle, me répond Gussy. L'année dernière, il a plu tous les jours pendant un mois. C'était d'une tristesse ! Tous les observateurs de feuilles étaient déçus. Mais cette année, c'est splendide. Surtout vers le lac.

Je hoche la tête, pensant à Gormlaith, regrettant que l'on ne s'y rende pas directement au lieu d'aller à Quimby. J'envisage un instant de lui demander de continuer à rouler, de ne pas faire escale chez elle et de m'emmener au camp.

— Les quenelles de poulet devraient être prêtes juste à temps. J'ai aussi loué ce nouveau film sur Jane Eyre avec Machine, là, tu sais. La chérie de Frank, Judi Dench.

Elle dit cela en levant les yeux au ciel.

Frank avait le béguin pour Judi Dench, à tel point que sur son lit d'hôpital, il confondait avec elle toutes les actrices qu'il voyait à la télévision. « Est-ce que c'est Judi Dench ? » demandait-il plein d'espoir. S'il n'avait pas été aussi malade, je crois que Gussy l'aurait giflé.

— Tu ne l'as pas déjà vu, j'espère ? Je me suis dit qu'on pourrait veiller tard, comme avant. Rattraper le temps perdu.

— On s'est parlé hier, dis-je, regrettant immédiatement le ton sec de ma voix.

— Eh bien, c'est incroyable tout ce qui peut arriver en une journée, dit-elle en soupirant.

— À quoi fais-tu allusion ?

— Disons que je te réserve quelques surprises.

— Je ne suis pas sûre que ce soit une bonne idée de faire de grosses surprises à une vieille dame. Tu veux me tuer ?

— Oh, ça suffit, dit-elle en se garant dans son allée jonchée de feuilles mortes.

Entrer dans la maison de Gussy est un peu comme replonger dans notre enfance. Puisque j'ai quitté le Vermont à l'âge de dix-huit ans et épousé Frankie un an plus tard, c'est Gussy qui a hérité de toutes les choses dont nos parents se sont débarrassés. Et après leur mort, elle a absorbé le reste. Les trésors : le coucou qui était accroché au mur, la table ronde en chêne sur laquelle nous avons toutes deux pris des milliers de repas préparés par notre mère. La vaisselle en porcelaine décorée de minuscules roses, le service à thé « Blue Willow », le tapis tressé que ma mère avait confectionné à partir des vieilles chemises de mon père.

Je m'assois sur son vieux canapé, saisis un exemplaire du *Consumer Reports* sur la table basse. L'adresse est encore au nom de Frank. J'ai le cœur serré en le découvrant ; Frank est mort depuis dix ans, mais cela ne fait qu'un ou deux ans que Gussy a enlevé son message sur le répondeur et caché la petite cassette qui avait enregistré sa voix douce.

— Bon, c'est quoi, ce grand secret ?

Gussy n'a jamais été douée pour garder les secrets. Comme disait ma mère, c'est un livre ouvert ; ce que l'on voit d'elle est la réalité. Les cadeaux de Noël, les fêtes surprises, les grossesses : pas la moindre nouvelle excitante n'était à l'abri avec la reine des bourdes. Les secrets bouillonnaient en elle, menaçant de s'échapper à tout moment de ses lèvres dans un joyeux sifflement. Le seul secret qu'elle ait jamais su garder fut le mien. Il me fallut prendre mon courage à deux mains pour lui raconter mon histoire avec Eva. Outre le courage, il me fallut aussi une force et une confiance monumentales.

Elle agite la tête à présent, tente de changer de sujet.

— Ce n'est rien, dit-elle, signifiant par là que c'est important.

— Gus, fais-je sur un ton de réprimande.

— Disons simplement que Johnny a quelque chose pour toi, finit-elle avec exaspération, espérant m'apaiser par cette maigre consolation.

— Quel genre de chose ?

Je ne peux imaginer ce qu'il a bien pu conserver, quel objet appartenant à Eva serait susceptible de m'intéresser. Je fais la liste de ses quelques biens : ses escarpins bleus éraflés, ses robes, les épingles qu'elle mettait dans ses cheveux. Que ferais-je d'un tube de rouge à lèvres, d'un rembourrage pour soutien-gorge ou d'un béret de cheftaine ?

Elle hausse les épaules et tourne la tête en battant des cils. Lorsqu'elle me regarde de nouveau, elle semble troublée. Elle me cache quelque chose.

— Il m'a demandé d'attendre. Il veut te montrer lui-même.

J'ai encore du mal à imaginer Johnny autrement qu'en petit garçon de huit ans décochant des flèches en caoutchouc du haut d'un arbre.

— Ce sont mes lettres ?

J'ai écrit des centaines de lettres à Eva. Il me semble impossible qu'elles existent encore. La plupart des preuves de notre idylle se sont perdues ou ont été détruites.

Gussy hausse de nouveau les épaules d'un air suspect, et j'essaie d'imaginer quel genre d'objet détient Johnny pour me faire traverser le pays. Ne valait-il pas mieux envoyer un colis ? Ne comprend-il pas que les possessions d'Eva n'ont pas d'importance ? Que les choses que j'aurais voulu garder n'entrent pas dans une enveloppe : son parfum, la douceur de sa joue contre ma main. Son rire enfantin. Son souffle, ses murmures dans mon oreille.

— Nous verrons bien, conclut Gussy en me tapotant la jambe avant de se lever. Allons dîner.

J'acquiesce. J'ai faim à présent. Au moment même où nous nous apprêtons à planter nos fourchettes dans nos assiettes, le téléphone sonne.

— Laissons le répondeur faire son boulot, dis-je.

Mais Gussy se précipite déjà à l'autre bout de la pièce.

— Allô ? dit-elle. Ah, bonsoir Johnny. Nous étions justement en train de parler de toi.

À la fin du mois d'août, de retour à Hollyville, le temps semblait s'être figé partout hormis dans mon jardin. Celui-ci était envahi par la végétation, Frankie ayant échoué à suivre le rythme des récoltes en notre absence. Malgré ses efforts, le jardin ressemblait à une jungle, un fouillis de vignes, de feuilles et de légumes menacés de décomposition. Le manque d'entretien l'avait rendu sauvage, impraticable. Je ne pus m'empêcher de me demander, en me frayant un chemin à coups de sécateur dans les épis de maïs hauts de presque deux mètres et au milieu du feuillage dense, aux autres domaines qui tomberaient en désuétude après mon départ.

Les deux premières semaines, tandis que les enfants avaient repris l'école, Eva et moi cueillîmes haricots verts, tomates gorgées de soleil et poivrons. Rose jouait dans la terre, assise entre les rangées labyrinthiques d'épis de maïs et de choux. Je passai des heures en cuisine, à cuire et mettre en pot le fruit de cette récolte, à fermer des couvercles jusqu'à ce que les paumes de mes mains se couvrent d'ampoules et que mon visage soit en feu à cause de toute cette vapeur. Eva, en proie aux nausées matinales, ne put en supporter les effluves. La nuit, je rêvais de navets, d'aubergines et de courges, dont les parfums s'insinuaient dans mes cheveux et sous ma peau. J'avais beau prendre bain sur bain, je ne pouvais me débarrasser de l'odeur de la terre.

Cependant, à chaque pot que je plaçai sur l'étagère de notre sous-sol, je ressentis une certaine satisfaction, voyant ces jarres colorées comme la preuve de mon autonomie. Nous aurions un jardin. Nous nourririons nos enfants des légumes que nous ferions pousser dans la terre. Nous pourrions survivre sans argent pour les courses, sans les hommes.

Rose avait trois ans à présent, et le temps des siestes (qu'elles fussent matinales ou plus tardives) était révolu. Eva reprit son poste de cheftaine avec moi, mais Hannah insista pour ne pas abandonner le sien et continua ainsi de participer à la plupart de nos réunions. Nous n'étions donc jamais seules.

Malades de désir l'une pour l'autre, nous discutions des différents écussons que les filles espéraient obtenir cette année-là : en couture, cuisine, survie dans la nature. Nous nous prenions la main sous la table pendant que Hannah palabrait sur l'organisation de la cérémonie de remise. Nous partagions des regards à la dérobée tout en reprisant les vieux uniformes de nos enfants, et des baisers volés dans le garde-manger quand nous allions consulter les boîtes de cookies invendues, tandis que Hannah piaillait sans relâche dans la cuisine. Normalement, une telle situation nous aurait rendues folles. Mais à présent, nous avions un plan. Tout cela était tolérable parce que notre objectif pointait à l'horizon. Nous attendions simplement notre heure.

Nous étions réalistes, savions que nous ne pourrions aller nulle part avant la naissance du bébé. Eva avait besoin d'un suivi médical, mais une fois l'enfant arrivé, nous serions libres. Ainsi, à mesure que le ventre d'Eva grossissait, la distance nous séparant de notre avenir se réduisait.

— J'espère que ce sera un garçon, dis-je un jour où nous étions dans le garde-manger toutes les deux.

— Pourquoi ? demanda-t-elle en s'appuyant contre moi, son souffle caressant ma clavicule.

Je haussai les épaules. Je me mis alors à penser à ma fausse couche. À ce bébé perdu qui nous avait réunies pour la première fois. J'avais été certaine qu'il s'agissait d'un garçon. Une deuxième chance s'offrait à nous.

— Qu'est-ce que tu aimerais ? demandai-je en jetant un coup d'œil alentour.

Hannah se repoudrait dans la salle de bains. Sa coquetterie nous avait valu d'innombrables moments volés de ce type.

Elle secoua la tête.

— Les filles sont plus faciles à gérer quand elles sont petites, dit-elle en haussant les épaules. Mais plus tard, la vie est tellement plus dure pour elles.

— Qu'est-ce que tu veux dire ? demandai-je en posant mes mains sur ses hanches – cette ossature parfaite.

— Je veux dire, un garçon a une chance de réussir dans le monde. D'être quelqu'un. De faire quelque chose.

Elle avait raison. C'était vrai. Malgré tout l'amour que je portais à mes filles, j'avais peur pour elles. Lorsque j'imaginais leur avenir, ce n'était pas avec excitation mais avec appréhension.

Johnny connaissait des problèmes à l'école cette année-là. Environ un jour sur deux, Eva recevait un appel de son professeur se plaignant de son comportement en classe ou dans la cour. Il poussait ses camarades, les bousculait, crachait, donnait des coups de pied et proférait des grossièretés. Eva craignait, même si elle ne l'avoua jamais clairement, qu'il devienne comme son père. Que Ted ait transmis toute sa fureur à son fils. Que cette violence soit son héritage.

Un soir de septembre, tous les enfants jouaient dehors, à frapper dans une canette ou je ne sais quoi d'autre. Rose allait et venait sur son tricycle. Je jetais régulièrement un regard à la fenêtre, m'assurant qu'aucun d'entre eux ne s'aventurait sur la route.

Je remplissais les derniers pots de betteraves, dont la teinte magenta avait migré sur mes mains. Frankie regardait Ed Sullivan à la télévision dans l'autre pièce quand j'entendis le hurlement. Mon cœur bondit dans ma gorge. Je lâchai les pinces que j'utilisais pour retirer les pots de l'eau bouillante puis courus vers la porte. Frankie me suivit.

Rose se tenait sur notre véranda et pointait le doigt vers la rue, où Johnny, face à Mouse, levait son poing vers elle comme s'il s'apprêtait à la frapper.

— Johnny, tu arrêtes ça tout de suite ! criai-je en me précipitant vers lui.

Frankie me bouscula pour foncer vers le gamin, qu'il saisit violemment par le coude et tira vers notre pelouse. À presque huit ans, il avait beau être grand pour son âge, il était visiblement encore impuissant face à Frankie.

— Je peux savoir ce que tu faisais ? hurla Frankie au visage du petit garçon.

L'enfant avait l'air terrifié. Malgré tous les ennuis qu'il s'était attirés à l'école, c'était, à mon avis, la première fois qu'il se trouvait défié de cette façon.

Ted sortit de sa maison et courut vers nous.

— Ôte tes sales pattes de mon fils ! cria-t-il en poussant Frankie.

Surpris, ce dernier rejeta les épaules en arrière puis adopta une posture de boxeur sur le point de répliquer.

Ted le dominait de toute sa hauteur.

Johnny pleurait à présent, la morve coulait de son nez.

— Tu crois que c'est bien de cogner les filles ? demanda Frankie au gamin qui répondit par un haussement d'épaules. C'est ça que tu apprends à ton gosse, Ted ? Que c'est bien de frapper une fille ?

Notre voisin bomba le torse, son visage vira à l'écarlate et les muscles saillirent sur son cou épais. Il me jeta un regard accusateur.

Entendant la porte des Wilson s'ouvrir de nouveau, je levai les yeux et vis la silhouette d'Eva sur le seuil. Derrière elle, la lumière du hall lui donnait un aspect spectral.

— Ted, rentre à la maison, dit-elle d'une voix faible.

Mais de toute évidence, il n'avait nullement l'intention de renoncer à la bagarre.

— Qu'est-ce qu'elle a fait ? demanda-t-il à Johnny.

— Elle a pris mon vélo, répondit le gamin. Et elle ne voulait pas me le rendre.

— C'est vrai, ça ? demanda Ted en approchant son gros visage de celui de Mouse.

— Éloigne-toi de ma fille, sifflai-je.

— J'ai comme l'impression qu'elle allait recevoir une punition bien méritée, ricana Ted.

Je sentis la colère sourdre en moi comme un orage, et tous les bleus d'Eva, dans toutes leurs nuances, se mirent à tourbillonner sous mes yeux.

— On dirait que cette petite a besoin d'une bonne leçon pour apprendre où est sa place.

Sur ces mots, Frankie perdit tout le calme qu'il s'était efforcé de garder jusque-là. Tandis que mes poings restèrent le long de mon corps, les siens se mirent à valser. Ensuite, avant que je puisse comprendre ce qui arrivait, il bondit sur le dos de Ted tel un animal. Il était deux fois plus frêle que son adversaire ; on aurait dit une tortue attaquant une baleine.

Je fis signe aux filles – y compris Mouse – de se rapprocher de moi ; je les rassemblai comme un troupeau de moutons et les conduisis à l'abri dans la maison, tandis qu'elles tendaient le cou pour voir ce qui se passait dans la rue. Johnny resta sur le trottoir, l'air ahuri devant ce spectacle, la bouche ouverte et les yeux écarquillés.

À l'intérieur, je fis asseoir les enfants à la table de la cuisine et leur servis quelques restes de cookies trouvés au fond d'un pot. Je versai à chacun un verre de lait puis, pendant qu'ils mangeaient, jetai des regards inquiets à travers le voilage des rideaux. Le soleil s'était esquivé et les réverbères éclairaient à présent le trottoir. Les ombres balourdes des deux hommes se mouvaient sans bruit, comme une sorte de bête préhistorique à deux têtes rôdant dans la rue. C'était le combat le plus lent auquel j'avais jamais assisté.

Ensuite, je vis le vieux Castillo sortir de sa maison en agitant le poing, les menaçant probablement d'appeler la police, puis se glisser entre Frankie et Ted, qui semblèrent surpris par cette soudaine apparition. Il se tint là à la manière d'un arbitre, plaquant ses mains arthritiques contre leurs torses respectifs.

Eva s'était retranchée dans sa maison elle aussi. Je craignis soudain que Ted retourne chez lui d'un pas pesant et déverse sur sa femme le reste de sa colère.

— Francesca ? dis-je en sortant une deuxième bouteille de lait du réfrigérateur et repérant une dernière boîte de cookies sur l'étagère. Tu peux surveiller les enfants ?

— Pourquoi ? demanda-t-elle en lançant un regard nerveux à la fenêtre.

— Parce que je suis *inquiète*.

Je disais vrai. J'étais honnête avec elle, et Chessy sembla m'en être reconnaissante. Depuis qu'elle nous avait surprises dans la chambre, lui mentir était devenu une épreuve insurmontable. Elle posait des questions à tous propos. Elle était avide de certitudes, de sincérité. Cette qualité, que j'avais toujours appréciée chez elle, me terrifiait à présent. J'avais constamment peur que cette image (celle de nos peaux nues sur ces draps fins, de la courbe des hanches d'Eva et de mon propre corps dénudé) lui reste à jamais, qu'elle l'ait enregistré, comme tous les autres faits qu'elle rangeait telles des photographies dans l'album de son cerveau. Et qu'un jour, un élément vienne la ramener à ce moment, et qu'elle tire ce cliché précis de la pellicule de sa mémoire, le développe, et comprenne soudain la vérité.

— S'il te plaît, dis-je. Surveille les enfants un petit moment.

— D'accord, acquiesça-t-elle.

Sur ces mots, elle souleva Rose qu'elle posa sur ses genoux. Je regardai par la fenêtre. Frankie et Ted étaient séparés à présent, tous les deux pliés en deux, les mains sur les genoux, respirant bruyamment.

Je courus vers la maison d'Eva, passant devant les hommes sans qu'aucun d'eux ne me remarque.

— Vous allez bien, madame Valentine ? me cria le vieux Castillo.

Je me retournai ; des larmes me piquèrent les yeux. Mon mari était au milieu de la rue, indifférent à ma personne, et voilà qu'un étranger s'inquiétait pour moi. Je hochai la tête, luttant de tout mon être pour ne pas pleurer.

Je trouvai Eva assise à la table de la cuisine, la tête entre les mains. Calder était allongée à ses pieds. Tout le corps d'Eva sembla se tendre quand je frappai à la porte. Calder se mit à grogner.

— C'est moi, dis-je en poussant délicatement la porte.

Eva et Calder eurent toutes les deux l'air soulagées.

— Qu'est-ce qui se passe dehors ? demanda-t-elle.

— Ils sont encore dans la rue, mais on dirait que ça se calme. M. Castillo fait l'arbitre. Où est Johnny ?

— Je l'ai envoyé dans sa chambre. Je suis désolée pour Mouse. Elle va bien ?

J'agitai la main.

— Très bien.

C'était vrai. Mouse était parfaitement capable de se défendre toute seule. Si Frankie ne s'était pas interposé, je suis certaine qu'elle aurait joué des poings avec Johnny.

Eva me fit signe de m'asseoir. Nous restâmes là en silence, écoutant l'horloge de la cuisine égrener les secondes.

— Il ne te fera pas de mal si je suis là, dis-je, énonçant ce qu'elle et moi espérions.

Elle leva les yeux vers moi et son visage s'adoucit. Les angles durs de sa mâchoire se relâchèrent.

— J'ai fait un rêve la nuit dernière, dit-elle en me prenant la main. Nous roulions vers Gormlaith, c'était encore l'été. Nous étions seules toutes les deux, les vitres étaient baissées. Tu avais réglé la radio sur cette station ridicule que tu aimes tant. Le soleil brillait, et je sentais l'air avec ma main par la fenêtre. Ça n'avait pas du tout l'air d'un rêve, ajouta-t-elle avec tristesse.

— Il faut que nous partions, lançai-je, soudain plus désespérée que jamais. Sans tarder.

Je ne voulais pas l'entendre me décrire son réveil. Je ne voulais pas l'imaginer ouvrir les yeux, rouler sur le côté et voir le corps massif de Ted étendu à côté d'elle. Je ne voulais pas me représenter sa déception, les contours tranchants de la réalité se précisant à mesure qu'elle émergeait du sommeil. Je savais qu'il me fallait maintenir ce rêve vivant dans son esprit. Laisser la radio allumée. En panique, je m'efforçai de lui faire cette promesse : celle du vent entre ses doigts, du soleil sur ses épaules.

— Mais comment ? demanda-t-elle ensuite.

Je reçus sa question comme une accusation. Je me sentis m'effondrer, la musique s'arrêta. Un nuage passa au-dessus de nous. La voiture fut bientôt à court d'essence, nous nous retrouvâmes en panne sur cette route poussiéreuse. Mes yeux brûlaient.

Calder se redressa, s'étira et vint vers moi, puis posa son menton sur mes genoux, attendant elle aussi une réponse. Je frottai ses oreilles douces et chaudes.

— Je vais parler à Gussy. Nous allons partir. Prendre les enfants et partir.

Ce fut à ce moment-là que Ted entra, ouvrant la porte à toute volée, le visage rouge, les cheveux collés au crâne par la sueur. Il lui fallut quelques instants avant de remarquer ma présence. Quand il se rendit compte que j'étais là, il blêmit. Puis il se mit à rire. Ce fut un éclat de rire tonitruant, crépitant, ressemblant davantage à une fusillade qu'à une manifestation de joie. Et ce fut tout. Il se contenta ensuite d'aller au buffet et de se servir un verre de whisky.

— Ton mari est un sacré petit bagarreur, lâcha-t-il alors.

Je me mis à le foudroyer du regard. Pour le défier. Pendant une minute entière, atroce, je voulus qu'il fasse quelque chose, qu'il dise quelque chose, qu'il me donne l'excuse que j'attendais pour simplement saisir la main d'Eva et franchir la porte avec elle. Mais sa colère semblait retombée. À chaque lampée de liqueur, son visage se détendit.

— Tu devrais peut-être aller voir Frankie, me conseilla finalement Eva, brisant ce fragile mur de glace entre Ted et moi. Et renvoyer les filles ici ?

J'acquiesçai d'un signe de tête, même si la laisser seule avec lui était la dernière chose que j'avais envie de faire. En traversant la rue, je priai pour que Ted ait épuisé toute sa colère avec Frankie. Que ce soir-là, Frankie ait été son unique cible. J'espérais, sans le moindre remords, qu'il ait absorbé tous les coups furieux de notre voisin. Que ce soit lui, la personne battue, humiliée, détruite. Car autrement, Eva aurait été cette victime, et je n'avais aucun moyen d'arrêter cela.

Cette nuit-là, dans mon lit, j'imaginai la conversation que j'aurais avec Gussy. Assise en face d'elle, je lui prendrais les deux mains.

Aide-nous, lui dis-je en rêve. *Je t'en supplie.*

— Que voulait-il ? dis-je à Gussy une fois qu'elle a raccroché avec Johnny.

Les quenelles de poulet fumantes ont fini par tiédir.

Gussy prend les assiettes et les place dans le four à micro-ondes, me tournant le dos, s'occupant les mains pour ne pas me répondre.

— Ça te dirait de faire un saut à Boston ? me demande-t-elle sans se retourner.

— Pourquoi donc ?

— D'après Johnny, ce serait mieux que ce soit nous qui allions le voir.

— C'est ridicule, dis-je.

À présent, je suis irritée. J'ai dépensé cinq cents dollars en billet d'avion, parcouru presque cinq mille kilomètres, et voilà que monsieur ne peut pas faire trois heures de route pour venir me parler ?

— Et le lac ?

Je n'ai cessé de rêver du lac, et arrivée si près du but, je frémis d'impatience. J'ignore ce que j'espère y trouver, si ce n'est l'occasion de nager dans ma propre nostalgie aquatique, mais après tout ce chemin, un changement de plan aussi abrupt me paraît injuste.

— Je vais appeler Effie pour voir si on peut y aller demain, me répond-elle. Et dimanche, on ira à Boston. Après avoir vu Johnny, on pourra passer quelques jours avec Francesca. Le lac sera toujours à sa place.

Le bip du four retentit, et Gussy me tend mon plat réchauffé en me suppliant des yeux.

— Je conduirai, ajoute-t-elle.

— Je n'y comprends rien.

Pendant un instant, j'envisage même de rappeler Johnny moi-même. Pour lui reprocher son égoïsme, lui dire qu'il y a d'autres façons d'exorciser ses démons. Je suis une veille dame, et je suis fatiguée. Cependant, j'ai aussi conscience qu'il est mon dernier lien avec cette autre vie, cette époque, avec Eva. Alors je secoue la tête et soupire.

— D'accord.

Je me sens vaincue, trop faible pour me disputer.

Presque cinquante ans et cinq mille kilomètres plus tard, c'est encore Johnny qui mène la danse.

Cet automne est suspendu à ma mémoire comme une feuille d'érable rouge vif. Il persiste et s'accroche. Électrique et fragile à la fois. L'embrasement semblait plus intense que jamais cet automne-là. Je tenais bon. *Nous* tenions bon, tout en sachant la chute imminente, inéluctable.

J'ai appris ceci également : sans l'automne, il n'y a pas de fin. Sans ce flamboiement de rouge, d'or et d'orange, il n'y a pas d'irrévocabilité, pas de conclusion. Sans le soudain changement palpable dans l'air, sans le parfum des pommes et le froid mordant du matin, l'été pourrait continuer éternellement. Sans l'automne, l'été persiste. Là où je vis aujourd'hui, il règne un flou merveilleux, le basculement des saisons n'existe pas. Aucun flamboiement tapageur ne vient annoncer la fin du bonheur. C'est peut-être ce qui m'a attirée en Californie. Le temps y est suspendu.

Les souvenirs de cet automne en particulier me reviennent par taches de couleurs vives, telle une poignée de feuilles mortes. Les cheveux d'Eva épars sur mon oreiller lors d'un après-midi volé. Son sourire furtif alors qu'elle me faisait signe depuis l'autre côté de la rue. Un rideau de pluie tombant derrière la fenêtre de la cuisine où nous prenions un café pendant que les enfants faisaient des puzzles à l'étage. Cet automne est un kaléidoscope d'impressions, les souvenirs s'ajoutent et s'assemblent, tous plus beaux les uns que les autres.

Cette année-là, notre troupe d'éclaireuses avait été invitée par les scouts du quartier à participer à une pièce pour Thanksgiving, et Eva s'était portée volontaire pour confectionner les costumes. Moins expérimentée que moi en couture, elle était néanmoins plus créative. Lorsqu'il s'agissait de ne pas suivre les modèles classiques, je comptais sur elle. J'étais l'abeille laborieuse, et elle, celle qui donnait sa douceur au miel. Nous formions une bonne équipe.

— Ce sera simple, avait-elle dit pour me convaincre. Juste des bonnets et des coiffes, et quelques boucles pour les chaussures des garçons.

Nous commençâmes à rassembler tissus et plumes avant la Toussaint. Eva suggéra que nous continuions sur notre lancée en faisant également les costumes d'Halloween pour les gamins. J'avais beau détester la couture, je détenais là une excuse pour passer du temps à ses côtés ; pour l'avoir chez moi, ou être invitée chez elle. Nous chargeâmes Hannah des programmes et des panneaux, lui assurant que nous avions le reste en main.

Après la bagarre avec Frankie dans la rue, Ted refusa de mettre un pied dans notre maison, et même de s'en approcher, et je savais (même si Eva ne le disait pas) qu'il exigeait d'elle qu'elle se tienne également à distance de chez nous. Dorénavant, elle ne m'appelait qu'en son absence, et ne venait chez moi que lorsqu'il était parti au travail ; et en fin de journée, elle retraversait la rue bien avant l'heure de son retour. La panique l'avait saisie un soir où nous étions si absorbées dans la couture d'une rangée de plumes rouges sur une coiffe indienne qu'elle n'avait pas entendu sa voiture entrer dans l'allée.

Le soir d'Halloween, elle réussit je ne sais comment à le convaincre que leurs enfants et les nôtres (étant les seuls gamins de la rue) devraient être autorisés à partir à la chasse aux friandises ensemble. Les plus grands voulurent y aller seuls, mais Rose était encore petite, alors nous les suivîmes, Eva et moi, avec la fillette et Calder.

Rose était déguisée en fantôme. Eva lui avait proposé de lui confectionner un costume de princesse, quelque chose de scintillant comme les autres filles, mais elle tenait absolument à faire peur, alors sa mère avait cédé, s'était emparée d'un vieux drap dans son placard à linge, et y avait fait deux trous pour les yeux. Rose avait aussi insisté pour que Calder soit déguisée ; ainsi, la petite chienne fut la princesse, coiffée d'une couronne en carton et vêtue d'une « robe » en satin rose. Eva avait mis un chapeau de sorcière, et j'avais pris une des coiffes confectionnées par nos soins et prévues pour la pièce, puis sur l'insistance d'Eva, l'avait posée sur ma tête. Je me sentais ridicule mais d'humeur festive. J'enviais parfois la capacité d'Eva à lâcher prise, à profiter des choses.

La nuit était douce et lumineuse, la pleine lune, telle une citrouille lanterne, teintant le ciel d'une lueur orangée. Je me retins de prendre la main d'Eva tandis que nous marchions sur le trottoir, nous arrêtant à chaque maison pour que Rose fasse son marché de sucreries, pendant que les grands couraient devant, remplissant leurs taies d'oreiller de pop-corn et de sachets de bonbons.

La grossesse d'Eva commençait déjà à se voir, son ventre à s'arrondir comme un petit œuf. Le bébé devait naître au printemps. Elle supportait mal cette grossesse, qui l'incommodait davantage que les précédentes, selon elle. Elle disait aussi qu'elle avait mal à la poitrine, là où se trouvaient autrefois ses seins. Une douleur fantôme. Regarder le ventre d'Eva s'arrondir était comme regarder un sablier ; plus elle se remplissait, plus notre départ approchait. Lorsque nous avions discuté de nos plans en été, ils nous avaient semblé lointains, irréels. Mais chaque jour qui passait, chaque transformation de sa silhouette, nous rappelaient qu'une fois le bébé mis au monde, tous ces rêves deviendraient bientôt réalité. Tous ces fantasmes deviendraient *notre* réalité. C'était à la fois exaltant et terrifiant.

Les grands avaient deux maisons d'avance sur nous. Les filles étaient toutes déguisées en princesses, et Johnny était en policier – sa dernière lubie. Ted lui avait acheté une panoplie chez *Woolworth*, avec tout l'attirail de rigueur, y compris le faux pistolet et le badge rutilant. En revanche, nous avions bricolé les costumes des filles avec mes chutes de tissu, et la magie d'Eva.

— Je veux aller avec les grands ! s'écria Rose derrière son drap, frappant le trottoir de ses minuscules pieds.

— Qu'est-ce que tu en penses ? me demanda Eva.

Elle faisait cela parfois, me demandait mon avis sur la discipline ou d'autres sujets concernant les enfants. Dans ces moments-là, j'arrivais à nous imaginer formant une famille, à nous voir, elle et moi, en couple de *parents*. Elle serait la rigolote, celle qui saute à la corde avec les filles et joue à cache-cache avec les garçons. Je serais celle qui fixe les règles, qui se charge de l'autorité. Nous serions des partenaires. Ce serait notre famille. Je devais me rappeler que la décision que nous prenions n'impliquait pas que nous, mais aussi six enfants, bientôt sept. Ce n'était pas simple. Ce n'était pas une affaire à prendre à la légère.

— Les autres filles peuvent la surveiller, non ? dit-elle.

— Pourquoi pas ? acquiesçai-je en souriant.

Rose n'avait que trois ans mais elle était en adoration devant mes filles et ses grandes sœurs. Elle ne les quitterait pas d'une semelle.

Je me mis à courir pour rattraper les autres gamins.

— Les filles, Rose va venir avec vous. Vous pouvez la surveiller ?

— D'accord, dirent-elles en haussant les épaules.

Johnny marchait devant elles, tirant son pistolet de son étui et le pointant sur des bandits imaginaires.

— Je vais marcher avec elle, proposa Mouse.

Depuis leur dispute à cause du vélo, elle refusait de jouer à proximité de Johnny. Ce soir-là, elle avait accepté à contrecœur de sortir, et je remarquai qu'elle reculait chaque fois que le petit garçon fonçait pour être le premier à sonner à la porte. Surveiller Rose dut lui sembler une bonne excuse pour rester loin de lui.

Aux anges, Rose avança en sautillant et prit la main que Mouse lui tendait. Eva et moi restâmes derrière avec Calder, marchant lentement, nous réchauffant sous le ciel orangé.

— Allons marcher près de la crique, proposai-je.

— Vraiment ? s'inquiéta Eva.

Elle était devenue si craintive. Autrefois la plus effrontée de nous deux, celle qui osait, elle se recroquevillait à présent. Et je haïssais Ted pour avoir instillé cette peur en elle. Pour avoir fait de cet esprit libre une créature timide et faible.

— Pourquoi pas ? dis-je. Les filles s'occupent de Rose.

— D'accord, céda-t-elle, hochant la tête comme pour se convaincre.

Nous coupâmes par le jardin d'une maison pour prendre le chemin menant à la rivière. Mais quand nous arrivâmes à la crique, Eva demanda à s'asseoir.

— Ça va ? dis-je.

Sa grossesse me terrifiait. Depuis son opération, j'étais follement inquiète pour sa santé. L'idée que quelque chose n'aille pas, ne vienne menacer sa vie, m'était insoutenable.

Elle fit « oui » de la tête, sourit puis tapota la pierre à côté d'elle. Elle libéra Calder de sa laisse et huma l'air alentour.

Un sentiment singulier me submergea alors : nous étions à la périphérie de deux mondes. La voûte végétale au-dessus de nous, les feuilles s'accrochant à leurs branches comme si leur vie en dépendait, le sol déjà jonché de leurs semblables. L'air portait la promesse de l'hiver, soufflait un murmure froid sous la nuit douce. Nous étions sur le point de basculer dans le grand inconnu, vacillions devant un précipice. Et je désirais seulement tenir bon. Je désirais embrasser tout cela, garder tout cela près de moi. Je tendis la main vers elle, et comme si nos pensées se rejoignaient, elle s'appuya contre moi, s'agrippa à moi. Je l'embrassai furieusement, essayant d'absorber ce moment, de l'avaler tout entier. Si j'avais pu la porter à l'intérieur de moi, j'aurais pu les mettre à l'abri, elle et le bébé. J'aurais pu les protéger.

Les feuilles craquèrent sous nos corps quand nous nous allongeâmes. Calder ne nous prêtait pas attention, courant au bord de l'eau, pourchassant des ombres.

Mes mains saisirent et pressèrent, mes hanches s'agitèrent, fébriles. Je voulais la déshabiller. Je voulais que nous soyons ensemble, que nous ne formions qu'une, sous cette lune et ces étoiles suspendues. Je ne pus m'empêcher de soulever son sweat-shirt, de caresser ses cheveux, son ventre et son dos. Je ne pus rien empêcher de tout cela ; chaque promesse, chaque espoir, semblait se déverser hors de moi, échappant à mon contrôle.

Je n'entendais rien. J'étais sourde à tout sauf aux doux gémissements d'Eva sous mon contact. À son cœur battant la chamade contre le mien. Je ne voyais rien. J'étais aveugle à tout sauf à la couleur de la nuit, à la couleur des feuilles, des yeux d'Eva qui plongeaient avidement dans les miens. Et puis soudain, tout s'éclaira, nous fûmes même éblouies. Et une voix retentit.

— Maman ?

Je sentis mon cœur s'arrêter de battre. Nous nous figeâmes toutes les deux.

Johnny se tenait là, dans son uniforme de policier, brandissant sur nous sa lampe de poche. Ce n'était qu'un jouet, mais sa lumière était vive. Je levai une main pour protéger mes yeux. Et lorsqu'il découvrit la scène que son faisceau révélait, il lâcha la lampe, qui partit rouler sur l'herbe. Ses yeux se remplirent d'un mélange de terreur et d'interrogation, et il plaqua brusquement sa main sur sa bouche.

— Johnny, dit Eva en s'écartant de moi.

Je me levai maladroitement, lissai ma jupe, mon pull, ôtai les feuilles accrochées à mes cheveux. Eva se leva également, rajusta ses vêtements, les yeux pleins de larmes.

— Calder ! criai-je d'une petite voix.

Je courus après la chienne, qui s'était posée sur un tas de feuilles mortes et roulait sur le dos. Je lui remis sa laisse et la tins fermement, craignant peut-être de m'envoler tel un ballon perdu si je venais à la lâcher.

— Qu'est-ce que vous faisiez, maman ? entendis-je Johnny demander.

Eva secoua la tête en silence. Que pouvait-on dire à un petit garçon de huit ans ? Je repensai à Chessy qui nous avait surprises ; comme cela avait été simple de trouver une excuse. D'expliquer. D'effacer. Mais à ce moment-là, nous étions simplement allongées sans nos habits, nous n'étions pas en contact. Notre vocabulaire ne comptait aucun mot pouvant changer ce que Johnny avait vu. Aucun mensonge n'aurait pu justifier ce spectacle.

— Rien, dit-elle, tête baissée à la manière d'une enfant venant d'être punie.

Je l'avais vue faire ce geste quand Ted s'en prenait à elle.

— Pourquoi est-ce que Billie et toi, vous vous *embrassiez*?

Le mot sortit de sa bouche comme s'il était empoisonné. Comme s'il avait un goût amer. L'idée qu'une personne ait vu l'amour qui nous liait et en ait eu la nausée, en ait grimacé de dégoût et de peur, me fendait le cœur. Incapables de trouver les mots qui auraient pu donner du sens à cela, nous justifier, nous excuser, ou lui apporter ce dont il avait besoin, nous ne pûmes que le regarder partir en courant. Il redescendit le chemin, les feuilles craquant bruyamment sous ses pieds. Toute cette mort piétinée par ses souliers brillants.

— Oh, mon Dieu, dit Eva en m'arrachant des mains la laisse de Calder. Oh, mon Dieu.

Johnny était venu nous chercher parce que Rose avait trébuché sur son drap et saignait du nez. Nous trouvâmes le groupe d'enfants assis devant la maison des Boucher, le costume de fantôme de la fillette avait été mis en boule et servait de bandage de fortune. Un spectacle épouvantable. Mon cœur martelait ma poitrine, résonnant violemment à mes oreilles, et je pouvais à peine déchiffrer leurs voix, tous parlaient en même temps.

Eva avait recouvré ses esprits et pris Rose dans ses bras, lui faisant pencher la tête en arrière pour arrêter le saignement. Je faillis m'évanouir à la vue de tout ce sang, tandis que le mien affluait dans ma tête, me rappelant avec une cruelle certitude que Johnny nous avait *vues*, nous avait surprises enlacées. Notre secret s'était fendu en deux comme un crâne venu frapper le trottoir, et ne tarderait pas à suinter, à tout tacher de rouge. Il n'y aurait pas de bandage assez vaste pour stopper cette marée rouge sang. Rien ne pourrait arrêter le déluge.

Quand nous fûmes certaines que Rose n'aurait pas besoin de points de suture, que ce n'était qu'un banal saignement de nez et qu'il n'y avait pas de fracture, je laissai Eva sur place pour reprendre le chemin de notre rue, où Johnny s'était déjà précipité. Telle une chasseuse, je le pistai, suivis l'odeur de sa confusion, certaine qu'il irait droit chez son père.

Je m'arrêtai, vis le garçonnet entrer en vitesse chez lui, abandonnant son butin sur la véranda. Le sac de bonbons s'ouvrit comme une gueule béante, déversant son contenu sur le sol. Je ne voyais pas l'intérieur de la maison, mais pus imaginer Ted sur le canapé devant la télévision, un verre poisseux à côté de lui. J'imaginai Johnny raconter à son père la scène qu'il avait surprise, et lui demander des explications.

Et pendant tout ce temps, je restai au milieu de la rue, attendant la fin du monde.

Finalement, Eva et les autres gamins arrivèrent sur Beechtree Street. J'envoyai mes filles à la maison, et elle en fit autant avec Donna et Sally. Rose s'accrochait toujours à sa mère, dont l'épaule était maculée de sang.

— Que fait-on maintenant ? demandai-je, tremblant de peur de la tête aux pieds.

— On rentre chez nous, dit-elle.

— Il va te tuer.

Au lieu de le nier, au lieu de m'assurer que tout allait bien se passer, elle cligna des yeux de façon appuyée et secoua la tête, avant de serrer Rose plus fort. Elle se pencha vers moi.

— Si tu entends quoi que ce soit, murmura-t-elle à mon oreille, appelle la police.

Ses mots étaient brûlants, lourds de sens. Sur ce, elle tourna les talons et se dirigea vers la maison, sa fille dans les bras, tel un condamné marchant vers l'échafaud.

Tétanisée, je la regardai s'éloigner. J'eus l'impression qu'on m'observait. Je levai alors les yeux vers les deux fenêtres de l'étage qui donnaient sur la rue, et vis Johnny, ses petites mains plaquées contre la vitre.

Je ne pus fermer l'œil cette nuit-là, même lorsque les cris des enfants fêtant Halloween et s'amusant dans la rue s'étaient tus depuis longtemps. Couchée sur le ventre, ne parvenant pas à trouver le sommeil à côté de Frankie qui ronflait, j'attendais, l'oreille aux aguets, que quelque chose se passe de l'autre côté de la rue. Mais le monde ne s'arrêta pas de tourner, et si le sommeil ne vint pas, l'aube, elle, finit par arriver.

De la fenêtre de la cuisine ce matin-là, je vis Frankie se glisser dans sa Studebaker, puis, avec la régularité d'un métronome, la porte des Wilson s'ouvrir et les enfants en sortir, suivis de près par Ted et sa sacoche. Mes filles partirent à leur tour et rejoignirent nos petits voisins dans la rue, nous laissant derrière, comme toujours. Mais rien n'était plus pareil.

J'étais sonnée. Tout cela n'avait-il été qu'un rêve, un cauchemar ? Malheureusement, je n'avais pas dormi. Je n'avais même pas fermé les yeux. Était-il possible que Johnny ait tenu sa langue ? Était-il possible qu'il soit simplement trop jeune pour comprendre ce qu'il avait vu ? Était-il possible qu'il ait écarté cet événement comme il l'aurait fait d'une moquerie à l'école ou du croque-mitaine caché sous son lit ?

Dès que tout le monde eut mis les voiles, Eva m'appela. J'avais peur de ce qu'elle allait m'annoncer.

— Il n'a rien dit, commença-t-elle.

L'anxiété qui me serrait le cou et les épaules relâcha sa prise.

— Pardon ?

— Johnny. Il n'a rien dit à Ted. Du moins, je ne le pense pas.

— Comment le sais-tu ?

En réalité, je connaissais la réponse. Si Johnny avait raconté à Ted ce qu'il nous avait vues faire près de la crique, nous ne serions pas en train de nous parler à cet instant.

— As-tu parlé à Johnny ? demandai-je.

Elle observa un long silence. Je sentais mon cœur battre dans mes tempes, dans mes épaules, dans ma main tandis que je collai le téléphone à ma tête.

— Que pouvais-je dire ? questionna-t-elle enfin d'une voix calme. Quelle explication peut-on lui donner ?

— Je peux venir ? demandai-je.

— Non, dit-elle. J'ai un millier de choses à faire dans la maison.

Mon cœur se brisa.

— Il ne dira rien, la rassurai-je.

Ma phrase sonna comme une question.

— Je ne sais pas, dit-elle avant de raccrocher.

Ainsi, la peur nous tint éloignées ce jour-là. Même si Johnny n'avait rien raconté à Ted, notre secret ne nous appartenait plus. L'animal s'était échappé du zoo. Le tigre silencieux était tapi dans la cour. Un tigre silencieux et affamé. Mieux valait rester à l'intérieur. Se cacher.

Le week-end se déroula comme tous les autres. Les enfants jouèrent ensemble, sautant dans les tas de feuilles que Frankie et Ted avaient balayées dans nos cours respectives. Les deux hommes avaient mis fin aux hostilités d'un accord tacite, même si je savais que

Frankie ne réinviterait pas notre voisin de sitôt. Une ligne avait été tracée dans le sable, et cette ligne scindait notre rue en deux.

Dans la maison, j'avais l'impression d'être une marionnette, je m'adonnais à mes tâches de façon machinale, comme si des fils invisibles attachés à mes mains, mes pieds, ma tête, dictaient tous mes mouvements : lessive, vaisselle, serpillère. Cookies pour la vente de lundi. Étaler de la pâte, monter des pots de sauce tomate du sous-sol. Mettre un pansement sur le genou écorché de Mouse. Allumer la télévision, plier le linge encore tiède.

J'ignorais ce qui se passait dans la maison des Wilson, mais savais que j'étais prisonnière de la mienne depuis trois jours entiers. Je n'avais pas senti l'air de l'automne sur mon visage. Notre demeure était devenue un sarcophage ; si je ne sortais pas pour marcher un peu, je n'allais par tarder à devenir folle.

Proposer à Eva de m'accompagner était dangereux, j'en avais bien conscience, mais nous avions l'habitude de sortir Calder presque tous les soirs. Ted ne trouverait-il pas suspect que je ne vienne plus la chercher ? Je ne pouvais pas vivre de cette façon. Il fallait que quelque chose se passe. J'avais besoin de lui parler. De la voir pour que l'on décide quoi faire.

Je rassemblai le peu de courage qui me restait pour aller frapper à sa porte. Les enfants jouaient dans la cour. Je passai devant Donna et Sally, qui couraient derrière une canette rouillée en gloussant et en se bousculant mutuellement. Mouse se cachait, et Chessy cavalait au bas de la rue, haletante.

— Pan ! cria une voix d'en haut, me faisant sursauter.

Levant les yeux vers les branches nues du grand orme, je vis Johnny qui pointait sur moi son fusil en plastique. N'importe quel autre jour, je l'aurais grondé, lui aurais dit qu'on ne pointe jamais, jamais, une arme sur quelqu'un, même quand il s'agit d'un jouet. Mais je restai sans voix. Il avait un regard de fou, le même que son père, et ses joues étaient écarlates.

— Je t'ai eue, siffla-t-il.

Je montai à la hâte les marches de la véranda et frappai à la porte.

Eva sortit avec Calder, dont la laisse était déjà en place, et nous descendîmes les marches en silence. Durant toute la promenade, je sentis les yeux et le viseur de Johnny dans notre dos.

Le bruit des enfants qui jouaient se calma tandis que nous marchions vers la crique. Sans nous toucher, sans prononcer un seul mot. Reconnaître ce qui était arrivé le soir d'Halloween aurait sans doute renforcé la réalité du cauchemar. J'avais désespérément besoin qu'elle me dise que tout allait bien se passer. Que nous pourrions poursuivre nos plans. Qu'au pire, la découverte de Johnny ne ferait que précipiter les choses. Que le fait qu'il sache nous forcerait simplement à avancer notre départ. Mais nous avions toutes les deux conscience que rien n'allait. Le tigre était tapi quelque part. Nous allions forcément tomber sur lui au coin d'une rue, nous retrouver face à face avec lui ; ce n'était qu'une question de temps.

Quand nous arrivâmes devant chez nous, les gamins étaient déjà à l'intérieur. Le froid et le silence régnaient dehors. Les voitures dormaient dans l'allée. Tout était paisible. Étrangement beau.

— Bonne nuit, dit-elle. Je t'appelle demain.

Je hochai la tête, m'efforçant de ne pas pleurer. J'avais dû pressentir que ce moment de paix serait notre dernier, que tout était sur le point de voler en éclats, car j'hésitai à rejoindre mon foyer. Je le sentais dans mes os. J'entendais le tigre grogner.

Mes souvenirs me hantent. Ainsi, malgré la fatigue du voyage, puis du long trajet en voiture, je suis incapable de dormir. Malgré les efforts de Gussy pour faire en sorte que je me sente chez moi (les draps propres, la tasse de thé sur la table de chevet, le bain chaud qu'elle m'a fait couler), mes yeux sont grands ouverts dans la chambre d'amis, le sommeil se refuse à moi.

La pièce est plongée dans le noir, si l'on exclue la petite lueur jaune d'une veilleuse dans la salle de bains. J'appuie ma main contre la vitre et sens le froid de l'automne au-dehors. Au moins, il fait doux ici ; le chauffage se déclenche par intermittence, soufflant des bouffées d'air chaud sur mon visage. Ma sœur a décroché l'horloge qui se trouve d'ordinaire au-dessus du lit pour ne pas troubler ma nuit, pour que règne dans la pièce un calme total. Le seul obstacle au sommeil est le cours de mes pensées : la machine capricieuse et bourdonnante de mon esprit.

Demain matin (à supposer que le jour se lève), nous irons au lac. Gussy a appelé Effie, qui lui a dit que tout le monde était fou de joie de nous voir. Nous passerons la journée avec eux, ferons peut-être une belle promenade près du lac pour admirer le feuillage, et ensuite, dimanche, Gussy et moi reprendrons la voiture pour nous rendre à Boston et rencontrer Johnny. Le fait qu'il nous ait demandé de faire le voyage me laisse perplexe. D'après ma sœur, il vient de terminer une cure de désintoxication et s'attelle à réparer ses torts. J'imagine sa liste, classée par année peut-être.

1964 : Billie Valentine.

Et je ne vois vraiment pas de quoi il aurait à s'excuser. Il n'a rien fait de mal. C'était un petit garçon, un enfant ; *nous* étions les adultes. Johnny n'était qu'un spectateur innocent, témoin malgré lui des événements. On pourrait même le qualifier de victime. Tout psychiatre digne de ce nom le lui dirait. Nous, les adultes, étions les coupables. La faute était de notre côté.

Peu avant l'aube, je sombre enfin, puis me réveille comme si quelqu'un avait fait sonner une cloche dans mon oreille. Et tandis que je m'extirpe des profondeurs obscures d'un rêve qui s'efface rapidement, je comprends qu'il s'agit seulement de la radio dans la cuisine, où ma sœur fait cuire des œufs à la coque et du bacon pour mon petit déjeuner, prépare du café et attend que je vienne la rejoindre à cette grande table vide.

Aujourd'hui, nous allons au lac, me dis-je.

Nous allons ramasser des feuilles mortes et les aplatir entre les pages de gros livres avec les enfants.

Et demain, nous remplirons un Thermos de café et achèterons quelques bagels dans cette fameuse boutique de Quimby sur la route de Boston. Nous verrons Johnny et l'écouterons ; nous le laisserons nous dire ce qu'il ressent le besoin de confesser. J'accepterai la relique qu'il désire me donner, quelle qu'elle soit.

J'enfile mon peignoir et descends prudemment l'escalier moquetté. Les murs sont recouverts de photographies de nos enfants respectifs : des clichés scolaires en noir et blanc que je connais déjà, ainsi que des photos de mon mariage. En passant devant eux, je suis à peine capable de les regarder dans les yeux ; j'ai tellement honte. Ils n'étaient que des enfants.

Le trajet en voiture vers le lac Gormlaith est un retour vers le passé, et la Subaru de Gussy, avec sa senteur de pin et ses sièges récemment aspirés, une étrange machine à voyager dans le temps. Je suis assise côté passager et ma sœur circule sur ces routes familières, penchée sur le volant qu'elle agrippe fermement, comme le faisait notre mère les rares fois où elle conduisait, ce qui lui valait quelques regards moqueurs de notre part.

Je n'ai pas emprunté cette route depuis cinquante ans, mais je suis capable d'en anticiper chaque tournant, presque chaque bosse. La mémoire est un drôle de mécanisme ; vous pensez avoir oublié des choses, et voilà qu'un pan entier de votre passé refait surface à cause d'un détail insignifiant. C'est un raz-de-marée. Un déluge. Mon cœur bat de plus en plus vite, à une vitesse alarmante, à mesure que nous approchons du lac. Et au moment où je redoute l'infarctus, Gussy s'arrête sur le parking de *Hudson*.

— Effie m'a demandé de lui acheter du lait. Tu as besoin de quelque chose ?

J'essaie d'imaginer ce que pourrait recéler cette petite épicerie d'appoint, ses étagères poussiéreuses et ses hauts réfrigérateurs aux vitres sales, quel produit miracle serait susceptible de me débarrasser de l'impression désagréable d'avoir commis une grave erreur en venant ici. Serait-il vendu dans une boîte, un sachet, un carton ? Combien coûterait-il ?

— Non, merci.

Je reste assise dans la voiture dont le moteur tourne encore pendant que ma sœur entre dans la boutique. Une fois de plus, en la regardant, je revois notre mère. Sa posture, la courbe de son dos. Même l'arrière de sa tête, ses boucles blanches soigneusement coiffées, me dupent.

Dehors, le ciel est d'un bleu vif, presque inquiétant d'intensité, le soleil est un pendentif étincelant niché au creux d'un cou azur. Malgré les affirmations contraires de Gussy, ses regrets, le feuillage est spectaculaire. *D'un autre monde*. Les nuances des feuilles et les compositions qu'en font les forêts sont surréalistes, le paysage infini semble peint au doigt par un enfant :

un rêve de pourpre, de violet, de safran. Si je croyais en Dieu, je considérerais cela comme une preuve de son existence. Comment expliquer autrement ce kaléidoscope de couleurs ?

Gussy me tend la brique de lait à travers ma vitre ouverte.

— J'ai pris du demi-écrémé, dit-elle d'un air soucieux. Peut-être que j'aurais dû acheter du lait entier pour les enfants. Mince, qu'en penses-tu ?

— Je suis sûre que ça ira, dis-je.

Je trouve drôle que Gussy, qui est si calme et posée dans les épreuves les plus dures de l'existence, puisse se ronger les sangs pour des broutilles. Pour ma part, en revanche, j'ai toujours géré les petits tracas sans sourciller, et traversé les grandes choses de la vie en tâtonnant maladroitement.

— Prête ? me demande-t-elle en se rasseyant, la portière résonnant d'un joyeux tintement pour nous rappeler d'attacher nos ceintures.

— Plus que jamais, je suppose.

Cinq kilomètres. Cinq kilomètres formant le lacis de mes nerfs, le chemin même parcouru par mes veines et mes artères. Cet endroit fait partie de moi. C'est mon corps. La brise est mon souffle. Ce lac, que je commence à apercevoir, est mon sang. La nausée me saisit quand nous prenons le virage où apparaissent la zone accessible aux bateaux et la plage herbeuse. Rien n'a changé. Tout, ou presque, est en l'état.

— Tu vas bien ? m'interroge Gussy en tendant le bras pour prendre ma main.

Je fais « oui » de la tête, car les mots sont bloqués quelque part au milieu de ce nœud compliqué de souvenirs. Dans les pierres, les arbres, la route sinueuse devant nous.

— Tu es sûre ? insiste-t-elle.

Je me rends compte que j'ai plaqué ma main contre mon cœur, un geste instinctif que j'ai pris l'habitude de faire depuis quelques années. Je vérifie qu'il bat encore, comme autrefois j'appuyai mon oreille contre la poitrine de Francesca ou de Mouse pendant leur sommeil. Comme je le faisais à la fin lorsque Lou était malade. Mais mon vieux cœur martèle ma poitrine, imprime à ma paume une pression rassurante.

Quand nous nous garons dans le camp, j'aperçois deux enfants qui jouent sur la grande étendue de gazon, qui sautent sur des montagnes de feuilles mortes fraîchement balayées. Pendant un bref instant, je sens mon cœur frémir et s'enrayer sous mes doigts.

Sally ? Donna ?

Mais lorsqu'elles accourent vers nous, je vois leurs joues mates teintées de rose et remonte d'un coup à la surface, même s'il me faut un moment pour reprendre mon souffle.

— Gussy ! crie la plus petite.

Elle ouvre la portière et grimpe dans la voiture pour se blottir sur les genoux de ma sœur et l'enlacer. La plus âgée, Zu-Zu, attend patiemment dehors, secouant la tête en regardant sa petite sœur, Paige, celle qu'ils surnomment Prune.

Comment se fait-il que ces simples gestes, ces mouvements subtils du corps, se transmettent d'une génération à l'autre ? Plus que la couleur de notre peau ou de nos yeux, plus que la forme de nos épaules ou l'arc de notre nez, les gestes dont nous héritons sont les spectres du passé. Je reconnais notre mère qui secoue la tête dans le sourire désapprobateur de cette fillette de dix ans. Je reconnais la petite Gussy de sept ans dans cette enfant câline qui s'accroche à ma sœur dans sa version âgée.

— Ça va, ça va, dit finalement Gussy. Laisse grand-mère sortir de la voiture.

Et Prune obéit.

Effie est dans la cuisine en train de préparer des pancakes, devant la même cuisinière où je me tenais autrefois, où Eva se tenait autrefois. Et les filles se pressent dans le coin repas comme le faisaient nos propres enfants. Si peu de choses ont changé, me dis-je. Tant de choses sont exactement les mêmes, mais je ne sais si c'est réconfortant ou perturbant. Effie s'essuie les mains sur son tablier puis se dirige d'abord vers Gussy et ensuite vers moi. Un murmure de jeune femme. Je peux sentir ses os. J'ai l'impression d'embrasser un minuscule oiseau.

Les cheveux d'Effie sont enroulés en un énorme chignon au sommet de sa petite tête et tenus par un crayon. C'est une bibliothécaire ambulante, m'explique Gussy. Elle apporte des livres aux familles, aux enfants.

Nous avons beaucoup de choses en commun à présent, me dis-je.

Lorsqu'elle m'étreint, je remarque qu'en dépit de son frêle gabarit, elle possède des bras forts et volontaires.

— C'est bon de te voir, Billie, dit-elle en souriant. Ça fait tellement longtemps. Je devais être une gamine la dernière fois qu'on s'est vues.

Je confirme d'un hochement de tête. C'était une adolescente. Si je me souviens bien, elle portait des lunettes et un appareil dentaire ; le vilain petit canard. Je suis tout émue de la découvrir ainsi épanouie.

— Où est Devin ? demande Gussy en sortant quelques cadeaux pour les filles ainsi qu'une dizaine d'œufs farcis qu'elle a improvisés juste avant notre départ.

— Il ne va pas tarder. Il est allé à Quimby chercher du bois. Il répare le plancher de la cabane dans l'arbre.

La cabane dans l'arbre. J'ai du mal à croire qu'elle est encore en place. Soudain, le besoin de la voir m'envahit. Le besoin de grimper l'échelle pour entrer dans les arbres.

— Je peux aller la voir ? dis-je.

— La cabane dans l'arbre ? demande Effie. Bien sûr ! Mais n'y grimpe pas. Le plancher est tout pourri.

Zu-Zu a failli se briser le cou la dernière fois qu'elle y est montée. Je n'avais pas idée de son mauvais état.

Je laisse Gussy et les filles dans la cuisine et contourne la maison pour prendre le chemin broussailleux menant aux arbres entourant la cabane. Celui-ci est marécageux, et je regrette de ne pas avoir emprunté à Gussy une paire de caoutchoucs. En écartant les branches pour passer, j'ai l'impression de traverser un brasier. La forêt tout entière est en flammes. Je sens presque les couleurs me brûler. Mon cœur même s'embraser. Au pied de l'échelle, je lève les yeux, et l'espace d'un instant, je l'imagine ici. Johnny, avec sa coiffe indienne chamarrée, se frappant le torse et hurlant dans ce ciel d'un bleu à pleurer.

Ce n'était qu'un enfant, un petit garçon.

J'ai dû me répéter cette phrase des centaines de fois.

C'était comme si j'attendais une embuscade, une attaque. Lorsque le téléphone sonna après le départ de Ted et Frankie le lendemain matin, j'eus l'impression qu'une bombe explosait.

— Billie, Calder est très malade, dit Eva. Peux-tu venir m'aider ?

Elle raccrocha et le téléphone fit un bruit sec. Seuls les parasites de ma respiration demeuraient. La tonalité persistante de mon sang.

Je saisis le pull-over que j'avais posé sur une chaise de la cuisine et le jetai sur mes épaules pour sortir en vitesse dans le matin froid et lumineux de novembre. Je me rappelle avoir été surprise par l'air glacial, avoir presque suffoqué. Il y a quelque chose de douloureux dans l'arrivée de l'hiver, une sorte de beauté cruelle. Le ciel était turquoise, une parure de bijoux, et le soleil y brillait tel un colifichet.

À l'intérieur de la maison, Rose était assise par terre devant la télévision, entourée d'une dizaine de cubes en bois. Elle sourit avec insouciance en me voyant.

— Salut, Billie, dit-elle. Je sais épeler mon nom.

En effet, elle avait aligné les cubes R-O-S-E devant elle.

— Quelle petite fille intelligente tu es, dis-je.

Et cette promesse lumineuse, cette petite étincelle de génie, me fit monter les larmes aux yeux.

— Où est ta maman, petite Rosie ? ajoutai-je.

— Elle est dans la cuisine, répondit-elle. Calder est malade.

Je déposai alors un baiser sur le crâne de Rose, humai son parfum de shampoing pour bébé.

Dans la cuisine, tout semblait normal. La cafetière électrique bouillonnait sur le plan de travail. La vaisselle du matin était faite et reposait sur l'égouttoir. La table était propre, sans miettes ni éclaboussures. Toute preuve du petit déjeuner avait été effacée. Mais Eva n'était pas dans la pièce, et la porte de service était grande ouverte.

Je sortis et la trouvai assise par terre à côté de Calder, qui était étendue sur l'herbe froide.

— Qu'est-ce qui ne va pas ? demandai-je en m'accroupissant près de la chienne et en passant mes doigts sur son ventre chaud.

Eva secoua la tête, les yeux pleins de larmes.

— Je ne sais pas. Ted l'a nourrie ce matin avant de partir pendant que j'amenais les enfants à l'arrêt de bus, et après son départ, elle a commencé à se comporter bizarrement. On aurait dit qu'elle était saoule. Elle n'arrêtait pas de se cogner sur des objets, et ensuite elle est sortie et maintenant elle ne veut plus se lever.

Je caressai Calder de nouveau, examinai sa gueule. Elle haletait, son thorax en tonneau se soulevait et s'abaissait comme si elle venait de courir.

— Tu crois qu'elle a mangé quelque chose de mauvais ? Qu'elle a pu tomber sur un poison ?

Eva leva les yeux vers moi et ravala un sanglot.

— Je n'en sais rien.

— Il faut qu'on l'emmène chez le véto, dis-je.

— Mais comment ? Nous n'avons pas de voiture.

— On va en emprunter une. Reste ici.

Je frappai, tremblante, à la porte de Mme Boucher. Je ne lui avais parlé qu'en de rares occasions. Elle était âgée, comme tous les autres résidents de notre petite impasse, et je craignais qu'elle ne me reconnaisse pas. Il me faudrait ruser pour qu'elle accepte de nous prêter la Chrysler de son mari.

— Bonjour, madame Boucher.

— Madame Valentine ! dit-elle, son visage s'éclairant.

— Écoutez, je suis navrée de vous déranger, mais Eva Wilson, vous savez, la voisine d'en face ? Sa fille a une forte fièvre, et ni elle ni moi n'avons de voiture pour l'emmener chez le docteur Johnson. Serait-il possible d'emprunter la vôtre pour quelques heures ? Je me ferai un plaisir de faire le plein.

— Pauvre petit bébé. Vous avez essayé de la frictionner avec de l'alcool ?

L'impatience me gagnant, je hochai la tête.

— Nous avons tout essayé. Elle a vraiment besoin de voir un médecin.

Et tandis que j'inventais cette histoire de toutes pièces, j'imaginai la peau de Rose devenir brûlante au toucher, ses yeux s'éteindre, ses paupières tomber. Je l'imaginai se vider de ses forces tandis que son corps combattait les microbes qui l'attaquaient. J'oubliai presque, en me tenant sur le seuil de Mme Boucher, que c'était Calder, et non Rose, qui était malade. Ma vie entière devenait une vaste imposture, et je trouvais cela d'une facilité déconcertante.

Je sortis l'Imperial en marche arrière jusqu'à la porte du garage des Wilson, et nous portâmes soigneusement Calder à l'arrière pendant qu'Eva vérifiait que Mme Boucher ne nous surveillait pas depuis sa fenêtre. Nous installâmes ensuite Rose, nous affairant autour d'elle comme si elle était véritablement souffrante.

Le vétérinaire s'occupa immédiatement de Calder. À notre arrivée, les yeux du chien étaient révulsés, et Eva pleurait. Elle disparut dans la salle d'examen avec l'animal, et je restai avec Rose, que j'essayai de rassurer, même si elle avait compris que quelque chose de triste se tramait.

Après une interminable demi-heure, Eva sortit de la pièce, la mine abattue, des traînées de mascara sur les joues. Je levai un regard interrogateur vers elle et elle secoua la tête.

— Ils ont dû la piquer. Elle n'allait pas s'en sortir.

Mes yeux se remplirent de larmes. Eva s'assit puis se mit à sangloter dans mes bras.

— Que s'est-il passé ? demandai-je.

— D'après le docteur, elle aurait avalé de la mort aux rats.

— De la *mort aux rats* ? Mais comment ?

Je savais qu'Eva rangeait tous les produits d'entretien et autres liquides dangereux sur l'étagère la plus haute du garde-manger, hors de portée des enfants et de la chienne.

L'incompréhension se lisait sur son visage ; et soudain, un terrible pressentiment vint peser sur ma poitrine, menaçant mon corps de se briser en deux.

— Il sait, dis-je.

Eva essuya ses larmes.

— Qui ça ?

— Ted.

Elle agita la tête.

— Tu crois que c'est *Ted* qui a fait ça ?

J'acquiesçai. Tout faisait sens à présent, toutes les pièces du puzzle se mettaient en place d'un seul coup. Le tableau m'apparaissait de plus en plus nettement.

— Réfléchis, dis-je. Calder était un cadeau de ma part. Un prétexte pour qu'on puisse se promener ensemble. Tu as dit qu'il lui avait donné à manger ce matin.

Eva ouvrit de grands yeux incrédules.

— C'est complètement *dingue*, Billie.

— Il t'envoie un avertissement.

— Elle a pu tout aussi bien fouiller dans les ordures des voisins, supposa Eva comme si elle pouvait changer les faits rien qu'en les souhaitant erronés. Ou peut-être qu'elle a trouvé le moyen d'entrer dans le garage.

Mais je *savais* que Johnny avait tout raconté à son père, et nous avions été stupides de croire le contraire. Au lieu de piquer une crise de nerfs, au lieu de riposter par les poings, Ted avait mis de l'arsenic dans la nourriture du chien de sa femme, avait posé son chapeau sur sa tête, puis était parti travailler. Dans un calme olympien. Et quelque chose dans cette prise de conscience était plus menaçant et plus terrifiant que tout ce qu'il avait déjà infligé au corps d'Eva. Il était non seulement abusif, violent et plein de rage, mais il était également calculateur, capable d'ôter la vie à un animal de compagnie juste avant de franchir la porte en sifflotant.

— Je suis sûre qu'il y a une explication, s'obstina Eva.

Pourtant, tandis que nous ramenions la voiture de Mme Boucher dans le quartier, je ne pus m'empêcher de trembler, de peur et de colère mêlées.

Ce soir de début novembre, debout dans ma cuisine, occupée à faire la vaisselle, j'attendis. Ce n'était qu'une question de temps. J'attendis, tout en rangeant les assiettes, en nettoyant le sol et en essuyant le plan de travail. J'attendis pendant que Frankie bricolait un toaster en panne à la table de la cuisine, que le niveau de vin baissait dans le pichet, et que son regard se vidait de sa substance. Tandis que je bordais les filles dans leur lit, que je plongeais dans les profondeurs de la baignoire, que l'eau emplissait mes oreilles et mes yeux, j'attendis.

On sonna au moment où je sortais de mon bain. J'enfilai mon peignoir, puis examinai mon reflet dans le miroir. J'allai jeter un coup d'œil à chacune des filles pour m'assurer qu'elles étaient endormies, puis refermai leurs portes avant de traverser le palier en direction de l'escalier.

— Il a dit qu'elles étaient enlacées, disait Ted. Qu'elles s'embrassaient comme un homme et une femme. Johnny a tout vu. Tu crois que mon fils est un menteur ?

Et je sus alors que je n'avais d'autre choix que de descendre les marches. D'entrer dans la pièce et d'affronter Frankie, d'affronter Ted, de dire la vérité.

Mes mains tremblaient, mais curieusement, en dépit de ma peur, une seule pensée m'habitait : Frankie méritait de savoir. Ted, même, méritait la vérité. Et par-dessus tout, je me devais de tout avouer. Naïvement, je crus qu'une fois notre secret dévoilé, Eva et moi gagnerions cette liberté tant convoitée : que nos projets, logiquement, se verraient précipités par cette soudaine révélation, qu'énoncer la vérité aurait pour conséquence de briser nos chaînes.

Quand je descendis l'escalier, Frankie et Ted tournèrent la tête vers moi sans prononcer un mot. Ce calme absolu, statique, me parut insoutenable.

Finalement, Ted me lança un regard noir, puis brisa le silence, d'une voix basse et posée.

— Si tu revois ma femme, je te tue.

La voix de Frankie fit alors trembler le sol sous mes pieds, les murs qui soutenaient la maison, et frémir ma propre peau.

— Sors de chez moi, lâcha-t-il.

Je jetai un regard vers la cage d'escalier, priant pour que Chessy et Mouse soient toujours endormies.

— Je tuerai toute ta putain de famille ! cracha Ted en appuyant son index sur le torse de Frankie.

Sur ces mots, il tourna les talons et sortit comme un ouragan avant de claquer la porte derrière lui.

Ensuite, tout ce dont je me souviens, c'est de plumes. Un millier de plumes rouges et jaunes volant dans l'air comme autant de feuilles d'automne. Quand Frankie frappa du poing sur la table où se trouvaient les costumes pour la pièce de Thanksgiving, cela souleva une tempête de plumes.

Ses lèvres étaient grises à cause du vin, aussi grises que ses dents. Son haleine était aigre, et des gouttelettes de salive éclaboussèrent mon visage lorsqu'il s'adressa enfin à moi.

— J'aurais dû m'en douter. Toutes ces années. Salope frigide. *Lesbienne.*

Je secouai la tête, m'efforçant de ne pas pleurer. De ne pas me recroqueviller. De ne pas voler en éclats.

— Tu es *malade*. Mentalement dérangée.

Il tapa violemment son front du doigt, puis tapa mon front. La pulpe molle de son index se planta dans mon crâne comme une balle de revolver. Je repensai alors aux consultations chez le psychiatre que mes parents m'avaient imposées. Je me souvins du canapé dur, de l'odeur des antiseptiques évoquant la maladie. Les microbes. Je m'étais dit qu'ils avaient raison. Je les avais crus. C'était bien une *maladie*, au même titre que la rougeole, les oreillons, le cancer. Et si je suivais les recommandations du docteur, je serais guérie. J'avais même eu peur, pendant des années, de transmettre ce mal à mes filles ; de les contaminer rien qu'en les touchant ou en les serrant dans mes bras. J'avais craint que plus tard, elles ne souffrent de ce même désir débilitant qu'il est interdit d'assouvir. J'avais dû attendre Eva et ces quelques dernières années pour enfin considérer mes sentiments pour ce qu'ils étaient : non pas ceux d'une personne mentalement atteinte, mais ceux d'une amoureuse. J'avais cru, bêtement, qu'ils n'étaient pas le symptôme d'une maladie. Qu'ils étaient bons. Purs, même. Beaux. Mais à présent, j'avais l'impression d'être revenue à mes seize ans. D'être de nouveau une adolescente se faisant toute petite devant son père en colère. Un père qui vocifère et accuse.

— Tu es malade. Sale. Tu me dégoûtes. On ne devrait pas te laisser approcher des enfants. Quel genre de mère tu es ?

Quel genre de mère étais-je ? La question me frappa plus violemment qu'un poing.

Voilà la mère que j'étais : *stérile*, continuellement déçue par son corps dans ses tentatives pour donner la vie. Une mère dont le propre ventre rejetait sa progéniture, l'expulsait avant même que celle-ci ne puisse se développer. J'étais une mère qui prétendait que les enfants d'une autre femme étaient les siens, qui entretenait la mascarade de la maternité, craignant toujours d'être découverte. J'étais une mère qui négligeait ses propres enfants, les repoussait pour ne pas leur inoculer le mal qui vivait en elle. J'étais une mère qui n'aimait pas, était incapable d'aimer, le père de ses propres enfants. Qui ne pouvait se résoudre à s'endormir dans ses bras, et qui, à la place, cherchait consolation dans les bras d'une femme. Je repensai à tous ces matins dans le Vermont où nous laissions les gamins vaquer à leurs occupations pour pouvoir paresser ensemble dans la chambre.

Des tremblements incontrôlables me secouaient, tandis que Frankie me martelait d'accusations et que ses mots furieux, tels des coups de poing, blessaient une à une les zones les plus vulnérables de mon âme.

— Tu n'es qu'une menteuse, une sale pute.

Je m'écroulai alors sur le sol de la cuisine, ne souhaitant plus qu'une chose : disparaître. M'évaporer. Mais lorsque Mouse apparut en haut de l'escalier, je me relevai maladroitement, honteuse de m'être abandonnée de la sorte.

— Maman ? demanda-t-elle en commençant à descendre. Pourquoi tu pleures ?

Je m'essuyai furieusement les yeux du dos de la main et pris ma fille dans les bras, ses jambes touchant presque le sol tant elle avait grandi. Je la tins serrée, m'accrochai à elle.

Et comme je l'avais supposé, Frankie me l'arracha des bras.

— Ta mère ne se sent pas bien, dit-il. Retourne te coucher.

Mouse se hâta de remonter l'escalier, et je l'entendis trottiner dans le couloir. Je me mis à penser à Chessy dans sa chambre ; que devais-je faire, que *pouvais*-je faire ou dire si elle nous avait entendus ?

— Qui d'autre est au courant ? demanda-t-il.

— Personne, répondis-je en secouant la tête.

— Menteuse !

Ses mots étaient pâteux, ramollis par l'alcool. Je me demandai alors s'il se rappellerait tout cela le lendemain matin. Si ce moment, à l'instar de tant d'autres, se transformerait simplement en rêve brumeux, en vague souvenir ? Pour une fois, je l'espérais, souhaitais que l'amnésie puisse remonter le temps. Il avait sifflé un demi-pichet, de quoi noyer les éventuels démons de son esprit. Moi qui ne croyais pas en Dieu, je me mis à prier pour qu'il s'éloigne en titubant, qu'il monte dans la chambre, et qu'il oublie.

Soudain, comme par la force de ma seule volonté, Frankie se leva, et je le vis se tenir aux meubles à la manière d'un aveugle pour se diriger vers l'escalier. Il flottait dans son pantalon, qui faisait des fronces là où la ceinture le retenait. Son marcel autrefois blanc était grisâtre et usé, ses omoplates saillaient. Il était allé chez le coiffeur peu de temps auparavant, et une coupure avait laissé une marque rouge sur sa nuque. J'eus pitié de lui. C'était un enfant, un enfant blessé. Pendant un instant, j'eus presque envie d'aller le border dans son lit, de poser un linge frais sur son front et de lui promettre que tout irait mieux à son réveil. C'est alors qu'il se retourna et me cracha son fiel une dernière fois.

— Tu ne les mérites pas, ces enfants. C'est moi qui te les ai donnés, et je peux te les reprendre.

Ses mots avaient perdu leur mollesse, ce n'étaient plus des poings, mais des poignards. Et je compris alors qu'il n'était pas si saoul. Il n'aurait rien oublié le matin venu. Cela signait la fin de ma vie telle que je l'avais connue. Je pouvais perdre mes enfants ; il pouvait me les enlever. Pour la première fois depuis le début de mon histoire avec Eva, je me mis à envisager l'impensable : que mes rêves égoïstes puissent me coûter la seule autre chose au monde que j'aimais.

Voilà le genre de mère que j'étais : une mère qui cousait méticuleusement chaque écusson d'éclaireuse sur les ceintures de ses filles, qui fouillait les vieux cartons moisis de l'Armée du salut à la recherche d'une robe à repriser et à embellir pour une photo scolaire. Une mère qui avait confectionné tous les gâteaux d'anniversaire jamais exigés, défiant les lois de la géométrie, de la physique et de la chimie, pour y parvenir. Une mère capable de rester éveillée au chevet de son enfant souffrant des oreillons pendant trois nuits consécutives, plaquant régulièrement l'oreille contre sa poitrine pour s'assurer que celle-ci respirait. Le genre de mère qui embrassait les bleus et pansait les coupures, qui passait des heures à la table de la cuisine à faire du coloriage. Le genre de mère qui aurait fait n'importe quoi pour que ses filles ne souffrent plus.

Qu'avais-je donc fait ?

— Madame Valentine ? Billie ?

Sa voix traverse la forêt pour m'atteindre ; je suis assise sur la balançoire suspendue à l'arbre, sous la cabane. Cette voix pourrait venir d'une autre époque, d'un autre lieu. Cela pourrait n'être que le vent. Je lève les yeux et aperçois un homme corpulent portant une bûche sous le bras. Il sourit, me tend la main pour m'aider à me lever.

— Je suis Devin, annonce-t-il. Le mari d'Effie.

— Oh, bonjour ! dis-je, gênée d'avoir été surprise m'adonnant à une aussi étrange rêverie.

— Effie m'a dit que vous veniez ici dans les années 1950-1960 ?

— Oui, c'est vrai. Nous venions tous les étés.

— Vous trouvez que les lieux ont beaucoup changé depuis cette époque ?

— Oui, dis-je en riant avant de secouer la tête. Non, en fait, pas tant que ça.

Il n'est plus dans le soleil aveuglant à présent, je peux voir les traits de son visage. Il pose le bois au sol et fourre les mains dans ses poches pour les protéger du froid. Il fait deux fois la taille de la frêle Effie. C'est un Afro-Américain, à la peau sombre. Gussy m'a raconté que sa sœur, venue ici passer des vacances au sein d'une famille d'accueil dans les années 1990, s'est noyée dans le lac, et qu'Effie et lui se sont rencontrés quand il louait cette petite maison au bas de la route. C'est un artiste. Malgré la taille de ses mains, il fabrique de délicates petites boîtes vitrines. Elle m'a envoyé des coupures de journaux mentionnant ses expositions. J'ai remarqué plusieurs de ses créations en entrant dans la maison.

Je me souviens d'avoir été surprise lorsque Gussy m'a annoncé leurs fiançailles, stupéfaite par la facilité avec laquelle les choses se passaient pour eux. Si Effie avait grandi à mon époque, le fait de tomber amoureuse de cet homme aurait représenté un danger. J'ai parfois du mal à croire que deux femmes aient pu vivre les expériences de la vie de façon si radicalement différente, comme si elle et moi ne partagions pas la même planète. J'ai trouvé particulièrement ironique que le Vermont ait été l'un des premiers États à voter en faveur du mariage gay. Il y a même une maison d'hôte à la frontière de Quimby qui n'accueille que des couples homosexuels. La grange rouge en ruine a été restaurée et décorée d'un arc-en-ciel multicolore sur un de ses murs. Par moments, je ne peux m'empêcher d'être en colère, de me laisser submerger par l'amertume et le ressentiment. Si Eva et moi étions simplement nées plus tard, dans *cette* version du monde au lieu de la nôtre, nous serions peut-être encore ensemble. Elle serait peut-être encore en vie.

— Vous êtes sûre que ça va ? demande Devin en me prenant la main.

Sa peau est chaude et ferme, et j'accepte sa main qui m'aide à me lever de la balançoire.

Je fais « oui » de la tête, me rassurant surtout moi-même.

— Je suis juste encore un peu fatiguée du voyage.

— Vous aimeriez monter dans la cabane ? Je peux vous aider, si vous voulez.

— Oh, oui, dis-je. J'adorerais ça.

C'est alors que ses filles accourent vers nous, leurs voix tintant comme des clochettes. Et tandis qu'elles gravissent l'échelle à toute vitesse, et que leur père les guide pour qu'elles évitent les planches abîmées, je les observe : ces splendides fillettes à la peau café au lait, aux boucles brunes, aux yeux bleus d'Effie. Comment a-t-on pu considérer un jour que cette union était autre chose que la perfection même ? Ma gorge se noue à cette pensée, me réduisant au silence. Il n'y a pas de mots pour décrire ce sentiment.

Dans la journée, Frankie et moi nous comportions comme si de rien n'était. Nous étions tous deux perdus quant à la marche à suivre, alors nous ne changeâmes rien à nos habitudes. Le lundi matin, il m'embrassa même sur la joue. Il dégageait une forte odeur d'eau de Cologne, et s'était douché au moins une demi-douzaine de fois pendant le week-end, sans doute pour se purger de toutes ces révélations. Nous étions devenus des robots, exécutant mécaniquement nos gestes routiniers. Ce matin-là, je préparai les pancakes du petit déjeuner puis démêlai les cheveux de Mouse. J'aidai ensuite Chessy à retrouver sa chaussure égarée. Frankie ne m'adressa pas la parole. Quand tout le monde eut quitté la maison, je m'écroulai sur le canapé et pleurai à chaudes larmes, le visage enfoui dans mes mains. J'entendis à peine la sonnerie du téléphone.

Eva ne dit rien ; ce n'était pas nécessaire. Nous n'avions plus besoin de mots pour nous comprendre. Elle se contenta de sangloter à l'autre bout du fil.

— Eva, dis-je, m'efforçant de l'apaiser comme un enfant qui a du chagrin, ou un animal blessé. Eva.

Le soir, Frankie et moi nous disputions. Par murmures étouffés et chuchotements stridents. Je me demande aujourd'hui ce que les enfants percevaient de ces sons tandis qu'ils cherchaient le sommeil dans leurs lits. J'imagine parfaitement Chessy, la tête collée au plancher, essayant de déchiffrer les bribes de conversation, les mots qui volaient par-dessus la table de la cuisine. Les larmes me montent aux yeux lorsque je songe à Mouse, pelotonnée sous ses draps, agrippée à sa poupée Betsy Wetsy, s'efforçant de ne pas entendre.

Frankie buvait, il n'avait jamais cessé de boire. Et nous tournions en rond. Inlassablement. Je ne pouvais rien dire qui puisse effacer les faits, ni le lien qui existait toujours entre Eva et moi. Et Frankie ne pouvait rien dire qui puisse modifier mes sentiments. Il accusait. Il implorait. Il me réprimandait, me rabaissait, me suppliait. Et ensuite, tous les soirs, au moment où je n'en pouvais plus, il abandonnait : la résignation apparaissait dans ses yeux fatigués, s'entendait dans ses profonds soupirs. Quand il disparaissait dans l'escalier, vaincu, je mettais mon manteau et sortais marcher.

Je marchais seule à présent, Eva étant détenue prisonnière dans sa propre maison. Mais je marchais en sa mémoire. Je marchais pour me souvenir : chaque fissure dans le trottoir, chaque branche d'arbre, chaque lune devenant un monument vivant à la gloire de notre amour. Mais nous rappelant aussi ce que nous avions perdu. Chaque soir était une élégie.

Et à chaque nuit qui passait, alors que le froid s'installait et que l'hiver s'insinuait, je commençais à craindre le pire. Tandis que le reste du monde se préparait pour les vacances, je me préparais à l'inconnu. Cette terrible incertitude, cette attente punitive du sort que Ted réservait à Eva, me réservait, revenait à guetter la foudre. La tempête grondait, et j'attendais qu'elle éclate. Je comptais les intervalles entre les coups de tonnerre, écoutais le roulement sourd du ciel et l'averse.

La pièce de théâtre des scouts était prévue pour le vendredi précédant Thanksgiving, dans la cafétéria de l'école, juste après le déjeuner. Cela faisait plusieurs semaines que nous répétions au sous-sol, mais depuis Halloween, les petites Wilson venaient sans leur mère à nos réunions hebdomadaires. Elles fournissaient des excuses : Rose était malade, Eva était souffrante, occupée, fatiguée. En réalité, je savais qu'Eva avait peur. Tout comme moi.

Le jour J, je rassemblai dans un sac les costumes que j'avais terminé de coudre toute seule, ainsi que les accessoires, puis parcourus à pied le kilomètre et demi qui me séparait de l'école.

Hannah me retrouva dans la cafétéria, et nous fixâmes avec de l'adhésif la toile de fond en papier kraft qu'Eva avait peinte : le *Mayflower*, la séquence de la moisson. Je revoyais ses mains, recréant méticuleusement ces scènes d'abondance. Je l'avais observée, penchée au-dessus des immenses feuilles, faisant naître en quelques coups de pinceau le premier Thanksgiving de l'histoire. Elle était la magicienne et moi la spectatrice captivée. Mes yeux se remplirent de larmes, que je chassai rapidement d'un clignement.

— Il paraît que le cancer a récidivé, lâcha Hannah.

— Pardon ?

— C'est pour ça qu'Eva ne vient plus.

— Mais non, contestai-je. Elle va bien.

— Vous le sauriez, *vous*, forcément, dit-elle en levant les yeux au ciel.

— Qu'est-ce que vous insinuez ?

Pour la première fois, je songeais à ce qui arriverait si Hannah apprenait la vérité sur Eva et moi. Si nos autres amis et voisins l'apprenaient. Je m'étais tellement souciée des réactions de Frankie et de Ted, des moyens à mettre en œuvre pour nous libérer d'eux et être ensemble, que j'avais à peine envisagé notre survie dans ce monde, cet univers hostile où les femmes telles que nous n'avaient pas leur place. Un monde où notre déviation par rapport à la norme, notre *déviance*, pouvait nous faire enfermer dans un asile d'aliénés, voire même jeter derrière les barreaux. Où nos aberrations pouvaient nous faire *tuer*.

— Je veux seulement dire que vous êtes *très proches*, répondit Hannah sur un ton amer. Comme les deux doigts de la main.

— Taisez-vous, Hannah, lâchai-je enfin – des mots que je rêvais de prononcer depuis des années. Et mêlez-vous de vos affaires pour une fois.

Elle eut l'air abasourdie, son visage devint rouge de honte, s'accordant à sa robe.

— Eh bien, on dirait que quelqu'un s'est levé du mauvais pied ce matin, lança-t-elle d'une voix hautaine, mains sur les hanches et lèvres pincées.

Je secouai la tête et lui tournai le dos pour tirer une des tables de la cafétéria au centre de la scène ; elle nous servirait à la fois de rocher de Plymouth et de première table de Thanksgiving. M. McNally, le concierge, balayait les restes du déjeuner en sifflotant des chants de Noël. Il me salua d'un geste de la main, que je lui rendis avant de décharger mon sac de costumes comme le père Noël vidant sa hotte.

Seules les mères devaient assister à la pièce ; tous les pères étaient au travail en ville. Elles arriveraient en troupeau jacassant, armées de leurs appareils Instamatic et de leurs flashs. Elles se masseraient sur les rangées de chaises pliantes en métal, rayonnantes de fierté, et feraient de grands signes à leur progéniture sur la scène. Depuis que mes filles allaient à l'école, je n'avais jamais eu le sentiment de faire partie de leur club. Ces autres mères perchées sur leurs talons hauts, assumant leur rôle avec tant de naturel. Leur façon de *se satisfaire* de ce qu'elles avaient me frappait. Aucune d'entre elles n'avait ma nervosité. Aucune ne semblait remettre en question, pas même une seconde, l'ennui et la vacuité de son existence.

— Je vais avoir besoin de ronéotyper quelques programmes de plus, dit Hannah avec agacement. Vous pouvez terminer ?

J'acquiesçai de la tête, soulagée qu'elle s'en aille.

À peine sortis de classe, les scouts se ruèrent dans la cafétéria avec excitation et fébrilité. Seule, je coiffai les filles de leurs bonnets, les garçons de leurs chapeaux ou coiffes indiennes, fixai des boucles de papier à leurs chaussures. Je leur fis répéter leurs répliques une dernière fois, puis attendis que les mères entrent et prennent place, suivies par les autres écoliers venus assister au spectacle.

Je scrutai la foule à la recherche d'Eva, espérant l'apercevoir même furtivement. Elle me semblait déjà irréelle, aussi abstraite qu'un souvenir lointain. Mais elle n'était pas là, du moins pas dans mon champ de vision.

Quand tout le monde fut installé, j'ouvris le rideau de fortune. Nous voilà soudain à bord du *Mayflower*. Les enfants récitèrent leur texte, articulant soigneusement et posant leur voix comme ils l'avaient appris. Lorsque le bateau arriva à destination, je refermai les pans de tissu et me précipitai sur scène pour changer la toile de fond et dresser la table. Je courus ensuite dans les coulisses d'où je rouvris le rideau.

Lorsque j'entendis l'exclamation, je crus qu'un incident s'était produit sur la scène ; que la toile de fond représentant la récolte s'était effondrée, qu'un enfant était tombé ou s'était cogné la tête. Mais l'exclamation fut suivie d'un cri strident puis d'une centaine de murmures pareils à un bourdonnement d'abeilles. J'observai alors l'assistance : tout le monde remuait, se déplaçait. Les gens se penchaient les uns au-dessus des autres, parlaient de plus en plus fort, les femmes se mettaient à hurler.

À ce moment-là, M. Prine, le directeur, se précipita vers moi, tandis que les enfants s'étaient immobilisés, oubliant leurs répliques, distraits par le brouhaha ambiant.

— Il est arrivé quelque chose au président, m'apprit-il. Il s'est fait tirer dessus.

Mon cœur cessa de battre. J'avais sûrement mal entendu.

— Il faut que vous arrêtiez la pièce, ajouta-t-il.

J'acquiesçai, montai rapidement sur la scène, sous les regards médusés des enfants, puis les conduisis en coulisses.

— Il y a une urgence, dis-je en essayant de ne pas les affoler.

Malheureusement, mon imprécision ne fit qu'amplifier le chaos.

— Qu'est-ce qui s'est passé ? murmura Francesca. C'est papa ?

— Oh non, dis-je.

— Il y a le feu ? demanda Mouse en s'accrochant à ma jambe.

— Non, ma chérie, dis-je en me penchant vers elle pour la serrer dans mes bras.

La fillette s'agrippait toujours à moi quand M. Prine monta sur l'estrade et prit sa voix la plus convaincante pour annoncer que le président Kennedy avait reçu une balle au cours d'un défilé en voiture au Texas, et enjoindre les mères de ramener leurs enfants à la maison sur-le-champ. L'annonce officielle provoqua une clameur collective, et tous les gamins se mirent à pleurer.

Je rassemblai les scouts autour de moi, ne sachant quoi faire d'autre. Et là, au moment où je les faisais descendre de scène pour les rendre à leurs mères, je vis Eva.

Elle était assise au fond de la salle et tenait Rose endormie dans ses bras. Ses yeux étaient écarquillés de stupeur mais elle ne bougeait pas, visiblement tétanisée par le choc. Donna et Sally se précipitèrent vers elle, suivies par Johnny qui se trouvait parmi les spectateurs. Rose se réveilla et se mit à pleurer. Soudain, plus rien d'autre ne compta pour moi. Je me dirigeai vers elle.

— Ramenons les enfants à la maison, dis-je.

Elle acquiesça d'un hochement de tête, puis tous ensemble, nous prîmes la longue route menant à Beechtree Street. Les trottoirs étaient noirs de monde : mères et enfants se déversaient en masse de l'école.

Comme s'il y avait eu une alerte à la bombe. Comme si l'on avait annoncé la fin du monde.

Arrivés chez moi, nous allumâmes la télévision : Walter Cronkite expliquait que JFK venait d'être déclaré mort. Devant l'écran, les enfants s'accrochaient à nous avec incrédulité. Même Johnny, qui ne tenait jamais en place, était tétanisé.

— Je ne sais pas quoi faire, dit Eva.

Je secouai la tête.

Moi non plus.

Que fait-on lorsque le monde est en train de s'écrouler ?

— Reste, dis-je plus tard tandis qu'elle rassemblait ses enfants, leur remettant manteaux, bonnets et moufles. S'il te plaît.

Elle agita la tête.

— C'est trop risqué.

Le danger était partout. Personne n'était en sécurité. Ni elle, ni moi, ni même le président des États-Unis.

Frankie et Ted rentrèrent de bonne heure ce soir-là, mais quand leurs voitures se garèrent dans nos allées respectives, Eva était déjà chez elle. En effet, même si toutes les lois de l'univers semblaient en suspens ce jour-là, nous savions que certaines choses demeuraient inchangées.

La semaine suivante, un drap mortuaire tomba sur notre foyer, sur Hollyville, et sans doute sur l'Amérique tout entière. La mélancolie qui m'habitait depuis Halloween semblait s'être propagée, telle une épidémie, sur notre communauté. Je savais, en esprit cartésien, que les deux tragédies n'avaient aucun lien, mais le chagrin partagé par la nation après l'horrible assassinat de Kennedy m'apparut comme l'expression publique de mes pensées les plus intimes. J'eus l'impression que tout le peuple américain pleurait avec moi.

Et pourtant, malgré tout ce qui était arrivé, à Jack Kennedy, à notre nation, entre Eva et moi, Frankie insista pour que nous organisions notre Thanksgiving traditionnel. Chaque année depuis que nous vivions à Hollyville, nous recevions ses sœurs et sa famille. Je le suppliai d'abandonner cette coutume pour une fois, mais il s'entêta, jurant que si nous annulions la fête, tout le monde saurait que quelque chose n'allait pas. Si les enfants comptaient un tout petit peu pour moi, si la famille comptait, je devais agir comme si tout était normal. Son obstination désespérée, puérile, m'agaça. Cependant, je n'étais pas en position d'argumenter. À cause de mes péchés, je me retrouvai à sa merci. Sa volonté dictait le moindre de mes faits et gestes. À dire vrai, nous avions tous le sentiment, après ces drames – celui du président, du pays, de notre famille –, d'avoir perdu nos repères, et c'était sans doute là sa tentative pour rétablir un semblant de normalité dans la maison.

Ainsi, le mercredi matin, je me levai à l'aube, préparai des patates douces, des haricots verts en cocotte et des tourtes à la viande. Tandis que Frankie et les enfants dormaient encore, que le monde entier sommeillait, je fabriquais du normal à partir de farine, de sucre et de sel.

Eva et moi n'avions pas échangé un seul mot depuis le vingt-deux, depuis ce moment d'horreur partagée où nous avions regardé, assises devant l'écran de télévision, le reste du monde commencer à s'effondrer. Je songeai à elle, de l'autre côté de la rue, exécutant les mêmes rituels que moi. Nous étions chacune le saphir planté dans les sillons d'un même disque tournant inlassablement.

Malgré l'optimisme et l'insistance de Frankie, je savais bien qu'en recevant sa famille, avec manger et boire pour seules occupations, nous courions à la catastrophe. J'imaginai à quoi ressemblerait la recette du désastre dans les pages colorées de mon livre de cuisine.

Ingrédients :

- 6 parents italiens
- 6 bouteilles de vin
- 1 mari en colère
- 1 énorme secret

Mélangez et le cataclysme sera prêt avant même que le dessert soit servi.

Au début de notre mariage, j'adorais ces réunions de famille. Le clan de Frankie représentait l'inconnu pour moi : l'agitation joyeuse, le bruit. Ma propre famille était si réservée, si calme. Nous n'étions que quatre : Gussy et moi, un père renfrogné et une mère taciturne. Les Valentine, au contraire, étaient drôles et bruyants. Ils juraient, fumaient et buvaient jusqu'à plus soif. Bien que je n'aie jamais eu le sentiment de faire partie de ce groupe tonitruant, ils m'avaient toujours amusée et transmis leur bonne humeur (même si, au bout de quelques années, ils avaient abandonné les politesses au profit d'un comportement beaucoup moins exemplaire).

Ces réunions se finissaient toujours en crise de larmes ou en dispute. Les poings ne volaient jamais, mais les insultes, si. À la fin de la plupart des Thanksgiving, la conversation à table tournait au chaos, et plus personne ne prenait la peine de parler anglais. J'avais alors l'impression d'être téléportée dans l'enfance de Frankie, d'être une intruse à cette table : celle qui ne parlait pas la langue, ne comprenait pas les coutumes.

Les cousins étaient si nombreux. Alors que Frankie et moi n'avions que nos filles, les sœurs de Frankie avaient, à elles toutes, une bonne dizaine d'enfants. J'étais à peine capable de les distinguer. Frankie n'avait que des sœurs, mais chacune d'elles avait eu deux ou trois garçons. Les filles étaient en minorité et n'avaient pas le même âge que Chessy et Mouse, au grand dam de ces dernières. Pendant la plupart de ces fêtes, elles passaient leur temps à tenter d'éloigner les garçons de leurs chambres, qu'ils saccageaient et pillaient en véritables pirates. Chaque année apportait son lot de dégâts, que Frankie promettait paresseusement de réparer ou de remplacer, quel que soit l'objet concerné (glace à main fissurée, boîte à bijoux surmontée d'une ballerine brisée, poupée Tammy décapitée).

Cette farce avait toujours existé et se déroulait d'ordinaire à l'extérieur de notre petit cercle. Elle ne nous concernait pas, *nous*. Pendant que les sœurs de Frankie et leurs époux se querellaient comme des gamins, nous observions la scène (les filles et moi du moins) tels des spectateurs devant un dangereux numéro de cirque. Cette année-là, je craignais que nous ne soyons plus immunisées contre ce tumulte. J'avais gâché toutes nos chances de l'être.

Les sœurs de Frankie étaient dévastées par l'assassinat. Chacune d'elles, en entrant suivie de son mari et de son troupeau d'enfants, se jeta dans mes bras comme si nous avions perdu un membre de la famille. Elles étaient presque toutes de noir vêtues. Les femmes de la famille Valentine considéraient que, en tant que premier président catholique, JFK était monté droit au ciel retrouver Jésus. Et en tant que bostonien, il était encore plus illustre qu'Elvis. Le jour de son élection, elles s'étaient évanouies. À sa mort, elles portèrent le deuil.

Peut-être était-ce par respect pour la disparition du président que les sœurs de Frankie et leurs époux, et même les enfants, ne s'adonnèrent pas à leur exubérance habituelle. Bien sûr, ils fumaient, juraient et buvaient toujours. Frankie et les autres hommes parlèrent de Joann Graff, la dernière victime de l'étrangleur de Boston. Elle avait été tuée le lendemain du meurtre survenu à Lawrence, Massachusetts. Les sœurs de Frankie étaient terrifiées par ces crimes, et celui-là, juste après la mort de JFK, les mettait dans tous leurs états. De temps à autre, les hommes intervenaient, assurant à leurs épouses que l'étrangleur ne s'attaquerait jamais à elles. Ses victimes étaient toutes soit des vieilles dames soit de jeunes étudiantes. Mais cela ne suffit pas à les apaiser.

Trouvant le sujet trop sinistre, j'essayai d'en changer en interrogeant Maria sur sa nouvelle maison à Lowell, mais mes tentatives échouèrent lamentablement dès que son mari m'interrompit.

— Il cherche plutôt des filles comme Theresa, affirma-t-il d'un ton catégorique en pointant le doigt vers la jeune femme (la seule célibataire de la famille). Tu as intérêt à bien verrouiller ta porte.

Les autres sœurs acquiescèrent de la tête.

Theresa eut l'air troublée. Soudain, j'aurais préféré qu'on reparle d'Oswald ou de Ruby, un sujet léger et frivole en comparaison.

Finalement, lorsque toutes les autres sœurs furent occupées avec leurs maris, qui avaient évidemment trop bu et commençaient à se chamailler, ou avec leurs enfants, lesquels, gavés de tarte à la citrouille et de bonbons à la menthe, semaient déjà le chaos dans notre maison, Theresa me proposa un coup de main à la cuisine. Je lui fus reconnaissante de son aide, mais aussi de sa compagnie. Frankie m'avait snobée tout au long du repas, et ne m'avait adressé la parole que pour me rappeler de remplir la saucière ou d'aller chercher un autre pot de cornichons au vinaigre au sous-sol. Heureusement, tout le monde, hormis Theresa, disparut dans le salon. Les sœurs voulaient regarder le show spécial Thanskgiving de Arthur Godfrey à la télévision, mais les hommes insistèrent pour voir le match de Green Bay contre Détroit. Et tandis que les adultes se disputaient, les enfants s'éclipsèrent dans le jardin pour sauter sur les tas de feuilles mortes que nous n'avions pas encore trouvé le temps de mettre dans des sacs au fond de la cour.

— Comment vas-tu ? demandai-je à Theresa en débarrassant la table et en nettoyant les restes de nourriture.

Je ne l'avais vue qu'une ou deux fois depuis notre été au lac, qui me semblait déjà à des années-lumière.

— Comment trouves-tu la vie à New York ? ajoutai-je.

— Pas trop mal.

Je savais qu'elle vivait une relation avec un garçon rencontré à l'église, mais que celui-ci, comme le précédent, l'avait quittée sans ménagement mais cette fois-ci, au moins, sans l'avoir nourrie de faux espoirs en lui offrant une bague.

— Je me sens seule, avoua-t-elle.

Son départ de chez elle, son installation dans un appartement avec son amie, avait fait scandale dans la famille. Deux vieilles filles (de vingt-cinq ans !) vivant sous le même toit. J'avais failli rire, puis pleurer, quand Frankie s'était mis à soupçonner quelque chose de « pas net » entre elles. Mais ce que j'avais vraiment ressenti, c'était de l'envie. Lorsque je pensais à l'indépendance de cette fille, je ne pouvais m'empêcher de rêver à la tournure qu'aurait pris mon existence si j'avais rencontré Eva plus tôt – si elle et moi n'avions jamais croisé nos maris. Vivre ensemble aurait été si facile alors : deux jeunes femmes n'arrivant pas à trouver d'époux, et jouant au couple en ville. Malgré tout l'amour que je portais à mes filles, le sentiment d'avoir manqué une occasion persistait en moi. On ne redevient plus jamais célibataire une fois que l'on a fondé une famille. Nous avions raté notre chance.

— Je suis vraiment triste pour le président, dit-elle en essuyant une assiette que je lui tendais.

— Moi aussi. Il avait l'air de quelqu'un de bien.

Elle hocha la tête, mais ses épaules se secouèrent et elle se mit à pleurer.

— Eh bien, dis-je. Qu'est-ce qui ne va pas ?

Je séchai mes mains et me dirigeai vers elle, lui faisant signe d'approcher. Dans mes bras, tout son corps tremblait, frissonnait de façon effrayante. On aurait dit qu'elle subissait une électrocution.

Elle se mit à sangloter, à suffoquer comme une enfant. Je lui frottai le dos, essayant de calmer ses tremblements, de l'apaiser avec mes mains, me sentant incapable de trouver les mots justes.

— Ils me quittent tous, dit-elle. Tous. Dès que je commence à aimer quelqu'un, il s'en va.

— Ce n'est pas vrai, dis-je. Nous t'aimons. Et nous n'avons pas l'intention de partir.

Elle secoua la tête. Elle ne parlait pas de la famille.

— Qu'est-ce qui se passe ici ? s'enquit Frankie en faisant irruption dans la cuisine.

Il titubait, étant passé de l'état d'ébriété légère à celui d'ivresse en l'espace de dix minutes. J'aurais pu jurer qu'il avait quitté la pièce sobre.

Je m'écartai de Theresa comme si elle brûlait.

— Ne touche pas à ma sœur, grogna-t-il.

— Quoi ? dit Theresa en s'essuyant furieusement les yeux. Tu es cinglé, Frankie.

Puis elle se mit à rire, tant la situation lui paraissait ridicule.

— C'est *moi* qui suis cinglé ? dit-il en fondant sur nous. Elle ne t'a pas dit ? Ce qu'elle est ? Les choses dégueulasses qu'elle fait avec cette femme de l'autre côté de la rue ? Elle ne t'a pas dit ?

Theresa était dans l'incompréhension totale. Elle voulut rire, mais je vis qu'elle essayait d'interpréter les mots de son frère.

— Oh, tais-toi, Frankie. Retourne à ton match.

Les tremblements me gagnèrent à mon tour.

— Non, protestai-je. Ça va aller. S'il a quelque chose à dire, qu'il le dise. Alors, Frankie ? Qu'est-ce que tu essaies de dire ?

Une partie de moi voulait plus que tout que les mots franchissent ses lèvres. Que les accusations, celles dont il me criblait depuis trois semaines, sortent, émergent à la surface comme des bulles dans une casserole, qu'elles *éclatent*.

Frankie resta planté là, les mains sur ses hanches étroites, son menton osseux pointé en avant dans une attitude de défi, tout son corps signifiant qu'il était prêt à se battre. Mais son expression était celle d'un enfant. Sa lèvre inférieure tremblotait, et ses yeux étaient écarquillés et humides. Derrière tout ce cinéma, derrière ces manières de brute, se trouvait un homme incapable de comprendre comment sa femme avait pu le trahir d'une façon aussi inacceptable. Si Eva avait été un homme, si j'avais aimé Ted à la place, Frankie se serait simplement précipité en face pour lui montrer les crocs et les poings. La fureur du cocu l'aurait totalement consumé. Mais cette colère, cette rage, était fondée sur une trahison qui transcendait le banal adultère. Il se sentait insulté au plus profond de son être, dans sa masculinité même. J'avais rejeté non seulement sa personne, mais tout ce qui faisait de lui un homme. Mon cœur se ramollit, je fus submergée par la culpabilité.

— *Saffica*, siffla-t-il. *Lesbica.*

Ce n'était pas la tromperie. Bien sûr, ce n'était pas l'adultère. C'était le fait que je lui aie préféré une femme.

Theresa retint son souffle, et quand je tournai mon regard vers elle, elle détourna le sien. Ses joues et les pointes de ses oreilles avaient viré à l'écarlate.

— Je vais voir ce que font les enfants. J'ai promis à Chessy de lui faire des tresses, dit-elle.

Frankie et moi nous retrouvâmes seuls dans la cuisine, seuls avec cet abîme qui continuait de se creuser entre nous. Nous nous tenions au bord, scrutant le vide immense qui s'étirait, et pour la première fois, nous étions à court de mots.

— Viens voir ce qu'on a fait ! dit Effie en me prenant la main. Je parie que tu trouves les lieux changés, non ?

Effie nous fait faire le tour du camp, nous montre les modifications que Devin et elle ont apportées depuis leur installation au milieu des années 1990. Cela fait bizarre d'être une touriste dans ce musée, ces ruines de mon propre passé. Tandis qu'elle me désigne le nouveau lambris que son mari a posé dans la salle de bains, les lave-linge et sèche-linge casés dans le placard à balai, mes yeux scrutent à la place les vieilles fissures du sol. Je peux presque entendre Johnny tirant le gros fauteuil sur le plancher. Je peux voir Eva replier ses jolies jambes sous elle, Rose grimper sur ses genoux pour que sa maman lui lise une histoire. *Le Vent dans les saules* se trouve-t-il encore sur l'une des étagères ? La couverture couleur pêche est parfaitement gravée dans ma mémoire, je sens encore la reliure craquer sous mes doigts.

— C'est ma pièce préférée de la maison, déclare Effie d'une voix enjouée en me conduisant dans la chambre véranda qui donne sur le lac.

Eva et moi y mettions des lits de camp pour les filles, avec des draps blancs immaculés et des couvertures rouges en laine. À présent, la pièce sert de bureau à Effie. Sur les murs qui ne sont pas percés de fenêtres, Devin a construit des étagères, qui sont chargées de vieux livres d'occasion, dont les brillantes pochettes plastifiées reflètent le soleil éclatant du dehors. Il y a des livres au sol, quelques poupées Barbie et une paire de patins à roulettes. Au milieu, face au lac, trône le vieux secrétaire de Gussy, repeint d'un vert profond. C'est le bureau même où je m'étais assise pour noircir mes innombrables lettres à Eva après son retour à Hollyville. Je sais que le tiroir coince. Je visualise parfaitement le papier floral délavé qui en tapisse l'intérieur. Je me demande si quelque trace de cet été-là s'y trouve encore : des timbres de cinq cents, le papier à lettre parchemin que j'adorais.

— Et voici ce que nous appelons *la galerie*, m'annonce Effie.

Elle sourit fièrement en me désignant les œuvres de Devin, alignées sur un mur entier du salon : ses mondes en miniature encapsulés dans des boîtes de facture brute qu'il a confectionnées lui-même. J'examine le contenu de chacune d'elles, m'émerveille de la beauté de son travail. On dirait des rêves microscopiques. Des inventions. De brefs aperçus. Le visage rayonnant, Effie passe les doigts sur les petites plaques en cuivre fixées aux œuvres, où sont gravés leurs titres : *La première coupe de cheveux de Zu-Zu. Œuf de plongeon avant éclosion. Hiver.* Je me demande, l'espace d'un bref instant, s'il lui arrive de répondre à des commandes, et ce que je lui demanderais de capturer dans une boîte pour moi. Quelle image serait-il capable d'arrêter, quel instantané ? Et tandis qu'Effie nous attire vers l'annexe dédiée aux invités que Devin est en train de construire, puis dans l'escalier menant au loft, je me dis que cette pièce – la maison elle-même – n'est guère différente de ces petites boîtes. C'est un diorama de mon propre chagrin. Les fils luisants de la toile sont les attaches me reliant à mon passé. Les fragments de miroir retiennent la lumière du soleil pour ensuite l'abandonner au crépuscule. Tout ce qui compte en ce monde est gravé dans les rainures de ce plancher, dans les photographies jaunies accrochées à ces murs.

Je m'arrête devant le lit où Eva et moi nous étions enlacées, agrippées l'une à l'autre comme deux personnes en pleine noyade. Bien sûr, le lit est toujours le même. Un nouveau matelas, je suppose, mais le même vieux cadre en acier. Je me sens étourdie.

— Billie, je t'apporte un verre d'eau ? Tu es toute pâle, fait remarquer Effie.

Elle tend la main vers mon bras, replie ses petits doigts sur mon pull. Elle me scrute de ses grands yeux inquiets, dans l'expectative.

— J'ai seulement besoin de m'asseoir, dis-je.

Je ne veux pas l'effrayer. Pauvre enfant, elle ne faisait que nous montrer sa maison dont elle est si fière.

— Je t'en prie, dit-elle en hochant la tête et en me désignant le lit. Allonge-toi quelques minutes. Je vais te chercher de l'eau.

Je résiste d'abord, puis je n'ai d'autre choix que de céder. Mon cœur se serre dans ma poitrine. Ensuite, le lit moelleux s'abandonne à moi, et je commence à sombrer.

L'écriteau « à vendre » apparut dans le jardin des Wilson le dimanche qui suivit Thanksgiving. Je vis Ted planter le pieu de bois dans le sol récalcitrant, et à chaque coup, j'eus le sentiment qu'il l'enfonçait dans mon cœur. Il leva les yeux et me surprit qui l'observais par la fenêtre, mais je ne reculai pas. Qu'avais-je encore à fuir ? Il *savait*. Alors, au lieu de me cacher, je soutins son regard, lui signifiant volontairement qu'il ne pouvait rien faire pour me forcer au repli, que je n'avais pas peur de lui.

En réalité, j'avais peur de lui. J'avais vu ce dont il était capable et cela me terrifiait. Il avait blessé Eva à plusieurs reprises. Il avait tué Calder, assassiné un être vivant. J'avais peur pour les enfants. Je craignais même pour ma propre vie. Mais je ne lui donnerais pas la satisfaction de le savoir. Il en était hors de question.

L'écriteau ne resta planté qu'une semaine avant d'être remplacé par un autre, portant l'inscription : « VENDU ».

Le lundi matin suivant, une fois que Ted, Frankie et les enfants furent tous partis au travail ou à l'école, je traversai la rue, en chemise de nuit et peignoir, et sonnai. Je jetai un coup d'œil par la petite fenêtre de la porte : il y avait des cartons partout, comme le premier jour où j'avais franchi ce seuil. Trois ans seulement s'étaient écoulés, trois années renfermant toute ma vie, tout mon univers.

C'était presque l'hiver, il faisait un froid de canard, le vent fouettait la véranda et traversait le fin tissu de mon peignoir pour agresser ma peau. Je sonnai une nouvelle fois, puis encore une fois, jusqu'à ce qu'Eva vînt enfin m'ouvrir.

Cela ne faisait que quelques semaines que Kennedy avait été tué et que, assises sur mon canapé, nous avions regardé ensemble l'annonce du drame à la télévision, mais elle avait déjà tellement changé. Son ventre avait grossi de façon exponentielle et son visage était également enflé. De profonds cernes violacés soulignaient ses yeux et ses joues étaient pâles. Elle avait l'air brisée. Triste. Noël n'était pas loin, mais il n'y avait aucun signe de fête dans cette maison vide. Ni sapin, ni bas de laine pendu à la cheminée, ni branche de gui.

Il fallait que je la touche ; on me tenait éloignée d'elle depuis trop longtemps. Chaque nerf à vif de mon corps vibrait de douleur. L'appelait. Elle me prit la main et m'attira dans la maison, en jetant un regard désespéré à la rue déserte derrière moi.

— Où est Rose ? demandai-je.

— Elle joue en haut, dit-elle. J'essaie de faire les cartons, mais c'est trop dur..., commença-t-elle.

Mais je ne voulais pas de ses mots. Je voulais sa bouche, ses lèvres. Je voulais sentir mon corps collé au sien. Je voulais sentir sa poitrine contre la mienne, ses hanches contre les miennes. Je voulais sentir ses cheveux et son souffle et l'odeur musquée de ses cuisses. Je voulais l'absorber tout entière, et qu'elle m'absorbe tout entière.

Pendant que je l'embrassais, elle verrouilla la porte derrière moi et tira les rideaux. Nous nous frayâmes un chemin chaotique entre les cartons qui jonchaient le sol – leurs vies soigneusement emballées, tous les restes fragiles protégés par du papier journal. Je me souviens que ses mains avaient l'odeur de l'encre quand elles trouvèrent mon visage dans le salon obscur.

Nous fîmes l'amour sur le sol poussiéreux. Mon dos fut mis à rude épreuve ; les lames du parquet en chêne égratignèrent chacune de mes vertèbres. Mais j'avais beau grimacer, je voulais conserver les traces de ce moment ; je voulais que cette douleur nébuleuse qui habitait mon cœur se manifeste sous une forme tangible : des coupures, des bleus, quelque chose de *réel*, quelque chose qui pourrait guérir.

Ce ne fut qu'au moment où Rose appela d'en haut qu'Eva rouvrit ses yeux gonflés et se releva d'un bond. Elle me laissa par terre, haletante, et se précipita à l'étage.

Plus tard, nous étions assises à la table de la cuisine et Rose jouait avec un carton vide. Eva m'apprit que Ted leur avait trouvé un appartement en ville. Il avait menacé de la tuer, puis de me tuer, si elle osait me revoir.

— On pourra s'appeler, dis-je. Au téléphone. Il ne pourra pas te surveiller vingt-quatre heures sur vingt-quatre.

— C'est une longue distance. Il saura. Et Frankie aussi.

— Alors on s'écrira, dis-je. Tu iras à la poste, tu prendras une boîte postale. Tu paieras en espèces. Je t'enverrai des lettres là-bas. Et tu pourras m'envoyer des lettres à la maison.

Elle secoua la tête.

— Il saura, répéta-t-elle.

— Non, protestai-je en serrant sa main. Il ne saura pas. Eva, c'est notre seul moyen de rester en contact. Tu ne comprends pas ?

— J'ai peur pour les enfants, dit-elle.

— Il ne ferait pas de mal aux enfants, la rassurai-je en secouant la tête.

— Je crois qu'il est capable de tout pour me faire du mal, dit-elle d'un ton ferme. Et ils sont tout ce qu'il me reste. Il faut que tu comprennes ça, Billie. Je ne peux pas perdre mes enfants. Ce serait pire que la mort.

C'est lorsque tout vous est arraché que vous comprenez exactement ce qu'il vous reste. Et ce qu'il me restait, le matin où un camion de déménagement vint emporter le contenu de la maison des Wilson, et où Ted arriva dans sa Cadillac rouge pour enlever Eva, ce n'étaient que le ciel bleu et vide, la neige blanche, et un froid cinglant qui tremblotait dans mon corps comme une créature vivante : une âpreté qui résonnait contre les murs de ce grand vide. Le monde entier prit un aspect saisissant ce matin-là. Il avait neigé, mais le ciel était d'un bleu éclatant, aveuglant, et le soleil brillait si fort que mes tempes vibraient de douleur.

Voilà ce qu'il me restait : l'arrière du bus jaune de l'école s'éloignant en charriant de la boue. Trois sacs de linge propre à plier, l'odeur de l'amidon et du café. Des assiettes vides, tachées d'œuf et de gras. Des chaussures jonchant le sol. Des chaussettes à repriser et des vêtements à raccommoder. Un congélateur vide. Une liste de cadeaux de Noël dont aucun article n'avait encore été rayé. Lorsque je m'assis dans le salon, au milieu des pièges de mon existence (les vieux meubles que Frankie apportait à la maison, le sapin Douglas qu'il avait insisté pour mettre dans la véranda mais qui s'était avéré trop grand et trop luxuriant et bouchait la vue, le vague parfum de mes filles – mélange de shampoing, de céréales, de gomme et de colle), j'eus le sentiment désagréable qu'on m'avait confisqué l'essentiel, le sentiment d'avoir renoncé à toute ma vie.

Je griffonnai alors ma première lettre à Eva, déversai tout ce manque et cette colère, ce vide désespéré, sur d'innombrables pages de prose nerveuse et angoissée. Mon écriture était celle d'une folle. J'écrivis jusqu'à ce que mon poignet souffre autant que mon cœur, évoquant par la plume tous les moments de bonheur qu'elle m'avait offerts, toutes les petites choses que j'aimais chez elle. J'aurais honte de relire cette lettre aujourd'hui ; j'espère que contrairement à moi, elle n'a pas survécu à toutes ces années. Bien sûr, je n'avais aucune adresse où l'envoyer. Pas de boîte postale. Pas de nom de rue. Je n'avais aucune idée de l'endroit où Ted avait emmené Eva. Il avait refusé de lui indiquer où leur nouvel appartement était situé, craignant, évidemment, qu'elle ne me le révèle et que je vienne la retrouver. Oui, j'y serais allée. Si j'avais su où elle était, j'aurais laissé tout cela derrière moi (les draps sales, les sols à frotter, mon quotidien en lambeaux) pour la promesse d'une minute à ses côtés.

Chaque tic-tac de l'horloge-chat, avec ses yeux ronds et sa queue remuante, m'était insupportable ; le temps se jouait de moi. Chaque matin, quand les enfants ouvraient une nouvelle fenêtre de carton sur le calendrier de l'Avent et mangeaient à tour de rôle les chocolats rassis qui y étaient cachés, j'avais l'impression qu'un jour de plus m'était volé. Chaque trajet dans la neige jusqu'à la boîte aux lettres, où j'espérais trouver ses mots mais ne trouvais que des prospectus et des factures, me semblait aussi long qu'un tour du monde. Chaque soir, lorsque Frankie s'allongeait à côté de moi, désireux de regagner mon amour, me semblait interminable. Le temps ralentit atrocement sa course.

Il fallait que j'agisse. Que je la retrouve. Bientôt, Noël arriverait et Frankie serait en vacances pendant une semaine entière. Notre maison serait pleine de monde (les sœurs, leurs maris, mes parents) ; je n'aurais plus un seul instant à moi. Je serais occupée à planter des clous de girofle dans un jambon, à emballer des cadeaux, à coudre des robes et à aider les filles à répéter leurs chants de Noël. Par-dessus tout, j'avais peur que sans moi, Eva oublie ; peur de m'éclipser de sa mémoire, que tous ses souvenirs de moi se dissolvent comme des sels de bain dans une baignoire remplie d'eau chaude.

Et puis, deux semaines avant Noël, la carte postale arriva. Elle n'était pas signée. Ni datée. Elle ne disait quasiment rien, et pourtant elle disait tout. Deux *adresses*, écrites en lettres capitales, apparaissaient, dans une écriture que je connaissais comme la mienne. Juste une boîte postale, un nom et un numéro de rue. Mais ces chiffres et ces mots étaient plus doux que n'importe quelle lettre d'amour. Car ils constituaient un code secret qu'il revenait à moi seule de déchiffrer.

Ils disaient : *Je suis là.*

Ils disaient : *Viens me voir.*

J'ai dû m'endormir dans le lit d'Effie et de Devin, et quand je me réveille enfin, je suis désorientée et légèrement nauséeuse. Je roule sur le côté, m'attendant (dans un instant de désespoir) à apercevoir l'épaule pâle d'Eva. Mais je suis seule, allongée dans mes vêtements sur le dessus-de-lit ; quelqu'un a étendu une couverture sur moi pendant mon sommeil.

Dehors, le soleil a décliné, éteignant le feu qui brûlait un peu plus tôt au sommet des arbres. Il fait bon et le calme règne. Je sens la fumée de la cheminée, son doux parfum. J'entends les filles en bas qui essaient de ne pas faire de bruit, leurs murmures forcés exigeant d'elles d'énormes efforts, les gentilles réprimandes d'Effie chaque fois qu'elles oublient. Il fait sombre dans la pièce, mais des rayons de lumière traversent les trous du plancher. Mouse les appelait « les étoiles dans le sol ».

Je suis gênée de descendre, même si ma seule honte est d'être une vieille dame qui s'est endormie après un long voyage. Malgré tout, j'entre dans le salon où tout le monde est réuni avec le sentiment d'arriver en retard à une fête. Chacun lève les yeux vers moi, l'air d'attendre quelque chose, avant de vaquer à ses occupations et amusements divers. Effie et Zu-Zu jouent au Scrabble. Gussy tricote sur le canapé à côté de Prune, qui semble avoir sommeil elle aussi. Elle se frotte les yeux et se blottit contre ma sœur. J'entends Devin dans la cuisine, la musique des pots, des casseroles et de l'eau bouillante. Je sens l'odeur puissante du dîner qu'il prépare. Le soleil s'est presque couché, et le ciel est un vieux ciel, un ciel familier, moucheté d'étoiles.

— Tiens, bonjour la marmotte, dit Gussy, reprenant les mots de notre mère après nos siestes.

— Bonjour, dis-je. Qu'est-ce qui sent si bon ?

Le dîner est délicieux, mais je peux à peine y toucher. L'odeur des lasagnes, du pain chaud et du beurre aillé me nargue. Je pousse la nourriture vers les bords de mon assiette comme le ferait une enfant, et Gussy me regarde en secouant la tête comme le ferait une mère. Je suis trop nerveuse pour manger. Demain matin, nous quitterons ce nid douillet au milieu des bois pour prendre la route vers Boston et rencontrer un homme qui connaît les secrets les plus intimes de ma vie. Cela me rend malade.

— C'est l'heure du bain ! s'écrie Devin.

Sur ce, il attrape ses deux filles simultanément, une dans chaque bras tel un ballon de football, et les emporte, secouées de rire et se débattant pour se libérer, vers la salle de bains. Pendant qu'il s'occupe de baigner les gamines puis de les préparer pour la nuit, Gussy et moi prenons le thé dans le coin repas de la cuisine, et Effie finit de nettoyer la vaisselle.

— Ça vous dirait, une promenade ? nous demande gentiment Effie en rangeant la dernière casserole.

J'ai étudié la façon dont Devin et elle fonctionnent ensemble, l'harmonie de leurs gestes. Ils sont les deux rouages en mouvement de cette machine domestique. J'envie cette chorégraphie, cette symétrie. Il y a ici un équilibre qui défie tout ce que j'ai pu connaître en matière de mariage et de gestion d'un foyer. Lou et moi avons vécu ensemble de nombreuses années, mais sans jamais avoir l'impression d'évoluer dans la même sphère. Peut-être parce que nous avions chacune connu une longue existence sans l'autre au moment de notre rencontre, et étions trop âgées pour pleinement confondre nos vies.

— J'adorerais ça, dis-je.

Parfaitement réveillée après ma longue sieste, je ressens le besoin de me dégourdir les jambes.

— Je crois que je vais rester avec Devin et les filles, dit Gussy. Allez-y toutes les deux.

Effie enfile un grand manteau beige qu'elle prend dans le placard ; elle se noie dans l'étoffe.

— Il appartenait à ton grand-père Frank ?

— Ouais, ouais, me répond-elle en imitant son accent.

Et soudain, c'est Frank que j'entends. C'est aussi lui que je vois dans son sourire indolent et son mouvement de tête. Effie et Frank étaient très proches : *comme les deux doigts de la main*, disait Gussy. Mes propres petits-enfants m'ont toujours semblé lointains, spectraux : la seule preuve qu'ils grandissent se trouve dans la myriade de photos aimantées sur la porte de mon réfrigérateur. Ayant fui en Californie, je n'ai jamais vraiment eu l'occasion de les connaître. Je les ai rencontrés, bien sûr, et lorsqu'ils étaient tout petits, je suis allée passer du temps avec Francesca pour l'aider. Mais je n'ai jamais réellement fait partie de la trame de leurs vies. Peu importe le nombre de cartes que j'ai envoyées, peu importe le nombre d'appels que j'ai passés. La distance que j'ai recherchée en fuyant la côte est a mis tout le monde à la même enseigne. Ce choix m'a séparée de Frankie, de cette ancienne vie, de tous mes rêves irréalisés (ou brisés), mais aussi de mes enfants. C'était pour moi le prix à payer. Je sais que Chessy en souffre. Je sais qu'elle me reproche beaucoup de choses : des absences, des failles dans sa jeunesse. Je suis aussi nerveuse de la voir que de voir Johnny.

La route de terre qui encercle le lac est pleine de bosses et d'ornières à cause de la niveleuse qui passe une fois par semaine. J'ai peur de trébucher sur une pierre dans l'obscurité. De faire une mauvaise chute. Mais au fond, une petite blessure serait une bonne excuse pour annuler notre voyage à Boston. Et soudain, comme pour répondre à mon idée, comme si je l'avais souhaité, ma cheville se tord.

— Oups.

Mon corps se ressaisit, recouvre son équilibre, se redressant de lui-même avant que je ne m'étale lamentablement au sol, et Effie me tend les bras pour me stabiliser.

— Ça va aller ? demande-t-elle.

Je lui ai fait peur. Je sais qu'elle se fait du souci pour Gussy et moi, car notre corps s'obstine à nous jouer des tours.

J'acquiesce.

— Oui, ça va. J'étais distraite.

Effie me prend alors le coude et me pilote dans la nuit. J'apprécie son aide, même si ce geste me rappelle que je suis une vieille dame.

— Laquelle est la maison des Mason ?

Je lui ai dit que je connaissais Sam et Mena.

— Celle-ci, un peu plus haut, répond-elle.

Il fait trop sombre pour la voir, et aucune lumière n'est allumée à l'intérieur. Il faudra que je revienne en journée pour prendre la photo que j'ai promise à Sam.

— Oh, je me souviens de cet endroit, dis-je en hochant la tête.

— C'était comment, quand tu venais autrefois ? demande-t-elle.

J'observe alors le lac, immobile comme une pierre, miroir silencieux reflétant la lune.

— C'était pareil, dis-je. Ce genre d'endroit ne change pas vraiment. Seules les personnes changent.

Effie s'arrête et me regarde. Ses grands yeux de biche me demandent quelque chose que je doute de pouvoir lui donner. Elle marque une pause avant de parler. Toujours réfléchir avant de s'exprimer : une autre qualité qu'elle a héritée de son grand-père.

— Gussy m'a dit que tu étais ici à cause de ta copine.

Le mot me fait rougir. Je sais bien que c'est le terme qu'utilisent les femmes pour se nommer de nos jours, même celles qui ne sont que des amies. Mais lorsqu'il s'agit de faire référence à l'amour entre femmes, l'usage désinvolte de ces syllabes, l'absence de honte, ne cesse de me surprendre. Je ne peux m'en empêcher. C'est un mot d'aujourd'hui, mais tout ce à quoi il se réfère appartient au passé. Un passé dans lequel ce mot, n'importe quel mot servant à décrire ce genre d'amour, est dénigré, conspué, ou tout simplement tu. Même Lou et moi n'avons jamais établi de terme pour qualifier notre relation. Nous étions simplement *Billie et Lou*.

Nous nous arrêtons pour regarder un couple de plongeons huards glisser à la surface de l'eau, s'interpellant dans cette langue triste et préhistorique dont je me souviens si bien. Effie me serre le coude.

— J'espère que ça ne te gêne pas qu'elle m'en ait parlé. C'est vraiment l'une des histoires les plus déchirantes que j'aie jamais entendues. Digne d'un roman. Une véritable histoire d'amour.

Une vague de chaleur déferle dans mon corps. Non pas à cause des révélations de Gussy sur mon idylle avec Eva et tous les détails qu'elle comporte, mais parce que soudain, quelqu'un perçoit de la *beauté* dans cette histoire. L'idée qu'une personne puisse écouter ce récit et ne pas être dégoûtée, horrifiée par toutes les tragédies qui en ont découlé, qu'elle puisse y déceler un brin de valeur, de sublime – ce à quoi je m'accroche – me désarme totalement.

— Nous allons voir son fils demain, dis-je. J'en suis malade d'angoisse.

Effie hoche la tête en silence.

— C'est compréhensible.

Je suis profondément reconnaissante à l'égard de cette jeune femme. Je sais, par les récits que m'a faits Gussy, qu'elle-même a connu son lot de chagrins. Les secrets et la perte ne lui sont pas étrangers. Son petit ami de fac est mort d'une overdose, mais Gussy n'en ressent aucune tristesse. C'était un *monstre*, m'a-t-elle dit. Violent. Autoritaire. Fou. « Comme Ted », a-t-elle murmuré. Je pense au bonheur qu'Effie connaît à présent avec Devin. J'ai encore du mal à comprendre comment font les gens pour survivre, rebondir. Pour se délester du passé. Si j'en avais été capable, je ne serais certainement pas ici. Et je n'irais pas à Boston demain matin.

— Que dirais-tu de macarons au chocolat ? me propose-t-elle.

— Ça me tente beaucoup, dis-je.

— Eh bien, c'est parfait, parce que Devin en a fait hier, et il en reste une boîte pleine.

Mais ce n'est pas à des biscuits que je pense sur le chemin du retour. Ce n'est pas non plus à la route perfide sous mes pieds. En réalité, je pense à l'annonce que je m'apprête à faire à Gussy : je n'irai pas voir Johnny, je préfère passer le reste de mon séjour ici.

Frankie était un fou de Noël, un amoureux de Noël. C'était sa fête préférée, la période de l'année qu'il affectionnait le plus. Il adorait tout dans cette fête, et en vivant à ses côtés, il était presque impossible de ne pas saisir un peu de l'esprit de Noël. Mais cette année-là, sa nostalgie, sa façon de fredonner du Bing Crosby, me fit de la peine pour lui. Je ne pourrais jamais m'adapter à ce monde qu'il avait travaillé si dur à créer. Il avait bricolé cette famille à partir de bouts de ficelle. Il pensait pouvoir tout concevoir de ses mains. Tout réparer. Même cela. Il se figurait sans doute qu'en recréant un Noël parfait, il pourrait revenir en arrière, au temps béni d'avant les Wilson. Effacer les dégâts produits par Eva. Polir le mur de notre vie pour en ôter les résidus qu'elle y avait laissés, passer une couche de peinture fraîche, le rénover totalement. J'imagine qu'il ne pensait à rien d'autre en assemblant le traîneau en contreplaqué et les rênes, en ressortant les guirlandes lumineuses des cartons. Il était le conservateur d'une histoire imaginaire dont notre foyer était le musée.

Malgré le verglas et mes avertissements, il escalada l'échelle, chargé d'une brassée de lampes qu'il avait soigneusement étalées sur le sol du salon dès le matin pour les tester, vissant bien chaque ampoule pour s'assurer qu'aucune d'entre elles ne provoque de court-circuit. Il fit l'équilibriste sur le toit pentu, pistolet agrafeur dans une main, guirlandes dans l'autre. Il avait aussi emporté un Thermos, dont j'étais quasiment sûre, en entendant ses bottes marteler les tuiles, qu'il ne contenait pas que du café, la joie de Frankie étant aussi peu naturelle que le reste.

Ce spectacle m'était insupportable. Alors j'allai faire fondre du chocolat dans la cuisine, décidée à combler les heures de cette journée par la pâtisserie : croquants au chocolat, tuiles aux flocons d'avoine, pain d'épices. Frankie avait peut-être raison après tout. Nous pouvions toujours nous noyer dans la tradition.

Il resta en haut un long moment. J'avais entendu son pas lourd aller et venir, le bruit de l'agrafeuse, puis le silence s'était installé. Je l'imaginais, adossé à la haute cheminée, sirotant son breuvage fumant. J'essayais de ne pas penser à la démarche chancelante qu'il avait sous l'emprise de l'alcool, à sa tendance à trébucher, même sur un sol plat.

Il était déjà tombé du toit par le passé ; cette nouvelle chute n'aurait pas dû me surprendre, et pourtant ce fut le cas. Dans un premier temps, je crus même que le bruit venait du Thermos qui avait dégringolé, au lieu de Frankie lui-même. Et à cause de la neige, je n'entendis pas son corps heurter le sol ; je ne perçus que ses gémissements. Les filles descendirent l'escalier en courant, franchirent pieds nus la porte d'entrée, pour découvrir leur père étalé en étoile sur la neige, comme s'il jouait simplement à faire l'ange.

— Rentrez, mettez vos chaussures et vos manteaux, dis-je.

Frankie tenta de se redresser, et je vis alors l'angle bizarre de sa jambe, repliée au genou à quatre-vingt-dix degrés. Quelque chose de blanc perçait son pantalon, et dans un effort pour apporter de la normalité à la scène, je conclus d'abord à un morceau de glace. Mais lorsque je compris qu'il s'agissait d'un os, mon estomac se retourna. Je courus derrière la maison pour vomir rapidement, en silence, avant de donner un coup de pied dans la neige pour recouvrir mes céréales du matin.

J'ignore comment nous nous sommes débrouillées pour le faire monter dans la voiture : je me souviens seulement de Chessy le tenant d'un côté, moi de l'autre, d'un fouillis de bras et de jambes, de ce gémissement incessant. Nous parvînmes tant bien que mal à l'allonger sur la banquette arrière, et j'envoyai Mouse chercher le plaid posé sur le dossier du canapé. Chessy insista pour s'asseoir à côté de son père, et Mouse se retrouva à l'avant. Malgré les circonstances, elle se sentit grisée à cette place de choix. Elle tripota la boîte à gants, la radio, presque joyeuse. Je lui tapai la main lorsqu'elle toucha l'allume-cigare et Frankie se remit à gémir.

— Bon sang, vous auriez pas à boire ?

Le trajet jusqu'à l'hôpital fut périlleux. La route avait l'air dégagée mais elle était recouverte d'une fine couche de verglas noir. Si la Studebaker n'avait pas pesé une tonne et demie, nous aurions sûrement pu glisser sans problème. C'était l'une des raisons pour lesquelles Frankie avait choisi cette voiture ; il tenait à notre sécurité. L'ironie de la situation me frappa de plein fouet. Frankie était étalé sur le siège arrière, suffisamment assommé par le cognac et le froid pour ne pas s'en rendre compte. Il fut lucide par intermittence, et je ne sus si c'était l'alcool ou la douleur qui le faisait sombrer. Quand les aides-soignants vinrent le sortir du véhicule pour l'allonger sur un brancard et l'emmener à l'intérieur de l'hôpital, je pris conscience que je retenais ma respiration depuis le début. J'inspirai alors profondément, et mes oreilles semblèrent s'ouvrir d'un coup comme si elles avaient été remplies d'eau depuis une bonne demi-heure. Tout me parut plus assourdissant qu'à la normale : les sirènes, les pleurs de Mouse et de Francesca, même la radio diffusant des chants de Noël à tue-tête et que je ne parvins pas à éteindre.

Pendant quatre heures, les filles et moi restâmes assises dans la salle d'attente des urgences sans nouvelles de Frankie. Mouse se mit finalement en boule sur sa chaise inconfortable et s'endormit. J'enviais sa capacité à piquer un somme où qu'elle se trouve. Dehors, le ciel tournait au bleu marine. Les jours étaient si courts à présent, le soleil se couchait bien avant moi.

L'hôpital avait été décoré pour Noël. À cette période de l'année, les hôpitaux comptent parmi les lieux les plus tristes au monde. Les tentatives pour apporter de la joie dans un lieu où la majorité des gens sont blessés ou malades m'ont toujours semblé vaines. Les guirlandes vertes scintillantes encerclant le poste des infirmières, le sapin synthétique décoré de lumières clignotantes, et même la neige artificielle collée aux fenêtres, me parurent d'un optimisme idiot. Et tout cela me fit penser à Frankie, clouant les planches du traîneau, suspendant devant notre petite maison miteuse des lumières colorées, à son obstination à croire que tout allait s'arranger, que nous surmonterions ces épreuves, si nous suivions scrupuleusement le scénario.

Il apparut enfin sur un fauteuil roulant, juste après le coucher du soleil, jambe plâtrée jusqu'à la cuisse. Il avait l'air vaincu, leva même les bras au-dessus de la tête en signe de capitulation.

— Joyeux Noël, dit-il d'une voix triste.

— Combien de temps vas-tu garder ce plâtre ? lui demandai-je, redoutant sa réponse.

Immédiatement, je regrettai l'égoïsme flagrant de ma question. J'aurais pu tout aussi bien lui demander combien de temps allait durer son congé maladie.

Combien de temps il serait coincé à la maison avec moi. Combien de temps il serait là pour me surveiller, pour contrôler le moindre de mes faits et gestes. Combien de temps je devrais attendre avant de pouvoir m'éclipser pour retrouver Eva. Je repensai à la carte postale que j'avais soigneusement cachée dans la poche intérieure de mon manteau pour l'avoir toujours avec moi, contre mon cœur, pour me rappeler qu'elle n'était pas si loin.

— Six semaines, répondit-il. Minimum.

Je dus soupirer bruyamment car Frankie se mit à pouffer.

— Tu es bloquée avec moi jusqu'à janvier. Qu'est-ce que ça peut te faire, tu avais des projets ?

D'ordinaire, je passais la veille de Noël à la maison pour préparer les raviolis maison que Frankie et les filles attendaient pour le réveillon et pour emballer les cadeaux. Mais cette année-là, Frankie avait insisté pour que je les accompagne à la messe. Il se servit de sa jambe comme d'une excuse, mais je savais qu'il souhaitait surtout présenter l'image d'une famille unie : prouver à nos voisins et amis que les Valentine se portaient très bien malgré les rumeurs suggérant le contraire. À ma connaissance, Frankie et Ted avaient pris soin de ne rien laisser fuiter de notre petit secret, mais la nouvelle du départ soudain des Wilson (en pleine période de Noël, rien que ça !) avait provoqué quelques froncements de sourcils. Hannah avait appelé deux fois et laissé des messages aux filles car je refusais de prendre le combiné.

Les disputes qui nous tenaient éveillés la moitié de la nuit avaient dû également laisser quelques voisins perplexes, mais je doutai qu'ils aient eu l'idée d'associer les deux événements.

Aller à la messe ne fut pas une mince affaire étant donné l'état de Frankie. Nous avions loué un fauteuil roulant à l'hôpital, mais c'était l'hiver, et naviguer sur les trottoirs verglacés se révéla un véritable défi, sans parler des marches à gravir pour entrer dans l'église. Par chance, deux amis du voisinage furent capables de le soulever avec son fauteuil pour lui faire franchir les portes. Il rayonnait comme un roi pendant la manœuvre, tirant sans doute un certain plaisir de cette situation. Nous nous installâmes au dernier rang. L'église était bondée de catholiques du dimanche et de Noël. Je soupçonnai l'assemblée de fidèles d'avoir considérablement augmenté après l'assassinat de Kennedy ; tous ces croyants par intermittence effectuaient un retour à l'église en soutien à leur frère disparu.

Même si j'avais mes doutes sur l'existence de Dieu, je m'étais toujours sentie en paix dans les églises. Il y a quelque chose d'indéniablement apaisant dans cette ferveur collective. Je comprenais que la foi puisse séduire les gens, que la promesse d'un monde meilleur puisse rassurer les âmes lasses. Et ce jour-là, je m'autorisai à rêver un moment, à laisser de côté mon scepticisme obstiné – comme Chessy le ferait plus tard cette nuit-là en suspendant ses bas de laine à la cheminée. Et lorsque tous, hormis Frankie, nous nous agenouillâmes, je priai.

Je priai pour Eva. Je priai pour qu'elle soit en sécurité. Je priai pour que les enfants ne souffrent pas : ni les miens ni les siens. Et je priai pour qu'un jour nous soyons de nouveau réunies, nous retrouvions les bras l'une de l'autre. C'était un blasphème ; je le savais bien. Entre ces murs, de tels sentiments étaient honteux et relevaient du vice. Mais si Dieu était aussi aimant et miséricordieux qu'on le prétendait, il devait être capable de reconnaître que mes sentiments pour Eva n'étaient ni sales ni mauvais ; que mon amour pour elle ne venait pas du diable, mais du meilleur de ma personne.

Noël avait toujours été une période de sérénité dans notre vie. Pour une raison obscure, Frankie avait établi un règlement arbitraire concernant l'alcool, qu'il observait religieusement. N'importe quel autre soir de l'année, il était déjà à moitié cuit avant la fin du dîner. Le soir du réveillon, en revanche, il attendait que les enfants soient couchés pour commencer à boire. Il échangeait son verre de vin contre du tabac, fumant cigarette sur cigarette pour occuper sa bouche, emplissant ses poumons au lieu de son gosier. Les filles le savaient, s'y attendaient, et elles y répondaient par des gestes affectueux dont elles s'abstenaient d'ordinaire lorsqu'il buvait. Il aurait pu en déduire que son abstinence était récompensée, que sa sobriété avait des conséquences positives : que nous l'aimions toutes un peu plus quand il n'était pas imbibé, que tout ce qu'il y avait de bon en lui se noyait dans cette bouteille.

Frankie insista pour lire aux filles l'épisode de Noël de la Bible. Il n'ouvrait jamais le moindre livre pour elles dans l'année, mais le soir du réveillon, elles se blottissaient sur ses genoux et l'écoutaient leur conter des histoires d'hommes sages, d'une voix qui parfumait l'air d'encens et de myrrhe. Il fallait admettre que c'était un lecteur investi, qui donnait vie aux mots inscrits sur les pages déchirées de sa bible familiale. Je préparai du chocolat chaud que je parsemai de marshmallows, et envoyai les filles au lit une fois qu'elles eurent suspendu leurs bas de laine puis posé sur le rebord de la cheminée une assiette de biscuits pour le père Noël et une carotte pour le rêne. Frankie et moi devions tous deux savoir que c'était la dernière année où Mouse croirait à cette magie, et il y avait quelque chose de terriblement mélancolique dans cette prise de conscience : cette illusion, comme tant d'autres, était d'une fragilité indéniable.

Réglé comme une horloge, Frankie se servit son premier verre de vin dès que les lits des filles craquèrent sous leur poids à l'étage. Je soupirai. Au moins, cette année, il ne demanderait pas à faire l'amour. Cela lui était physiquement impossible avec ce plâtre. Depuis qu'il savait pour Eva, il s'était montré plus déterminé que jamais. Au lieu d'opter pour le canapé du salon, il s'obstinait à dormir avec moi. À me faire l'amour. Comme s'il avait quelque chose à prouver. Et je l'avais toléré, ne sachant quoi faire d'autre. Il était plus facile de céder. Il était plus facile de fermer les yeux et de quitter mon corps par le rêve pendant qu'il m'écrasait, m'agrippait, me pétrissait. Je le faisais depuis des années de toute façon ; j'avais perfectionné mon art de l'éclipse. Mais à présent, je savais que pendant six semaines, je n'aurais pas à subir en silence son contact, sa peau nue et son souffle tiède. Joyeux Noël, Billie.

J'abandonnai Frankie et son vin à minuit, après avoir rempli les bas de laine et vidé l'assiette du père Noël pour n'y laisser que des miettes, puis montai l'escalier, sentant l'épuisement de la fête, de tout, cheminer dans mes jambes, mes hanches, mes mains. Je gravis les marches avec la démarche d'une grand-mère ; j'avais l'impression d'avoir vieilli de cent ans depuis le départ d'Eva, que toute ma jeunesse et ma joie avaient été emportées dans l'un de ses cartons.

En fermant les yeux, je ne rêvai pas de petits lutins, mais d'Eva. Et je fis un vœu. Je refis ce vœu des centaines de fois, comme une enfant espérant recevoir la poupée ou l'ours en peluche tant convoité. Je demandai Eva. J'espérai un miracle dont je savais qu'il pourrait ne jamais se produire.

Tout est calme dans la maison. Les filles dorment déjà, et Devin et Gussy discutent à voix basse dans le salon. Effie ôte le manteau de son grand-père et se love sur les genoux de son mari comme un chat.

— J'ai sommeil, dit-elle. On monte se coucher ?

Il acquiesce, et ensemble ils se lèvent, Devin étirant les bras au-dessus de sa tête. Il est si grand qu'il touche presque le plafond du bout des doigts. Un gentil géant.

— À quelle heure partez-vous demain ? demande Effie.

— Probablement vers 6 heures, répond Gussy en posant son tricot et en s'étirant à son tour.

— Je ferai en sorte qu'il y ait du café de prêt. Il y a aussi des bagels.

— Je vous ai préparé des sandwichs pour la route, dit Devin. Ils sont au frigo, dans un sac, avec du thé glacé.

— Ce n'était pas la peine, dis-je.

— C'est une sacrée route, conteste Effie. Vous serez bien contentes d'avoir de quoi grignoter.

J'envisage d'annoncer à Gussy que je ne veux plus aller voir Johnny. Que je serai très contente de rester ici, de profiter de cette charmante petite famille pendant quelques jours de plus. Je n'ai pas besoin d'aller déterrer le passé. À quoi bon ? Qu'est-ce que cela changera ? Eva est morte, et depuis très longtemps. On ne la ramènera pas. Et peut-être que Johnny se porterait mieux s'il laissait ces fantômes en paix.

— Eh bien, bonne nuit, mesdames, dit Devin. Si vous avez besoin de quoi que ce soit, venez nous chercher. J'allume une veilleuse dans la salle de bains.

— Merci pour tout, dis-je. C'est tellement gentil à vous de nous recevoir.

Effie s'avance vers moi et dépose un doux baiser sur ma joue.

— Tout va bien se passer, dit-elle. Tu as besoin d'une bonne nuit de sommeil.

Elle me regarde dans les yeux et serre ma main. Alors, sans trop savoir pourquoi, je décide de ne rien dire pour le moment. Je suis trop fatiguée, sans doute. Le voyage a été long. Je verrai quel sera mon sentiment demain matin. Si je veux encore annuler notre séjour à Boston, j'en ferai part à Gussy. Inutile de provoquer une dispute ce soir.

Ma sœur et moi nous installons sur les lits jumeaux de l'annexe des invités, et durant quelques minutes, me voilà transportée dans la chambre que nous partagions petites filles. Je ferme les yeux et tente de visualiser la ferme, notre foyer. Je me souviens des oreillers en duvet d'oie, des plumes qui s'échappaient de la taie et nous chatouillaient ; du plaid en chenille dont je passais les bords irréguliers entre mes doigts. Je me souviens des odeurs de la ferme entrant par notre fenêtre, du meuglement des vaches et des lamentations des grenouilles-taureaux. Je glisse alors dans un sommeil différent ; ce n'est plus le sommeil d'une vieille dame mais celui d'une enfant. Ainsi, lorsque le téléphone sonne dans la cuisine, le bruit me tire non seulement du rêve pour me ramener à la conscience, mais aussi d'un lointain passé pour me ramener au présent.

J'entends quelqu'un se précipiter pour décrocher, puis la voix étouffée de Devin. Ensuite, on frappe doucement à notre porte.

— Billie ? Excuse-moi de te réveiller, dit Devin. On te demande au téléphone. Un certain John Wilson.

Je lui écrivis des lettres, des récits affolés dépeignant la monotonie de mes jours, dessinant les espaces vides qu'elle avait laissés en partant. Sans réelle ambition littéraire, je me révélai pourtant prolifique et étonnamment poétique dans ces missives. Tandis que Frankie somnolait devant la télévision, je disparaissais dans les pièces où il ne pouvait accéder avec ses béquilles et griffonnais mes vœux, mes regrets, mes peurs, et surtout mon amour, page après page, puis les fourrais dans des enveloppes que je scellais de mes lèvres et postais, en espérant qu'elles atteignent Eva. J'imaginais leur voyage : noyées, bousculées dans un flot de factures et de publicités, de lettres de soldats, de fils, de filles et de médecins, et d'autres amoureux. Ses réponses étaient sporadiques et de toute évidence censurées par sa propre peur. Elles étaient brèves, rédigées en vitesse, sans doute, dans les rares moments où elle était seule. Par conséquent, elles étaient bien plus directes, plus poignantes, l'émotion qui s'y exprimait était distillée et concentrée.

Je t'aime. Tu me manques. Je me sens tellement seule.

Les lettres étaient ma seule consolation durant les longues semaines où Frankie, en convalescence, rôdait dans la maison. Il était incapable de parcourir le chemin jusqu'à la boîte aux lettres après le passage du facteur l'après-midi, et j'appris rapidement à feindre l'ennui en apportant la pile de courrier, en ayant pris soin au préalable de cacher dans mes poches la seule correspondance qui comptait. Parfois, je devais attendre des heures avant de pouvoir m'éclipser pour les lire en toute tranquillité. Quand j'étais enfin seule, je les collais à mon visage et les respirais, tentant désespérément d'y retrouver le parfum familier d'Eva, de ses doigts.

Si Frankie avait su tout cela, s'il avait eu connaissance de l'autre monde dans lequel je vivais, j'ignore ce qu'il aurait fait. Il vouait ses journées entières aux rituels du blessé. Je crois qu'il s'imaginait en combattant : à ses yeux, sa jambe cassée ne résultait pas d'une chute sous l'emprise de l'alcool, mais de la véritable guerre qu'il menait pour récupérer sa vie, pour récupérer sa femme. Sa souffrance devint symbolique ; ses cicatrices étaient des cicatrices de guerre, et son état n'était pas dû à sa stupidité, mais à ma faute morale. J'étais l'adversaire : capturée, vaincue. Il savourait son butin. Mais en réalité, j'attendais. Si bataille il y avait, elle n'était pas encore finie. Frankie criait victoire un peu trop vite.

Ce qui lui manquait le plus, j'en étais persuadée, c'était son travail dans l'atelier. Son immobilité l'avait privé de ses chasses au trésor, empêché de poursuivre sa collection d'objets à restaurer – de choses concrètement réparables. Et sans cette preuve tangible de sa capacité à raccommoder, il était perdu. Ainsi, lorsque je tombai sur la console hi-fi à la vente de charité de l'église méthodiste, je sus que j'avais trouvé là mon gage de paix. Ma branche d'olivier. Je chargeai l'objet dans le coffre de la voiture, avec les sacs de vêtements chauds que j'avais dénichés pour les filles, et repris, sourire aux lèvres, le chemin de la maison. La meilleure façon de vaincre son ennemi est de lui faire croire qu'on est prêt à se rendre. Si Frankie s'imaginait vainqueur, il relâcherait sûrement sa prise.

Lorsqu'il me vit tirer le monstre dans la maison, il s'illumina. Il neigeait dehors, et mes mains nues étaient gelées, ma peau gercée. Je soufflai dans mes poings fermés puis me fendis de mon plus beau sourire.

— C'est une Grundig Majestic. Elle a besoin d'une nouvelle installation électrique, je crois. Peut-être aussi d'un petit coup de lustrage. Mais c'est une vraie merveille, Frankie ! Et tu pourras écouter dessus tous tes vieux 78 tours, 45 tours et 33 tours, évidemment.

Je le tenais. Voilà un projet qu'il était capable de mener, là même, dans la cuisine, s'il le voulait. Je m'étais même arrêtée chez *Aubuchon* pour acheter les outils dont il aurait besoin. Et cette affaire lui prendrait un bout de temps, si mes calculs étaient bons. Elle le tiendrait occupé. Distrait.

Le lendemain – car je laissai passer une journée pour ne pas éveiller ses soupçons –, tandis que je préparais son déjeuner dans la cuisine, je me lançai. C'était osé, mais il me fallait agir.

— J'ai un rendez-vous en ville demain, dis-je.

Il leva les yeux du meuble, qu'il était en train de décaper avec un chiffon trempé dans du Minwax.

— Quel genre ? demanda-t-il.

— Je dois voir un médecin. J'ai des douleurs depuis quelque temps.

Sur certaines choses de la vie, Frankie ne trouvait rien à redire, et ma santé de femme en faisait partie. Et bien sûr, les douleurs étaient réelles, mais je n'avais pas besoin de spécialiste pour en diagnostiquer la cause.

— Je viens avec toi, décida-t-il. Ça nous fera une balade. De toute façon, il faut que je passe au travail voir si tout va bien.

Mon cœur dégringola dans ma poitrine, mais je ne laissai transparaître aucune émotion. Après tout, j'avais anticipé cette réaction. Frankie était prévisible.

— C'est impossible, dis-je. Le cabinet du docteur est au troisième étage, et il n'y a pas d'ascenseur. Je peux passer à la poste pour toi.

— Oh, fit-il.

— Je pourrais aussi acheter de nouveaux saphirs pour la chaîne, ajoutai-je. Et te prendre quelques vinyles dans ce magasin de disques que tu aimes à

Cambridge ? Qu'est-ce qui te ferait plaisir ? Je sais que les filles voudraient le nouvel album d'Elvis.

Il me regarda, scruta mon visage à la recherche de failles dans mon sang-froid, de quelque indice susceptible de me trahir et de révéler mes intentions. Mais je restai de marbre. J'avais répété ce moment ; mon expression était feinte mais ne montrait rien d'autre qu'une inquiétude pour ma santé et se voulait innocente.

— Appelle-moi depuis le cabinet du docteur, dit-il. Après la consultation, d'accord ?

— Bien entendu, dis-je en hochant la tête.

Je m'efforçai de rester stoïque. De ne pas révéler la joie, le bonheur, l'excitation que je sentais se répandre dans mon corps par vagues brûlantes. Je n'arrivais pas y croire. Mon plan avait fonctionné.

Eva m'avait écrit que Ted rentrait déjeuner presque tous les jours. Et qu'il changeait sans cesse d'heure pour qu'elle ne sache jamais exactement à quel moment il allait apparaître. Parfois, il arrivait tôt, à 11 heures. D'autres fois, pas avant une heure et demie. Mais le jeudi se tenait une réunion commerciale obligatoire à l'heure du déjeuner à laquelle il ne pouvait jamais échapper ; ce jour-là, elle savait donc qu'il n'était pas en mesure de la surveiller, hormis par le coup de téléphone qu'il lui passait pendant la pause, toujours fixée à 12 h 15.

Eva m'écrivit également qu'elle avait demandé à sa belle-sœur de garder Rose ce jeudi-là, prétextant avoir des courses à faire – notamment acheter un cadeau pour Ted – et ne pas vouloir sortir sa fille par ce froid, celle-ci se remettant tout juste d'un rhume de cerveau. La sœur de Ted ignorait tout des événements de Hollyville et avait accepté avec joie. Elle avait promis de ne pas en souffler mot à son frère, puisque Eva souhaitait lui faire une surprise en vue de son anniversaire qui approchait.

J'avais mémorisé son adresse, en avais appris les chiffres par cœur comme s'il s'agissait du code secret d'un coffre-fort. En bonne cambrioleuse, je me les répétai mentalement. Lorsque je partis ce matin-là, Frankie m'embrassa sur la joue.

— Tout va bien se passer, dit-il. Je suis sûr que tu n'as rien.

J'avais presque oublié de quoi il parlait, puis me souvins du médecin imaginaire, des douleurs réelles, de ma promesse de l'appeler immédiatement après la consultation. Je cochai en pensée les étapes de mon mensonge, à la manière d'une check-list :

- *docteur*
- *téléphone*
- *magasin de disques*
- *bureau de poste*

Le calme régnait dans le train ; nulle bousculade, l'heure de pointe était passée. Je n'avais jamais compris comment les gens pouvaient supporter la cohue dans les transports en commun. Les rares fois où j'avais pris le train aux heures de grande affluence, j'avais été prise de nausée et submergée par l'angoisse. Le cocktail d'odeurs – eau de Cologne, parfums, haleines – avait mis mon estomac à rude épreuve. Ainsi, je fus contente ce jour-là de trouver des sièges vides et de ne pas avoir à subir ce type d'agression olfactive. Il y avait deux ou trois autres femmes dans le train, mains gantées posées sur leurs genoux serrés. J'essayai d'imaginer le but de leur voyage : de vraies visites chez le médecin, des emplettes. J'étais la seule à mettre le cap sur la ville pour retrouver mon amoureuse, à aller m'aventurer dans un dédale de rues pour me rendre dans un appartement inconnu. Je souris à la femme assise seule au fond du wagon. Dans ses bras, un nourrisson jetait des regards furtifs de part et d'autre, sortant sa petite tête rose du lange dans lequel il était emmailloté. Eva devait accoucher en avril, elle allait donc entamer son sixième mois de grossesse. Je pensai à l'enfant qui poussait en elle, à ce bébé que nous considérions comme le fruit de notre amour. Je fermai les yeux de toutes mes forces pour retenir les larmes brûlantes qui menaçaient de se répandre sur mes joues.

Leur appartement était situé sur Newbury Street, dans le quartier de Back Bay, à quelques pâtés de maison de la station de métro Copley Square. Je pris la ligne verte à North Station, et fus prise de haut-le-cœur quand le wagon se balança et piqua du nez avant de ralentir enfin puis de s'arrêter. Froissant dans ma main la dernière lettre d'Eva, je ressortis dans le froid mordant. La marche jusqu'à Newbury Street ne m'aurait pas paru longue par temps clément, mais nous étions en janvier, à Boston, et l'air avait des dents. D'après le thermomètre accroché à notre façade, la température avoisinait les zéro degré, mais là, le vent charrié par la rivière Charles faisait chuter le ressenti à moins dix. Mes dents claquaient, vibraient comme si elles allaient se déchausser, tandis que je fonçais dans la bourrasque en serrant mon manteau autour de moi. Arrivée devant l'immeuble qu'elle m'avait décrit, j'étais complètement paralysée. Le vent avait fouetté mon visage, j'eus l'impression d'avoir été giflée. Chaque parcelle de ma peau exposée me brûlait. Mes larmes, nées du vent et de tant d'autres choses, gelèrent au point de coller mes cils entre eux et de figer les poils de mon nez. Je devais faire peur à voir, et ne voulais surtout pas qu'Eva me découvre dans cet état.

Je m'engouffrai dans le tambour du bâtiment et fus surprise par le tourbillon de chaleur qui m'enveloppa lorsque les portes me recrachèrent à l'intérieur du hall. L'air chaud emplit mes poumons et me fit tousser. Quand je touchai mon visage, celui-ci était figé dans une grimace. J'ôtai mon bonnet et remis de l'ordre à mes cheveux, les devinant défaits. Je secouai les caoutchoucs recouvrant mes chaussures afin d'en ôter la neige puis les rangeai dans un sachet en plastique que je fourrai dans mon sac à main. J'examinai alors mon reflet dans le gigantesque miroir au cadre en chêne suspendu à côté des ascenseurs. Je me reconnaissais à peine à présent. J'avais vieilli au cours des deux derniers mois. Le teint de pêche qu'un été au bord du lac en compagnie d'Eva avait fait naître sur mes joues s'était envolé, pour être remplacé par une pâleur fantomatique. Mes yeux étaient éteints, l'étincelle que j'y décelais autrefois avait disparu, leurs iris étaient devenus des cercles plats, d'un vert terne, bordé de marron. Même mes cheveux, qui avaient d'ordinaire la couleur vibrante des feuilles d'érable à l'automne, semblaient cassants et ternes. L'hiver était descendu sur moi et j'étais défraîchie. Je sortis un tube de rouge de mon sac et maquillai rapidement mes lèvres. J'appliquai ensuite quelques gouttes d'*Evening in Paris*, le parfum que Frankie m'avait offert à Noël – qu'il m'offrait à *tous* les Noëls. J'esquissai un sourire engourdi, la bouche encore figée dans une grimace, puis appuyai sur le bouton de l'ascenseur.

Je n'avais pas parlé à Eva au téléphone. Nous n'avions eu aucun échange depuis ma dernière lettre, dans laquelle je lui confirmais ma venue ce jeudi et lui avouais compter les minutes qui me séparaient d'elle. Je n'avais donc plus qu'à espérer qu'elle m'attende dans l'appartement 505. L'ascenseur amorça sa lente montée, et le cinquième étage me parut aussi lointain que l'espace intersidéral.

— Billie, dit-elle en ouvrant la porte avant de se pencher en avant pour scruter le couloir sombre derrière moi. Personne ne t'a vue entrer ?

Je secouai la tête, puis acceptai la main qu'elle me tendait pour m'attirer dans l'appartement.

J'aurais dû comprendre que quelque chose n'allait pas dès l'instant où je franchis le seuil et me retrouvai dans les bras d'Eva. Mais mon envie que tout soit *normal* – pour autant que ce mot ait un sens nous concernant – était si fort, mon désir si palpable, que je ne prêtai pas attention à la façon dont son corps se raidit dans mon étreinte au lieu de s'abandonner. Je trouvai mentalement des excuses au fait qu'elle évite de croiser mon regard au moment où je pris son visage entre mes mains. C'était simplement notre séparation, me dis-je, qui faisait se soulever sa poitrine et monter des larmes dans ses yeux. Je refusai de la lâcher avant d'être convaincue que tout allait bien se passer à présent. Que nous nous étions retrouvées, que nous pourrions bientôt être ensemble de nouveau. Je murmurai son nom contre la peau soyeuse et familière de son cou alors même qu'elle détournait la tête.

Il émanait de la pièce une forte odeur de légumes, similaire à celle qui régnait dans notre cave. Musquée et dense. Terreuse. Sa maison sur Beechtree Street avait toujours dégagé une odeur de friandises. Excessivement sucrée. Les senteurs féminines s'y mêlaient : gâteaux, parfum, shampoing. Mais cet endroit-là sentait la putréfaction.

Elle secoua la tête, cligna des yeux de façon appuyée puis m'adressa un sourire forcé en reprenant ma main pour me guider vers le salon. La pièce était belle, mais sombre et terne. Les murs étaient tendus d'un papier peint à rayures de velours qui se décollait par endroits, et des taches d'humidité dessinaient des nuages noirs au plafond. Le mobilier était trop volumineux pour cet espace exigu. Les vitres étaient recouvertes d'un film crasseux occultant presque totalement la vue.

— Il y a des travaux à faire, dit Eva comme pour s'excuser. L'appartement appartenait à la vieille tante de Ted.

— C'est joli, mentis-je (c'était épouvantable). Est-ce que Ted aime son nouveau travail ?

Au moment même où son nom franchit mes lèvres, je sus que j'avais commis une grave erreur. Une convulsion soudaine, qu'elle échoua à contrôler, sembla s'emparer de son corps.

— Qu'a-t-il fait, Eva ? Que t'a-t-il fait cette fois-ci ?

Elle s'assit sur le canapé et plaqua les deux mains sur son visage.

— S'il découvre que tu es venue…, commença-t-elle en agitant la tête et en regardant par terre. S'il a le moindre soupçon…

— Je sais, dis-je. Mais il n'en saura rien. Je te le promets.

— Tu ne reviendras plus, dit-elle. Il faut que ce soit la dernière fois.

— Non, protestai-je.

Soudain, je n'avais plus de prise sur le monde. Nous étions dans ce bateau ensemble. Sans elle, sans *nous*, que restait-il ?

— Tu ne le penses pas, dis-je.

— Je ne pouvais pas te l'annoncer par écrit. Il fallait que je te voie. Que je te parle en face.

Elle pleurait à présent, sans se soucier d'arrêter ses larmes. Son maquillage soigné forma des flaques noirâtres sous ses yeux. Je les essuyai furieusement avec mon pouce, approchant mon visage du sien jusqu'à sentir le parfum de camomille de son thé.

— Il me tuera, dit-elle. Il te tuera.

Je pensai alors à Calder, et ma poitrine se gonfla de colère, de tristesse et de peur. Je sentais mon cœur battre dans mes tympans, le sang tambouriner dans mes tempes. Je lui pris la main, et elle la retira en secouant la tête.

— On ne peut plus faire ça. Il a raison. C'est sale. Ce n'est pas bien. Nous étions désorientées, c'est tout. Je suis tellement perdue…

J'écarquillai les yeux en l'entendant réciter ces mots dont j'étais certaine qu'il les lui avait martelés aux oreilles tel un mantra, en espérant réduire notre histoire à une maladie, un accident, une erreur.

— C'est fini, Billie, dit-elle en essuyant ses larmes et en prenant une profonde inspiration. Nous devons arrêter.

Je me levai, pensant que j'allais m'évanouir. Je ne sentais plus mes jambes. Je me mis à tituber à la manière de Frankie, sauf que j'étais ivre d'amour et d'un cocktail mortel de rage et de désespoir. Je m'éloignai d'elle, terrifiée par ce qu'elle était devenue, par ce qu'il avait fait d'elle. Je reculai jusqu'à me retrouver dans le hall, dans cet endroit sombre et humide qui sentait la décomposition.

— Il ne peut pas te tuer, dis-je d'une voix sourde, comme tirée des profondeurs de mon âme. Tu es déjà morte.

Je n'appelai pas Frankie du cabinet médical imaginaire avec des histoires inventées sur mes soucis féminins. Je n'allai pas au magasin de disques acheter *Fun in Acapulco* ni au bureau de poste pour me renseigner sur son allocation d'invalidité. Je ne repris pas immédiatement le train pour récupérer à temps mes enfants à l'arrêt de bus, et ne m'arrêtai pas non plus au supermarché sur la route pour acheter un rôti, du bœuf haché ou un jambon. Je ne planifiai pas de menu dans ma tête ; je ne pensai pas une seule fois à la lessive qui m'attendait, aux cookies que j'avais promis de préparer pour le carnaval d'hiver de l'école. Je ne pensais à rien d'autre qu'à Eva. À Eva et à notre bébé.

À Eva dans cette prison obscure qui lui servait de foyer, avec ses murs ternes aux rayures de velours pareilles aux barreaux d'une cellule. Alors que je marchais dans le froid cinglant, je ne pensai qu'à Eva. À Eva posant sa tête sur mes genoux tous les soirs dans le Vermont, à mes doigts glissant dans ses cheveux et aux doux sons qui s'échappaient de ses lèvres quand je faisais ce geste. Quand je l'apaisai. Je ne pensai qu'à son rire, à ce gros rire saccadé qui tranchait de façon si incongrue avec son joli visage de poupée, à ses lèvres délicates s'entrouvrant joyeusement. Je ne pensai qu'à sa langue glissant sur mon corps, furetant, implorant, apaisant et assouvissant. Je ne pensai qu'à cette nuit passée à New York, à ce que j'avais ressenti en lui tenant la main dans la rue, en dansant avec elle devant le monde entier. Aux yeux de tous. À cette nuit unique, affranchie de honte.

Honte.

J'avais honte de ne pas être restée, de ne pas avoir attendu que Ted rentre à la maison. J'avais honte de ma propre lâcheté envers Frankie, honte d'avoir investi dans son rêve pour effacer les trois dernières années. J'avais honte de haïr mon corps pour toutes les déceptions qu'il m'avait fait subir. Pour son incapacité à porter un enfant. À désirer un homme. Son incapacité à résister à l'attirance exercée par Mlle Mars et ensuite par Eva. J'avais honte de ma honte.

La nouvelle tour Prudential se dressait tel un monolithe sur Boylston Street. Elle dominait tout, éclipsait tout ce qui l'entourait. Cinquante-deux étages de hauteur ; on avait, disait-on, une vue panoramique de la ville depuis le toit, on pouvait presque voir le monde entier de là-haut. Ted aurait pu y travailler. Ted, surveillant Eva, ne la perdant jamais de vue. Se dressant au-dessus d'elle, si puissant, si monumental et si écrasant qu'il n'y avait aucune échappatoire possible.

Je m'éloignai de la tour d'un pas chancelant, marchai péniblement dans le froid humide, laissant le vent me transpercer tandis que je me dirigeais vers la passerelle menant à l'esplanade. Le fleuve était un peu agité, l'eau formait une sculpture mouvante au-dessous de moi. J'observai le courant glacé, fascinée et paralysée.

Je pourrais nager.

Si j'osais me défaire de mes vêtements et plonger dans l'eau, le fleuve n'aurait d'autre choix que de m'étreindre, de m'accueillir dans ses bras. J'avais été une nageuse toute ma vie, et l'eau ne m'avait pas déçue une seule fois, ne m'avait jamais accusée de rien ni dédaignée. Dans l'eau, j'étais exactement celle que j'étais censée être.

Voilà ce à quoi je pensais quand je défis mes chaussures et commençai à escalader la barrière qui me séparait de la rivière, le cerveau et le cœur engourdis par l'hiver glacial de la Nouvelle-Angleterre.

Je pourrais nager, me dis-je.

Je pouvais tout simplement *nager*.

Il n'y avait personne autour de moi, personne d'assez stupide pour affronter ce temps, et tandis que je me tenais là, sur mon perchoir, comme sur le point de piquer une tête dans les profondeurs glaciales, je me sentais totalement seule. J'avais eu ce sentiment des années durant, avant qu'Eva n'arrive et ne chamboule tout. Mais à présent, Eva était partie, et j'étais de nouveau seule au monde.

Je me retenais à la barrière derrière moi, collant mes jambes – protégées seulement par le fin tissu de mes bas – au métal froid de cette frontière entre terre et eau. Le vent m'enjoignait de me projeter en avant, puis me faisait reculer. Il murmurait à mon oreille, m'appelait. Lorsque je sentis qu'on tirait sur mon manteau, je crus d'abord que c'était lui qui jouait avec moi.

— Madame ? dit une voix.

Je me retournai alors et découvris, sur le trottoir, un enfant, un petit garçon. Il n'était pas équipé pour affronter le froid : ni bottes, ni écharpe, ni moufles.

— Vous avez pas l'intention de sauter, quand même ? demanda-t-il.

Sauter ? Je n'avais pensé qu'à nager. À effectuer un magnifique plongeon plein de grâce. Embarrassée, je fis « non » de la tête.

Il me tendit la main et je l'acceptai. Malgré le froid, sa peau était tiède. Il m'aida à repasser par-dessus la barrière et à retrouver la terre ferme. Je me tins à son épaule pour glisser mes pieds dans mes escarpins

– complètement trempés car je n'avais pas remis les caoutchoucs en place.

— Vous avez pleuré, dit le garçon.

Ce n'était pas une question, mais une simple constatation.

J'étudiai son visage. Ses cheveux bruns, les taches de rousseur sur son nez. Il ressemblait à Johnny. Non pas trait pour trait, mais il y avait quelque chose de familier chez lui. Le même en différent. Et soudain, ma gorge se noua. Les enfants. Mon Dieu, comment pouvais-je me montrer si égoïste ? Comment avais-je pu envisager une seule seconde de plonger dans cette eau glacée ? Eva était une meilleure personne que moi. Une meilleure mère. À aucun moment je n'avais pensé aux enfants. Peut-être que Frankie avait raison. Peut-être que je ne méritais pas mes filles. Je fus submergée par la culpabilité, par ce terrible échec.

— Pourquoi n'es-tu pas à l'école ? lui demandai-je tandis qu'il me conduisait loin du bord.

— J'y suis. Je suis juste sorti fumer une clope.

— Comment ? lâchai-je, horrifiée.

— Je vous charrie, m'dame. Je rentre à la maison pour le déjeuner, mais parfois je viens ici à la place.

— Bon, laisse-moi te raccompagner, proposai-je.

— Vous croyez que je vais à l'école dans ce coin ? dit-il en riant. J'habite au sud.

— Dans ce cas, que fais-tu ici ?

Une angoisse maternelle mal placée me déchira de l'intérieur comme le vent froid qui fendait le fleuve.

— Tu ne devrais pas te promener tout seul, ajoutai-je.

— Ouais, eh bien c'est pas moi qui étais sur le point de sauter à l'eau, lança-t-il avec un accent aussi fort que celui de Frankie.

— Touché, dis-je.

— Qu'est-ce que ça veut dire ?

Je lui souris en guise de réponse.

— Bon, alors laisse-moi au moins te raccompagner à la station de métro.

— Et si je vous montrais quelque chose à la place ?

— Tu n'as pas du tout l'intention de retourner à l'école, n'est-ce pas ? demandai-je.

— Et si vous arrêtiez de poser des questions ? dit-il.

Il marcha devant moi sur Boylston Street, et je le suivis. Il s'arrêta devant un immeuble qui ressemblait à une ancienne caserne de pompiers.

— Venez ! me cria-t-il.

Me sachant menacée par les engelures, j'étais forcée de le suivre à l'intérieur. Je risquais de perdre mes orteils et mes doigts si je ne me mettais pas à l'abri du froid sans tarder. Je ne sentais plus mes pieds et mon visage était totalement paralysé. J'ouvris la porte avec difficulté et dus convoquer toutes mes forces pour tenir debout et ne pas m'écrouler devant le bureau de l'accueil, où une dame dont les lunettes étaient retenues par une chaînette perlée nous regardait en agitant la tête d'un air désapprobateur.

— Il y a des trucs sympas par ici, dit-il. Mais je dois y aller, avant qu'on me cherche des noises.

Et soudain, le voilà parti, un éclair de gris disparaissant par la porte aussi vite qu'il s'était matérialisé quelques instants auparavant au bord du fleuve. Je me demandai s'il se souviendrait de moi des années plus tard, de la folle en collants qu'il avait empêchée de sauter dans la rivière Charles. Raconterait-il cette histoire à ses copains du pub ? À la fille qu'il voudrait séduire ? S'émerveillerait-il de l'heureux hasard qui l'avait conduit à faire l'école buissonnière ce jour-là et à tomber sur moi ? Peut-être que oui, ou peut-être que non. Peut-être quitterais-je sa mémoire aussi vite que ces tableaux et ces sculptures. Peut-être ne serais-je plus qu'une tache infime dans ses impressions de ce jour, pour autant qu'il se souvienne de ce jour. L'enfance grouille de petits miracles que nous avons davantage tendance à oublier qu'à nous remémorer. Pour ma part, cependant, je savais que je ne l'oublierais jamais : le visage parsemé de taches de rousseur, la ressemblance avec Johnny, le nez qui coulait, les mains chaudes. Je me souviendrais de ces doigts tirant légèrement sur mon manteau, me sauvant la vie. De ce geste simple me rappelant que je n'étais pas seule au monde. J'étais une *mère*. On avait encore besoin de moi. Cette journée, pour moi, ne se perdrait pas dans le flou impressionniste d'un souvenir d'enfance, mais serait le cliché limpide du moment où j'avais failli renoncer. Où j'avais failli laisser mes chagrins égoïstes prendre possession de moi.

Je m'assis alors sur l'un des bancs destinés aux visiteurs fatigués du musée – Dieu que j'étais exténuée ! Je sortis un mouchoir de mon sac à main et me mouchai ; mon nez, tel un tuyau gelé explosant d'un seul coup, se mit à couler de façon incontrôlable. Ensuite, pour une raison mystérieuse, au lieu de regarder le tableau qui se trouvait devant moi, un tableau dont je n'ai bizarrement aucun souvenir aujourd'hui, je levai la tête. Et ce faisant, je vis le mobile. Les gigantesques formes aux couleurs vives qui semblaient flotter au plafond sans attaches hormis celles de l'espoir et de l'imagination. Et pour la deuxième fois ce jour-là, j'eus le sentiment que quelqu'un m'adressait un message.

Je passe lentement de la chambre d'amis à la cuisine, où Devin a posé le téléphone en attente sur la table. Il s'est éclipsé à l'étage, sans doute pour respecter mon intimité, mais à cet instant, me retrouver seule avec cet objet est la dernière chose dont j'ai envie. J'envisage de simplement raccrocher, de couper Johnny dans son élan sans lui laisser une chance de me parler, de le réduire au silence. Je me rends compte que je suis terrifiée à l'idée de découvrir ce qu'il va m'annoncer. J'ai peur qu'il me dise à quel point les événements l'ont abîmé, que sans mon histoire avec Eva, il aurait été un garçon normal. Que si nous n'avions pas été aussi égoïstes, aussi farouches et déterminées, nous aurions pris la peine de penser aux enfants. Que mes propres filles avaient souffert elles aussi. J'ai déjà eu cette conversation avec Francesca des centaines de fois. Elle-même m'a accusée, blâmée, a déchiré mon cœur de ses mots tranchants.

Les doutes m'assaillent à présent, je ne crois plus qu'il m'a fait venir pour s'excuser d'avoir révélé notre secret à Ted et mis en branle tous les événements de cet hiver-là. J'imagine plutôt qu'il me réserve des accusations, des reproches ; je le soupçonne de m'avoir appelée pour enfin me punir d'avoir détruit son enfance. Pire que tout, je sais que cette inculpation est précisément ce que je mérite. Je m'en veux. Évidemment, je m'en veux.

Je sens l'odeur du feu dans le poêle à bois, entends le crépitement et le sifflement des bûches. Effie et Devin dorment, Gussy dort, les filles sont également plongées dans un profond sommeil. Je suis totalement seule dans cette cuisine nocturne. Seule avec la voix de Johnny et les remords qui me consument.

J'ai passé près de cinquante ans immergée dans mes souvenirs du temps passé avec Eva. J'ai revécu chaque moment des centaines de fois. En imagination, j'ai modifié le cours de l'histoire. J'ai envisagé chaque facteur en détail, falsifié mes décisions. Remanié mes choix les plus infimes, dans le but d'éviter la catastrophe. J'ai vécu dans le regret permanent. Même ma vie commune avec Lou s'est déroulée dans l'ombre de la tragédie d'Eva. Cela me fait mal de l'admettre, mais c'est la vérité. Et cette prise de conscience me frappe comme un coup de poing en plein ventre. Je sens mon cœur marteler ma poitrine, la tête me tourne. Mes oreilles bourdonnent et des étoiles dansent devant mes yeux. Je me tiens à la table de la cuisine pour ne pas tomber, me force à ne pas m'évanouir. À rester en vie.

Je regarde fixement le combiné blafard, ce même vieil appareil d'autrefois, relié à sa base par un cordon ombilical en spirale.

Que dois-je à cet homme ?

C'est la question que je me pose en tendant la main pour saisir le téléphone à travers mon brouillard d'étoiles.

Que dois-je à cet enfant ?

Que doit-on à une personne dont on a tué la mère ?

Je savais qu'Eva ne le pensait pas. Ses supplications pour que je parte, que je l'oublie, étaient motivées par la peur. Elles n'étaient pas sincères. Je devais m'accrocher à l'espoir d'un retour, croire que la patience et la persévérance me la ramèneraient. Que Ted ne lui avait pas complètement lavé le cerveau. Qu'il y avait encore une chance. Si je n'avais pas gardé au fond de moi cette confiance fragile, je n'aurais pas survécu à cet hiver.

Les lettres que j'écrivis à Eva après cette épouvantable journée à Boston ne furent plus les missives pathétiques d'une amoureuse éperdue, mais des revendications soigneusement construites. Des schémas, des plans. J'y expliquais comment je les sortirais, elle et ses enfants, de cet appartement lugubre et oppressant, comment je les éloignerais de Ted, de cette vie. Et comment, à condition de nous montrer assez rusées, nous pourrions démarrer une nouvelle vie ensemble. Tous les jours pendant trois semaines, je glissai une nouvelle lettre dans la boîte pendant que Frankie prenait sa douche – processus qui, par chance, lui prenait une bonne heure à cause de son plâtre. Par la suite, lorsqu'on le lui retira et qu'il put enfin reprendre le travail, j'attendais son départ pour poster ma lettre.

Au début, il n'y eut pas de réponse. J'eus peur qu'elle ait cessé de faire le trajet jusqu'au bureau de poste pour récupérer son courrier. J'évitai d'imaginer mes lettres entassées dans ce minuscule casier plein à craquer, le facteur soupirant en tentant d'y faire entrer une enveloppe de plus.

J'eus l'idée de l'appeler, mais à ma crainte que Frankie voie un numéro de Boston sur la facture du téléphone s'ajoutait celle d'être épiée, car nous étions toujours sur une ligne partagée, et Mme Boucher aussi bien qu'Hannah étaient connues pour leur indiscrétion. De plus, j'ignorais à quelle heure Ted se trouvait chez lui et risquait donc de décrocher.

Et puis, le jour de la Saint-Valentin, je vis le facteur avancer d'un pas lourd vers notre maison, un gros sac à l'épaule, et introduire une seule enveloppe dans la boîte. Mon cœur bondit dans ma poitrine. Je glissai mes pieds dans les vieilles bottes de Frankie et courus maladroitement jusqu'à la boîte. C'était une grande enveloppe, non pas au format lettre de celles que j'adressais à Eva. Ce fut une véritable torture, un moment plus pénible encore que toutes ces fois où j'avais trouvé la boîte vide. Car là résidait la réponse à mes questions obstinées. Là, dans une enveloppe en papier kraft mouillée par la neige de janvier.

Je m'assis à la table de la cuisine où je fis de la place. Je travaillais sur un projet pour les jeannettes, et la moindre surface plane de la maison était recouverte de pommes de pin. Je glissai un doigt sous le rabat et le soulevai délicatement jusqu'à ce que la colle cédât. Je pinçai ensuite l'enveloppe pour l'ouvrir puis la retournai pour déverser son contenu sur la table. Je ne fus pas surprise par l'absence de lettre. Eva avait toujours été gênée par l'écriture. En réalité, ce qui se trouvait à l'intérieur était plus éloquent que tous les mots du monde.

Étalé sur la table en Formica, on aurait pu croire qu'il ne s'agissait que d'un entrelacs complexe de fils à peine visibles, de brins chimériques, et que les cœurs microscopiques, pas plus gros que l'ongle de mon petit doigt, n'étaient que des confettis. Mais quand je levai l'épingle centrale, cette minuscule barre argentée au centre de la toile, les cœurs (mon cœur !) prirent leur envol. Suspendus à l'entrelacs de fils, une centaine de petits cœurs flottaient dans l'air.

J'emportai soigneusement le mobile à l'étage, réfléchissant à la cachette la plus appropriée. J'errai de pièce en pièce, à la recherche d'un coin de la maison où Frankie ne se rendait jamais. Un coin qui n'appartenait qu'à moi. Mais cet endroit n'existait pas. Je ne possédais pas le moindre espace de véritable intimité dans cette demeure. Cette prise de conscience m'anéantit. Finalement, je m'assis sur le lit que Frankie et moi partagions depuis quinze ans et me mis à pleurer. Les petits cœurs s'écroulèrent à côté de moi. Je sus alors qu'il me fallait l'appeler. C'était ridicule. J'avais simplement besoin d'entendre sa voix.

À ma grande surprise, son numéro n'était pas sur liste rouge – sans doute un oubli de Ted. Peut-être ne me croyait-il pas assez effrontée pour téléphoner. Mais je l'étais. C'est exactement ce que j'étais. Je composai le numéro que l'opératrice m'indiqua, et après un court instant de supplice, Eva répondit.

— Résidence Wilson, bonjour.

— Eva, dis-je.

— Billie ?

Tout l'aplomb qui avait résonné dans sa voix le jour de ma visite avait disparu. Toute cette remise en question et cette rationalisation aussi. Tous ces mots sur la maladie, la corruption morale et le péché semblaient s'être envolés.

— Je t'aime, Eva, dis-je, incapable de garder davantage de secrets et ne le voulant pas.

— Je t'aime aussi, dit-elle. J'ai l'impression de mourir à petit feu ici.

Ensuite, un grésillement et des parasites m'indiquèrent qu'une personne avait décroché son téléphone sur la ligne partagée. Hannah, indéniablement. J'entendis un léger cliquetis, et un souffle.

— Attends-moi, murmurai-je. Je te promets que ça s'arrangera bientôt.

— Billie ? fit-elle.

Mais je savais que si je continuais, tout le voisinage serait au courant de nos plans en l'espace de quelques heures. Alors je raccrochai.

Lorsque arrivèrent les vacances de Pâques, je décidai d'emmener les filles chez Gussy et en fis part à Frankie. Je lui promis que nous serions rentrées pour le dimanche de Pâques ; j'espérais seulement passer du temps avec ma sœur avant la fête.

Frankie travaillait beaucoup à présent, tentant de réapprovisionner notre compte en banque qui, malgré sa pension d'invalidité, s'était amenuisé durant sa longue convalescence. Il faisait souvent des heures supplémentaires et rentrait à Hollyville par le dernier train, trouvant le dîner froid et les filles couchées à son arrivée. On lui manquerait à peine, selon moi. Il se montra malgré tout réticent, car à l'instar de ses finances, sa confiance en moi restait précaire. Toutefois, il avait une tendresse particulière pour Gussy – comme nous tous –, ce dont je tirai profit.

— Gussy traverse des moments difficiles avec ses filles, dis-je.

Les filles de ma sœur étaient plus âgées que les nôtres. C'étaient des adolescentes. Elles ne donnaient en fait aucun souci à leurs parents ; Nancy était une étudiante modèle, et Debbie, moins brillante dans les études mais dotée d'un fabuleux sens de l'humour, était constamment entourée d'amis. Par chance, cependant, l'éducation des adolescentes faisait partie des domaines (avec les troubles féminins) qui ne passionnaient pas Frankie.

— Et en quoi tu vas l'aider, *toi* ?

— Je lui offrirai une oreille compatissante, une épaule sur laquelle pleurer. C'est ma sœur, Frankie.

Voilà autre chose que Frankie pouvait comprendre. Il avait une flopée de sœurs, dont chacune avait eu besoin de ses oreilles et de ses épaules (ainsi que des miennes) au fil des ans.

— Tu seras rentrée samedi soir, ordonna-t-il. Et les filles auront des robes neuves pour la messe de dimanche, entendu ?

— Gussy a une machine à coudre, et j'ai déjà acheté les tissus.

À Pâques, j'avais coutume de confectionner aux filles des robes assorties, et malgré leurs objections cette année-là, Frankie avait insisté pour que je m'y tienne. Je savais que Mouse et Chessy se sentaient trop grandes désormais pour se déguiser en poupées jumelles apprêtées. Pourtant, je ne pus m'empêcher de penser que le rejet violent de ma cadette pour l'étoffe à pois roses que j'avais choisie – des chutes de tissu à moitié prix – était révélateur d'autre chose. Je n'aimais pas non plus les robes lorsque j'étais enfant. Je ne voulais pas des fronces, des nœuds, ni du rose. Moi aussi, j'avais fui les fanfreluches de filles au profit des blue jeans, des casquettes de base-ball et des tennis. J'étais terrifiée à l'idée que les dysfonctionnements de ma personne se répercutent sur Mouse. Eva elle-même avait suggéré que notre histoire, nos sentiments, pouvaient être les symptômes d'une maladie. Et malgré tous mes efforts pour penser en d'autres termes, je ne pus m'empêcher de me demander si j'avais, d'une façon ou d'une autre, contaminé ma fille, si je lui avais transmis ce mal ; et de craindre qu'elle aussi, comme moi, ne trouve dans cette vie que de la révolte et de la tristesse.

— Bon, d'accord, céda enfin Frankie.

Chez Gussy. Comment décrire le foyer de ma sœur ? De l'extérieur, il n'était pas si différent du nôtre : une maison à deux étages située dans une impasse ; une grande véranda, tranquille et engageante avec sa jolie balancelle en bois. Notre demeure m'avait toujours causé quelque inquiétude (les réparations négligées au profit d'autres projets, le désordre que je n'arrivais jamais à endiguer, les lumières un peu trop vives illuminant le chaos ambiant, l'odeur du dîner de la veille et celle, nauséabonde, de tabac froid s'incrustant immanquablement dans les rideaux et les tapis malgré mes efforts). La maison de Gussy, en revanche, était chaleureuse et accueillante.

Gussy était une vraie fée du logis, au sens propre du terme. Elle avait littéralement dompté cette maison biscornue pour en faire un chez-soi. Si un foyer est l'endroit où vit une famille, ou s'épanouit l'amour, alors elle avait atteint le sommet de son art. Elle avait non seulement fabriqué ce lieu, mais elle excellait également à l'entretenir. Elle prenait soin de ces quatre murs et de tout ce qu'ils renfermaient. Les moindres détails en témoignaient. Elle avait suivi à la lettre les leçons domestiques de notre mère. Tandis que j'avais résisté à son enseignement (comment éviter les taches sur les verres et l'argenterie, comment repasser des chemises, faire les lits au carré et repriser des chaussettes), Gussy l'avait assimilé et avait même perfectionné les éléments auxquels notre mère s'attachait. Si je grimaçais à la seule pensée de m'adonner à ces tâches, Gussy, elle, s'en délectait. Et j'avais beau avoir pensé le contraire pendant longtemps, je reconnaissais que l'élaboration d'un foyer apportait un certain bonheur et une certaine plénitude. On le sentait dès l'instant où l'on franchissait le seuil de sa maison.

Il faisait doux dans la cuisine, qui sentait bon le pain chaud même quand le four était éteint. Gussy en préparait tous les jours de l'année, se levant avant l'aube pour pétrir la pâte. Il y avait toujours du café chaud sur le poêle, ainsi qu'une sélection colorée de thés dans un panier posé sur le plan de travail. Elle avait de quoi répondre aux besoins de chacun : du sucre en morceaux, un pot de miel, un petit pot de crème en porcelaine. Du thé glacé infusait dans une carafe en verre. La table n'était jamais encombrée par les devoirs des filles ou la paperasse de Frank. Les sols étaient propres, les étagères dénuées de poussière. Et tout semblait aller de soi.

Comme moi, Frank adorait les livres. Mais alors que ma collection n'était composée que de romans de gare et de livres de poche d'occasion empilés en tours vacillantes près de mon fauteuil de lecture ou à même le sol de mon côté du lit, mon beau-frère avait constitué chez lui l'équivalent d'une bibliothèque municipale. Chaque pièce comptait au moins deux meubles pleins à craquer d'ouvrages divers. Chaque siège jouissait de sa propre lampe de lecture. Et presque tous les soirs, au lieu de se poser devant le poste de télévision comme le faisait notre famille, Frank s'installait devant le feu, un volume à la main, pendant que Gussy aidait les filles à faire leurs devoirs ou leur apprenait à coudre, à tricoter ou à broder.

Tous les soirs, il s'autorisait un verre de bourbon – pas un de plus – avec beaucoup de glace. Il ne levait jamais la voix sous l'effet de la colère, et ne tapait jamais du poing sur la table. Il ne se retirait pas au sous-sol pour boire du vin à même le pichet ou réparer quelque vieillerie trouvée dans une décharge. Au lieu de cela, il était *là*. Présent. Lisant à voix haute lorsqu'il tombait sur un passage intéressant. Offrant des bribes de culture comme autant de petits trésors, ravi de ses découvertes. C'était un gentleman au sens littéral du terme : un homme gentil. De plus, il se montrait sensible aux moindres choses que Gussy faisait pour lui et leur famille. Au bout de dix-huit ans de mariage, ma sœur rougissait encore devant ses compliments. Ils se tenaient toujours la main. Il l'embrassait toujours et ne perdait jamais une occasion de lui glisser un : « Je t'aime, Gus ».

Est-ce que j'enviais Gussy ? Bien entendu. La vie de ma sœur était tout ce qu'une vie était censée être. Elle avait trouvé le bonheur dans cette cuisine, entre les murs de cette maison. C'était une bonne mère, une mère patiente, et une bonne épouse, admirée et respectée par son mari. Nos vies, bien que similaires en apparence, représentaient les deux facettes d'une même médaille. Il ne lui arrivait jamais de souhaiter la mort de son époux. Elle ne rêvait jamais de s'enfuir avec la voisine d'en face. Cependant, malgré l'envie que m'inspirait sa plénitude, il m'était impossible de lui en vouloir d'avoir acquis cet équilibre. Elle l'avait mérité. Elle méritait totalement cette joie simple.

C'était ma *sœur*. Et l'une des rares personnes au monde dont je savais qu'elle ne me jugerait jamais. Sa gentillesse et sa générosité n'avaient rien d'affecté. Ces qualités reflétaient parfaitement sa nature profonde. Ainsi, ce fut avec cette certitude absolue à l'esprit que je m'ouvris enfin à elle. Que je partageai le secret que j'avais gardé presque toute ma vie.

Un après-midi, les grandes avaient emmené Chessy et Mouse à une représentation de *La Panthère rose*. Mes filles adoraient leurs aînées, les admiraient comme des grandes sœurs, mais sans la rivalité qui peut exister entre sœurs. Il en est ainsi de la relation entre cousins, me suis-je rendu compte. Les cousins sont faits pour être adorés et admirés.

C'était le samedi précédant Pâques, et les filles et moi devions prendre le train de 15 heures pour rentrer à Hollyville. Je m'étais débrouillée pour passer presque une semaine entière sans accomplir ma mission. Je m'étais plongée dans le monde de Gussy, j'avais profité du calme qu'il offrait, de sa normalité et de son confort. Mais je savais aussi que je n'étais plus qu'à un voyage en train de mon propre monde, et que je ne pouvais pas retrouver Hollyville, retrouver Frankie, sans plan concret au lieu du canevas brumeux dont j'avais rêvé et que je n'avais partagé qu'avec Eva dans mes lettres.

Debout devant son plan de travail, Gussy taillait des légumes pour son ragoût de bœuf. Elle était presque toujours en mouvement ; la paresse n'était pas de mise dans cette maison. Il y avait un certain rythme, une cadence agréable dans le fait de trancher des carottes et du céleri. Une petite musique avec un objectif en vue. Toutefois, j'avais besoin qu'elle s'arrête si je voulais enfin me libérer.

— Gussy, dis-je, sentant tout mon univers vaciller sous mes pieds.

— Hein ? fit-elle.

Tac-tac. Tac-a-tac.

— Tu peux approcher un instant ?

Elle se tourna vers moi, et voyant mon expression, posa son couteau et s'essuya les mains sur son tablier. Elle vint s'asseoir à table à côté de moi. Elle me prit les mains, qui tremblaient comme sous l'effet d'une décharge électrique.

— Dis donc, Poil de carotte, tu trembles comme une feuille. Que se passe-t-il ?

En levant la tête vers elle, j'eus l'impression d'essayer de faire tenir une boule de bowling au bout d'une aiguille. Je fronçai les sourcils et secouai la tête.

— Tu sais, je n'ai jamais été comme toi, dis-je.

— Bien sûr que non. Ce serait idiot. Tu es *toi*.

— Non, Gus. Écoute-moi.

Elle hocha la tête, obéissante comme toujours, et me regarda droit dans les yeux.

— C'est Eva. Eva et moi…

Prononcer nos deux noms ensemble me paraissait aussi dangereux que merveilleux ; il était terrifiant de constater qu'une simple phrase pouvait nous lier, que la grammaire était capable de nous réunir. Pourtant, je ne parvins pas à sortir ces mots, ceux que j'avais répétés. Le terme technique désignant ce que j'étais, ce que nous faisions. Soudain, tout me parut inadapté. Impossible à articuler. Ces mots n'étaient rien. Rien que des mots. Des étiquettes sur un flacon d'épices. Ils n'avaient aucun rapport avec le contenu.

— Je sais, dit Gussy.

Sa voix était ferme. Je compris alors qu'elle ne disait pas cela uniquement pour me consoler d'un bête problème dont je lui faisais part. Elle *savait.*

J'écarquillai les yeux.

— Frankie m'a écrit une lettre, après l'avoir découvert. Il a aussi écrit à maman.

— Comment ? dis-je.

J'avais l'impression qu'une enclume m'était brusquement tombée dessus comme dans les dessins animés.

— Attends, dit-elle en se précipitant vers l'évier avec mon verre d'eau vide.

— Il t'a écrit une lettre ? dis-je, haussant la voix à mesure que mon incrédulité grandissait. Il t'a tout raconté ?

Elle acquiesça.

— Écoute, il était en colère. Il avait de la peine. Il avait peur. Il *a* peur.

Je me levai, ressentant le besoin de m'enfuir, de sortir au plus vite de cette petite maison parfaite.

— Il n'aurait pas dû, mais il l'a fait.

— Il a aussi écrit à maman ?

Elle hocha la tête. Je réfléchis aux derniers échanges que j'avais eus avec ma mère, au ton sec de sa voix. Avais-je été distraite, dévorée par mon obsession au point de ne pas me rendre compte de ce qui était arrivé ?

— Qu'est-ce qu'elle a dit ? demandai-je en frappant la table – cette parfaite table avec sa jolie nappe décorée de cerises.

— Tu connais maman.

Je me mis alors à penser à notre mère, si austère, aux mains froides et au visage sérieux. J'essayai d'imaginer ce bloc de marbre soudain ébranlé, ce calme mis à mal.

— Est-ce qu'elle a tout raconté à papa ?

Gussy fit « non » de la tête.

— Elle n'arrête pas de répéter que Frankie est un menteur. Tu sais bien qu'elle ne l'a jamais aimé. Elle dit qu'il a tout inventé. Que c'est l'alcool qui lui fait perdre la tête.

— Eh bien, ce n'est pas le cas ! criai-je.

Pendant un instant, je craignis que le volume de ma voix fasse trembler tous les verres bien astiqués du buffet de Gussy, fasse même tomber les murs.

— C'est la vérité. J'aime Eva. Je *l'aime.*

Je sentis soudain le nœud serré de mes entrailles se défaire après une semaine entière de pression – ou plutôt quatre années. Le dire à voix haute, dans la cuisine de Gussy, sectionna d'un coup ces cordes emmêlées qui m'étranglaient. Et cette brusque libération, comme celle d'une personne que l'on sauve *in extremis* de la noyade, fut exaltante. Je sentis mon corps s'alléger, se gonfler d'air tel un ballon. Une sorte de chatouillement me saisit, et je me mis à rire. Alors même que les larmes coulaient sur mes joues, sur les joues de Gussy, je riais.

Elle s'approcha et m'étreignit, soulagée de me trouver en vie. Elle prit mon visage dans ses mains, me regarda intensément dans les yeux.

— Ce n'est pas grave. Tout va s'arranger.

J'avais beau vouloir la croire de tout mon cœur, j'avais conscience qu'il s'agissait là d'un autre de ses domaines de compétence. Gussy, la maîtresse de maison, la mère de famille, la consolatrice. Je la voyais depuis des années apporter du réconfort à son entourage. Elle avait toujours à disposition un pansement, un bol de soupe, un mot gentil pour réparer les cruautés dont avaient souffert ceux qu'elle aimait. Mais ses efforts d'apaisement, bien qu'une panacée sincère, étaient motivés par son besoin compulsif d'atténuer ma douleur, et non par la vérité, car ce qu'Eva et moi partagions ne s'arrangerait *jamais*, ne trouverait jamais grâce aux yeux de la plupart des gens. Ni aux yeux de maman, ni à ceux de Frankie, ni même peut-être à ceux de mes propres enfants.

Je faillis ne pas retourner à Hollyville. Comment pouvais-je affronter Frankie en sachant ce qu'il avait fait, qu'il m'avait trahie d'une façon si sournoise ? Il s'était emparé de l'élément le plus intime de ma vie et l'avait offert au monde tel un vulgaire ragot. Il ne valait pas mieux qu'Hannah. Au fond, il m'avait trahie autant que je l'avais trahi, et je me demandai malgré moi à qui d'autre il avait livré mon secret. Car sa fierté avait beau être immense, sa colère et sa soif de vengeance étaient visiblement plus fortes encore. Il avait raconté ces choses à ma propre mère. Toutefois, si je voulais mettre mon plan à exécution, faire aboutir tout ce dont j'avais parlé à Gussy cet après-midi-là, il me faudrait agir comme si tout allait bien. Il me faudrait faire croire à Frankie que mon incartade avec Eva ne représentait rien, un moment d'égarement tout au plus, et que c'était fini, que j'avais commis une erreur et que je m'employais à la racheter.

Les filles attendaient Pâques avec impatience, malgré les robes roses assorties. Chaque année, à la veille de la fête, nous peignions des œufs, puis, une fois les enfants couchés, à condition qu'il ne neige pas, Frankie et moi les cachions dans la cour. Le matin, chacune des filles recevait un panier dans lequel était niché un lapin en chocolat au lait. Elles partaient alors à la chasse aux œufs, puis nous les cassions ensemble et je les utilisais pour confectionner du pain perdu pour le petit déjeuner. Frankie emmenait ensuite les filles à la messe pendant que je préparais le dîner de fête : d'ordinaire un jambon que Frankie avait reçu à son travail, accompagné de carottes au sirop d'érable et de choux. Nous demandions à l'un de nos voisins de nous prendre en photo devant la maison. Je rangeais ces clichés, les rares portraits de famille que nous ayons, dans un album, et nous pouvions ainsi suivre la croissance des filles. Sur les photos les plus anciennes, Frankie et moi avions l'air si jeunes. Nous étions des enfants : les yeux brillants, pleins d'espoir. À quoi pensais-je alors ? J'essayai de me rappeler ce qui traversait mon esprit dans ces premières années, cette période d'avant Eva. Pensais-je vraiment que je pourrais vivre ainsi toute ma vie ? Que je pourrais porter ce mensonge dans mon cœur, traverser mon existence comme un automate durant dix, vingt, trente ans ? Je ressentis de la pitié pour la jeune fille de vingt-deux ans que j'étais alors. Je l'observai, debout devant la maison, tenant dans les bras Francesca comme un petit paquet. J'étudiai le rouge de ses joues, les larmes aux coins de ses yeux. Était-ce à cause du froid, en ce premier matin de Pâques ? Ou bien y avait-il autre chose ? Pourquoi n'arrivais-je plus à me souvenir comment c'était d'être cette personne ? Qui était-elle ? Où allait-elle ?

Ce soir-là, les filles et moi nous assîmes à la table de la cuisine, des tasses de couleur étalées devant nous. Frankie s'était retiré prématurément dans son atelier souterrain, ne remontant que pour jeter un coup d'œil au score du match de base-ball. Je remarquai qu'il était déjà ivre, ayant commencé à boire plus tôt que d'habitude. Il s'abstenait toute la journée à Pâques, les seules vacances où il restait sobre, et je le soupçonnai de compenser cette abstinence ce soir-là.

J'imagine à présent qu'il devait avoir peur que Gussy ou ma mère n'ait dit quelque chose sur sa lettre. Il n'avait pas pu croire qu'elles me cacheraient cela. Il ne pouvait pas ignorer qu'un jour ou l'autre, l'une des deux vendrait la mèche, car on ne peut pas lancer ce genre de bombe sans s'attendre à une explosion.

— Sally me manque, dit Mouse en trempant son œuf dans la tasse de peinture jaune vif. Je me demande si elle va aux scouts à Boston.

— Je ne sais pas, dis-je.

En réalité, je le savais. Ted interdisait toute activité extrascolaire à ses filles. Elles rentraient directement à la maison après les cours, de sorte à pouvoir lui rapporter les occupations de leur mère. Il avait fait d'elles de mini-geôlières, et d'Eva leur prisonnière.

Chessy resta silencieuse, continuant de teinter son œuf avec soin. Je l'observai, cette petite fille dont le visage avait perdu ses traits enfantins, dont le corps se déliait pour devenir celui d'une jeune femme.

— Et toi, Chessy ? Donna doit te manquer, dis-je.

Elle haussa les épaules sans me regarder. Cette humeur maussade aussi était nouvelle, ce repli silencieux. Gussy m'avait assuré que ses deux filles étaient passées par une transformation similaire au même âge. Les hormones en étaient responsables. Je craignais tout de même que cela n'ait rien à voir avec les œstrogènes, et tout avec moi.

— On ne peut pas aller les voir ? demanda Mouse.

— Ce serait chouette, dis-je. Peut-être cet été.

Mon cœur se mit à tambouriner dans ma poitrine à l'idée de ce que j'avais planifié pour l'été. À l'idée que les rêves de Mouse pourraient bien se réaliser. Que si tout se passait comme prévu, nos familles, à l'exception de Ted et de Frankie, seraient réunies.

— Mais pas Johnny. Ça me serait égal de jamais le revoir, dit Mouse.

Eva m'avait écrit que son fils connaissait encore des ennuis à l'école. Il se battait avec des camarades bien plus grands et bien plus forts que lui. Je savais que Johnny poserait un problème.

— Quand est-ce que le bébé va naître ? demanda Mouse en griffonnant son prénom sur un œuf avec un crayon gras.

— Le mois prochain.

— Ce sera un garçon ? demanda-t-elle en faisant la grimace.

— On le saura le jour J, dis-je. Les bébés sont toujours des surprises.

Lorsque je rêvai au bébé, à *notre* bébé, c'était toujours un garçon. Un gentil petit garçon aux joues rebondies. Et dans mes rêves, je pouvais sentir l'odeur de ses cheveux et ses petits doigts se replier sur les miens. Eva m'avait dit qu'elle avait les mêmes sensations que lorsqu'elle attendait Johnny. Elle était toujours malade, n'avait jamais faim. Elle portait tout le poids à l'avant du corps, comme un ballon de basket. De dos, on ne pouvait même pas deviner qu'elle était enceinte.

Le bébé devait naître quelques semaines plus tard. Ensuite, il serait temps d'agir.

Les filles et moi achevâmes de décorer les œufs, puis étalâmes leurs nouvelles robes au pied de leurs lits. Je nettoyai leurs vieilles chaussures blanches avec du dentifrice. Mouse, qui croyait toujours au lapin de Pâques, laissa une carotte dehors, et enfin, je les bordai.

— Qu'est-ce que c'est, une *homosexuelle*, maman ? murmura Mouse au moment où je me penchai vers elle pour l'embrasser.

Je retins mon souffle. Le mot brûlait ; un élancement violent me saisit en pleine cage thoracique.

— Chessy dit que tu es une homosexuelle. J'ai cherché le mot dans mon dictionnaire, et c'est écrit que tu aimes d'autres femmes. Chessy dit que c'est un péché. Mais moi j'aime d'autres filles. Je t'aime toi, et j'aime Chessy et Eva et Sally. Ça veut dire que je vais aller en enfer ?

Je sentis tout le sang de ma tête se ruer dans mes épaules, dans mes mains. Nous avaient-elles entendus nous disputer ? Est-ce que ce mot, ce mot horrible, avait grimpé l'escalier, s'était insinué sous leur porte, s'était glissé sur leur oreiller et dans leurs oreilles ? Maudit Frankie, maudite église, maudit mot. Je pouvais presque entendre Frankie me siffler ces syllabes au visage, les marmonner dans sa barbe, les hurler, d'une voix rendue molle et pâteuse par l'alcool. Le même mot qui avait cheminé jusqu'à mes oreilles quand je dormais la nuit, murmuré par ma mère et mon père. Le questionnement, la peur. Le mot qui était sorti de la bouche du psychiatre après l'épisode avec Mlle Mars, le diagnostic dont le remède n'était que le déni ou le refoulement.

Des larmes brûlantes me montèrent aux yeux, et je clignai plusieurs fois pour les faire s'écouler sur mes joues.

— Moi aussi, j'aime Eva, dis-je. Et certaines personnes pensent que c'est mal. Que c'est un péché.

— C'est pour ça qu'elle a déménagé ?

J'en avais tellement assez de mentir, assez de refouler et de nier. J'avais enfin une chance de montrer qu'il n'y avait rien de mal là-dedans. J'étais la *mère* de Mouse. J'étais celle à qui elle faisait confiance, qu'elle écoutait le plus au monde. Je pouvais modifier sa façon de voir les choses. Je détenais au moins ce pouvoir.

— Oui, c'est pour ça. Ça fait peur à papa et à M. Wilson. Mais ce n'est pas mal. Ce n'est jamais mal d'aimer.

Mouse posa un doigt sur mon visage humide.

— Tu pleures.

Je hochai la tête.

— Je t'aime, maman.

Je fermai les yeux et la laissai me serrer dans ses bras. C'était la première fois depuis qu'elle n'était plus un bébé que je la tenais tout contre moi. Je me rendis compte, en sentant les angles peu familiers de ses épaules et de ses bras, que j'avais eu si peur de la blesser, de lui transmettre tout ce qui m'effrayait, que je l'avais privée de mon affection. L'énormité écrasante de cette prise de conscience me frappa violemment, transformant ce pincement brûlant dans mon ventre en perceuse.

Quand je la libérai et tournai mon regard vers la porte, je vis Chessy, debout sur le seuil, tête baissée. J'ignorais si elle avait tout entendu, mais il était clair qu'elle en avait entendu suffisamment. Lorsque je me levai du lit de sa sœur pour me diriger vers elle, elle tourna les talons et descendit l'escalier à toute vitesse, allant trouver Frankie au sous-sol.

Frankie et l'alcool, c'était comme un chiffon et de l'essence ; il suffisait d'une minuscule étincelle pour y mettre le feu. L'étincelle, cette nuit-là, fut Chessy, et même si j'eus envie de l'étrangler à ce moment-là, je me rends compte aujourd'hui qu'elle était simplement effrayée, confuse, et que, contrainte de choisir, elle choisit son père. Si elle avait eu la moindre idée de ce qu'il allait faire, et de tout ce qui en découlerait, elle serait sans doute calmement retournée dans sa chambre. Mais elle n'en savait rien. Comment aurait-elle pu ? Personne ne le pouvait. Et c'était déjà trop tard.

Frankie monta les marches deux à deux, d'un pas lourd. Il portait de grosses lunettes de protection en plastique sur le front, ce qui, dans mon souvenir, lui donnait un air un peu idiot. Malgré ma panique, je faillis rire.

— Qu'est-ce que tu racontes à nos enfants ? hurla-t-il à ma figure.

— Qu'est-ce que *tu* racontes à nos enfants ? demandai-je.

— La vérité, cria-t-il.

En dépit de sa petite taille, il avait le pouvoir de me terrifier. La colère semblait le faire grandir, la fureur développer ses épaules, la rage gonfler ses muscles.

— Que tu es malade, poursuivit-il. Que tu es une traînée. Une sale putain infidèle.

Mouse se tenait en haut de l'escalier, tremblante. Je lui fis signe de retourner se coucher et elle courut dans le couloir. Le rayon de lumière venant de sa chambre disparut quand elle claqua la porte derrière elle.

— Monte, Francesca, dis-je.

Elle secoua la tête.

— J'ai dit : monte !

Ma voix me fit sursauter. Ma fille aussi sembla surprise et monta l'escalier avant de claquer sa porte.

— Je ne peux pas continuer comme ça, Frankie. Tu ne peux pas me punir éternellement. Tu ne peux pas faire comme si tout était normal et continuer à me détester. À détester ce que j'ai fait. Celle que je suis.

— Tu bousilles leur vie ! beugla-t-il. Leur innocence. Tu es égoïste et malade. Tu ferais mieux de partir et ne jamais revenir.

J'inspirai profondément et m'agrippai au plan de travail pour ne pas perdre l'équilibre. C'est drôle, je me souviens maintenant d'avoir regardé le calendrier de la poste.

Demain, c'est le dimanche de Pâques, avais-je pensé.

Un jour d'expiation. Quand Gussy et moi étions petites, chacun des membres de la famille, au dîner de Pâques, devait émettre une excuse pour quelque chose qu'il avait fait. Ensuite, ceux à qui l'on avait fait du tort accordaient leur pardon. Cela aidait à apaiser les tensions, même si les fautes étaient d'ordinaire dérisoires et futiles.

— Je suis désolée, dis-je, pensant au bien que l'on ressent en confessant ces petits crimes, en se libérant. Je ne t'aime pas, Frankie, pas de la façon que tu attends de moi. J'aime Eva. Je ne peux rien y changer. Ça ne me passera pas.

Malheureusement, au lieu de l'absolution tranquille de ma mère et de ma sœur, ou de l'étrange bénédiction de mon père, Frankie bouillonna de plus belle et s'approcha si près de mon visage que je pus deviner à combien d'heures remontait son dernier rasage. Son haleine empestait l'alcool, ses dents étaient grises sous l'effet du chianti bon marché.

— Tu me dégoûtes, lâcha-t-il.

En temps normal, nos disputes s'arrêtaient à ce stade, mais ce soir-là, les mots ne lui suffirent pas. C'étaient des armes trop faibles. Ses mains, en revanche, étaient puissantes, et ce furent elles qui ripostèrent ensuite, en saisissant mes épaules et en me secouant si violemment que mes dents s'entrechoquèrent. Il recula d'un pas, visiblement sidéré par son geste, mais ne s'excusa pas, n'exprima aucun regret. Il se contenta de tourner les talons et de sortir par la porte arrière.

Ensuite, il tourna en rond dans la cour tel un lion en cage, pulvérisant un à un les œufs que les filles avaient pris tant de soin à teindre et à décorer. Il les piétina comme s'il tuait des cafards. J'entendis leurs coquilles fragiles se briser sous ses semelles. Pendant près d'une demi-heure, il s'élança dans la cour, ne cessant ses gesticulations que lorsque tous les œufs, sans exception, furent réduits en poussière colorée sous ses pieds.

Ébranlée jusqu'aux tréfonds de mon âme, je m'enfermai dans la salle de bains et l'observai par la fenêtre en train de s'adonner à sa guerre. Lorsque j'entendis la porte claquer puis ses pas lourds d'ivrogne dans l'escalier, je trouvai enfin le courage de sortir. Il avait disparu à l'étage, s'était probablement effondré dans son lit ; je sus alors que c'était le moment ou jamais.

En silence, je montai dans la chambre de Mouse et la fis ôter rapidement sa chemise de nuit et enfiler ses vêtements. J'allai ensuite dans la chambre de Francesca et la trouvai éveillée et en larmes. Elle était assise sur le rebord de sa fenêtre donnant sur la cour. De toute évidence, elle avait assisté au régime de terreur que son père avait fait subir aux œufs de Pâques.

— On retourne chez Gussy, dis-je.

Elle resta immobile, les yeux rivés à la fenêtre.

— Francesca, insistai-je.

Elle refusa de me regarder. Je fus alors prise d'une furieuse envie de la gifler ; de la menacer, de l'effrayer pour la faire bouger. Mais ce ne fut pas nécessaire, car elle se tourna soudain vers moi, la tête toujours baissée, et se leva. En silence, elle se dirigea vers sa commode, rassembla des vêtements et des chaussures, mit une brosse à cheveux et des sous-vêtements dans un sac.

Quand elle me regarda enfin, son visage était redevenu celui d'une enfant. D'une petite fille aux joues maculées de larmes.

— Je suis désolée, maman, dit-elle.

Je sentis mon cœur se serrer, mon visage s'embraser. J'avais tellement honte. Comment avais-je pu lui en vouloir de cette crise ? De quoi que ce soit ?

— Non. Tu n'as aucune raison d'être désolée. Tu n'as rien fait de mal. C'est bien clair ?

Elle secoua la tête.

J'allai alors vers elle et la serrai contre moi.

— Ce n'est pas ta faute. Rien de tout cela n'est ta faute.

Je pris les clés de Frankie suspendues dans l'entrée, puis fis entrer en vitesse les filles dans la voiture. Le laisser en plan était jouissif. Pour une fois, c'était lui qui se retrouvait privé de mouvement, prisonnier dans sa maison.

Je conduisis toute la nuit et nous arrivâmes chez Gussy au moment où le soleil de Pâques commençait à se lever, peignant un halo rosé derrière les montagnes vertes. J'eus alors le sentiment d'une renaissance, d'une véritable résurrection. Je ne m'étais jamais sentie aussi proche de Dieu.

Visiblement surprise de me voir arriver dans la Studebaker de Frankie, Gussy réagit pourtant comme si c'était la chose la plus naturelle du monde. Comme si tout cela était prévu.

— Eh bien, regardez-moi ces petites… Vous avez l'air de mourir de faim. Par chance, je viens de préparer des pancakes.

Elle me décocha un clin d'œil et conduisit les enfants à l'intérieur.

Je n'avais jamais été aussi heureuse de retrouver la maison de ma sœur de toute ma vie. Frank était assis à la table de la cuisine ; j'imaginai que leurs filles dormaient encore. Il y avait deux paniers de Pâques sur la table, que Gussy souleva.

— Je me demandais pourquoi ces paniers étaient sur mon palier ce matin ! On dirait bien que le lapin de Pâques était au courant de votre arrivée.

Je vis Chessy faire la grimace, et me demandai si le souvenir de son père fracassant les œufs de Pâques resterait longtemps gravé dans sa mémoire.

— Merci, Gussy, dit-elle en acceptant le panier.

À l'intérieur de chacun se trouvait un petit flacon de parfum et un œuf fourré à la crème. Les préférés de ses filles.

— Et Nancy et Debbie ? demanda Mouse en trempant un doigt dans le fourrage moelleux de l'œuf dont elle avait discrètement défait l'emballage en aluminium.

— Je crois qu'elles sont un peu trop grandes pour le lapin de Pâques, la rassura Gussy. Peut-être que vous pourriez leur garder quelques dragées ?

Après avoir dévoré trois pancakes chacune, les filles allèrent jouer dans le salon. Gussy les installa avec un puzzle et Frank disparut dans son bureau, nous laissant seules, ma sœur et moi.

— Que s'est-il passé ? demanda-t-elle.

Alors, sans hésitation (j'en avais fini avec les secrets et les mensonges), je lui racontai tout. Gussy me laissa parler puis hocha la tête.

— D'accord, d'accord. Et maintenant ?

Je savais que Frankie, une fois découvert le pot aux roses, devinerait où nous étions parties. J'étais fermement résolue à le quitter, mais j'avais aussi conscience qu'il serait vain de lui échapper. Il prendrait le premier train pour Two Rivers puis viendrait en stop chez Gussy et Frank. Une seule chose me rassurait : c'était le dimanche de Pâques, un des rares jours où Frankie s'abstenait de boire. Peut-être qu'une fois sobre et engourdi par sa cuite de la veille, il se montrerait moins impétueux.

Après tout, cela faisait partie de mon plan ; nous étions seulement en avance de quelques mois, et hormis ce détail, les choses se passaient exactement comme je l'avais espéré. J'avais quitté Frankie. *J'avais quitté Frankie.* La réalité de notre départ nocturne me frappa soudain tandis que la cuisine de Gussy se remplissait de lumière. Je savais que le plus important à présent était de garder la tête froide, de modifier certains éléments du plan en conséquence, mais sans paniquer. L'argent était mon plus gros souci. Je n'avais à ma disposition que la pension hebdomadaire que Frankie me versait au compte-gouttes pour les courses, dont j'avais déjà dépensé la moitié pour un dîner de Pâques que nous ne dégusterions jamais. Je pouvais emprunter de l'argent à Gussy et Frank, mais pour que mon plan fonctionne, cela ne suffirait pas. Je ne devais pas compter sur Frankie pour se montrer raisonnable. Il me faudrait, au bout du compte, trouver un travail ; inscrire les enfants à l'école ; nous dégotter un endroit où vivre. Soudain, tout cela me parut écrasant. J'eus l'impression d'être revenue à cette horrible journée à Boston, de me retrouver au pied du Prudential, que le monde entier se dressait autour de moi pour me terroriser. Étrangement, ce qui me vint alors fut la voix de mon père, citant quelqu'un, je ne sais plus qui. Mon père, un homme dont le temps de travail excédait le nombre d'heures qu'il y avait dans une journée.

« Le secret du bonheur, c'est de faire le compte de ce que l'on a, et non la liste de ce qui nous manque pour être heureux. »

Quel réconfort bizarre. Quelle étrange consolation.

— Il faut que je contacte Eva, dis-je en pensant à ce que j'avais, en faisant le compte.

— Bien sûr, acquiesça Gussy.

Je restai à la maison pendant que les filles partirent assister à l'office avec Frank et Gussy, et fis les cent pas. Un dimanche de Pâques, Ted devait être à la maison avec sa famille. Je les imaginai tous, apprêtés pour l'église, les filles avec leurs paniers. Rose devait avoir tellement grandi, elle avait presque quatre ans. Eva, le ventre gonflé, pieds et mains tout aussi enflés. Il y avait une chance, une chance infime, pour qu'elle ne les ait pas accompagnés.

Je regardai l'horloge. Il était 10 heures précises. La plupart des offices du dimanche commençaient. Si elle se trouvait chez elle, si elle était restée pour préparer le dîner de fête pendant que Ted emmenait les enfants à l'église, elle serait seule. Et dans le cas contraire, si Ted, pour une raison ou une autre, était dans l'appartement, je pourrais tout simplement raccrocher. Ou prétexter une erreur. C'était aussi simple que cela, non ?

Mes mains tremblaient quand je soulevai le combiné. Il me sembla anormalement lourd, comme si quelqu'un l'avait lesté de sable. Je fus à peine capable de composer le numéro, pourtant enraciné dans ma mémoire.

La tonalité fit des trilles dans tout mon corps et je retins mon souffle. Eva n'était sûrement pas chez elle. Ted ne l'aurait jamais laissée seule sans les enfants un dimanche de Pâques. C'était fou, me dis-je. Mais soudain, un cliquetis retentit, suivi par sa voix, douce comme la soie. À croire qu'elle savait qui était à l'autre bout du fil, qu'elle avait attendu mon appel.

— Eva, dis-je, saisie d'un sentiment d'urgence aussi fabuleux que terrifiant.

— Billie ?

Je savais que je n'avais pas beaucoup de temps. Il fallait que je lui dise exactement quoi faire.

— J'ai quitté Frankie. Je suis chez Gussy en ce moment, mais nous allons partir au lac. Si tu peux te rendre à la gare avec les enfants, je trouverai un moyen de venir te chercher.

J'avais passé les quatre dernières années à chercher le chemin qui me mènerait à elle. Je voyais ces années comme un labyrinthe compliqué : tortueux, plein de virages, réservant une infinité d'impasses. Et au centre de cette toile se trouvait Eva, ma belle Eva. J'étais si près du but à présent, un dernier mur me séparait d'elle.

— Eva ?

Mon cœur se serra, je compris que tout cela était insensé. Autant essayer de s'échapper d'Alcatraz. Les murs étaient faits d'acier, les portes verrouillées, leurs serrures bloquées par la rouille. La clé pendait à la taille épaisse de Ted. C'était un rêve ridicule, que les mots d'Eva allaient bientôt faire voler en éclats.

Sa voix interrompit ma rêverie désespérée.

— Jeudi, dit-elle. Je serai là jeudi.

Sur ce, elle raccrocha.

J'eus l'impression d'avoir été frappée par la foudre. Mon corps tout entier vibrait et bourdonnait, mes veines et mes nerfs étaient pareils aux cordes rêches et tendues à l'extrême d'une guitare qu'on viendrait de pincer. Quand tout le monde rentra de l'église, je crus que j'allais exploser d'excitation.

— Peux-tu nous conduire au lac ? demandai-je à Gussy.

— Bien sûr, dit-elle.

Frank promit de s'occuper de Frankie si celui-ci se présentait pour récupérer sa voiture et nous ramener. Sachant que Frankie respectait le mari de ma sœur, j'espérai qu'il n'y aurait pas de problème.

— Merci, dis-je.

Mon beau-frère était une force tranquille, et saurait mieux que quiconque empêcher Frankie de devenir fou furieux. Il me promit de lui dire que j'avais seulement besoin de temps pour m'éclaircir les idées ; que je l'appellerais dans la soirée.

— As-tu parlé à Eva ? me demanda doucement Gussy tandis que nous traversions le feuillage de printemps, en route vers le lac.

— Elle sera là jeudi, répondis-je en la regardant et en hochant la tête.

À mi-chemin, nous fîmes halte chez *Hudson* pour acheter quelques provisions. Gussy et Frank, d'habitude, n'ouvraient pas la maison du lac avant le Memorial Day ; les placards ne contiendraient que des boîtes poussiéreuses de farine et des haricots en conserve. L'eau serait coupée, le chapeau de la cheminée encore en place. Il y aurait des souris mortes dans les pièges, des cadavres de mouches sur les rebords des fenêtres, des toiles d'araignée dans tous les coins. La pompe à eau serait fermée, la chaudière en sommeil, chaque centimètre de surface recouverte de poussière. Par chance, je savais que la remise en état du camp était une tâche à peine suffisante pour m'occuper pendant les quatre jours suivants. Mais je ne savais pas quoi faire avec les filles. Il faisait trop frais pour se baigner, il pourrait même encore y avoir des plaques de neige dans la cour. Le froid arrivait tôt à Gormlaith, et les beaux jours se faisaient désirer. L'été n'était qu'un souffle bref entre les profonds soupirs de printemps et d'automne, et l'interminable essoufflement de l'hiver.

Je dépensai le peu d'argent qui me restait pour acheter les produits de première nécessité dont nous aurions besoin, ainsi que des produits frais et du lait, comme je l'aurais fait n'importe quel autre été. Sauf que ce n'était pas l'été ; nous n'étions qu'en mars. Et ce n'était pas les vacances ; c'était ma vie.

J'ai quitté mon mari, pensai-je.

En apportant mon panier à la caisse, je m'arrêtai de nouveau aux primeurs. Il y avait un panier plein de pommes rouge vif : des Baldwin, ces pommes résistantes cultivées en hiver qu'Eva adorait. Mon cœur se gonfla dans ma poitrine. Ces pommes avaient survécu au rude hiver, avaient été cueillies, emballées et transportées jusque-là sans s'abîmer ni perdre leur couleur. C'étaient des survivantes. Je complétai mon panier avec ces fruits, m'émerveillant de leur beauté simple et de leur endurance.

Cet après-midi-là, après le départ de Gussy, je lavai les saladiers poussiéreux et une assiette à gâteau, posai l'économe sur le plan de travail, puis maniai chaque fruit l'un après l'autre comme si j'avais eu des pierres précieuses entre les mains.

— Et pour l'école ? demanda Chessy.

Cette situation la rendait nerveuse. Elle aimait l'ordre, avait besoin d'ordre, et les changements de toutes sortes la mettaient mal à l'aise. Celui-ci était particulièrement terrifiant.

— On a école demain.

— Je parlerai à tes professeurs. Je leur demanderai de m'envoyer tes devoirs, et tu pourras les faire ici.

Ce fut là ma réponse brève à une question qui me tourmentait également. Nous n'étions même pas encore en avril. Il leur restait deux mois et demi d'école. Je pouvais les inscrire à Quimby, mais trouvais injuste de les jeter dans une nouvelle classe à ce stade de l'année scolaire. Mouse le supporterait, mais Chessy aurait davantage de difficultés. J'avais juste besoin qu'Eva soit là. Elle m'aiderait à tout arranger. Elle trouverait une solution à chaque problème.

— Ne t'inquiète pas, dis-je, sachant mes paroles vaines.

Ce départ prématuré de Hollyville, de nos vies, avait bouleversé la logistique. Je songeai pourtant que les gens bougeaient sans cesse. Après tout, c'étaient des enfants, les créatures les plus résistantes au monde. Eva et moi pourrions leur faire la classe à la maison, et ensuite, à la rentrée prochaine, les inscrire dans une nouvelle école.

— Eva sera bientôt là avec les enfants, dis-je.

Je voulais lui offrir quelque chose, et c'était la seule chose réelle dont je disposais (même si cela ne me semblait pas réel du tout).

— Vraiment ? demanda-t-elle.

L'angoisse et le déchirement se lurent alors sur son visage. Frankie l'avait convaincue que ce qui se passait entre Eva et moi relevait du vice, mais Chessy adorait Eva. Ses joues rouges et ses yeux écarquillés étaient ceux d'une fillette tiraillée : entre le besoin enfantin de faire confiance et la lucidité adulte ; entre le soulagement et la honte. Cette expression, je la verrais encore des millions de fois au cours des ans. Mais à ce moment-là, elle me serra le cœur, tout en me confortant dans ma décision de quitter Frankie.

Je hochai la tête. Eva serait là et saurait exactement quoi faire. Nous serions ensemble. Tout le reste se mettrait naturellement en place. Il le fallait.

Frankie arriva chez ma sœur le dimanche après-midi, pendant que je saupoudrais de cannelle et de sucre mes précieuses pommes. Il fit les cent pas dans la cuisine jusqu'à ce que Frank lui demande de partir, puis il prit sa voiture, que j'avais garée de travers dans l'allée, et s'en alla. Gussy me raconta qu'il avait beau s'agiter en tous sens, il semblait s'épuiser tout seul, vaincu d'avance. Il s'excusa auprès d'elle, comme si c'était elle qu'il avait secouée jusqu'à faire trembler ses dents et lui donner la migraine, sur qui il avait craché, hurlé, qu'il avait humiliée. Le visage rouge, il admit qu'il n'avait pas toujours été le meilleur des maris, mais insista sur le fait qu'il était un bon père, qu'il ne méritait pas de perdre ses filles. Elle me raconta également qu'au moment de partir, il lui tendit un chèque à mon nom de cinq cents dollars. « Pour les enfants », lui dit-il. Car peu importait ce qu'il ressentait pour moi, il adorait ses filles. Ensuite, il partit, détala comme un chien, la queue entre les jambes. Discrédité. Honteux.

Les yeux me brûlèrent. Je ne voulais pas qu'il proteste, qu'il insiste pour que l'on rentre à la maison. Je n'avais pas voulu d'une bataille contre lui : j'en menais déjà une depuis des années. En même temps, sa capitulation facile me sembla suspecte. Je n'y crus pas. Frankie était un combattant, jeter l'éponge ne lui ressemblait pas. Mais je n'avais d'autre choix que de prendre pour acquis son geste, son départ, son chèque. Eva arrivait, et quelle que soit la résistance que Frankie allait opposer, ce n'était rien en comparaison de ce que Ted était susceptible de faire.

— Johnny ?

Je reconnais à peine ma voix au téléphone.

— Billie, dit l'homme.

Sa voix est profonde comme celle de son père. Sonore. Eva m'avait dit un jour que la voix de Ted était tout ce qu'il y avait de doux chez lui.

— Écoute, je suis désolé de t'appeler si tard. Je sais que tu es censée venir demain. Mais il y a eu un imprévu…

L'espace d'un instant, une vague de soulagement me submerge, les éventuels soucis de Johnny m'importent moins que la possibilité de ne pas avoir à traverser cette épreuve. Un grain de sable s'est introduit dans son monde pour me libérer de cette obligation. Je me sens égoïste à cette idée. Horrible.

— Quel genre d'événement ?

— Je préfère ne pas en parler au téléphone. J'ai simplement besoin que tu me fasses confiance. Tu crois que tu pourrais venir ce soir ? C'est important que tu viennes dès ce soir.

— *Pardon ?*

Soudain, l'obscurité redescend sur moi, les étoiles réapparaissent devant mes yeux. Qu'a-t-il bien pu se passer pour qu'il me demande de hâter ma visite ? En quoi ma venue est-elle brusquement devenue si cruciale ?

— S'il te plaît, Billie, insiste-t-il.

Sa voix grave et suave se brise. L'homme est parti. À l'autre bout du fil se trouve le petit garçon de mon souvenir.

— Je suis désolé, reprend-il. Je n'avais pas prévu que les choses se passent de cette façon. S'il te plaît, viens à Mass General, et appelle-moi sur mon portable quand tu arrives.

Je raccroche et m'assois dans le coin repas, les yeux rivés sur le combiné silencieux encore dans ma main. Je pourrais tout simplement retourner me coucher. Faire comme si ce n'était qu'un mauvais rêve. Seulement, quelque chose me déchire la poitrine. Quelque chose d'ancien. De primitif. Alors je retourne dans la chambre d'amis où Gussy est profondément endormie, lui secoue doucement l'épaule avant de murmurer dans ses boucles blanches.

— Gus, il faut qu'on parte à Boston ce soir.

Gussy ne me pose aucune question. Elle et moi nous contentons de nous rhabiller dans le noir puis, pendant que je prépare du café pour la route, elle griffonne une note à l'intention d'Effie et de Devin, qu'elle laisse sur la table de la cuisine.

Nous sommes parties à Boston. John dit qu'il y a eu un imprévu de dernière minute. Nous vous appellerons dans la matinée. Nous espérons être de retour au lac la semaine prochaine. Merci pour tout. Embrassez ces jolies petites filles pour nous.

— J'espère qu'ils verront le mot, dit-elle.

— Glisse-le sous le sucrier. Effie met du sucre dans son café. Comme ça, elle ne le manquera pas. Et de toute façon, ils se demanderont forcément où nous sommes passées.

Gussy sort du réfrigérateur les en-cas que Devin a préparés et emballe un petit déjeuner de fortune : des oranges, des bagels. Tout cela me semble absurde ; le matin est encore si loin.

— Veux-tu que je conduise ? dis-je.

Gussy n'a jamais aimé conduire de nuit, et j'aurai certainement besoin d'une distraction pendant les trois prochaines heures.

— Ça ne t'ennuie pas ? demande-t-elle.

Nous refermons la porte moustiquaire et foulons l'herbe humide jusqu'à sa voiture.

Je me glisse sur le siège conducteur et Gussy attache sa ceinture du côté passager. Nous posons nos tasses de café dans le porte-gobelet, puis je nettoie le pare-brise brouillé par la condensation et les feuilles mortes. L'essuie-glace est bruyant, j'ai peur que la voiture réveille Effie, Devin et les filles. J'éteins la radio et sors lentement de l'allée en marche arrière.

Je m'en veux affreusement de partir sans leur dire au revoir ; les filles seront déçues, j'imagine. Gussy leur a promis de leur faire ses fameux pancakes au potiron. Toutefois, si je déteste m'enfuir comme une voleuse au beau milieu de la nuit, je suis encore plus attristée de quitter le lac alors qu'il fait encore sombre. Le jour du départ, autrefois, les enfants s'amusaient à faire des adieux théâtraux à tout ce qui constituait le décor du camp.

« Au revoir le lac ! Au revoir, la grosse pierre ! Au revoir, le pommier sauvage ! »

À cet instant précis, elles diraient seulement : « Au revoir, la nuit. Au revoir, les étoiles. Au revoir, la lune. »

Il fait si noir, nous pourrions être n'importe où, ou nulle part.

— Qu'a dit Johnny ? demande Gussy en portant le café fumant à ses lèvres.

— Pas grand-chose. Il est à l'hôpital.

— A-t-il dit pourquoi ?

— Non. Il est peut-être malade. Peut-être qu'il a recommencé à boire, dis-je, déroutée par tous ces mystères. Peut-être qu'il est malade depuis le début et qu'il veut se libérer d'un poids avant de partir. Je n'en ai aucune idée.

Je l'admets : le fait d'être appelée au milieu de la nuit pour qu'un alcoolique puisse réparer ses torts, ou faire je ne sais quoi pour soulager sa conscience, me met un peu en colère. J'ai l'impression d'avoir passé une bonne partie de ma vie à apaiser un ivrogne. Mais j'ai tout de même perçu l'urgence dans sa voix, et après tout, c'est le fils d'Eva. Je lui dois bien ça.

Gussy hoche la tête en silence et sirote son café.

Je saisis ma tasse à mon tour et prends une rapide gorgée avant de la reposer dans le porte-gobelet, tout en me concentrant sur le chemin de terre en face de nous. Il y a du brouillard, et nos phares n'éclairent que quelques mètres devant nous. Sans le vouloir, j'agrippe fermement le volant. Mon estomac bouillonne d'angoisse comme une cafetière en marche.

S'il faisait jour, nous aurions déjà dépassé le dernier bout de route où le lac est encore visible avant d'être occulté par l'épais entrelacs de branches.

— Arrête-toi ! s'écria Gussy en pointant le doigt devant elle.

— Quoi ? dis-je en sursautant avant de tirer sur le frein à main.

— Regarde !

Le faisceau de mes phares révèle un petit ours noir, un bébé, qui traverse la route. Juste derrière lui se trouve sa mère, qui le presse d'avancer. Elle tourne la tête vers nous, et je sens ma gorge se nouer. J'avais déjà eu l'occasion d'apercevoir des ours à Gormlaith, et chaque fois, j'avais été sidérée, mais je ne m'étais jamais trouvée aussi proche de l'animal. Nous sommes à moins d'un mètre d'eux. Si Gussy n'avait pas réagi, j'aurais heurté le bébé.

Gussy plaque sa main contre sa poitrine comme pour retenir son cœur à l'intérieur. Et puis, aussi rapidement qu'elles étaient apparues, les bêtes disparaissent dans les bois. Mon cœur aussi bat la chamade.

— Jésus, Marie, Joseph ! s'exclame-t-elle. On a failli leur rentrer dedans. On est passées à deux doigts de l'accident.

Le mot, *accident*, me fait l'effet d'un poignard. Je réponds par un mouvement de tête. Gussy se tourne alors vers moi, s'excuse du regard. Elle me prend la main et la serre. Sa peau est chaude à cause du café. Je lui suis reconnaissante de ce geste, mais mon cœur saigne quand même.

Je conduis lentement, prudemment, jusqu'à ce que nous soyons enfin sorties de la forêt profonde, et je ressens du soulagement lorsque la terre laisse place à l'asphalte et que le brouillard se dissipe. Mes doigts se décrispent sur le volant, les muscles de mes épaules se détendent. Au moment où nous prenons l'autoroute, les ours ont quitté mon esprit.

Les accidents.

Tandis que Gussy épluche une orange et qu'un parfum délicieusement acidulé emplit l'habitacle, j'essaie de ne penser qu'à la circulation qui m'entoure, aux camions-citernes et aux bornes kilométriques défilant à mesure que nous approchons de Boston.

Attendre l'arrivée d'Eva et des enfants au lac fut un véritable supplice, comparable à ces étés où elle était venue nous rejoindre, mais en pire. Chaque minute semblait dilatée, le temps, telle une rivière glacée, s'écoulait au ralenti. Je fis un ménage complet. Je changeai les draps des lits, époussetai les toiles d'araignée, les mouches mortes, balayai le parquet. Je fendis le bois que Gussy et Frank s'étaient fait livrer, me persuadant que j'en étais capable, consciente des économies que cela représenterait à long terme, si j'arrivais à couper et stocker ces bûches moi-même. De plus, je trouvai un certain apaisement, une satisfaction dans ce début d'autonomie. Laissant les filles dans la cuisine avec des exercices de mathématiques, j'enfilai mon bonnet et mes gants et sortis, inspirant à pleins poumons l'air frais du début de printemps à chaque coup de hache. Le craquement des bûches me donna l'impression d'avancer : j'en constatai la preuve dans la pile grandissante que j'entreposai dans l'abri. De nombreuses nuits froides nous attendaient encore, où le printemps nous ferait faux bond et l'hiver tarderait à tirer sa révérence. Il pourrait même neiger avant que les beaux jours ne s'installent réellement.

Dans la cuisine, le saladier de pommes Baldwin reposait toujours sur le plan de travail, me rappelant que nous avions encore beaucoup à endurer. Qu'il me fallait être patiente, résistante, solide.

J'ignorais par quel moyen Eva comptait me rejoindre. Ted avait sûrement la voiture puisqu'il ne laissait plus sa femme la conduire seule. Je supposai qu'elle prendrait le train pour Two Rivers, puis nous appellerait pour qu'on vienne la chercher. J'imaginai, *espérai*, qu'elle me tiendrait au courant de ses plans au plus vite ; et quand Ted découvrirait la facture téléphonique indiquant des appels longue distance, Eva serait déjà avec moi. Cela n'aurait plus d'importance. Je devais présumer que nous pensions la même chose.

Ainsi, le mercredi soir – quand le mercure avait bel et bien gelé –, j'attendis des heures, les yeux rivés sur les flammes dansant dans le poêle à bois, mais le téléphone ne sonna pas. Je restai éveillée toute la nuit, m'occupant du feu, faisant les cent pas sur le sol propre. Dehors, la lune disparut derrière une épaisse couverture de nuages. Des nuages annonciateurs de neige. Et à 3 heures du matin, les flocons commencèrent à tomber.

Pendant que les filles dormaient, j'essayai de lire, mais chaque mot, chaque phrase, devenait une incantation, une prière ; chaque syllabe me ramenait à Eva. Vers 4 heures, je préparai du café et en bus assez pour réchauffer mon corps et faire trembler mes mains. Le feu crépitait, caquetait. Puis le ciel s'éclaircit, sans pour autant que la neige cesse de tomber.

Je m'étais toujours amusée à comparer Mouse à un bébé ours, hibernant en hiver, presque impossible à réveiller les matins où il faisait froid. Chessy, en revanche, était toujours debout pour accueillir le soleil : plus oiseau qu'ours. Ce matin-là ne fit pas exception.

— Il *neige* ? s'étonna-t-elle en entrant d'un pas traînant dans la cuisine où je me resservais une inutile tasse de café.

Je hochai la tête, regardant par la petite fenêtre le thermomètre fixé sur l'arbre. Il indiquait vingt degrés.

— On gèle, dit Chessy, en s'asseyant à côté de moi. Je peux avoir du café ?

Je levai un sourcil vers elle.

— Tu n'es pas un peu jeune pour boire du café ?

Elle haussa les épaules, et dans ce simple geste, je vis combien la situation lui pesait. C'était encore une enfant, mais au cours de l'année écoulée, elle avait mûri. Cette délicieuse innocence qui s'accrochait encore à Mouse avait déserté Chessy. Pour la toute première fois, je regardai son visage et vis la femme qu'elle deviendrait un jour. Devant moi, dans la lueur blafarde de l'aube, la couleur de ses yeux devint plus profonde, son visage s'affina et s'allongea, même ses mains eurent l'air plus adultes. Ma petite fille était en train de disparaître, et je ne pourrais jamais rien faire pour la sauver. La gravité de cette prise de conscience me coupa le souffle. Soudain, j'aurais aimé pouvoir la prendre dans mes bras, la bercer comme un bébé. Pouvoir saisir sa petite main, la tenir complètement dans la mienne. Mais ce temps-là était révolu. Il appartenait déjà à un autre monde, et sa fragilité, sa dépendance totale envers moi, même pour les choses les plus infimes, était un bel objet à ranger dans le musée de mes souvenirs.

— Tiens, dis-je en lui versant une tasse de café fumant que j'adoucis en y ajoutant une bonne dose de lait et une cuillerée de sucre. Ça va te réchauffer.

La neige continua de tomber tandis que le matin prenait le pas sur l'aube et qu'une Mouse affamée s'extirpa enfin de sa caverne de couvertures. À midi, un gigantesque linge blanc recouvrait tout. Les fleurs et les bourgeons qui avaient osé éclore étaient nappés de glace, gelés en plein élan d'optimisme.

Pelotonnée sur un fauteuil près du feu, Chessy relisait *Le Vent dans les saules*. Les seuls livres pour enfants du camp étaient ceux que nous avions laissés derrière nous au fil des ans. Nous avions fui Hollyville dans une telle précipitation qu'elle n'avait même pas eu le temps de prendre *Les Quatre filles du Docteur March* sur sa table de chevet. J'essaierais de lui en trouver un exemplaire, peut-être à l'Athenæum de Quimby. Mouse jouait aux osselets sur le sol. La balle de caoutchouc lui échappait sans cesse et roulait sous le fauteuil de Chessy.

Cette dernière, plongée dans son livre, ne prêtait pas attention à sa petite sœur qui se tortillait sous elle.

Voyant les filles occupées, j'allai dans la cuisine pour appeler Gussy et lui demander si elle avait eu des nouvelles d'Eva, mais lorsque je collai le combiné à mon oreille, rien ne se passa. Aucune tonalité. Je raccrochai puis décrochai frénétiquement. Le silence régnait toujours, seul mon pouls vibrait dans mes tempes.

La neige et le verglas avaient probablement détruit la ligne. Eva ne pourrait pas me contacter. Je la visualisai à la gare de Two Rivers, entourée de sa couvée impatiente, imaginai ses vaines tentatives pour m'atteindre et commençai alors à me sentir mal, à défaillir. Tout ce café m'avait mise sur les nerfs, mon corps était électrisé par la caféine et la peur.

Elle connaissait le numéro de Gussy. Je l'avais vue le noter dans son carnet d'adresse l'été précédent. Elle l'appellerait, et ma sœur et son mari viendraient la chercher à la gare. Ils la conduiraient à moi. Les enfants, avec leurs bonnets et leurs moufles, iraient tous dehors faire un bonhomme de neige. Je les imaginais déjà former des boules, ramasser des brindilles pour les bras, lui planter une carotte en guise de nez, un bonnet de laine sur la tête. Je voyais leurs joues rouges, les chaussettes trempées qu'on aurait mises à sécher près du feu.

Mais l'après-midi avançant, seul le chasse-neige passa sur la route, éclairant de ses phares aveuglants la neige fraîchement tombée. Nous étions à une quinzaine de kilomètres de la ville. J'étais capable de faire le chemin à pied, mais pas les enfants. Le voisin, M. Tucker, était parti en Caroline du Nord rendre visite à sa sœur pour la semaine. Tandis que le ciel s'assombrissait et que la neige continuait de tomber, je sentis ma gorge se nouer.

Et si elle n'avait même pas pu prendre le train ? Et si Ted n'était pas allé travailler ce matin-là, s'il était tombé malade ou avait pressenti qu'il se tramait quelque chose ? Et si Johnny avait vendu la mèche ? S'il avait tout compris et averti son père ? Ou pire encore : et si Eva avait changé d'avis ? Conclu que c'était une folie de prendre ses quatre enfants, et celui qui devait naître moins d'un mois plus tard, pour quitter le seul foyer stable qu'elle avait ? Et si, contrairement à moi, elle était revenue à la raison, avait pris conscience de la frivolité de notre plan d'évasion ? Et si, finalement, elle s'était résignée à la vie qui lui avait été offerte au lieu d'accepter celle que je lui promettais de construire avec elle ? Et si elle ne venait jamais ? J'étais malade d'angoisse, de chagrin et de peur. Je me calmai juste assez pour réchauffer une boîte de soupe et préparer des croque-monsieur pour le dîner. Ce fut dans un mutisme total que j'aidai les filles à faire leur toilette, à se brosser les dents et à se préparer, une fois de plus, pour la nuit. Je frôlais la crise d'hystérie quand, assise toute seule devant le feu, je jetai dans l'âtre une bûche supplémentaire, attendant la suite dans l'incertitude totale.

Toute cette angoisse avait dû se répercuter sur mon corps. Le besoin de sommeil, de repos, avait dû l'emporter sur le reste ; en effet, lorsque les phares se mirent à briller à travers les fenêtres, je me rendis compte que je m'étais endormie.

J'ouvris brusquement les yeux, écoutai le bruit du chasse-neige, m'étonnant qu'il passe deux fois dans la même journée. Mais ce n'était pas le chasse-neige. Et quand le véhicule ralentit devant la maison et se gara dans l'allée, toute la peur et l'inquiétude fébrile qui m'avaient habitée laissèrent place à une douce vague de soulagement doublée d'un frisson d'impatience. Ils étaient là.

C'est maintenant que ma vie commence, me dis-je. *Nous y voilà.*

Je courus à la cuisine et ouvris la porte sans prendre la peine de mettre mes chaussures ou mon manteau, prête à accueillir les Wilson, prête à voir le visage d'Eva, à la prendre dans mes bras, la toucher, la sentir, l'entendre murmurer à mon oreille. Je souriais à en avoir mal aux joues, les muscles tendus de bonheur. J'arrangeai mes cheveux, lissai ma jupe, consciente de la futilité de mes gestes, soucieuse malgré tout de me rendre présentable.

Gussy sortit de la voiture. Les phares m'aveuglaient ; je clignai des yeux mais ne vis que des étoiles. La portière claqua, puis il n'y eut que le bruit de ses pieds écrasant la neige. J'attendis que les autres portières s'ouvrent, que les voix des enfants retentissent comme des clochettes dans la nuit.

— Billie, dit Gussy.

Je clignai de nouveau des yeux et me penchai pour regarder à travers les vitres sombres de la voiture. J'agitai la tête. Pourquoi ne sortaient-ils pas ?

L'instant d'après, ma sœur me tenait par la taille et me guidait vers la porte.

— Attends ! lançai-je en riant avant de l'écarter.

Et au moment même où le rire s'échappait de mes lèvres, j'eus le sentiment d'avoir reçu une balle en pleine poitrine. Tout mon corps s'engourdit. Je me dirigeai vers la voiture, scrutant désespérément les vitres noires.

— Où sont-ils ? demandai-je.

Les bras de Gussy m'enserraient de nouveau, et ses mains me tiraient loin de la voiture, loin de l'obscurité, pour me ramener dans la cuisine éclairée.

— Oh, Billie, dit-elle.

Elle m'étreignait de plus belle. J'étais au fond d'un abîme, je ne pouvais plus respirer.

— Billie, il y a eu un terrible accident.

Je me souviens des pommes. Du saladier sur la table de la cuisine, rempli de pommes d'hiver trop rouges. Un tableau. Une agression visuelle. Tandis que Gussy prononçait les mots qui allaient tout changer, j'étais aveuglée par les pommes rouges. Je m'extirpai brusquement de ses bras en hurlant, renversant le saladier. Les fruits dégringolèrent, roulèrent sous la table, et le bruit de leur chute fut comme le bruit de corps heurtant le sol.

C'était Frankie qui avait appelé Gussy, lui qui avait reçu la nouvelle en premier. Quand Ted découvrit l'absence d'Eva, il appela chez nous, sans savoir que les enfants et moi étions déjà partis et que Frankie était seul. Il cherchait sa femme. Il exigea des réponses, menaça de tous nous tuer si Frankie ne vendait pas la mèche. Ce dernier lui raconta que je l'avais quitté, que le dimanche de Pâques, j'avais pris les filles pour aller chez ma sœur dans le Vermont. Que je ne reviendrais pas. Ted raccrocha alors, et Frankie eut peur qu'il vienne nous chercher. Il eut peur pour les enfants, peur du danger que je leur faisais courir. Il appela Gussy une première fois, pour la prévenir que Ted allait peut-être arriver. Ensuite, il sortit prendre sa voiture dans l'intention de devancer le mari d'Eva.

Cependant, lorsqu'il retourna dans la maison pour prendre son portefeuille, le téléphone sonnait de nouveau. Cette fois, c'était la sœur de Ted, Mary.

Mary lui expliqua qu'Eva lui avait demandé si elle pouvait emprunter sa voiture, car elle souhaitait emmener les enfants à Plymouth Rock pour la journée. Leurs vacances de Pâques commençaient une semaine après les nôtres, et rester ainsi cloîtrés dans leur appartement commençait à leur courir sur les nerfs.

Mary avait répondu : « Bien sûr. Mais tu es sûre de vouloir conduire par ce temps ? »

L'hiver tardif du nord-est, qui avait apporté toute cette neige dans le Vermont, s'était traduit à Boston par une pluie glaciale et du verglas. Les routes étaient glissantes quand Eva entassa ses gamins dans la voiture et se faufila péniblement derrière le volant avec son gros ventre. Elle avait préparé pour eux un panier de pique-nique, comprenant des sandwichs à base de salade de jambon – les restes du dîner de Pâques – ainsi qu'une demi-douzaine d'œufs colorés.

Eva avait toujours conduit vite ; elle aimait la sensation que la vitesse lui procurait, cette impression que le monde se dérobait sous elle. Les fois où nous avions pris la route ensemble, je m'étais agrippée à mon siège tandis que nous filions par-dessus les collines, rebondissant sur les banquettes sous les cris euphoriques des enfants, ravis de ce décollage. Quand j'imagine ce trajet à présent, celui qui devait les mener à nous, j'essaie de penser à sa joie, aux étincelles dans ses yeux tandis qu'elle accélère pour traverser Two Rivers, sur la route tortueuse qui longe le chemin de fer. Je l'imagine, inlassablement, se tourner vers Donna, Sally, Johnny et Rose, tous haletants et impatients. J'imagine son sourire, ses mots – « Accrochez-vous ! » – au moment de prendre le virage près de la rivière.

Elle était si près. Nous étions si près.

Mais elle était bouleversée. Elle n'avait pas les idées claires ; elle ne faisait pas attention. De plus, elle n'était pas euphorique, mais terrifiée et angoissée. Ainsi, lorsqu'elle heurta une plaque de verglas noire, expliqua Mary à Frankie, elle perdit le contrôle du véhicule. Il s'envola, tourna trois fois sur lui-même, exécuta des tonneaux dans les airs.

Je vois cet envol en rêve. Je vois la voiture, cette boîte de métal abstraite, simple mobile, tournoyer avec grâce. Sauf qu'il n'y avait pas de ficelles pour la retenir, rien pour l'attacher au ciel.

Mary raconta à Frankie que Johnny fut éjecté de la voiture pour atterrir comme une poupée de chiffon au bord de la rivière, au milieu des bris de glace, le corps cassé, en miettes mais vivant. Et quand la voiture toucha enfin le sol, elle dégringola trois mètres plus bas, dans l'eau glacée.

— Johnny va s'en sortir, mais les filles… Oh, mon Dieu, pleura-t-elle.

Frankie raccrocha et appela Ted. Il tenta de le joindre tout l'après-midi, mais n'obtint de réponse qu'aux alentours de minuit.

— Ted, dit Frankie. S'il te plaît, ne raccroche pas. Je veux juste savoir si… Je t'en supplie, dis-moi qu'ils vont bien.

— Non, fit Ted. J'ai tout perdu.

Frankie sentit sa gorge se serrer. Il n'avait plus de mots.

— Et Eva ? demanda-t-il finalement.

Un long et terrifiant silence s'installa à l'autre bout du fil. Puis la voix de Ted retentit enfin, comme une pierre tombant au fond d'un lac.

— Ma femme est morte.

À 4 heures du matin, le ciel a la couleur d'un hématome tandis que nous pénétrons dans le garage désert, où je me gare sur la première place que je trouve. Ici tout est calme et il fait froid. Nous restons assises dans la voiture pendant quelques minutes sans qu'aucune de nous deux ne tende le bras pour ouvrir sa portière.

— Est-ce que je fais une erreur ?

Je pose cette question à Gussy sans la regarder. J'ai peur de me mettre à pleurer si je croise son regard.

— Non, dit-elle en secouant la tête.

Je vois des larmes briller dans ses yeux. Elle a l'air sur le point de parler, mais se contente d'agiter la tête une seconde fois.

— Tu crois qu'il est en colère, Gus ? Contre moi ? Tu crois qu'il me tient pour responsable de ce qui est arrivé ?

Je songe à la nuit de l'accident, la nuit où j'ai failli craquer. Je me souviens d'avoir eu le sentiment de m'effilocher, d'avoir senti chaque fibre de mon corps se déliter. À l'époque, on parlait de *dépression nerveuse*.

Mais ce n'était pas un déclin que je ressentais. Plutôt un *émiettement*. Gussy s'était débrouillée pour que les filles restent à l'étage pendant que je me désagrégeais. Lorsque je repense à cette nuit, ce qui m'arrive souvent, je ne me souviens de presque rien, si ce n'est des bras de ma sœur qui s'efforçaient de maintenir agrégés les fragments de ma personne. Que serait-il advenu sans elle ?

Frankie arriva au lac le lendemain et ramena les enfants à la maison. Je restai au camp avec ma sœur jusqu'à me sentir capable de prendre une décision. Je me rappelle à peine les jours qui suivirent. Ces souvenirs-là semblent appartenir à une autre ; j'ai l'impression que ma vie est une pièce de théâtre dont je suis un personnage, se déplaçant devant une toile de fond en papier où se déroule cette abominable scène. Eva avait disparu. Et avec elle, Rose, Sally, Donna, et notre bébé. Tous disparus. Et sans eux, sans Eva, plus rien n'avait d'importance. Je me fichais de savoir où aller. Je me fichais de savoir quoi faire. C'était fini. Tout ce qui comptait au monde avait disparu. Et c'était entièrement ma faute.

L'idée de m'ôter la vie me traversa. Je me rappelai cette pulsion que j'avais eue devant la rivière Charles après qu'Eva m'avait éconduite. Je me rêvai marchant dans le lac et ne jamais revenir. Je me rêvai nageant, sombrant, laissant l'eau emplir mes yeux, mon nez, mes poumons.

Ce fut Gussy qui m'extirpa finalement des eaux troubles du désespoir. Pendant trois jours au cours desquels je ne fus même pas capable de sortir de mon lit, elle prit soin de moi. Elle me nourrit comme si j'étais une infirme, portant à mes lèvres la cuillère de métal froid. Elle tint un linge humide et frais sur mon front brûlant. Elle dormit à côté de moi, me maintenant à flot entre ses bras. Et le quatrième jour, elle entra dans la chambre avec des vêtements fraîchement repassés et adopta un ton grave.

— Il est temps de te lever. Tes enfants ont besoin de toi.

Elle me ramena à Hollyville. Je devais savoir à ce moment-là que je ne retournerais jamais au lac, car je murmurai tout bas : « Adieu, la cabane dans l'arbre, adieu, les lilas et les abeilles, adieu, le lac. »

À Hollyville, elle passa deux jours de plus avec moi pour m'aider à réintégrer mon ancienne vie. Les filles reprirent l'école. Frankie travailla sans relâche. Chacun reprit le cours de son existence, son éternelle routine. C'était comme si le monde avait continué à tourner sans moi, avait mené sa vie parallèle, en attendant simplement que j'y reprenne ma place.

Frankie se montra étonnamment indulgent. Durant la première semaine, il s'abstint même de boire. En dépit de tout, il comprit l'intensité de mon chagrin.

Et surtout, il semblait soulagé de m'avoir de nouveau à la maison, même si je n'étais plus la même.

— Tu es allé à l'enterrement ? lui demandai-je un soir où nous étions couchés dans notre vieux lit.

Il secoua la tête.

— Bien sûr que non.

L'idée de ne pas avoir été là lorsque Eva et ses filles avaient été mises en terre m'avait presque tuée. J'avais pourtant conscience que malgré mon désir, mon besoin d'y être, cela aurait été courir à la catastrophe. J'osais à peine imaginer les dégâts que l'accident avait provoqués chez Ted, le nouveau tour que prendrait sa fureur à présent. J'avais peur qu'il vienne à Hollyville pour me punir. Pour me faire payer de lui avoir volé sa femme, puis d'avoir volé la vie de sa femme. Cependant, je me préparais aussi à cette idée.

Qu'il vienne, pensais-je.

— Tu as parlé à Ted ? demandai-je.

Frankie, de toute évidence, préférait éviter le sujet. Ses yeux devinrent rouges et ses mains tremblèrent.

— J'ai envoyé une carte.

Je sentis mes entrailles bouillonner, brûler. J'essayai d'imaginer Frankie chez *Woolworth*, en train de choisir une carte de condoléances à envoyer à Ted : une horreur aux couleurs pastel, pleine de phrases absurdes à la calligraphie prétentieuse censées exprimer ses regrets, excuser sa femme d'avoir provoqué à elle seule la mort de son épouse, de ses trois filles et de leur enfant à naître.

— Qu'est-ce que tu as écrit ? demandai-je. Dans cette carte ?

Tout mon corps tremblait, Frankie dut sentir dans le matelas les répercussions sismiques de mon chagrin.

— Qu'est-ce que j'étais censé dire, Billie ? s'énerva-t-il. Désolé que ma femme ait essayé de te voler la tienne ? Désolé qu'elle ait tué ta femme et tes enfants ?

Une gifle au visage, voire un coup de poing dans le ventre, m'aurait fait moins mal.

Il sortit du lit, et tel un boxeur qui venait de mettre son adversaire au tapis, afficha un air à la fois triomphant et stupéfait.

Quand il fut en bas, je l'entendis sortir le pichet de vin du buffet. Je l'entendis boire, perçus la radio beugler un match de base-ball. Je sentis toute la maison trembler de sa colère.

Revoilà mon bon vieux Frankie, songeai-je : *l'homme colérique de mon souvenir.*

Et je l'accueillis de nouveau, ce monstre. J'avais besoin qu'il soit là pour me rappeler ce qui me dégoûtait chez lui, ce qui me remplissait de hargne. Mais alors que tous les sentiments familiers – l'emprisonnement, la peur, le courroux et la déception – remontaient à la surface, je me rendis compte que cela n'avait plus d'importance. Je n'avais nulle part où fuir. Personne auprès de qui me réfugier. Eva était morte. Et il avait raison, je l'avais tuée.

— Tu as le numéro de portable de Johnny ?

Gussy hoche la tête et fouille dans son sac à main pour en sortir son carnet d'adresses. Elle défait les multiples élastiques qui l'entourent et va directement à la lettre W. Elle me dicte les chiffres, et je les entre dans mon téléphone. J'hésite un bref instant avant d'appuyer sur la touche « Appeler ».

Il répond dès la première sonnerie.

— Johnny, dis-je. C'est Billie Valentine. Je suis arrivée. Je suis dans le parking.

Gussy et moi traversons le vaste souterrain en direction des ascenseurs. Je me dis, bêtement, que nous aurions dû apporter quelque chose : des fleurs, un gâteau. Mais nous ignorons la raison de notre présence, alors c'est les mains vides que nous montons au troisième étage, où nous franchissons une passerelle avant de pénétrer dans l'enceinte de l'hôpital.

J'ai toujours détesté les hôpitaux, toujours exécré leurs murs vert menthe, leur odeur de désinfectant, les visages joyeux des infirmières et l'enfilade de portes fermées derrière lesquelles des personnes souffrent et agonisent. Lou s'est éteinte dans un hôpital, reliée à un millier de machines maintenant les battements de son cœur. La voir ainsi m'a anéantie. Quand mon heure viendra, mon seul vœu est de mourir dans mon sommeil. Que mon cœur s'arrête soudainement et irrévocablement alors que je suis allongée dans mon lit. Ou peut-être pendant ma baignade matinale. Que l'eau me prenne, me livre aux requins et aux poissons.

— C'est par là, je crois, dit Gussy en pointant du doigt une plaque en cuivre sur le mur indiquant 303-313.

Nous tournons pour prendre un long couloir ; nos chaussures grincent sur le linoléum. Il y a une zone d'attente à côté du poste des infirmières. Un homme se lève d'une des chaises et se tourne vers nous ; il semble nous faire un signe du bras.

— C'est Johnny ? Il n'a pas l'air malade, dis-je.

À mesure que nous approchons, sa ressemblance avec Ted me coupe presque le souffle. La tête me tourne violemment, de façon incontrôlable. J'ai un pied dans le présent et l'autre dans le passé. Pendant un instant, je suis même dévorée par la peur.

Il est finalement venu me régler mon compte, me dis-je. *Ted s'est enfin décidé à me punir pour tout ce qui est arrivé à Eva.*

Et alors que mon cœur bat de plus en plus vite, que le moteur de mon corps est en surchauffe, je me dis que mon vœu ne va peut-être pas se réaliser. Mon cœur pourrait bien s'arrêter de battre ici, dans ce sinistre hôpital. Mais quand nous nous retrouvons devant lui et qu'il me tend la main, je peux voir que ce n'est pas Ted (évidemment, que ce n'est pas Ted). C'est Johnny. Johnny. Le Johnny d'Eva.

Il a la cinquantaine à présent, mais son visage reste celui de l'enfant que j'ai connu il y a si longtemps. Les taches de rousseur, les cheveux bruns, les grands yeux. Ses avant-bras sont recouverts de tatouages bleu nuit, dessinant des rivières troubles sous un fouillis de poils noirs. Il est costaud, musclé, affiche une mâchoire carrée, des yeux tristes et fatigués.

— Billie, dit-il.

Il me prend la main, m'étudie, cherchant sans doute la femme qu'il a connue dans mon visage ridé, ma chevelure argent en bataille.

— Merci infiniment d'être venue.

— Peux-tu m'expliquer pourquoi nous sommes là ?

Je me sens trompée, roulée. Nous avons fait trois heures et demie de route dans la nuit, et Johnny n'est pas sur son lit de mort. Il me paraît même en pleine santé.

— Je te croyais mourant, dis-je.

Johnny secoue la tête et m'adresse un sourire triste, avant de nous faire signe de nous asseoir. Gussy s'exécute et sort immédiatement de son sac ses aiguilles à tricoter, comme chaque fois qu'elle ne sait pas quoi faire de ses mains. Je lui envie cette tâche toute bête, cette occupation.

Je m'assois à mon tour, me préparant à ce que Johnny a l'intention de me dire, et il s'installe en face de moi. Il me prend les mains et me regarde avec intensité. Il me sourit.

— Je me souviens de ton visage, dit-il. C'est le même. Tes yeux.

J'acquiesce d'un signe de tête. Je ne veux pas l'interrompre mais suis aussi impatiente de l'entendre.

— Je t'apporte du café ? propose-t-il. Du thé ?

Je secoue la tête.

— Pourquoi m'as-tu fait venir ici ?

— Gussy t'a peut-être parlé de mes addictions, dit-il.

— Oui. Elle a dit que tu as eu des problèmes d'alcool.

— C'est un euphémisme, dit-il avec un léger rire. J'ai passé de longues années à tenter d'effacer ce qui est arrivé ce jour-là par la boisson, les pilules et autres saloperies du genre. Pardonne-moi mon langage, ajoute-t-il en rougissant.

Les yeux me piquent. Mais franchement, qu'espérais-je ? Je me prépare à recevoir ses accusations.

— Les perdre, c'était comme la fin du monde.

Je hoche la tête, m'efforçant de ne pas laisser entrer dans mon esprit ces images, celles de la noyade. De la rivière les piégeant. Mon cœur bat la chamade.

— Mais ce n'était *pas* la fin du monde. J'ai grandi. Je suis devenu un homme malgré tout. Je me suis marié. J'ai eu des enfants, des maisons, des boulots.

Je sais qu'il dit cela pour me rassurer, mais je trouve peu de consolation dans ses mots, car je le soupçonne d'avoir perdu toutes ces choses également. Je peux le lire sur son visage buriné, ses yeux chassieux.

— Je ne suis pas sûre de pouvoir t'aider, dis-je.

— Je ne t'ai plus vue après tout ça. Je n'avais aucun moyen de te parler…

— Je ne pouvais pas aller à l'enterrement, tu le sais, n'est-ce pas ? Ton père m'aurait tuée de ses propres mains. Je n'avais pas le choix…

Je sens que je me délite de plus belle. J'avais été réparée cette nuit-là, cette nuit où Gussy avait ramassé les morceaux épars de ma personne. Mais ces fissures m'ont affaiblie, fragilisée. J'ai peur de me briser encore. Je le regarde, et sais qu'il attend probablement mes excuses, qu'il veut m'entendre lui dire que je suis désolée de ce qui est arrivé. Ce petit garçon a besoin de moi. Il a besoin de moi, et me voilà enfin.

— Je suis désolée, dis-je.

Je sens la souffrance et les remords remonter en masse à la surface. J'ai l'impression d'avaler du chagrin, des litres et des litres de tristesse remplissent ma gorge et ma poitrine. Ma voix perce à travers le déluge.

— Mon Dieu, Johnny, je suis tellement désolée.

— Billie, dit-il en serrant mes mains et en me forçant à le regarder dans les yeux. Tu ne comprends pas. Ce n'est pas pour ça que je t'ai demandé de venir. Il ne s'agit pas de ça.

Je le regarde, scrute son visage, ne voyant rien d'autre que son cœur en miettes, que le supplice que j'ai causé.

— Vous ne lui avez rien dit ? dit-il soudain à Gussy.

Ma sœur se contente de hocher la tête sans nous regarder.

— Gus ? dis-je.

Johnny s'éclaircit la voix.

— J'ai quelque chose à te dire, et je ne sais pas comment m'y prendre. J'ai répété ce moment des milliers de fois. Mais il n'y a pas de bonne façon de le dire. Rien ne semble approprié. Je ne peux pas défaire ce qui est fait. Je ne peux pas changer les choses.

— De quoi parles-tu ? dis-je.

Je prends soudain conscience de la lumière vive qui baigne la salle où nous nous trouvons. Dehors, le soleil commence tout juste à chasser la nuit pour peindre son aquarelle ; le clair déteint sur l'obscur.

Les mains de Johnny tremblent.

— C'est à propos de ma mère, dit-il.

Je fais « oui » de la tête. Bien sûr que c'est à propos d'Eva. Eva est la raison de ma présence.

— Donna, Sally et Rose ont péri dans l'accident. Elles sont restées piégées dans la voiture quand elle a coulé au fond de l'eau, dit-il d'une voix qui se fissure.

— Je sais, dis-je en secouant la tête. C'est tellement cruel. Je sais tout ça.

— Mais ma mère... Billie, oh, mon Dieu...

Johnny se met à pleurer à présent, et mon premier réflexe est de le prendre dans mes bras, de le consoler. Comme s'il était redevenu un petit garçon de huit ans. Mais non, c'est un adulte. Il inspire profondément et serre de nouveau ma main.

— Billie, ma mère et moi avons tous les deux été éjectés du véhicule avant qu'il tombe dans l'eau.

Les lumières fluorescentes de l'hôpital sont aveuglantes. Ma tête vibre, mon cœur vibre, et je ferme les yeux. Dans mon esprit est gravée une image : il y a la rivière, la voiture, les enfants et Eva coincés à l'intérieur.

— Non, dis-je. Les filles et elle étaient toutes dans la voiture. Elles se sont noyées. (Soudain, l'air me manque.) Frankie me l'a dit. Ta tante lui a expliqué tout ce qui s'est passé. Frankie a parlé à ton père.

J'ai le vertige. Tout le sang de mon visage glisse dans mes mains. Tout mon corps s'engourdit, est pris de fourmillements.

— Billie, écoute-moi, dit Johnny pour me ramener à la réalité, tirant mes mains vers lui comme s'il pouvait me sauver à présent. Mary a été obligée de te raconter ça. Elle a été obligée de te dire que ma mère était morte. Mon père l'a forcée. Tu ne comprends pas ? C'était son seul moyen de mettre un terme à cette histoire.

Je m'agrippe aux bords de la chaise en plastique, et Gussy tend le bras vers moi, prête à me réceptionner.

— C'était un mensonge, Billie, ajoute-t-il les yeux pleins de larmes.

— Gus ? fais-je, attendant une réponse.

Ma sœur a les yeux humides elle aussi.

— Billie, je ne savais pas. Quand Johnny me l'a appris, je pouvais à peine y croire, dit-elle.

Elle serre ma main. Elle a l'air frêle à présent ; ses mains tressaillent et sa voix est tremblante. C'est une enfant. Je n'arrive plus à me situer dans le temps. Je suis perdue.

— Il faut que tu saches que je l'ignorais complètement. Frankie aussi. Si nous en avions eu la moindre idée, nous te l'aurions dit. Je t'aurais conduit jusqu'à elle moi-même.

— Pourquoi suis-je ici ?

J'ai l'impression de me noyer. Ma tête est maintenue sous l'eau, sous l'eau glaciale.

— Elle est malade, dit Johnny. Elle est en train de mourir. Et elle a demandé à te voir.

Je suis une nageuse. J'ai passé ma vie à m'en remettre à l'eau et à ses vertus. Je lui ai fait confiance, persuadée qu'elle ne mentait jamais. Pourtant, l'eau n'est guère différente de la mémoire ; je le sais à présent.

Dans mon esprit, cet accident est aussi net et réel que si j'en avais été témoin, en personne, que si j'avais vu de mes propres yeux la voiture dégringoler, avec Eva et les filles sautillant à l'intérieur comme du pop-corn dans une poêle. Je me rappelle l'odeur de la boue de printemps, gelée sous la neige fraîchement tombée. Le bruit de la rivière déferlant dans son courant glacé. Le goût de la neige dans ma bouche quand je l'ouvris pour crier. Je les ai *vues* se noyer.

Mais l'eau, comme la mémoire, est plus sournoise qu'elle n'y paraît, elle prend la forme exacte que l'on attend d'elle : liquide ou solide. Docile ou ferme. Elle capitule, ou résiste. Et parfois, elle s'évapore tout simplement. Elle se dissout dans l'atmosphère, de la vapeur monte vers les cieux, et il ne reste plus que le sifflement d'une théière.

J'essaie de me rappeler mes conversations avec Frankie, de me rappeler les jours qui ont suivi notre retour à la maison. Mais aucun de ces souvenirs n'est fiable à présent ; ils affleurent à la surface, puis s'enfoncent et enfin disparaissent. Les vérités sont immergées.

— Mais je l'aurais su, dis-je en secouant la tête (niant encore cette nouvelle vérité, cette violente déchirure dans la toile sans couture de mon souvenir). Je l'aurais su, si elle avait survécu.

Johnny agite la tête d'un air affligé.

— Elle a failli mourir. Elle a passé presque un mois à l'hôpital après l'accident. Ses deux jambes étaient cassées, et ses deux poignets aussi. Elle avait un poumon comprimé. Et ensuite, quand elle est enfin rentrée à la maison, c'était comme si elle n'était pas vraiment là. Elle se reprochait l'accident. Elle…

— Et le bébé ? dis-je.

Johnny fait « non » de la tête.

— Mais pourquoi n'est-elle pas venue à moi ? Pourquoi ne m'a-t-elle pas appelée ? Elle m'aurait appelée.

Je prends alors conscience de mon égoïsme, de ma puérilité. Elle avait dû m'en vouloir aussi. Si je ne lui avais pas demandé de quitter Ted, elle ne se serait pas retrouvée en voiture en pleine tempête ; ses enfants ne seraient pas morts.

— Est-ce qu'elle savait ce que Ted nous avait dit ?

— Je l'ignore. Elle n'était à la maison que depuis un mois quand elle a pris les comprimés. C'étaient les antidouleurs que lui avaient prescrits les médecins. Mon père l'a fait envoyer à Danvers, tu connais Danvers ?

Oh, mon Dieu.

L'hôpital psychiatrique. Celui qui ressemblait à un château, de ceux que l'on voit dans les cauchemars.

— Combien de temps y a-t-elle passé ?

— Trois ans.

Soudain, je ne peux plus respirer. Durant toutes ces années, elle était enfermée à seulement vingt-cinq kilomètres de moi, et je l'ignorais.

J'ai l'impression d'écouter l'histoire d'une autre, une histoire inventée. Cette supposée vérité est si loin de *ma* vérité. Si loin de ce avec quoi j'ai vécu pendant les quarante-huit dernières années. Rien de tout cela n'est compatible avec ce que mon cœur sait, ce que mon corps sait.

— Non, dis-je.

Je rejette cette histoire, la réfute. Je n'arrive pas à décider quelle vérité me convient le plus. Celle que j'avais admise – sa mort au fond de la rivière – vient justifier ces longues années de désespoir, légitimer le chagrin qui s'est inscrit dans mes os, qui gonfle mon cœur à chaque battement, qui vit dans mes poumons. Cet autre récit, en revanche, cette étrange version renversée des événements, invalide tout. Si Eva avait survécu, elle serait venue à moi. Mais elle *était* en vie, et elle ne m'a pas adressé le moindre signe, n'a rien tenté pour me retrouver. Je ne suis pas sûre de pouvoir supporter cela.

— Elle était détruite, Billie, dit-il comme si j'avais pensé tout haut, comme pour me fournir une explication. Elle était piégée. Par sa culpabilité. Par mon père. Elle ne pouvait rien faire. Elle a renoncé, Billie. Elle n'avait pas le choix.

Je pleure à présent, laisse couler les larmes qui habitent mes yeux depuis des décennies. Elles émergent, anciennes et primitives, maculent mes joues. Pendant presque cinquante ans, j'ai emmagasiné des litres d'eau salée, un océan de chagrin à l'intérieur de moi. J'ai passé près d'un demi-siècle, la moitié de ma *vie*, à souhaiter pouvoir dérouler le temps, démêler les nœuds, faire marche arrière et tout défaire. Sachant que tout avait commencé par moi. Que c'était moi qui l'avais poussée à quitter Ted. Qui avais quitté Frankie trop tôt. Que c'était moi qui lui avais demandé de conduire dans cette tempête en pleine nuit pour me rejoindre. Que ma colère, mon impatience, mon désir idiot et égoïste de quelque chose que je n'aurais jamais pu avoir, et que peut-être je ne méritais même pas, les avait précipitées, elle et ses filles, au fond de la rivière.

La tristesse me serre la gorge.

— Je suis désolée, je suis tellement désolée.

— C'était un accident, dit Gussy en prenant ma main. Ce n'était pas ta faute.

— Billie, dit Johnny.

Il me force à le regarder, à regarder ses yeux d'enfant. À voir la douleur du petit garçon dans ce visage dévasté.

— Pendant longtemps, je t'ai tenue pour responsable. C'est vrai. Mais pas elle. Ma mère ne t'en a jamais voulu.

Ses yeux se remplissent de larmes à leur tour. Je lui pose alors la seule question à laquelle il peut répondre.

— Alors pourquoi n'est-elle pas venue à moi ?

— Tu ne comprends pas ? dit Johnny. C'est pour ça que je t'ai demandé de venir. C'est pour ça que tu es assise ici. Elle m'a demandé, à *moi*, de te retrouver. Elle *est* venue à toi.

Eva se trouve dans ce bâtiment. Eva est de l'autre côté de la porte que nous regardons depuis le couloir. J'ai du mal à le concevoir. Je m'agrippe au bras de Gussy pour rester ancrée au sol. Qu'est-ce qui m'attend derrière cette porte ? Qui est-elle maintenant ?

J'essaie de l'imaginer à Danvers. Ted l'avait déjà menacée de l'y envoyer auparavant ; à l'époque, toutes les raisons étaient bonnes pour enfermer des femmes à l'asile. Désobéissance, dépression. Eva était coupable des deux. Emprisonnée pour avoir simplement revendiqué son indépendance. Détenue pour désespoir. Traitée comme un animal et non comme une femme. Comme une folle. Danvers était le genre d'endroit qui hantait les cauchemars des enfants, un lieu d'où la plupart des gens ne revenaient jamais.

— Ils sont restés mariés ? Ted et elle ?

— Oui, me répond-il. Si on peut appeler ça un mariage. Il ne lui a jamais pardonné. Et elle ne s'est jamais pardonnée. Après mon départ de la maison, ils n'ont même plus pris soin de sauver les apparences. Il a eu des maîtresses. Il pouvait disparaître pendant des semaines, voire des mois.

— Pourquoi n'est-elle pas partie ?

— Je ne sais pas, dit Johnny. J'étais tellement accaparé par mes propres problèmes, je n'avais pas de temps à accorder aux siens, aux leurs.

Nous ne sommes plus seuls dans la salle d'attente à présent. Le jour s'est levé, et dans le couloir, les aides-soignants poussent des chariots où sont posés des plateaux de petit déjeuner aux couvercles argentés. L'équipe de nuit a terminé son service, et les infirmières du matin prennent leur poste.

— Je peux la voir ? dis-je, la gorge serrée et douloureuse.

— Bien sûr, répond Johnny, en riant presque. C'est pour ça que tu es ici.

Je dois rassembler toutes mes forces pour me lever et prendre le bras que Johnny me tend. On dirait que les quarante-huit dernières années ont enfin laissé la trace de leur passage. Je sens chaque articulation protester, chaque os, chaque muscle résister. J'ai l'impression de demander à mon corps de parcourir mille kilomètres au lieu d'un simple couloir d'hôpital.

— Je t'attends ici, dit Gussy.

Johnny pousse lentement la porte.

— Maman ?

Il passe d'abord la tête, puis ouvre le chemin dans la pièce sombre. J'attends derrière lui comme une enfant.

Il n'y a pas de réponse, et pendant une seconde terrifiante, je crains le pire. Qu'elle soit morte pendant que j'étais assise derrière cette porte.

— Elle dort, dit-il.

Je m'immobilise.

— Ça va aller, me rassure-t-il. Entre, on va attendre qu'elle se réveille.

Nous traversons la chambre double, passons devant un lit vide. Un rideau pâle divise la pièce en deux. L'unique éclairage provient d'un faible plafonnier qui donne aux choses une lueur étrange.

Johnny tire délicatement le rideau et me fait signe de le suivre de l'autre côté, où Eva repose, endormie, dans son lit d'hôpital.

Je la ramenais à la vie par l'imagination. Pendant des années après sa première mort, je la faisais venir, nuit après nuit. Je la tirais des faibles profondeurs de cette rivière fictive. Je la sauvais encore et encore.

Elle était avec moi dans mes batailles contre Frankie, effleurait mes épaules tendues pendant que lui et moi luttions, répétant la même dispute *ad æternam* : un disque rayé, un bégaiement, un bredouillement, un trouble obsessionnel compulsif. La nuit, elle murmurait à mon oreille alors que j'étais allongée à côté de lui, me calmait, m'apaisait en me promettant que cela ne durerait pas toujours. Et je la convoquais. Je convoquais le mois de juin, ce juin qui ne vint jamais. L'été qui nous fut refusé. Celui d'après son arrivée au lac avec les enfants, tous sains et saufs. L'été où nous vécûmes ensemble pour la première fois, sans nous cacher, sans honte, comme une vraie famille. Les nuits où Frankie remuait et se tournait en tous sens, exorcisant ses démons, exorcisant Eva, je l'invoquais. Je l'invitais dans notre lit. Je la laissais dormir entre nous.

Elle regardait avec moi les filles grandir, me regardait vieillir.

Elle apparaissait, assise sur le sèche-linge que Frankie avait récupéré dans une laverie automatique en faillite et m'avait offert de l'électroménager en guise de dédommagement pour tout ce que j'avais perdu. Les jambes pendantes, elle me regardait faire la lessive et repasser l'uniforme de Frankie. Elle était dans la cuisine avec moi lorsque je préparais des ragoûts, des cookies et des gâteaux. Le soir, elle était assise au bord de la baignoire tandis que je m'efforçais de noyer mon chagrin dans l'eau savonneuse, l'imaginant tourbillonner avant de disparaître dans les canalisations. Elle essuya un million de larmes d'un geste tendre du pouce.

Elle était là, pour la remise de diplôme de Chessy, en voiture avec moi sur le chemin du retour, une fois que j'avais déposé ma fille à l'université. Je suis presque sûre qu'elle tenait le volant cette nuit-là, car je me souviens à peine de ce trajet.

Elle était la chaleur du soleil, la clarté de la lune, la promesse d'un ciel étoilé.

Elle était là quand Mouse fit sa première fugue, attendant avec moi pendant que je faisais les cent pas, un téléphone silencieux à la main, après avoir appelé tous ceux qui auraient pu avoir une idée de l'endroit où elle se trouvait. Elle était avec moi lorsque Mouse rentra à la maison avec un suçon rouge sur le cou, des aiguilles de pin dans les cheveux, empestant le whisky à plein nez, lorsque Frankie, ivre et fou furieux, l'accusa de suivre l'exemple de sa mère. Quand il lui prit les doigts pour les sentir et exigea de savoir qui était sa petite amie. Quand il la traita de *gouine*, de *traînée*. Ensemble, Eva et moi prîmes Mouse dans nos bras et lui murmurâmes nos excuses à l'oreille.

Elle était avec moi chaque fois que je faillis partir et renonçai.

Et elle était aussi avec moi un an plus tard, lorsque Mouse quitta la maison pour de bon et que Frankie et moi nous retrouvâmes seuls : le matin où je me réveillai et décidai qu'il m'était impossible de supporter cette vie une minute de plus. Ce fut elle qui me dit que je n'avais plus à lui préparer son café, ni à repasser ses chemises, ni à subir ses regards haineux ou ses supplications pathétiques. Elle fit mes bagages à ma place, et ce fut elle qui tourna la clé de contact. Elle baissa la vitre, alluma la radio, et je me souviens (*je jure que je m'en souviens*), de l'avoir entendue crier : « Plus vite, Billie ! Envolons-nous ! », sa chevelure gonflée par le vent.

Je la regarde dormir, comme je l'ai déjà fait des centaines de fois. J'ai mémorisé sa respiration, les frémissements de ses épaules, ses soupirs. Ses cheveux sont étalés sur l'oreiller blanc et tendu. Ils sont argentés à présent, mais toujours aussi longs et épais. Son visage a toujours cette pâleur juvénile, ce calme rêveur, même si les années ont creusé des sillons sur son front et le contour de ses lèvres. Son long cou est découvert, laissant voir le petit creux de sa gorge. Ce détail lui donne un aspect vulnérable, j'ai soudain envie de la protéger.

— Assieds-toi, je t'en prie, me dit Johnny.

Il me désigne un fauteuil à côté du lit. On dirait qu'il y a dormi. Il y a une couverture et un coussin, qu'il enlève pour me faire de la place. Il pose une main sur mon bras.

— Je serai dans la salle d'attente si tu as besoin de moi. Merci d'être venue, Billie.

Je lui réponds d'un signe de tête, sans détacher mon regard d'Eva.

Je prends sa main, qui repose à côté d'elle tel un oiseau endormi. Un tube à perfusion y est scotché, et les veines, comme des rivières, courent sous la surface de sa peau.

Ses yeux s'ouvrent à mon contact, et elle se tourne vers moi, s'attendant, j'imagine, à trouver Johnny.

— Eva, dis-je.

Son nom a un goût d'interdit dans ma bouche.

Ses yeux sont troubles, mais s'écarquillent lentement, incrédules.

— Billie ? dit-elle.

— Je suis là.

Je n'ai pas d'autre mot. Les mots sont des objets incongrus, des choses ineptes.

— Je conduisais trop vite, explique-t-elle. J'étais tellement bouleversée. Je voulais seulement te rejoindre.

Des larmes coulent sur ses joues, de grosses larmes, au ralenti. Je suis alors envahie par quelque chose d'ancestral, de primitif, avec l'impression qu'il s'agit du tout premier sentiment jamais ressenti dans l'histoire de l'humanité. Je tends la main, d'instinct, pour stopper son déluge de larmes avec mon pouce, lui rendant cette faveur, je suppose.

— Eh bien, tu y es arrivée au bout du compte, dis-je, sentant la chaleur se répandre dans sa main froide.

— C'est vrai, dit-elle en hochant la tête. J'avais promis de le faire.

Gussy repart dans le Vermont tandis que je reste à Cambridge, chez Chessy. Celle-ci m'accueille à la porte et s'attarde un moment dans mon étreinte. Lorsqu'elle s'écarte enfin, ses yeux sont pleins de larmes.

— Entre, je t'en prie.

Comme celle de Gussy, sa maison est chaleureuse, lumineuse et remplie de livres. Chessy et son mari Michael sont tous deux professeurs de biologie, bien que ce dernier ait pris sa retraite l'année dernière. Dorénavant, il observe les oiseaux, et se trouve justement en Nouvelle-Écosse cette semaine, sur la piste de macareux. J'imagine ma fille devant une classe remplie d'étudiants ; elle a toujours été une meneuse. Elle fait preuve d'humilité, mais Michael m'a tenu au courant, au fil des ans, des récompenses qu'elle a remportées, des articles qu'elle a publiés. Je déborde de fierté en voyant celle qu'elle est devenue, en dépit de tout, ou *à cause* de tout ça.

Des photographies sont accrochées sur tous les murs, des instantanés ainsi que des clichés plus artistiques, en noir et blanc, qui relatent la vie de ses enfants et la sienne. Après ma séparation avec Frankie, elle a réclamé nos albums photos, sauvant ces objets que j'avais abandonnés derrière moi. Chessy, comme son père, est une sorte d'historienne ; elle a ainsi récupéré ces trésors dans les ruines de notre vie familiale. Frankie avait détruit dans une crise de rage toutes les photos d'Eva que j'avais ; quant aux autres, celles qui restaient, j'étais incapable de les regarder. Lorsque je suis partie, je n'ai pris qu'un seul cliché. Une photo de moi et des filles qu'Eva avait prise pendant notre séjour au camp de Ripling River. J'ai l'air si jeune dessus, les filles sont souriantes et maculées de terre.

Quand je l'ai appelée pour lui annoncer la nouvelle à propos d'Eva, sa seule réponse a été : « Oh, mon Dieu. Oh, maman. » À présent, autour d'un thé et du gâteau de ma mère (que Chessy a perfectionné), nous discutons. Elle me tient les mains par-dessus la table de la cuisine et m'écoute attentivement. J'ai remarqué cela au cours des dernières années : Chessy est devenue une oreille attentive. Peut-être est-ce la maternité qui a développé cette qualité chez elle. Elle n'interrompt jamais, et n'a plus dans les yeux cette lueur qu'elle avait enfant, celle qui semblait suggérer qu'elle était constamment en train d'évaluer la situation, de juger les paroles qu'elle entendait et celui qui les prononçait.

C'est la première fois que nous parlons d'Eva depuis des années. De notre fuite, ce dimanche de Pâques. De ce qui est arrivé à Eva et aux filles.

— Comment va-t-elle ? demande-t-elle.

J'ai alors l'impression que quelqu'un m'a débouchée comme une bouteille. Ma gorge s'ouvre, et mon cœur se déverse.

— Elle est très malade. Le cancer est revenu trois fois depuis la mastectomie qu'elle a subie il y a des années. Elle a arrêté son traitement le mois dernier.

Chessy me serre la main.

Son gâteau est délicieux.

— Tu te souviens, dit-elle, du jour où on a volé les pommes ? Avec les scouts ?

Je me mets à rire, revoyant Eva courant pour échapper au fermier qui nous avait prises sur le fait. Je me rappelle la façon dont elle avait regardé par-dessus son épaule, dont elle tenait sa jupe chargée de pommes tout en prenant ses jambes à son cou. Je me souviens de Mouse trottant gaiement à côté d'elle, et de Chessy, derrière, tenant ma main, terrifiée.

— Je me rappelle m'être dit qu'elle était magique, m'avoue Chessy en se fendant d'un sourire. J'étais une vraie froussarde ! Je me rappelle avoir souhaité devenir comme elle en grandissant.

Je cligne des yeux pour retenir mes larmes.

— Moi aussi, dis-je, les mots se bloquant dans ma gorge.

— J'ai quelque chose pour toi, annonce-t-elle en se levant. Une petite surprise.

— Oh non, par pitié, je ne crois pas pouvoir supporter davantage de surprises, dis-je, m'attendant presque à voir Frankie surgir de sous la table alors qu'il est mort depuis dix ans.

— Reste ici, dit-elle.

En revenant, elle me tend deux paquets. Tous deux ont été méticuleusement emballés dans un joli papier.

— Ouvres-en un. L'autre est pour Eva.

Je défais soigneusement le ruban et glisse mon doigt sous l'adhésif pour révéler son contenu. C'est un cadre, et mon cœur se met à tambouriner dans ma poitrine tandis que je le retourne.

La photo est d'Eva et de moi : nous sommes debout devant la zone accessible aux bateaux de Gormlaith. Elle a été prise au cours de ce premier été, avant qu'Eva ne tombe malade, et elle porte son maillot de bain bleu. Nous nous tenons par la taille et tentons d'attraper l'appareil photo. Nous sommes si jeunes, si belles, si heureuses. Pendant un bref instant, je suis transportée. Je peux sentir l'eau froide caresser mes chevilles, et presque goûter la brise. Je peux entendre le bruit du biplan passant au-dessus de nos têtes. Le cliché a été pris quelques secondes après son passage, et nous levons les yeux, nos mains en visière pour nous protéger du soleil éclatant. Je peux sentir sa peau, le contact de sa main sur ma hanche.

— Où l'as-tu trouvée ? dis-je, la gorge serrée.

— Après que papa a brûlé toutes les photos, j'ai trouvé les négatifs et les ai cachés. Il n'y avait que deux ou trois photos d'Eva. Mais celle-ci est ma préférée. Tu te souviens du biplan ?

J'acquiesce avec un sourire.

— Eva rêvait de pouvoir un jour piloter ce type d'engin. De sentir les nuages dans ses cheveux, c'étaient ses mots, me rappela Chessy en riant.

— Je m'en souviens, dis-je. Merci.

Tous les jours, pendant une semaine, je rends visite à Eva à l'hôpital. Je lui apporte des petits cadeaux pour la rendre heureuse : la photographie que Chessy nous a offerte, des bonbons au sirop d'érable, de la lotion pour les mains parfumée au lilas, des magazines. Je m'assois à côté d'elle et lui tiens la main pour lui lire les livres que nous adorions autrefois. Lorsqu'elle est endormie, je passe du temps avec Johnny. C'est quelqu'un de bien, et il déploie des efforts surhumains pour aller mieux. Le suicide de son père l'a mis à l'épreuve, l'a poussé à s'examiner de près. À examiner sa vie.

— Comment va Mouse ? me demande-t-il un après-midi alors que nous déjeunons dans la cafétéria de l'hôpital. Bon sang, je me comportais vraiment comme un sale gosse avec elle.

— Mouse va très bien, dis-je. Elle vit au Nouveau-Mexique. Dans un tipi.

Il se frappe le genou et éclate de rire. Je les revois, Mouse et lui, courir dans le quartier avec les coiffes indiennes qu'Eva et moi avions confectionnées, pousser leurs cris de guerre. Rire aux éclats.

— Je vais faire escale au Nouveau-Mexique pour la voir sur le chemin du retour, dis-je.

— Dans ce cas, passe-lui le bonjour de ma part.

Eva a conscience de ma présence, mais parfois, elle ne sait plus qui je suis. Quand cela se produit, je reste sans voix, tétanisée, jusqu'à ce que la mémoire lui revienne ; comme la lune, celle-ci croît et décroît à mesure que l'état d'Eva empire. Parfois, elle confond les histoires que nous lisons avec la réalité.

— Raconte-moi cette histoire, me dit-elle d'une voix douce un matin.

Il fait froid à présent ; l'hiver arrive.

— Quelle histoire ?

— L'histoire d'amour.

— *Ethan Frome* ?

Nous venons de finir ce roman ; il est posé sur sa table de nuit, à côté d'un pichet d'eau en plastique bleu.

Elle fait « non » de la tête ; ses yeux brillent.

— Non, celle de l'artiste. De l'artiste et de la nageuse. La nageuse aux belles et longues jambes.

Après un hochement de tête, je me penche au-dessus d'elle et murmure à son oreille.

— Il y a bien longtemps, vécut une femme esseulée qui pensait ne jamais tomber amoureuse… jusqu'au jour où une belle artiste emménagea dans la maison vide de l'autre côté de la rue.

Eva ferme les yeux, je crois qu'elle s'est endormie. Je dépose un baiser sur la peau fine de sa tempe, sens son pouls battre sous mes lèvres.

Sa voix n'est alors qu'un murmure.

— Je veux aller au lac, Billie. Tu veux bien m'emmener au lac ?

Gussy nous conduit au lac en voiture, et je m'installe à l'arrière avec Eva. Nous nous tenons la main, partageant la couverture que Chessy nous a prêtée. L'air est mordant mais le ciel est bleu. Un tapis de feuilles recouvre la route, tandis que quelques autres s'accrochent encore à leurs branches. Lorsque le lac apparaît, Eva serre ma main et je baisse les yeux sur nos doigts entrelacés. Après tout ce temps, je reconnais encore chaque os de sa main. J'ai tracé chaque tendon et chaque veine du bout des doigts comme s'il s'agissait d'une carte dessinant le chemin vers chez nous.

Effie et les filles nous attendent dehors. Prune se balance sur la balançoire suspendue sous la cabane dans l'arbre, et Zu-Zu s'amuse à faire la roue sur l'herbe. Effie nous adresse un signe impatient de la main puis accourt vers nous tandis que nous nous garons dans l'allée.

— Bienvenue, bienvenue ! dit-elle.

Elle m'aide à faire sortir Eva de la voiture. Effie la conduit à l'intérieur, et Gussy commence à décharger le coffre de nos emplettes. Sur la route, nous sommes passées devant une ferme, et Eva a proposé qu'on s'y arrête. Gussy s'est garée, et Eva a insisté pour sortir de la voiture. Elle s'est dirigée droit vers les paniers débordants de pommes.

— Regarde, a-t-elle dit en m'attrapant la main. Des pommes d'hiver.

— Devin et moi avons une surprise pour toi, annonça Effie.

Nous venons d'installer Eva sur le lit de la chambre véranda. Effie me prend la main et me conduit à l'arrière, vers l'annexe que Devin est en train de construire. Je me croirais dans un conte de fées : extérieur orné de dentelle de bois, mini-véranda, porte hollandaise.

— C'est presque terminé, dit-elle.

— C'est encore un peu rustique, dit Devin en ouvrant la partie supérieure de la porte. Mais la salle de bains est opérationnelle. Je viens de la raccorder, et il y a un bon chauffage d'appoint. Entre.

Il ouvre la partie inférieure de la porte et me prend la main.

Je le suis dans la petite maison, le cœur battant la chamade. À l'intérieur, les murs sont en cèdre ; cela sent la forêt. Il y a un lit double, recouvert d'oreillers et de couvertures, un minuscule secrétaire, et des étagères remplies de livres.

— J'ai demandé à Gussy quels étaient tes préférés. La bibliothèque me les a donnés en prêt permanent, m'apprend Effie.

Je passe mon doigt sur leurs tranches.

— Et regarde ! s'écrie-t-elle, les yeux brillants. Nous les avons trouvés dans le vieil abri avant de le détruire. Je ne sais pas pourquoi j'ai tenu à les garder.

Sur une des étagères se trouvent vingt ou trente disques vinyles. Je tire le premier et souris. Sam Cooke.

— C'est le préféré d'Eva, dis-je, les yeux pleins de larmes.

— Il y a un tourne-disque, ici. J'ai acheté un saphir tout neuf.

— Merci. Tout cela est magnifique.

Plus tard, ce soir-là, une fois que Gussy est repartie chez elle et que nous avons posé nos affaires dans notre petite maison, Devin et Effie disparaissent dans la leur, nous laissant seules. J'entends les rires de leurs filles, et cela me fait sourire.

Eva est fatiguée, je le sais. Nous avons fait une longue route, et son souffle est lourd lorsqu'elle se dirige vers les étagères et saisit l'album. Elle le sort de sa pochette et passe son doigt sur l'étiquette. Elle se penche en avant pour poser le disque sur l'appareil puis pousse le saphir dans le sillon, et ce bon vieux crépitement me submerge.

— Tu danses avec moi, Billie ? me propose-t-elle.

Je m'avance vers elle et elle pose la tête contre ma poitrine. La musique emplit la maison, et mes pieds se souviennent. Mes mains se souviennent. Tout mon corps est mémoire.

Nous glissons doucement dans le passé, comme deux corps s'enfonçant dans l'eau, mais lorsque nous émergeons, ce n'est pas dans le passé, pas dans ce monde où nous n'avons jamais trouvé notre place. Au lieu de cela, nous faisons surface dans un nouveau futur, celui que nous aurions dû connaître, celui qui nous a été refusé. Celui qu'on nous a volé.

— Tu te souviens ? dis-je au moment où elle lève les yeux vers moi.

Elle me regarde, et ses yeux sont aussi brillants, aussi sauvages et aussi beaux qu'ils l'ont toujours été. Puis elle affirme, dans un hochement de tête :

— Je me souviens, Billie. Je me souviens de tout.

La mémoire est comme l'eau. C'est un lac immobile baigné du clair de lune, un vaste océan, une rivière violente prête à vous emporter. Elle peut vous apaiser ou vous blesser; elle est à la fois plus puissante et plus faible qu'elle n'y paraît. C'est un paradoxe.

De retour chez moi, je me réfugie dans l'eau: dans les douches fumantes qui fouettent mes épaules fatiguées, dans l'eau fraîche que je bois pour rester en vie. Je trouve tout le réconfort dont j'ai besoin dans l'océan, dans les vagues se fracassant sur la plage, me berçant pendant mon sommeil, et dans sa gigantesque étreinte.

C'est l'hiver à présent, même si rien ne l'indique. Les touristes sont partis et la plage m'appartient ainsi qu'aux autres habitants du coin. C'est bon d'être chez soi. Linda est ravie de m'avoir de nouveau à la bibliothèque. Robert a décidé de reprendre ses études pour le second semestre, et même si c'est une bonne nouvelle, je sais que mon amie a besoin de moi pour combler le vide laissé par son fils. Juan aussi est heureux de me retrouver. Il m'attend tous les soirs, et nous contemplons ensemble le coucher du soleil dans le bar presque vide avant que je rentre chez moi. Au *Daybreak*, les filles papotent et sourient en me préparant mon café comme je l'aime, et mon réfrigérateur est plein de bons plats que Mena a confectionnés pour moi et que Sam m'a apportés. On s'occupe de moi. Je ne suis pas seule.

Ainsi, chaque matin, je me lève comme je l'ai toujours fait, dès que le soleil tapote mon épaule, puis j'éteins les lumières clignotantes de ma véranda pour faire savoir à Pete que tout va bien. Ensuite, j'enfile mon maillot de bain et descends les marches de pierre menant à la plage.

L'eau est froide mais elle me donne le sentiment d'être en vie. Elle me *rappelle* que je suis en vie.

— Tu es une nageuse, dit-elle de sa voix profonde.

C'est vrai. Je suis une nageuse ; c'est ce que j'ai toujours été. Et de là où je me trouve dans l'océan, je scrute le rivage pour apercevoir Eva, même si je sais qu'elle est vraiment partie à présent. J'étais là, cette fois-ci, pour lui dire au revoir.

Mais parfois, quand la lumière est propice, je la vois, debout sur la plage. Elle porte son maillot bleu vif et ses jambes sont longues et musclées. Ses lèvres sont rouges et ses cheveux lâchés tombent en cascade sur son dos blanc. Elle me fait de grands signes enjoués de loin. Puis elle met les mains en coupe devant sa bouche pour me crier quelque chose, mais la musique de l'océan est trop forte et je n'arrive pas à l'entendre. Alors je lui rends simplement son sourire, avant de plonger la tête et les bras dans l'eau. Et je nage.

Achevé d'imprimer en juin 2015
Par CPI Brodard & Taupin - La Flèche (France)
N° d'impression : 3011823
Dépôt légal : juillet 2015
Imprimé en France
81121463-1